續古文辭類篹卷

四部備要

集部

中華書局據原刻本校刊

桐鄉陸費逵總勘
杭縣高時顯
杭縣吳汝霖輯校
杭縣丁輔之監造

傳狀類

史記陸賈傳

史傳未鈔全卷者刪列字
按陸賈與酈生同傳

陸賈者楚人也以客從高祖定天下名爲有口辯士居左右常使諸侯及高祖時中國初定尉他平南越因王之高祖使陸賈賜尉他印爲南越王陸生至尉他魋結箕倨見陸生陸生因進說他曰足下中國人親戚昆弟墳墓在真定今足下反天性棄冠帶欲以區區之越與天子抗衡爲敵國禍且及身矣且夫秦失其政諸侯豪桀並起唯漢王先入關據咸陽項羽倍約自立爲西楚霸王諸侯皆屬可謂至彊然漢王起巴蜀鞭笞天下劫略諸侯遂誅項羽滅之五年之閒海內平定此非人力天之所建也天子聞君王王南越不助天下誅暴逆將相欲移兵而誅王天子憐

百姓新勞苦故。且休之。遣臣授君王印。剖符通使。君王宜郊迎。北面稱臣。迺欲以新造未集之越。屈彊於此。漢誠聞之。掘燒王先人冢。夷滅宗族。使一偏將將十萬衆臨越。則越殺王降漢。如反覆手耳。於是尉他迺蹶然起坐。謝陸生曰。居蠻夷中久。殊失禮義。因問陸生曰。我孰與蕭何曹參韓信賢。陸生曰。王似賢。復曰。我孰與皇帝賢。陸生曰。皇帝起豐沛。討暴秦。誅彊楚。爲天下興利除害。繼五帝三王之業。統理中國。中國之人以億計。地方萬里。居天下之膏腴。人衆車轝。萬物殷富。政由一家。自天地剖泮。未始有也。今王衆不過數十萬。皆蠻夷。崎嶇山海閒。譬若漢一郡。王何乃比於漢。尉他大笑曰。吾不起中國。故王此。使我居中國。何渠不若漢。迺大說陸生。留與飲數月。曰。越中無足與語。至生來。令我日聞所不聞。賜陸生槖中裝。

直千金他送亦千金陸生卒拜尉他爲南越王令稱
臣奉漢約歸報高祖大悅拜賈爲太中大夫陸生時
時前說稱詩書高帝罵之曰迺公居馬上而得之安
事詩書陸生曰居馬上得之寧可以馬上治之乎且
湯武逆取而以順守之文武並用長久之術也昔者
吳王夫差智伯極武而亡秦任刑法不變卒滅趙氏
鄉使秦已并天下行仁義法先聖陛下安得而有之
高帝不懌而有慙色迺謂陸生曰試爲我著秦之所
以失天下吾所以得之者何及古成敗之國陸生迺
粗述存亡之徵凡著十二篇每奏一篇高帝未嘗不
稱善左右呼萬歲號其書曰新語孝惠帝時呂太后
用事欲王諸呂畏大臣有口者陸生自度不能爭之
迺病免家居以好時田地善可以家焉有五男迺出
所使越得橐中裝賣千金分其子子二百金令爲生

產陸生常安車駟馬從歌舞鼓琴瑟侍者十人寶劍
直百金謂其子曰與汝約過汝汝給吾人馬酒食極
欲十日而更所死家得寶劍車騎侍從者一歲中往
來過他客率不過再三過數見不鮮無久慁公為也
呂太后時王諸呂諸呂擅權欲劫少主危劉氏右丞
相陳平患之力不能爭恐禍及己常燕居深念陸生
往請直入坐而陳丞相方深念不時見陸生陸生曰
何念之深也陳平曰生揣我何念陸生曰足下位為
上相食三萬戶侯可謂極富貴無欲矣然有憂念不
過患諸呂少主耳陳平曰然為之奈何陸生曰天下
安注意相天下危注意將將相和調則士務附士務
附天下雖有變即權不分為社稷計在兩君掌握耳
臣常欲謂太尉絳侯絳侯與我戲易吾言君何不交
驩太尉深相結為陳平畫呂氏數事陳平用其計迺

以五百金爲絳侯壽厚具樂飲太尉亦報如之此兩人深相結則呂氏謀益衰陳平迺以奴婢百人車馬五十乘錢五百萬遺陸生爲飲食費陸生以此游漢廷公卿閒名聲藉甚及誅諸呂立孝文帝陸生頗有力焉孝文帝即位欲使人之南越陳丞相等乃言陸生爲太中大夫往使尉他令尉他去黃屋稱制令比諸侯皆如意旨語在南越語中陸生竟以壽終方望溪云賈與尉他語入南越傳則傷國體且紀其五君九十餘年事而漫及此枝且贅矣再使南越語不復詳恐複也

史記叔孫通傳 按叔孫通與劉敬同傳

叔孫通者薛人也秦時以文學徵待詔博士數歲陳勝起山東使者以聞二世召博士諸儒生問曰楚戍卒攻蘄入陳於公如何博士諸生三十餘人前曰人臣無將將即反罪死無赦願陛下急發兵擊之二世

怒作色叔孫通前曰諸生言皆非也夫天下合爲一家毀郡縣城鑠其兵示天下不復用且明主在其上法令具於下使人人奉職四方輻輳安敢有反者此特羣盜鼠竊狗盜耳何足置之齒牙閒郡守尉今捕論何足憂二世喜曰善盡問諸生諸生或言反或言盜於是二世令御史案諸生言反者下吏非所宜言諸言盜者皆罷之迺賜叔孫通帛二十匹衣一襲拜爲博士叔孫通已出宮反舍諸生曰先生何言之諛也通曰公不知也我幾不脫於虎口迺亡去之薛薛已降楚矣及項梁之薛叔孫通從之敗於定陶從懷王懷王爲義帝徙長沙叔孫通留事項王漢二年漢王從五諸侯入彭城叔孫通降漢王漢王敗而西因竟從漢叔孫通儒服漢王憎之迺變其服服短衣楚製漢王喜叔孫通之降漢從儒生弟子百餘人然通

無所言進專言諸故羣盜壯士進之弟子皆竊罵曰事先生數歲幸得從降漢今不能進臣等專言大猾何也叔孫通聞之迺謂曰漢王方蒙矢石爭天下諸生寧能鬭乎故先言斬將搴旗之士諸生且待我我不忘矣漢王拜叔孫通爲博士號稷嗣君

漢五年已并天下諸侯共尊漢王爲皇帝於定陶叔孫通就其儀號高帝悉去秦苛儀法爲簡易羣臣飲酒爭功醉或妄呼拔劍擊柱高帝患之叔孫通知上益厭之也說上曰夫儒者難與進取可與守成臣願徵魯諸生與臣弟子共起朝儀高帝曰得無難乎叔孫通曰五帝異樂三王不同禮禮者因時世人情爲之節文者也故夏殷周之禮所因損益可知者謂不相復也臣願頗采古禮與秦儀雜就之上曰可試爲之令易知度吾所能行爲之於是叔孫通使徵魯諸生三十餘

人魯有兩生不肯行曰公所事者且十主皆面諛以得親貴今天下初定死者未葬傷者未起又欲起禮樂禮樂所由起積德百年而後可興也吾不忍爲公所爲公所爲不合古吾不行公往矣無汙我叔孫通笑曰若真鄙儒也不知時變遂與所徵三十人西及上左右爲學者與其弟子百餘人爲綿蕞野外習之月餘叔孫通曰上可試觀上既觀使行禮曰吾能爲此迺令羣臣習肄會十月漢七年長樂宮成諸侯羣臣皆朝十月儀先平明謁者治禮引以次入殿門廷中陳車騎步卒衛宮設兵張旗志傳言趨殿下郎中俠陛陛數百人功臣列侯諸將軍軍吏以次陳西方東鄉文官丞相以下陳東方西鄉大行設九賓臚傳於是皇帝輦出房百官執職傳警引諸侯王以下至吏六百石以次奉賀自諸侯王以下莫不振恐肅敬

至禮畢復置法酒諸侍坐殿上皆伏抑首以尊卑次起上壽觴九行謁者言罷酒御史執法舉不如儀者輒引去竟朝置酒無敢讙譁失禮者於是高帝曰吾迺今日知爲皇帝之貴也迺拜叔孫通爲太常賜金五百斤叔孫通因進曰諸弟子儒生隨臣久矣與臣共爲儀願陛下官之高帝悉以爲郎叔孫通出皆以五百斤金賜諸生諸生迺皆喜曰叔孫生誠聖人也知當世之要務

漢九年高帝徙叔孫通爲太子太傅漢十二年高祖欲以趙王如意易太子叔孫通諫上曰昔者晉獻公以驪姬之故廢太子立奚齊晉國亂者數十年爲天下笑秦以不蚤定扶蘇令趙高得以詐立胡亥自使滅祀此陛下所親見今太子仁孝天下皆聞之呂后與陛下攻苦食啖其可背哉陛下必欲廢適而立少臣願先伏誅以頸血汙地高帝曰公

罷矣吾直戲耳叔孫通曰太子天下本本一搖天下
振動奈何以天下爲戲高帝曰吾聽公言及上置酒
見留侯所招客從太子入見上迺遂無易太子志矣
高帝崩孝惠即位迺謂叔孫生曰先帝園陵寢廟羣
臣莫能習徙爲太常定宗廟儀法及稍定漢諸儀法
皆叔孫生爲太常所論箸也孝惠帝爲東朝長樂宮
及閒往數蹕煩人迺作複道方築武庫南叔孫生奏
事因請閒曰陛下何自築複道高寢衣冠月出游高
廟高廟漢太祖奈何令後世子孫乘宗廟道上行哉
孝惠帝大懼曰急壞之叔孫生曰人主無過舉今已
作百姓皆知之今壞此則示有過舉願陛下爲原廟
渭北衣冠月出游之益廣多宗廟大孝之本也上迺
詔有司立原廟原廟起以複道故孝惠帝曾春出游
離宮叔孫生曰古者有春嘗果方今櫻桃孰可獻願

陛下出因取櫻桃獻宗廟上迺許之諸果獻由此興太史公曰語曰千金之裘非一狐之腋也臺榭之榱非一木之枝也三代之際非一士之智也信哉夫高祖起微細定海內謀計用兵可謂盡之矣然而劉敬脫輓輅一說建萬世之安智豈可專邪叔孫通希世度務制禮進退與時變化卒爲漢家儒宗大直若詘道固委蛇蓋謂是乎方望溪云禮書痛漢用秦儀三代聖制由是沈湮而成之者實通然時王之所用也不敢斥言其非故於後論隱約其辭若褒若諷而希世之汙則假魯兩生以發之篇首載秦二世之善其對以爲面諛之徵也末載原廟之立果獻之與著其憑臆無稽以示所言漢儀法皆此類也

史記張釋之馮唐列傳

張廷尉釋之者堵陽人也字季有兄仲同居以訾爲騎郎事孝文帝十歲不得調無所知名釋之曰久宦減仲之產不遂欲自免歸中郎將袁盎知其賢惜其

去乃請徙釋之補謁者釋之旣朝畢因前言便宜事文帝曰卑之毋甚高論令今可施行也於是釋之言秦漢之閒事秦所以失而漢所以興者久之文帝稱善乃拜釋之爲謁者僕射釋之從行登虎圈上問上林尉諸禽獸簿十餘問尉左右視盡不能對虎圈嗇夫從旁代尉對上所問禽獸簿甚悉欲以觀其能口對響應無窮者文帝曰吏不當若是邪尉無賴乃詔釋之拜嗇夫爲上林令釋之久之前曰陛下以絳侯周勃何如人也上曰長者也又復問東陽侯張相如何如人也上復曰長者釋之曰夫絳侯東陽侯稱爲長者此兩人言事曾不能出口豈斅此嗇夫諜諜利口捷給哉且秦以任刀筆之吏吏爭以亟疾苛察相高然其敝徒文具耳無惻隱之實以故不聞其過陵遲而至於二世天下土崩今陛下以嗇夫口辯而超

遷之臣恐天下隨風靡靡爭爲口辯而無其實且下之化上疾於景響舉錯不可不審也文帝曰善乃止不拜嗇夫上就車召釋之參乘徐行問釋之秦之敝具以質言至宮上拜釋之爲公車令頃之太子與梁王共車入朝不下司馬門於是釋之追止太子梁王無得入殿門遂劾不下公門不敬奏之薄太后聞之文帝免冠謝曰教兒子不謹薄太后乃使使承詔赦太子梁王然后得入文帝由是奇釋之拜爲中大夫頃之至中郎將從行至霸陵居北臨廁是時愼夫人從上指示愼夫人新豐道曰此走邯鄲道也使愼夫人鼓瑟上自倚瑟而歌意慘悽悲懷顧謂羣臣曰嗟乎以北山石爲槨用紵絮斮陳蕠漆其閒豈可動哉左右皆曰善釋之前進曰使其中有可欲者雖錮南山猶有郄使其中無可欲者雖無石槨又何戚焉文

帝稱善其後拜釋之爲廷尉頃之上行出中渭橋有
一人從橋下走出乘輿馬驚於是使騎捕屬之廷尉
釋之治問曰縣人來聞蹕匿橋下久之以爲行已過
卽出見乘輿車騎卽走耳廷尉奏當一人犯蹕當罰
金文帝怒曰此人親驚吾馬吾馬賴柔和令他馬固
不敗傷我乎而廷尉乃當之罰金釋之曰法者天子
所與天下公共也今法如此而更重之是法不信於
民也且方其時上使立誅之則已今既下廷尉廷尉
天下之平也一傾而天下用法皆爲輕重民安所措
其手足唯陛下察之良久上曰廷尉當是也其後有
人盜高廟坐前玉環捕得文帝怒下廷尉治釋之案
律盜宗廟服御物者爲奏奏當弃市上大怒曰人之
無道乃盜先帝廟器吾屬廷尉者欲致之族而君以
法奏之非吾所以共承宗廟意也釋之免冠頓首謝

曰法如是足也且罪等然以逆順爲差今盜宗廟器而族之有如萬分之一假令愚民取長陵一抔土陛下何以加其法乎久之文帝與太后言之乃許廷尉當是時中尉條侯周亞夫與梁相山都侯王恬開見釋之持議平乃結爲親友張廷尉由此天下稱之後文帝崩景帝立釋之恐稱病欲免去懼大誅至欲見謝則未知何如用王生計卒見謝景帝不過也

王生者善爲黃老言處士也嘗召居廷中三公九卿盡會立王生老人曰吾韤解顧謂張廷尉爲我結韤釋之跪而結之既已人或謂王生曰獨奈何廷辱張廷尉使跪結韤王生曰吾老且賤自度終無益於張廷尉張廷尉方今天下名臣吾故聊辱廷尉使跪結韤欲以重之諸公聞之賢王生而重張廷尉張廷尉事景帝歲餘爲淮南王相猶尚以前過也久之釋之卒其

子曰張摯字長公官至大夫免以不能取容當世故終身不仕

馮唐者其大父趙人父徙代漢興徙安陵唐以孝著爲中郎署長事文帝文帝輦過問唐曰父老何自爲郎家安在唐具以實對文帝曰吾居代時吾尚食監高祛數爲我言趙將李齊之賢戰於鉅鹿下今吾每飯意未嘗不在鉅鹿也父知之乎唐對曰尚不如廉頗李牧之爲將也上曰何以唐曰臣大父在趙時爲官卒將善李牧臣父故爲代相善趙將李齊知其爲人也上既聞廉頗李牧爲人良說而搏髀曰嗟乎吾獨不得廉頗李牧時爲吾將吾豈憂匈奴哉唐曰主臣陛下雖得廉頗李牧弗能用也上怒起入禁中良久召唐讓曰公奈何衆辱我獨無閒處乎唐謝曰鄙人不知忌諱當是之時匈奴新大入朝那殺北地都尉卬上以胡寇爲意乃卒復問唐曰公何

以知吾不能用廉頗李牧也。唐對曰。臣聞上古王者之遣將也。跪而推轂曰。閫以內者寡人制之。閫以外者。將軍制之。軍功爵賞皆決於外。歸而奏之。此非虛言也。臣大父言李牧爲趙將居邊。軍市之租皆自用饗士。賞賜決於外。不從中擾也。委任而責成功。故李牧乃得盡其智能。遣選車千三百乘。彀騎萬三千。百金之士十萬。是以北逐單于。破東胡。滅澹林。西抑彊秦。南支韓魏。當是之時。趙幾霸。其後會趙王遷立。其母倡也。王遷立。乃用郭開讒。卒誅李牧。令顏聚代之。是以兵破士北。爲秦所禽滅。今臣竊聞魏尚爲雲中守。其軍市租盡以饗士卒。私養錢五日一椎牛。饗賓客軍吏舍人。是以匈奴遠避。不近雲中之塞。虜曾一入。尚率車騎擊之。所殺甚衆。夫士卒盡家人子。起田中從軍。安知尺籍伍符。終日力戰。斬首捕虜。上功莫府一言不相應文吏以法繩之其賞不行而吏奉法必用臣愚以爲陛下法太明賞太輕罰太重且雲中守魏尚坐上功首虜差六級陛下下之吏削其爵罰作之由此言之陛下雖得廉頗李牧弗能用也臣誠愚觸忌諱死罪死罪文帝說是日令馮唐持節赦魏尚復以爲雲中守而拜唐爲車騎都尉主中尉及郡國車士七年景帝立以唐爲楚相免武帝立求賢良舉馮唐唐時年九十餘不能復爲官乃以唐子馮遂爲郎遂字王孫亦奇士與余善

太史公曰張季之言長者守法不阿意馮公之論將率有味哉有味哉語曰不知其人視其友二君之所稱誦可著廊廟書曰不偏不黨王道蕩蕩不黨不偏王道便便張季馮公近之矣

史記萬石君傳 按萬石君與張叔同傳

萬石君名奮其父趙人也姓石氏趙亡徙居温高祖東擊項籍過河內時奮年十五爲小吏侍高祖高祖與語愛其恭敬問曰若何有對曰奮獨有母不幸失明家貧有姊能鼓琴高祖曰若能從我乎曰願盡力於是高祖召其姊爲美人以奮爲中涓受書謁徙其家長安中戚里以姊爲美人故也其官至孝文時積功勞至大中大夫無文學恭謹無與比文帝時東陽侯張相如爲太子太傅免選可爲傅者皆推奮奮爲太子太傅及孝景即位以爲九卿迫近憚之徙奮爲諸侯相奮長子建次子甲次子乙次子慶皆以馴行孝謹官皆至二千石於是景帝曰石君及四子皆二千石人臣尊寵乃集其門號奮爲萬石君

孝景帝季年萬石君以上大夫祿歸老于家以歲時爲朝臣過宮門闕萬石君必下車趨見路馬必式焉子孫爲小

吏來歸謁萬石君必朝服見之不名子孫有過失不譙讓爲便坐對案不食然后諸子相責因長老肉袒固謝罪改之乃許子孫勝冠者在側雖燕居必冠申申如也僮僕訢訢如也唯謹上時賜食於家必稽首俯伏而食之如在上前其執喪哀戚甚悼子孫遵教亦如之萬石君家以孝謹聞乎郡國雖齊魯諸儒質行皆自以爲不及也

建元二年郎中令王臧以文學獲罪皇太后以儒者文多質少今萬石君家不言而躬行乃以長子建爲郎中令少子慶爲內史建老白首萬石君尚無恙建爲郎中令每五日洗沐歸謁親入子舍竊問侍者取親中帬廁牏身自浣滌復與侍者不敢令萬石君知以爲常建爲郎中令事有可言屏人恣言極切至廷見如不能言者是以上乃親尊禮之萬石君徙居陵里內史慶醉歸入外門不下車

萬石君聞之不食慶恐肉袒請罪不許舉宗及兄建肉袒萬石君讓曰內史貴人入閭里里中長老皆走匿而內史坐車中自如固當乃謝罷慶慶及諸子弟入里門趨至家萬石君以元朔五年中卒長子郎中令建哭泣哀思扶杖乃能行歲餘建亦死諸子孫咸孝然建最甚甚於萬石君建爲郎中令書奏事事下建讀之曰誤書馬者與尾當五今乃四不足一上譴死矣甚惶恐其爲謹愼雖他皆如是

萬石君少子慶爲太僕御出上問車中幾馬慶以策數馬畢舉手曰六馬慶於諸子中最爲簡易矣然猶如此爲齊相舉齊國皆慕其家行不言而齊國大治爲立石相祠元狩元年上立太子選羣臣可爲傅者慶自沛守爲太子太傅七歲遷爲御史大夫元鼎五年秋丞相有罪罷制詔御史萬石君先帝尊之子孫孝其以御史大

夫慶爲丞相封爲牧丘侯是時漢方南誅兩越東擊
朝鮮北逐匈奴西伐大宛中國多事天子巡狩海內
修上古神祠封禪興禮樂公家用少桑弘羊等致利
王溫舒之屬峻法兒寬等推文學至九卿更進用事
事不關決於丞相丞相醇謹而已在位九歲無能有
所匡言嘗欲請治上近臣所忠九卿咸宣罪不能服
反受其過贖罪元封四年中關東流民二百萬口無
名數者四十萬公卿議欲請徙流民於邊以適之上
以爲丞相老謹不能與其議乃賜丞相告歸而案御
史大夫以下議爲請者丞相慙不任職乃上書曰慶
幸得待罪丞相罷駑無以輔治城郭倉庫空虛民多
流亡罪當伏斧質上不忍致法願歸丞相侯印乞骸
骨歸避賢者路天子曰倉廩既空民貧流亡而君欲
請徙之搖蕩不安動危之而辭位君欲安歸難乎以

書讓慶慶甚慙遂復視事慶文深審謹然無他大略爲百姓言後三歲餘太初二年中丞相慶卒諡爲恬侯慶中子德慶愛用之上以德爲嗣代侯後爲太常坐法當死贖免爲庶人慶方爲丞相諸子孫爲吏更至二千石者十三人及慶死後稍以罪去孝謹益衰矣。

史記魏其武安侯列傳

魏其侯竇嬰者孝文后從兄子也父世觀津人喜賓客孝文時嬰爲吳相病免孝景初卽位爲詹事梁孝王者孝景弟也其母竇太后愛之梁孝王朝因昆弟燕飲是時上未立太子酒酣從容言曰千秋之後傳梁王太后驩竇嬰引卮酒進上曰天下者高祖天下父子相傳此漢之約也上何以得擅傳梁王太后由此憎竇嬰竇嬰亦薄其官因病免太后除竇嬰門籍

不得入朝請孝景三年吳楚反上察宗室諸竇毋如竇嬰賢乃召嬰嬰入見固辭謝病不足任太后亦慙於是上曰天下方有急王孫寧可以讓邪乃拜嬰爲大將軍賜金千斤嬰乃言袁盎欒布諸名將賢士在家者進之所賜金陳之廊廡下軍吏過輒令財取爲用金無入家者竇嬰守滎陽監齊趙兵七國兵已盡破封嬰爲魏其侯諸游士賓客爭歸魏其侯孝景時每朝議大事條侯魏其侯諸列侯莫敢與亢禮

孝景四年立栗太子使魏其侯爲太子傅孝景七年栗太子廢魏其數爭不能得魏其謝病屏居藍田南山之下數月諸竇賓客辯士說之莫能來梁人高遂乃說魏其曰能富貴將軍者上也能親將軍者太后也今將軍傅太子太子廢而不能爭爭不能得又弗能死自引謝病擁趙女屏閒處而不朝相提而論是自明揚

主上之過有如兩宮螫將軍則妻子毋類矣魏其侯
然之乃遂起朝請如故桃侯免相竇太后數言魏其
侯孝景帝曰太后豈以爲臣有愛不相魏其魏其者
沾沾自喜耳多易難以爲相持重遂不用用建陵侯
衞綰爲丞相武安侯田蚡者孝景后同母弟也生長
陵魏其已爲大將軍後方盛蚡爲諸郎未貴往來侍
酒魏其跪起如子姓及孝景晚節蚡益貴幸爲太中
大夫蚡辯有口學槃盂諸書王太后賢之孝景崩即
日太子立稱制所鎭撫多有田蚡賓客計筴蚡弟田
勝皆以太后弟孝景後三年封蚡爲武安侯勝爲周
陽侯武安侯新欲用事爲相卑下賓客進名士家居
者貴之欲以傾魏其諸將相建元元年丞相綰病免
上議置丞相太尉籍福說武安侯曰魏其貴久矣天
下士素歸之今將軍初興未如魏其即上以將軍爲

丞相必讓魏其魏其爲丞相將軍必爲太尉太尉丞相尊等耳又有讓賢名武安侯乃微言太后風上於是乃以魏其侯爲丞相武安侯爲太尉籍福賀魏其侯因弔曰君侯資性喜善疾惡方今善人譽君侯故至丞相然君侯且疾惡惡人衆亦且毀君侯君侯能兼容則幸久不能今以毀去矣魏其不聽

魏其武安俱好儒術推轂趙綰爲御史大夫王臧爲郎中令迎魯申公欲設明堂令列侯就國除關以禮爲服制以興太平舉適諸竇宗室毋節行者除其屬籍時諸外家爲列侯列侯多尚公主皆不欲就國以故毀日至竇太后太后好黃老之言而魏其武安趙綰王臧等務隆推儒術貶道家言是以竇太后滋不說魏其等及建元二年御史大夫趙綰請無奏事東宮竇太后大怒乃罷逐趙綰王臧等而免丞相太尉以柏至侯

許昌爲丞相武彊侯莊青翟爲御史大夫魏其武安由此以侯家居武安侯雖不任職以王太后故親幸數言事多效天下吏士趨勢利者皆去魏其歸武安武安日益橫建元六年竇太后崩丞相昌御史大夫青翟坐喪事不辦免以武安侯蚡爲丞相以大司農韓安國爲御史大夫天下士郡諸侯愈益附武安武安者貌侵生貴甚又以爲諸侯王多長上初卽位富於春秋蚡以肺腑爲京師相非痛折節以禮詘之天下不肅當是時丞相入奏事坐語移日所言皆聽薦人或起家至二千石權移主上上乃曰君除吏已盡未吾亦欲除吏嘗請考工地益宅上怒曰君何不遂取武庫是後乃退嘗召客飲坐其兄蓋侯南鄉自坐東鄉以爲漢相尊不可以兄故私橈武安由此滋驕治宅甲諸第田園極膏腴而市買郡縣器物相屬於

道前堂羅鍾鼓立曲旃後房婦女以百數諸侯奉金
玉狗馬玩好不可勝數魏其失竇太后益疏不用無
勢諸客稍稍自引而怠傲唯灌將軍獨不失故魏其
日默默不得志而獨厚遇灌將軍

灌將軍夫者潁陰
人也夫父張孟嘗爲潁陰侯嬰舍人得幸因進之至
二千石故蒙灌氏姓爲灌孟吳楚反時潁陰侯灌何
爲將軍屬太尉請灌孟爲校尉夫以千人與父俱灌
孟年老潁陰侯彊請之鬱鬱不得意故戰常陷堅遂
死吳軍中軍法父子俱從軍有死事得與喪歸灌夫
不肯隨喪歸奮曰願取吳王若將軍頭以報父之仇
於是灌夫被甲持戟募軍中壯士所善願從者數十
人及出壁門莫敢前獨二人及從奴十數騎馳入吳
軍至吳將麾下所殺傷數十人不得前復馳還走入
漢壁皆亡其奴獨與一騎歸夫身中大創十餘適有

萬金良藥故得無死夫創少瘳又復請將軍曰吾益
知吳壁中曲折請復往將軍壯義之恐亡夫乃言太
尉太尉乃固止之吳已破灌夫以此名聞天下潁陰
侯言之上上以夫爲中郎將數月坐法去後家居長
安長安中諸公莫弗稱之孝景時至代相孝景崩今
上初卽位以爲淮陽天下交勁兵處故徙夫爲淮陽
太守建元元年入爲太僕二年夫與長樂衞尉竇甫
飲輕重不得夫醉搏甫甫竇太后昆弟也上恐太后
誅夫徙爲燕相數歲坐法去官家居長安灌夫爲人
剛直使酒不好面諛貴戚諸有勢在己之右不欲加
禮必陵之諸士在己之左愈貧賤尤益敬與鈞稠人
廣衆薦寵下輩士亦以此多之夫不喜文學好任俠
已然諾諸所與交通無非豪桀大猾家累數千萬食
客日數十百人陂池田園宗族賓客爲權利橫於潁

川潁川兒乃歌之曰潁水清灌氏寧潁水濁灌氏族灌夫家居雖富然失勢卿相侍中賓客益衰及魏其侯失勢亦欲倚灌夫引繩批根生平慕之後弃之者灌夫亦倚魏其而通列侯宗室爲名高兩人相爲引重其游如父子然相得驩甚無厭恨相知晚也灌夫有服過丞相丞相從容曰吾欲與仲孺過魏其侯會仲孺有服灌夫曰將軍乃肯幸臨況魏其侯夫安敢以服爲解請語魏其侯帳具將軍旦日蚤臨武安許諾灌夫具語魏其侯如所謂武安侯魏其與其夫人益市牛酒夜灑埽早帳具至旦平明令門下候伺至日中丞相不來魏其謂灌夫曰丞相豈忘之哉灌夫不懌曰夫以服請宜往乃駕自往迎丞相丞相特前戲許灌夫殊無意往及夫至門丞相尚臥於是夫入見曰將軍昨日幸許過魏其魏其夫妻治具自旦至

今未敢嘗食武安鄂謝曰吾昨日醉忽忘與仲孺言乃駕往又徐行灌夫愈益怒及飲酒酣夫起舞屬丞相丞相不起夫從坐上語侵之魏其乃扶灌夫去謝丞相丞相卒飲至夜極驩而去

丞相嘗使籍福請魏其城南田魏其大望曰老僕雖弃將軍雖貴寧可以勢奪乎不許灌夫聞怒罵籍福籍福惡兩人有郄乃謾自好謝丞相曰魏其老且死易忍且待之已而武安聞魏其灌夫實怒不予田亦怒曰魏其子嘗殺人蚡活之蚡事魏其無所不可何愛數頃田且灌夫何與也吾不敢復求田武安由此大怨灌夫魏其元光四年春丞相言灌夫家在潁川橫甚民苦之請案上曰此丞相事何請灌夫亦持丞相陰事爲姦利受淮南王金與語言賓客居閒遂止俱解

夏丞相取燕王女爲夫人有太后詔召列侯宗室皆往賀魏其侯過

灌夫欲與俱夫謝曰夫數以酒失得過丞相丞相今
者又與夫有郄魏其曰事已解彊與俱飲酒酣武安
起爲壽坐皆避席伏已魏其侯爲壽獨故人避席耳
餘半膝席灌夫不悅起行酒至武安武安膝席曰不
能滿觴夫怒因嘻笑曰將軍貴人也屬之時武安不
肯行酒次至臨汝侯臨汝侯方與程不識耳語又不
避席夫無所發怒乃罵臨汝侯曰生平毀程不識不
直一錢今日長者爲壽乃效女兒呫囁耳語武安謂
灌夫曰程李俱東西宮衛尉今衆辱程將軍仲孺獨
不爲李將軍地乎灌夫曰今日斬頭陷匈何知程李
乎坐乃起更衣稍稍去魏其侯去麾灌夫出武安遂
怒曰此吾驕灌夫罪乃令騎留灌夫灌夫欲出不得
籍福起爲謝案灌夫項令謝夫愈怒不肯謝武安乃
麾騎縛夫置傳舍召長史曰今日召宗室有詔劾灌

夫罵坐不敬繫居室遂案其前事遣吏分曹逐捕諸灌氏支屬皆得棄市罪魏其侯大媿爲資使賓客請莫能解武安吏皆爲耳目諸灌氏皆亡匿夫繫遂不得告言武安陰事魏其銳身爲救灌夫夫人諫魏其曰灌將軍得罪丞相與太后家忤寧可救邪魏其侯曰侯自我得之自我捐之無所恨且終不令灌仲孺獨死嬰獨生乃匿其家竊出上書立召入具言灌夫醉飽事不足誅上然之賜魏其食曰東朝廷辯之魏其之東朝盛推灌夫之善言其醉飽得過乃丞相以他事誣罪之武安又盛毀灌夫所爲橫恣罪逆不道魏其度不可奈何因言丞相短武安曰天下幸而安樂無事蚡得爲肺腑所好音樂狗馬田宅蚡所愛倡優巧匠之屬不如魏其灌夫日夜招聚天下豪傑壯士與論議腹誹而心謗不仰視天而俯畫地辟倪兩

宮闈幸天下有變而欲有大功臣乃不知魏其等所爲於是上問朝臣兩人孰是御史大夫韓安國曰魏其言灌夫父死事身荷戟馳入不測之吳軍身被數十創名冠三軍此天下壯士非有大惡爭杯酒不足引他過以誅也魏其言是也丞相亦言灌夫通姦猾侵細民家累巨萬橫恣潁川淩轢宗室侵犯骨肉此所謂枝大於本脛大於股不折必披丞相言亦是唯明主裁之主爵都尉汲黯是魏其內史鄭當時是魏其後不敢堅對餘皆莫敢對上怒內史曰公平生數言魏其武安長短今日廷論局趣效轅下駒吾并斬若屬矣卽罷起入上食太后太后亦已使人候伺具以告太后太后怒不食曰今我在也而人皆藉吾弟令我百歲後皆魚肉之矣且帝寧能爲石人邪此特帝在卽錄錄設百歲後是屬寧有可信者乎上謝曰

俱宗室外家故廷辯之不然此一獄吏所決耳是時郎中令石建爲上分別言兩人事武安已罷朝出止車門召韓御史大夫載怒曰與長孺共一老禿翁何爲首鼠兩端韓御史良久謂丞相曰君何不自喜夫魏其毀君君當免冠解印綬歸曰臣以肺腑幸得待罪固非其任魏其言皆是如此上必多君有讓不廢君魏其必內愧杜門齰舌自殺今人毀君君亦毀人譬如賈豎女子爭言何其無大體也武安謝罪曰爭時急不知出此於是上使御史簿責魏其所言灌夫頗不讎欺謾劾繫都司空孝景時魏其常受遺詔曰事有不便以便宜論上及繫灌夫罪至族事日急諸公莫敢復明言於上魏其乃使昆弟子上書言之幸得復召見書奏上而案尚書大行無遺詔詔書獨藏魏其家家丞封乃劾魏其矯先帝詔罪當弃市五年

十月悉論灌夫及家屬魏其良久乃聞聞卽恚病痱不食欲死或聞上無意殺魏其魏其復食治病議定不死矣乃有蜚語爲惡言聞上故以十二月晦論弃市渭城其春武安侯病專呼服謝罪使巫視鬼者視之見魏其灌夫共守欲殺之竟死子恬嗣元朔三年武安侯坐衣襜褕入宮不敬淮南王安謀反覺治王前朝武安侯爲太尉時迎王至霸上謂王曰上未有太子大王最賢高祖孫卽宮車晏駕非大王立當誰哉淮南王大喜厚遺金財物上自魏其時不直武安特爲太后故耳及聞淮南王金事上曰使武安侯在者族矣

太史公曰魏其武安皆以外戚重灌夫用一時決筴而名顯魏其之舉以吳楚武安之貴在日月之際然魏其誠不知時變灌夫無術而不遜兩人相翼乃成

禍亂武安負貴而好權杯酒責望陷彼兩賢嗚呼哀哉遷怒及人命亦不延衆庶不載竟被惡言嗚呼哀哉禍所從來矣方望溪云魏其灌夫生平事跡並正敘於前故武安事迹皆與魏其夾敘其初起也著魏其方盛而卑事之其益貴用事而下賓客進名士也以欲傾魏其諸將相其讓魏其爲丞相也以天下士素歸之而用以釣讓賢之名其好儒術與禮度也與魏其俱其益橫益驕也以言事多效天下吏士皆去魏其而歸之吏士去魏其歸武安則魏其與灌夫相歡相倚之由也武安益橫益驕則怒魏其激灌夫之由也中閑魏其夫婦治具旦及日中與武安往來侍酒跪起如子姪相對灌夫尤敬諸士貧賤者與武安折詘諸侯王坐其兄南鄉相對好陵貴戚有勢在己之右者爲後爭酒罵坐張本而魏其初致名譽及後銳身救灌夫則以沾沾自喜多易蔽之章法蔽遏俾覽者心怡目眩而不知其所以然所謂工倕旋而蓋規矩也

史記匈奴列傳

匈奴其先祖夏后氏之苗裔也曰淳維唐虞以上有山戎獫狁葷粥居于北蠻隨畜牧而轉移其畜之所多則馬牛羊其奇畜則橐駞驢贏駃騠騊駼驒騱逐

水草遷徙・毋城郭常處耕田之業・然亦各有分地毋
文書・以言語爲約束・兒能騎羊・引弓射鳥鼠・少長則
射狐兔・用爲食・士力能毌弓・盡爲甲騎・其俗・寬則隨
畜・因射獵禽獸爲生業・急則人習戰攻以侵伐・其天
性也・其長兵則弓矢・短兵則刀鋋・利則進・不利則退・
不羞遁走・苟利所在・不知禮義・自君王以下・咸食畜
肉・衣其皮革・被旃裘・壯者食肥美・老者食其餘・貴壯
健・賤老弱・父死・妻其後母・兄弟死・皆取其妻妻之・其
俗有名不諱・而無姓字・夏道衰・而公劉失其稷官・變
于西戎・邑于豳・其後三百有餘歲・戎狄攻大王亶父・
亶父亡走岐下・而豳人悉從亶父而邑焉・作周・其後
百有餘歲・周西伯昌伐畎夷氏・後十有餘年・武王伐
紂・而營雒邑・復居于酆鄗・放逐戎夷涇洛之北・以時
入貢・命曰荒服・其後二百有餘年・周道衰・而穆王伐

犬戎得四白狼四白鹿以歸自是之後荒服不至於是周遂作甫刑之辟穆王之後二百有餘年周幽王用寵姬褒姒之故與申侯有郤申侯怒而與犬戎共攻殺周幽王于驪山之下遂取周之焦穫而居于涇渭之閒侵暴中國秦襄公救周於是周平王去酆鄗而東徙雒邑當是之時秦襄公伐戎至岐始列爲諸侯是後六十有五年而山戎越燕而伐齊齊釐公與戰于齊郊其後四十四年而山戎伐燕燕告急於齊齊桓公北伐山戎山戎走其後二十有餘年而戎狄至洛邑伐周襄王襄王奔于鄭之氾邑初周襄王欲伐鄭故娶戎狄女爲后與戎狄兵共伐鄭已而黜狄后狄后怨而襄王後母曰惠后有子子帶欲立之於是惠后與狄后子帶爲內應開戎狄戎狄以故得入破逐周襄王而立子帶爲天子於是戎狄或居于陸

渾東至於衞侵盜暴虐中國中國疾之故詩人歌之曰戎狄是應薄伐獫狁至於大原出輿彭彭城彼朔方周襄王既居外四年乃使使告急于晉晉文公初立欲修霸業乃興師伐逐戎翟誅子帶迎內周襄王居于雒邑當是之時秦晉爲彊國晉文公攘戎翟居于河西圁洛之閒號曰赤翟白翟秦穆公得由余西戎八國服於秦故自隴以西有緜諸緄戎翟獂之戎岐梁山涇漆之北有義渠大荔烏氏朐衍之戎而晉北有林胡樓煩之戎燕北有東胡山戎各分散居谿谷自有君長往往而聚者百有餘戎然莫能相一自是之後百有餘年晉悼公使魏絳和戎翟戎翟朝晉後百有餘年趙襄子踰句注而破幷代以臨胡貉其後既與韓魏共滅智伯分晉地而有之則趙有代句注之北魏有河西上郡以與戎界邊其後義渠之戎

築城郭以自守而秦稍蠶食至於惠王遂拔義渠二十五城惠王擊魏魏盡入西河及上郡于秦秦昭王時義渠戎王與宣太后亂有二子宣太后詐而殺義渠戎王於甘泉遂起兵伐殘義渠於是秦有隴西北地上郡築長城以拒胡而趙武靈王亦變俗胡服習騎射北破林胡樓煩築長城自代並陰山下至高闕爲塞而置雲中鴈門代郡其後燕有賢將秦開爲質於胡胡甚信之歸而襲破走東胡東胡卻千餘里與荆軻刺秦王秦舞陽者開之孫也燕亦築長城自造陽至襄平置上谷漁陽右北平遼西遼東郡以拒胡當是之時冠帶戰國七而三國邊於匈奴其後趙將李牧時匈奴不敢入趙邊後秦滅六國而始皇帝使蒙恬將十萬之衆北擊胡悉收河南地因河爲塞築四十四縣城臨河徙適戍以充之而通直道自九原

至雲陽因邊山險塹谿谷可繕者治之起臨洮至遼東萬餘里又度河據陽山北假中當是之時東胡彊而月氏盛匈奴單于曰頭曼頭曼不勝秦北徙十餘年而蒙恬死諸侯畔秦中國擾亂諸秦所徙適戍邊者皆復去於是匈奴得寬復稍度河南與中國界於故塞單于有太子名冒頓後有所愛閼氏生少子而單于欲廢冒頓而立少子乃使冒頓質於月氏冒頓既質於月氏而頭曼急擊月氏月氏欲殺冒頓冒頓盜其善馬騎之亡歸頭曼以爲壯令將萬騎冒頓乃作爲鳴鏑習勒其騎射令曰鳴鏑所射而不悉射者斬之行獵鳥獸有不射鳴鏑所射者輒斬之已而冒頓以鳴鏑自射其善馬左右或不敢射者冒頓立斬不射善馬者居頃之復以鳴鏑自射其愛妻左右或頗恐不敢射冒頓又復斬之居頃之冒頓出獵以鳴

鏑射單于善馬左右皆射之於是冒頓知其左右皆可用從其父單于頭曼獵以鳴鏑射頭曼其左右亦皆隨鳴鏑而射殺單于頭曼遂盡誅其後母與弟及大臣不聽從者冒頓自立爲單于冒頓既立是時東胡彊盛聞冒頓殺父自立乃使使謂冒頓欲得頭曼時有千里馬冒頓問羣臣羣臣皆曰千里馬匈奴寶馬也勿與冒頓曰奈何與人鄰國而愛一馬乎遂與之千里馬居頃之東胡以爲冒頓畏之乃使使謂冒頓欲得單于一閼氏冒頓復問左右左右皆怒曰東胡無道乃求閼氏請擊之冒頓曰奈何與人鄰國愛一女子乎遂取所愛閼氏予東胡東胡王愈益驕西侵與匈奴閒中有弃地莫居千餘里各居其邊爲甌脫東胡使使謂冒頓曰匈奴所與我界甌脫外弃地匈奴非能至也吾欲有之冒頓問羣臣羣臣或曰此

弃地予之亦可勿予亦可於是冒頓大怒曰地者國之本也奈何予之諸言予之者皆斬之冒頓上馬令國中有後者斬遂東襲擊東胡東胡初輕冒頓不爲備及冒頓以兵至擊大破滅東胡王而虜其民人及畜產既歸西擊走月氏南幷樓煩白羊河南王侵燕代悉復收秦所使蒙恬所奪匈奴地者與漢關故河南塞至朝那膚施遂侵燕代是時漢兵與項羽相距中國罷於兵革以故冒頓得自彊控弦之士三十餘萬自淳維以至頭曼千有餘歲時大時小別散分離尚矣其世傳不可得而次云然至冒頓而匈奴最彊大盡服從北夷而南與中國爲敵國其世傳國官號乃可得而記云

置左右賢王左右谷蠡王左右大將左右大都尉左右大當戶左右骨都侯匈奴謂賢曰屠耆故常以太子爲左屠耆王自如左右賢王以下

至當戶。大者萬騎。小者數千。凡二十四長。立號曰萬騎。諸大臣皆世官。呼衍氏。蘭氏。其後有須卜氏。此三姓其貴種也。諸左方王將居東方。直上谷以往者。東接穢貉朝鮮。右方王將居西方。直上郡以西。接月氏氐羌。而單于之庭。直代雲中。各有分地。逐水草移徙。而左右賢王。左右谷蠡王最爲大國。左右骨都侯輔政。諸二十四長。亦各自置千長。百長。什長。裨小王。相封。都尉。當戶。且渠之屬。歲正月。諸長小會單于庭。祠五月。大會龍城。祭其先天地鬼神。秋馬肥。大會蹛林。課校人畜計。其法。拔刃尺者死。坐盜者沒入其家。有罪。小者軋。大者死。獄久者不過十日。一國之囚不過數人。而單于朝出營。拜日之始生。夕拜月。其坐。長左而北鄉。日上戊己。其送死。有棺槨金銀衣裘。而無封樹。喪服。近幸臣妾從死者。多至數千百人。舉事而候星月月盛壯則攻戰月虧則退兵其攻戰斬首虜賜一巵酒而所得鹵獲因以予之得人以爲奴婢故其戰人人自爲趣利善爲誘兵以冒敵故其見敵則逐利如鳥之集其困敗則瓦解雲散矣戰而扶輿死者盡得死者家財後北服渾庾屈射丁零鬲昆薪犂之國於是匈奴貴人大臣皆服以冒頓單于爲賢是時漢初定中國徙韓王信於代都馬邑匈奴大攻圍馬邑韓王信降匈奴匈奴得信因引兵南踰句注攻太原至晉陽下高帝自將兵往擊之會冬大寒雨雪卒之墮指者十二三於是冒頓詳敗走誘漢兵漢兵逐擊冒頓冒頓匿其精兵見其羸弱於是漢悉兵多步兵三十二萬北逐之高帝先至平城步兵未盡到冒頓縱精兵四十萬騎圍高帝於白登七日漢兵中外不得相救餉匈奴騎其西方盡白馬東方盡青駹馬

北方盡烏驪馬南方盡騂馬高帝乃使使閒厚遺閼氏閼氏乃謂冒頓曰兩主不相困今得漢地而單于終非能居之也且漢王亦有神單于察之冒頓與韓王信之將王黃趙利期而黃利兵又不來疑其與漢有謀亦取閼氏之言乃解圍之一角於是高帝令士皆持滿傅矢外鄉從解角直出竟與大軍合而冒頓遂引兵而去漢亦引兵而罷使劉敬結和親之約是後韓王信爲匈奴將及趙利王黃等數倍約侵盜代雲中居無幾何陳豨反又與韓信合謀擊代漢使樊噲往擊之復拔代鴈門雲中郡縣不出塞是時匈奴以漢將衆往降故冒頓常往來侵盜代地於是漢患之高帝乃使劉敬奉宗室女公主爲單于閼氏歲奉匈奴絮繒酒米食物各有數約爲昆弟以和親冒頓乃少止後燕王盧綰反率其黨數千人降匈奴往來

苦上谷以東高祖崩孝惠呂太后時漢初定故匈奴
以驕冒頓乃爲書遺高后妄言高后欲擊之諸將曰
以高帝賢武然尚困於平城於是高后乃止復與匈
奴和親至孝文帝初立復修和親之事其三年五月
匈奴右賢王入居河南地侵盜上郡葆塞蠻夷殺略
人民於是孝文帝詔丞相灌嬰發車騎八萬五千詣
高奴擊右賢王右賢王走出塞文帝幸太原是時濟
北王反文帝歸罷丞相擊胡之兵其明年單于遺漢
書曰天所立匈奴大單于敬問皇帝無恙前時皇帝
言和親事稱書意合歡漢邊吏侵侮右賢王右賢王
不請聽後義盧侯難氏等計與漢吏相距絕二主之
約離兄弟之親皇帝讓書再至發使以書報不來漢
使不至漢以其故不和鄰國不附今以小吏之敗約
故罰右賢王使之西求月氏擊之以天之福吏卒良

馬彊力以夷滅月氏盡斬殺降下之定樓蘭烏孫呼揭及其旁二十六國皆以為匈奴諸引弓之民并為一家北州已定願寢兵休士卒養馬除前事復故約以安邊民以應始古使少者得成其長老者安其處世世平樂未得皇帝之志也故使郎中係雩淺奉書請獻橐他一匹騎馬二匹駕二駟皇帝卽不欲匈奴近塞則且詔吏民遠舍使者至卽遣之以六月中來至薪望之地書至漢議擊與和親孰便公卿皆曰單于新破月氏乘勝不可擊且得匈奴地澤鹵非可居也和親甚便漢許之。孝文皇帝前六年。漢遺匈奴書曰。

皇帝敬問匈奴大單于無恙使郎中係雩淺遺朕書曰右賢王不請聽後義盧侯難氏等計絕二主之約離兄弟之親漢以故不和鄰國不附今以小吏敗約故罰右賢王使西擊月氏盡定之願寢兵休士卒

養馬除前事復故約以安邊民使少者得成其長老者安其處世世平樂朕甚嘉之此古聖主之意也漢與匈奴約爲兄弟所以遺單于甚厚倍約離兄弟之親者常在匈奴然右賢王事已在赦前單于勿深誅單于若稱書意明告諸吏使無負約有信敬如單于書使者言單于自將伐國有功甚苦兵事服繡袷綺衣繡袷長襦錦袷袍各一比余一黃金飾具帶一黃金胥紕一繡十匹錦三十匹赤綈綠繒各四十匹使中大夫意謁者令肩遺單于（姚纂已入詔令）後頃之冒頓死子稽粥立號曰老上單于老上稽粥單于初立孝文皇帝復遣宗室女公主爲單于閼氏使宦者燕人中行說傅公主說不欲行漢彊使之說曰必我行也爲漢患者中行說既至因降單于單于甚親幸之初匈奴好漢繒絮食物中行說曰匈奴人衆不能當漢之

一郡。然所以彊者。以衣食異。無仰於漢也。今單于變俗。好漢物。漢物不過什二。則匈奴盡歸於漢矣。其得漢繒絮。以馳草棘中。衣袴皆裂敝。以示不如旃裘之完善也。得漢食物。皆去之。以示不如湩酪之便美也。於是說教單于左右疏記。以計課其人衆畜物。漢遺單于書。牘以尺一寸。辭曰。皇帝敬問匈奴大單于無恙。所遺物及言語云云。中行說令單于遺漢書。以尺二寸牘。及印封皆令廣大長。倨傲其辭曰。天地所生。日月所置。匈奴大單于。敬問漢皇帝無恙。所以遺物言語亦云云。漢使或言曰。匈奴俗賤老。中行說窮漢使曰。而漢俗屯戍從軍當發者。其老親豈有不自脫溫厚肥美以齎送飲食行戍乎。漢使曰。然。中行說曰。匈奴明以戰攻爲事。其老弱不能鬭。故以其肥美飲食壯健者。蓋以自爲守衞。如此父子各得久相保。何

以言匈奴輕老也漢使曰匈奴父子乃同穹廬而臥
父死妻其後母兄弟死盡取其妻妻之無冠帶之飾
闕庭之禮中行說曰匈奴之俗人食畜肉飲其汁衣
其皮畜食草飲水隨時轉移故其急則人習騎射寬
則人樂無事其約束輕易行也君臣簡易一國之政
猶一身也父子兄弟死取其妻妻之惡種姓之失也
故匈奴雖亂必立宗種今中國雖詳不取其父兄之
妻親屬益疏則相殺至乃易姓皆從此類且禮義之
敝上下交怨望而室屋之極生力必屈夫力耕桑以
求衣食築城郭以自備故其民急則不習戰功緩則
罷於作業嗟土室之人顧無多辭令喋喋而佔佔冠
固何當自是之後漢使欲辯論者中行說輒曰漢使
無多言顧漢所輸匈奴繒絮米糵令其量中必善美
而已矣何以爲言乎且所給備善則已不備苦惡則

候秋孰以騎馳蹂而稼穡耳日夜教單于候利害處。
漢孝文皇帝十四年。匈奴單于十四萬騎入朝那蕭
關。殺北地都尉卬。虜人民畜產甚多。遂至彭陽使奇
兵入燒回中宮。候騎至雍甘泉於是文帝以中尉周
舍郎中令張武爲將軍發車千乘騎十萬軍長安旁
以備胡寇而拜昌侯盧卿爲上郡將軍甯侯魏遬爲
北地將軍隆慮侯周竈爲隴西將軍東陽侯張相如
爲大將軍成侯董赤爲前將軍大發車騎往擊胡單
于留塞內月餘乃去漢逐出塞卽還不能有所殺匈
奴日已驕。歲入邊殺略人民畜產甚多。雲中遼東最
甚。至代郡萬餘人。漢患之。乃使使遺匈奴書單于亦
使當戶報謝復言和親事。孝文帝後二年。使使遺匈
奴書曰。皇帝敬問匈奴大單于無恙使當戶且居雕
渠難郎中韓遼遺朕馬二匹已至敬受先帝制長城

以北引弓之國受命單于長城以內冠帶之室朕亦制之使萬民耕織射獵衣食父子無離臣主相安俱無暴逆今聞渫惡民貪降其進取之利倍義絕約忘萬民之命離兩主之驩然其事已在前矣書曰二國已和親兩主驩說寢兵休卒養馬世世昌樂闟然更始朕甚嘉之聖人者日新改作更始使老者得息幼者得長各保其首領而終其天年朕與單于俱由此道順天恤民世世相傳施之無窮天下莫不咸便漢與匈奴鄰國之敵匈奴處北地寒殺氣早降故詔吏遺單于秫糵金帛絲絮佗物歲有數今天下大安萬民熙熙朕與單于爲之父母朕追念前事薄物細故謀臣計失皆不足以離兄弟之驩朕聞天不頗覆地不偏載朕與單于皆捐往細故俱蹈大道墮壞前惡以圖長久使兩國之民若一家子元元萬民下及魚

鼈上及飛鳥跂行喙息蠕動之類莫不就安利而辟危殆故來者不止天之道也俱去前事朕釋逃虜民單于無言章尼等朕聞古之帝王約分明而無食言單于留志天下大安和親之後漢過不先單于其察之（姚纂已入詔令）單于既約和親於是制詔御史曰匈奴大單于遺朕書言和親已定亡人不足以益衆廣地匈奴無入塞漢無出塞犯令約者殺之可以久親後無咎俱便朕已許之其布告天下使明知之後四歲老上稽粥單于死子軍臣立爲單于既立孝文皇帝復與匈奴和親而中行說復事之軍臣單于立四歲匈奴復絕和親大入上郡雲中各三萬騎所殺略甚衆而去於是漢使三將軍軍屯北地代屯句注趙屯飛狐口緣邊亦各堅守以備胡寇又置三將軍軍長安西細柳渭北棘門霸上以備胡胡騎入代句注邊烽

火通於甘泉長安數月漢兵至邊匈奴亦去遠塞漢兵亦罷後歲餘孝文帝崩孝景帝立而趙王遂乃陰使人於匈奴吳楚反欲與趙合謀入邊漢圍破趙匈奴亦止自是之後孝景帝復與匈奴和親通關市給遺匈奴遣公主如故約終孝景帝時時小入盜邊無大寇今帝即位明和親約束厚遇通關市饒給之匈奴自單于以下皆親漢往來長城下漢使馬邑下人聶翁壹奸蘭出物與匈奴交詳爲賣馬邑城以誘單于單于信之而貪馬邑財物乃以十萬騎入武州塞漢伏兵三十餘萬馬邑旁御史大夫韓安國爲護軍護四將軍以伏單于單于既入漢塞未至馬邑百餘里見畜布野而無人牧者怪之乃攻亭是時鴈門尉史行徼見寇葆此亭知漢兵謀單于得欲殺之尉史乃告單于漢兵所居單于大驚曰吾固疑之乃引兵

還出曰吾得尉史天也天使若言以尉史爲天王漢兵約單于入馬邑而縱單于不至以故漢兵無所得漢將軍王恢部出代擊胡輜重聞單于還兵多不敢出漢以恢本造兵謀而不進斬恢自是之後匈奴絕和親攻當路塞往往入盜於漢邊不可勝數然匈奴貪尚樂關市嗜漢財物漢亦尚關市不絕以中之自馬邑軍後五年之秋漢使四將軍各萬騎擊胡關市下將軍衞青出上谷至蘢城得胡首虜七百人公孫賀出雲中無所得公孫敖出代郡爲胡所敗七千餘人李廣出鴈門爲胡所敗而匈奴生得廣廣後得亡歸漢囚敖廣敖廣贖爲庶人其冬匈奴數入盜邊漁陽尤甚漢使將軍韓安國屯漁陽備胡其明年秋匈奴二萬騎入漢殺遼西太守略二千餘人胡又入敗漁陽太守軍千餘人圍漢將軍安國安國時千餘騎

亦且盡會燕救至匈奴乃去匈奴又入鴈門殺略千餘人。於是漢使將軍衛青將三萬騎出鴈門。李息出代郡擊胡。得首虜數千人其明年衛青復出雲中以西至隴西擊胡之樓煩白羊王於河南得胡首虜數千牛羊百餘萬。於是漢遂取河南地。築朔方。復繕故秦時蒙恬所為塞。因河為固。漢亦棄上谷之什辟縣造陽地以予胡。是歲。漢之元朔二年也。其後冬匈奴軍臣單于死。軍臣單于弟左谷蠡王伊稚斜自立為單于。攻破軍臣單于太子於單於單亡降漢漢封於單為涉安侯數月而死伊稚斜單于既立其夏匈奴數萬騎入殺代郡太守恭友略千餘人其秋匈奴又入鴈門殺略千餘人其明年匈奴又復入代郡定襄上郡各三萬騎殺略數千人。匈奴右賢王怨漢奪之河南地。而築朔方。數為寇盜邊。及入河南。侵擾朔方。

殺略吏民甚衆。其明年春。漢以衛青爲大將軍。將六將軍。十餘萬人。出朔方高闕擊胡。右賢王以爲漢兵不能至。飲酒醉。漢兵出塞六七百里。夜圍右賢王。右賢王大驚。脫身逃走。諸精騎往往隨後去。漢得右賢王衆男女萬五千人。裨小王十餘人。其秋。匈奴萬騎入殺代郡都尉朱英。略千餘人。其明年春。漢復遣大將軍衛青將六將軍。兵十餘萬騎。乃再出定襄數百里擊匈奴。得首虜前後凡萬九千餘級。而漢亦亡兩將軍軍三千餘騎。右將軍建得以身脫。而前將軍翕侯趙信兵不利。降匈奴。趙信者。故胡小王。降漢。漢封爲翕侯。以前將軍與右將軍幷軍分行。獨遇單于兵。故盡沒。單于既得翕侯。以爲自次王。用其姊妻之。與謀漢。信教單于益北絕幕。以誘罷漢兵。徼極而取之。無近塞。單于從其計。其明年。胡騎萬人入上谷。殺數百人其明年春漢使驃騎將軍去病將萬騎出隴西過焉支山千餘里擊匈奴得胡首虜騎萬八千餘級破得休屠王祭天金人其夏驃騎將軍復與合騎侯數萬騎出隴西北地二千里擊匈奴過居延攻祁連山得胡首虜三萬餘人禆小王以下七十餘人是時匈奴亦來入代郡鴈門殺略數百人漢使博望侯及李將軍廣出右北平擊匈奴左賢王左賢王圍李將軍卒可四千人且盡殺虜亦過當會博望侯軍救至李將軍得脫漢失士數千人合騎侯後驃騎將軍期及與博望侯皆當死贖爲庶人其秋單于怒渾邪王休屠王居西方爲漢所殺虜數萬人欲召誅之渾邪王與休屠王恐謀降漢漢使驃騎將軍往迎之渾邪王殺休屠王幷將其衆降漢凡四萬餘人號十萬於是漢已得渾邪王則隴西北地河西益少胡冦徙關

東貧民。處所奪匈奴河南新秦中以實之。而滅北地以西戍卒半。其明年，匈奴入右北平定襄，各數萬騎殺略千餘人而去，其明年春，漢謀曰，翕侯信爲單于計，居幕北，以爲漢兵不能至，乃粟馬發十萬騎，負私從，馬凡十四萬匹，糧重不與焉，令大將軍青驃騎將軍去病中分軍，大將軍出定襄，驃騎將軍出代，咸約絕，幕擊匈奴，單于聞之，遠其輜重，以精兵待於幕北，與漢大將軍接戰一日，會暮大風起，漢兵縱左右翼圍單于，單于自度戰不能如漢兵，單于遂獨身與壯騎數百潰漢圍西北遁走，漢兵夜追不得，行斬捕匈奴首虜萬九千級，北至闐顏山趙信城而還，單于之遁走，其兵往往與漢兵相亂而隨單于，單于久不與其大衆相得，其右谷蠡王以爲單于死，乃自立爲單于，真單于復得其衆，而右谷蠡王乃去其單于號，復爲右谷蠡王漢驃騎將軍之出代二千餘里與左賢王接戰漢兵得胡首虜凡七萬餘級左賢王將皆遁走驃騎封於狼居胥山禪姑衍臨翰海而還是後匈奴遠遁而幕南無王庭漢度河自朔方以西至令居往往通渠置田官吏卒五六萬人稍蠶食地接匈奴以北初漢兩將軍大出圍單于所殺虜八九萬而漢士卒物故亦數萬漢馬死者十餘萬匈奴雖病遠去而漢亦馬少無以復往匈奴用趙信之計遣使於漢好辭請和親天子下其議或言和親或言遂臣之丞相長史任敞曰匈奴新破困宜可使爲外臣朝請於邊漢使任敞於單于單于聞敞計大怒留之不遣先是漢亦有所降匈奴使者單于亦輒留漢使相當漢方復收士馬會驃騎將軍去病死於是漢久不北擊胡數歲伊稚斜單于立十三年死子烏維立爲單于

是歲漢元鼎三年也烏維單于立而漢天子始出巡郡縣其後漢方南誅兩越不擊匈奴匈奴亦不侵入邊烏維單于立三年漢已滅南越遣故太僕賀將萬五千騎出九原二千餘里至浮苴井而還不見匈奴一人漢又遣故從驃侯趙破奴萬餘騎出令居數千里至匈河水而還亦不見匈奴一人是時天子巡邊至朔方勒兵十八萬騎以見武節而使郭吉風告單于郭吉既至匈奴匈奴主客問所使郭吉禮卑言好曰吾見單于而口言單于見吉吉曰南越王頭已懸於漢北闕今單于能即前與漢戰天子自將兵待邊單于即不能即南面而臣於漢何徒遠走亡匿於幕北寒苦無水草之地毋爲也語卒而單于大怒立斬主客見者而留郭吉不歸遷之北海上而單于終不肯爲寇於漢邊休養息士馬習射獵數使使於漢好

辭甘言求請和親漢使王烏等窺匈奴匈奴法漢使非去節而以墨黥其面者不得入穹廬王烏北地人習胡俗去其節黥面得入穹廬單于愛之詳許甘言爲遣其太子入漢爲質以求和親漢使楊信於匈奴是時漢東拔穢貉朝鮮以爲郡而西置酒泉郡以鬲絶胡與羌通之路漢又西通月氏大夏又以公主妻烏孫王以分匈奴西方之援國又北益廣田至眩靁爲塞而匈奴終不敢以爲言是歲翕侯信死漢用事者以匈奴爲已弱可臣從也楊信爲人剛直屈彊素非貴臣單于不親單于欲召入不肯去節單于乃坐穹廬外見楊信楊信既見單于說曰卽欲和親以單于太子爲質於漢單于曰非故約故約漢常遣翁主給繒絮食物有品以和親而匈奴亦不擾邊今乃欲反古令吾太子爲質無幾矣匈奴俗見漢使非中貴

人其儒先以爲欲說折其辯其少年以爲欲刺折其
氣每漢使入匈奴匈奴輒報償漢留匈奴使匈奴亦
留漢使必得當乃肯止楊信既歸漢使王烏而單于
復讇以甘言欲多得漢財物紿謂王烏曰吾欲入見
漢天子面相約爲兄弟王烏歸報漢漢爲單于築邸
于長安匈奴曰非得漢貴人使吾不與誠語匈奴使
其貴人至漢病漢予藥欲愈之不幸而死而漢使路
充國佩二千石印綬往使因送其喪厚葬直數千金
曰此漢貴人也單于以爲漢殺吾貴使者乃留路充
國不歸諸所言者單于特空紿王烏殊無意入漢及
遣太子來質於是匈奴數使奇兵侵犯邊漢乃拜郭
昌爲拔胡將軍及浞野侯屯朔方以東備胡路充國
留匈奴三歲單于死烏維單于立十歲而死子烏師
廬立爲單于年少號爲兒單于是歲元封六年也自

此之後單于益西北左方兵直雲中右方直酒泉燉煌郡兒單于立漢使兩使者一弔單于一弔右賢王欲以乖其國使者入匈奴匈奴悉將致單于單于怒而盡留漢使漢使留匈奴者前後十餘輩而匈奴使來漢亦輒留相當是歲漢使貳師將軍廣利西伐大宛而令因杅將軍敖築受降城其冬匈奴大雨雪畜多飢寒死兒單于年少好殺伐國人多不安左大都尉欲殺單于使人閒告漢曰我欲殺單于降漢漢遠卽兵來迎我我卽發初漢聞此言故築受降城猶以爲遠其明年春漢使浞野侯破奴將二萬餘騎出朔方西北二千餘里期至浚稽山而還浞野侯既至期而還左大都尉欲發而覺單于誅之發左方兵擊浞野浞野侯行捕首虜得數千人還未至受降城四百里匈奴兵八萬騎圍之浞野侯夜自出求水匈奴閒

捕生得浞野侯因急擊其軍軍中郭縱爲護維王爲渠相與謀曰及諸校尉畏亡將軍而誅之莫相勸歸軍遂沒於匈奴匈奴兒單于大喜遂遣奇兵攻受降城不能下乃寇入邊而去其明年單于欲自攻受降城未至病死兒單于立三歲而死子年少匈奴乃立其季父烏維單于弟右賢王呴犂湖爲單于是歲太初三年也呴犂湖單于立漢使光祿徐自爲出五原塞數百里遠者千餘里築城鄣列亭至盧朐而使游擊將軍韓說長平侯衞伉屯其旁使彊弩都尉路博德築居延澤上其秋匈奴大入定襄雲中殺略數千人敗數二千石而去行破壞光祿所築城列亭鄣又使右賢王入酒泉張掖略數千人會任文擊救盡復失所得而去是歲貳師將軍破大宛斬其王而還匈奴欲遮之不能至其冬欲攻受降城會單于病死呴

犂湖單于立一歲死匈奴乃立其弟左大都尉且鞮侯爲單于漢旣誅大宛威震外國天子意欲遂困胡乃下詔曰高皇帝遺朕平城之憂高后時單于書絕悖逆昔齊襄公復九世之讎春秋大之是歲太初四年也且鞮侯單于旣立盡歸漢使之不降者路充國等得歸單于初立恐漢襲之乃自謂我兒子安敢望漢天子漢天子我丈人行也漢遣中郎將蘇武厚幣賂遺單于單于益驕禮甚倨非漢所望也其明年浞野侯破奴得亡歸漢其明年漢使貳師將軍廣利以三萬騎出酒泉擊右賢王於天山得胡首虜萬餘級而還匈奴大圍貳師將軍幾不脫漢兵物故什六七漢復使因杅將軍敖出西河與彊弩都尉會涿涂山毋所得又使騎都尉李陵將步騎五千人出居延北千餘里與單于會合戰陵所殺傷萬餘人兵及食盡

欲解歸。匈奴圍陵。陵降匈奴。其兵遂沒。得還者四百人。單于乃貴陵以其女妻之後二歲復使貳師將軍將六萬騎步兵十萬出朔方彊弩都尉路博德將萬餘人與貳師會游擊將軍說將步騎三萬人出五原因杅將軍敖將萬騎步兵三萬人出鴈門匈奴聞悉遠其累重於余吾水北而單于以十萬騎待水南與貳師將軍接戰貳師乃解而引歸與單于連戰十餘日貳師聞其家以巫蠱族滅因并衆降匈奴。得來還千人一兩人耳。游擊說無所得因杅敖與左賢王戰不利引歸是歲漢兵之出擊匈奴者不得言功多少功不得御。有詔捕太醫令隨但言貳師將軍家室族滅。使廣利得降匈奴。

太史公曰孔氏著春秋隱桓之閒則章至定哀之際則微爲其切當世之文而罔褒忌諱之辭也世俗之

言匈奴者患其徼一時之權而務讇納其說以便偏指不參彼己將率席中國廣大氣奮人主因以決策是以建功不深堯雖賢興事業不成得禹而九州寧且欲興聖統唯在擇任將相哉唯在擇任將相哉

史記衛將軍驃騎列傳

大將軍衛青者平陽人也其父鄭季爲吏給事平陽侯家與侯妾衛媼通生青青同母兄衛長子而姊衛子夫自平陽公主家得幸天子故冒姓爲衛氏字仲卿長子更字長君長君母號爲衛媼媼長女衛孺次女少兒次女卽子夫後子夫男弟步廣皆冒衛氏青爲侯家人少時歸其父其父使牧羊先母之子皆奴畜之不以爲兄弟數青嘗從入至甘泉居室有一鉗徒相青曰貴人也官至封侯青笑曰人奴之生得毋笞罵卽足矣安得封侯事乎青壯爲侯家騎從平陽

主建元二年春青姊子夫得入宮幸上皇后堂邑大長公主女也無子妒大長公主聞衛子夫幸有身妒之乃使人捕青青時給事建章未知名大長公主執囚青欲殺之其友騎郎公孫敖與壯士往篡取之以故得不死上聞乃召青爲建章監侍中及同母昆弟貴賞賜數日閒累千金孺爲太僕公孫賀妻少兒故與陳掌通上召貴掌公孫敖由此益貴子夫爲夫人青爲太中大夫元光五年青爲車騎將軍擊匈奴出上谷太僕公孫賀爲輕車將軍出雲中大中大夫公孫敖爲騎將軍出代郡衛尉李廣爲驍騎將軍出鴈門軍各萬騎青至龍城斬首虜數百騎將軍敖亡七千騎衛尉李廣爲虜所得得脫歸皆當斬贖爲庶人賀亦無功元朔元年春衛夫人有男立爲皇后其秋青爲車騎將軍出鴈門三萬騎擊匈奴斬首虜數千

人明年匈奴入殺遼西太守虜略漁陽二千餘人敗
韓將軍軍漢令將軍李息擊之出代令車騎將軍青
出雲中以西至高闕遂略河南地至于隴西捕首虜
數千畜數十萬走白羊樓煩王遂以河南地爲朔方
郡以三千八百戶封青爲長平侯青校尉蘇建有功
以千一百戶封建爲平陵侯使建築朔方城青校尉
張次公有功封爲岸頭侯天子曰匈奴逆天理亂人
倫暴長虐老以盜竊爲務行詐諸蠻夷造謀藉兵數
爲邊害故興師遣將以征厥罪詩不云乎薄伐玁狁
至于太原出車彭彭城彼朔方今車騎將軍青度西
河至高闕獲首虜二千三百級車輜畜產畢收爲鹵
已封爲列侯遂西定河南地按榆谿舊塞絕梓領梁
北河討蒲泥破符離斬輕銳之卒捕伏聽者三千七
十一級執訊獲醜驅馬牛羊百有餘萬全甲兵而還

益封青三千戶。其明年匈奴入殺代郡太守友入略鴈門千餘人其明年匈奴大入代定襄上郡殺略漢數千人其明年元朔之五年春漢令車騎將軍青將三萬騎出高闕。衞尉蘇建爲游擊將軍左內史李沮爲彊弩將軍太僕公孫賀爲騎將軍代相李蔡爲輕車將軍。皆領屬車騎將軍。俱出朔方。大行李息岸頭侯張次公爲將軍出右北平咸擊匈奴匈奴右賢王當衞青等兵以爲漢兵不能至此飲醉漢兵夜至圍右賢王右賢王驚夜逃獨與其愛妾一人壯騎數百馳潰圍北去漢輕騎校尉郭成等逐數百里不及得右賢裨王十餘人衆男女萬五千餘人畜數千百萬。於是引兵而還。至塞天子使使者持大將軍印。卽軍中拜車騎將軍青爲大將軍。諸將皆以兵屬大將軍。大將軍立號而歸。天子曰大將軍青躬率戎士師大

捷獲匈奴王十有餘人益封青六千戶而封青子伉
爲宜春侯青子不疑爲陰安侯青子登爲發干侯青
固謝曰臣幸得待罪行閒賴陛下神靈軍大捷皆諸
校尉力戰之功也陛下幸已益封臣青臣青子在繦
緥中未有勤勞上幸列地封爲三侯非臣待罪行閒
所以勸士力戰之意也伉等三人何敢受封天子曰
我非忘諸校尉功也今固且圖之乃詔御史曰護軍
都尉公孫敖三從大將軍擊匈奴常護軍傅校獲王
以千五百戶封敖爲合騎侯都尉韓說從大將軍出
窳渾至匈奴右賢王庭爲麾下搏戰獲王以千三百
戶封說爲龍頟侯騎將軍公孫賀從大將軍獲王以
千三百戶封賀爲南窌侯輕車將軍李蔡再從大將
軍獲王以千六百戶封蔡爲樂安侯校尉李朔校尉
趙不虞校尉公孫戎奴各三從大將軍獲王以千三

百戶封朔爲涉軹侯以千三百戶封不虞爲隨成侯以千三百戶封戎奴爲從平侯將軍李沮李息及校尉豆如意有功賜爵關內侯食邑各三百戶其秋匈奴入代殺都尉朱英其明年春大將軍青出定襄合騎侯敖爲中將軍太僕賀爲左將軍翕侯趙信爲前將軍衞尉蘇建爲右將軍郎中令李廣爲後將軍左內史李沮爲彊弩將軍咸屬大將軍斬首數千級而還月餘悉復出定襄擊匈奴斬首虜萬餘人右將軍建前將軍信幷軍三千餘騎獨逢單于兵與戰一日餘漢兵且盡前將軍故胡人降爲翕侯見急匈奴誘之遂將其餘騎可八百犇降單于右將軍蘇建盡亡其軍獨以身得亡去自歸大將軍大將軍問其罪正閎長史安議郎周霸等建當云何霸曰自大將軍出未嘗斬裨將今建弃軍可斬以明將軍之威閎安曰

不然兵法小敵之堅大敵之禽也今建以數千當單
于數萬力戰一日餘士盡不敢有二心自歸自歸而
斬之是示後無反意也不當斬大將軍曰青幸得以
肺腑待罪行閒不患無威而霸說我以明威甚失臣
意且使臣職雖當斬將以臣之尊寵而不敢自擅專
誅於境外而具歸天子天子自裁之於是以見爲人
臣不敢專權不亦可乎軍吏皆曰善遂囚建詣行在
所入塞罷兵是歲也大將軍姊子霍去病年十八幸
爲天子侍中善騎射再從大將軍受詔與壯士爲剽
姚校尉與輕勇騎八百直弃大軍數百里赴利斬捕
首虜過當於是天子曰剽姚校尉去病斬首虜二千
二十八級及相國當戶斬單于大父行籍若侯產生
捕季父羅姑比再冠軍以千六百戶封去病爲冠軍
侯上谷太守郝賢四從大將軍捕斬首虜二千餘人

以千一百戶封賢爲衆利侯是歲失兩將軍軍士翕侯軍功不多故大將軍不益封右將軍建至天子不誅赦其罪贖爲庶人大將軍既還賜千金是時王夫人方幸於上甯乘說大將軍曰將軍所以功未甚多身食萬戶三子皆爲侯者徒以皇后故也今王夫人幸而宗族未富貴願將軍奉所賜千金爲王夫人親壽大將軍乃以五百金爲壽天子聞之問大將軍大將軍以實言上乃拜甯乘爲東海都尉張騫從大將軍以嘗使大夏留匈奴中久導軍知善水草處軍得以無飢渴因前使絕國功封騫博望侯冠軍侯去病既侯三歲元狩二年春以冠軍侯去病爲驃騎將軍將萬騎出隴西有功天子曰驃騎將軍率戎士踰烏盭討遬濮涉狐奴歷五王國輜重人衆懾慴者弗取冀獲單于子轉戰六日過焉支山千有餘里合短兵

殺折蘭王斬盧胡王誅全甲執渾邪王子及相國都
尉首虜八千餘級收休屠祭天金人益封去病二千
戶其夏驃騎將軍與合騎侯敖俱出北地異道博望
侯張騫郎中令李廣俱出右北平異道皆擊匈奴郎
中令將四千騎先至博望侯將萬騎在後至匈奴左
賢王將數萬騎圍郎中令郎中令與戰二日死者過
半所殺亦過當博望侯至匈奴兵引去博望侯坐行
留當斬贖爲庶人而驃騎將軍出北地已遂深入與
合騎侯失道不相得驃騎將軍踰居延至祁連山捕
首虜甚多天子曰驃騎將軍踰居延遂過小月氏攻
祁連山得酋涂王以衆降者二千五百人斬首虜三
萬二百級獲五王五王母單于閼氏王子五十九人
相國將軍當戶都尉六十三人師大率減什三益封
去病五千戶賜校尉從至小月氏爵左庶長鷹擊司

珍倣宋版印

馬破奴再從驃騎將軍斬遬濮王捕稽沮王千騎將得王王母各一人王子以下四十一人捕虜三千三百三十人前行捕虜千四百人以千五百戶封破奴爲從驃侯校尉句王高不識從驃騎將軍捕呼于屠王王子以下十一人捕虜千七百六十八人以千一百戶封不識爲宜冠侯校尉僕多有功封爲煇渠侯合騎侯敖坐行留不與驃騎會當斬贖爲庶人諸宿將所將士馬兵亦不如驃騎驃騎所將常選然亦敢深入常與壯騎先其大將軍軍亦有天幸未嘗困絕也然而諸宿將常坐留落不遇由此驃騎日以親貴比大將軍其秋單于怒渾邪王居西方數爲漢所破士數萬人以驃騎之兵也單于怒欲召誅渾邪王渾邪王與休屠王等謀欲降漢使人先要邊是時大行李息將城河上得渾邪王使即馳傳以聞天子聞之

於是恐其以詐降而襲邊乃令驃騎將軍將兵往迎之驃騎既渡河與渾邪王衆相望渾邪王裨將見漢軍而多欲不降者頗遁去驃騎乃馳入與渾邪王相見斬其欲亡者八千人遂獨遣渾邪王乘傳先詣行在所盡將其衆渡河降者數萬號稱十萬既至長安天子所以賞賜者數十巨萬封渾邪王萬戶爲漯陰侯封其裨王呼毒尼爲下摩侯鷹庇爲煇渠侯禽梨爲河綦侯大當戶銅離爲常樂侯於是天子嘉驃騎之功曰驃騎將軍去病率師攻匈奴西域王渾邪王及厥衆萌咸相犇率以軍糧接食并將控弦萬有餘人誅獟駻獲首虜八千餘級降異國之王三十二人戰士不離傷十萬之衆咸懷集服仍與之勞爰及河塞庶幾無患幸既永綏矣以千七百戶益封驃騎將軍減隴西北地上郡戍卒之半以寬天下之繇居頃

之乃分徙降者邊五郡故塞外。而皆在河南因其故俗爲屬國。其明年匈奴入右北平定襄殺略漢千餘人其明年天子與諸將議曰翕侯趙信爲單于畫計常以爲漢兵不能度幕輕留今大發士卒其勢必得所欲是歲元狩四年也。元狩四年春上令大將軍青驃騎將軍去病將各五萬騎步兵轉者踵軍數十萬。而敢力戰深入之士皆屬驃騎驃騎始爲出定襄當單于捕虜言單于東乃更令驃騎出代郡令大將軍出定襄郎中令爲前將軍太僕爲左將軍主爵趙食其爲右將軍平陽侯襄爲後將軍皆屬大將軍兵即度幕人馬凡五萬騎與驃騎等咸擊匈奴單于。趙信爲單于謀曰。漢兵既度幕人馬罷匈奴可坐收虜耳乃悉遠北其輜重皆以精兵待幕北而適值大將軍軍出塞千餘里見單于兵陳而待於是大將軍令武

剛車自環爲營而縱五千騎往當匈奴匈奴亦縱可
萬騎會日且入大風起沙礫擊面兩軍不相見漢益
縱左右翼繞單于單于視漢兵多而士馬尚彊戰而
匈奴不利薄莫單于遂乘六贏壯騎可數百直冒漢
圍西北馳去時已昏漢匈奴相紛拏殺傷大當漢軍
左校捕虜言單于未昏而去漢軍因發輕騎夜追之
大將軍軍因隨其後匈奴兵亦散走遲明行二百餘
里不得單于頗捕斬首虜萬餘級遂至窴顏山趙信
城得匈奴積粟食軍軍留一日而還悉燒其城餘粟
以歸大將軍之與單于會也而前將軍廣右將軍食
其軍別從東道或失道後擊單于大將軍引還過幕
南乃得前將軍右將軍大將軍欲使使歸報令長史
簿責前將軍廣廣自殺右將軍至下吏贖爲庶人大
將軍軍入塞凡斬捕首虜萬九千級是時匈奴衆失

單于十餘日右谷蠡王聞之自立爲單于單于後得其衆右王乃去單于之號驃騎將軍亦將五萬騎車重與大將軍軍等而無裨將悉以李敢等爲大校當裨將出代右北平千餘里直左方兵所斬捕功已多大將軍軍旣還天子曰驃騎將軍去病率師躬將所獲葷粥之士約輕齎絕大幕涉獲章渠以誅比車耆轉擊左大將斬獲旗鼓歷涉離侯濟弓閭獲屯頭王韓王等三人將軍相國當戶都尉八十三人封狼居胥山禪於姑衍登臨翰海執鹵獲醜七萬有四百四十三級師率減什三取食於敵逴行殊遠而糧不絕以五千八百戶益封驃騎將軍右北平太守路博德屬驃騎將軍會與城不失期從至檮余山斬首捕虜二千七百級以千六百戶封博德爲符離侯北地都尉邢山從驃騎將軍獲王以千二百戶封山爲義陽

侯故歸義因湻王復陸支樓專王伊即軒皆從驃騎將軍有功以千三百戶封復陸支爲壯侯以千八百戶封伊即軒爲衆利侯從驃侯破奴昌武侯安稽從驃騎有功益封各三百戶校尉敢得旗鼓爲關內侯食邑二百戶校尉自爲爵大庶長軍吏卒爲官賞賜甚多而大將軍不得益封軍吏卒皆無封侯者兩軍之出塞塞閱官及私馬凡十四萬匹而復入塞者不滿三萬匹乃益置大司馬位大將軍驃騎將軍皆爲大司馬定令令驃騎將軍秩祿與大將軍等自是之後大將軍青日退而驃騎日益貴舉大將軍故人門下多去事驃騎輒得官爵唯任安不肯驃騎將軍爲人少言不泄有氣敢任天子嘗欲教之孫吳兵法對曰顧方略何如耳不至學古兵法天子爲治第令驃騎視之對曰匈奴未滅無以家爲也由此上益重愛

之。然少而侍中。貴不省士。其從軍天子爲遣太官齎數十乘既還重車餘弃粱肉而士有飢者其在塞外卒乏糧或不能自振而驃騎尚穿域蹋鞠事多此類。大將軍爲人。仁善退讓。以和柔自媚於上。然天下未有稱也。驃騎將軍自四年軍後三年元狩六年而卒天子悼之發屬國玄甲軍陳自長安至茂陵爲冢象祁連山謚之并武與廣地曰景桓侯子嬗代侯嬗少字子侯上愛之幸其壯而將之居六歲元封元年嬗卒謚哀侯無子絕國除自驃騎將軍死後大將軍長子宜春侯伉坐法失侯後五歲伉弟二人陰安侯不疑及發干侯登皆坐酎金失侯失侯後二歲冠軍侯國除其後四年大將軍青卒謚爲烈侯子伉代爲長平侯自大將軍圍單于之後。十四年而卒。竟不復擊匈奴者。以漢馬少。而方南誅兩越。東伐朝鮮。擊羌西

南夷以故久不伐胡大將軍以其得尚平陽長公主
故長平侯伉代侯六歲坐法失侯
左方兩大將軍及諸裨將名
最大將軍青凡七出擊匈奴斬捕首虜五萬餘級一與單于戰收河南地遂置朔方郡再益封凡萬一千八百戶封三子爲侯侯千三百戶幷之萬五千七百戶其校尉裨將以從大將軍侯者九人其裨將及校尉已爲將者十四人爲裨將者曰李廣自有傳無傳者曰將軍公孫賀賀義渠人其先胡種賀父渾邪景帝時爲平曲侯坐法失侯賀武帝爲太子時舍人武帝立八歲以太僕爲輕車將軍軍馬邑後四歲以輕車將軍出雲中後五歲以騎將軍從大將軍有功封爲南窌侯後一歲以左將軍再從大將軍出定襄無功後四歲以坐酎金失侯後八歲以浮沮將軍出五

原二千餘里無功後八歲以太僕爲丞相封葛繹侯賀七爲將軍出擊匈奴無大功而再侯爲丞相坐子敬聲與陽石公主姦爲巫蠱族滅無後將軍李息郁郅人事景帝至武帝立八歲爲材官將軍軍馬邑後六歲爲將軍出代後三歲爲將軍從大將軍出朔方皆無功凡三爲將軍其後常爲大行將軍公孫敖義渠人以郎事武帝武帝立十二歲爲驃騎將軍出代亡卒七千人當斬贖爲庶人後五歲以校尉從大將軍有功封爲合騎侯後一歲以中將軍從大將軍再出定襄無功後二歲以將軍出北地後驃騎期當斬贖爲庶人後二歲以校尉從大將軍無功後十四歲以因杅將軍築受降城七歲復以因杅將軍再出擊匈奴至余吾亡士卒多下吏當斬詐死亡居民閒五六歲後發覺復繫坐妻爲巫蠱族凡四爲將軍出擊

匈奴一侯將軍李沮雲中人事景帝武帝立十七歲以左內史爲彊弩將軍後一歲復爲彊弩將軍將軍李蔡成紀人也事孝文帝景帝武帝以輕車將軍從大將軍有功封爲樂安侯已爲丞相坐法死將軍張次公河東人以校尉從衞將軍青有功封爲岸頭侯其後太后崩爲將軍軍北軍後一歲爲將軍從大將軍再爲將軍坐法失侯次公父隆輕車武射也以善射景帝幸近之也將軍蘇建杜陵人以校尉從衞將軍青有功爲平陵侯以將軍築朔方後四歲爲游擊將軍從大將軍出朔方後一歲以右將軍再從大將軍出定襄亡翕侯失軍當斬贖爲庶人其後爲代郡太守卒冢在大猶鄉將軍趙信以匈奴相國降爲翕侯武帝立十七歲爲前將軍與單于戰敗降匈奴將軍張騫以使通大夏還爲校尉從大將軍有功封爲

博望侯後二歲爲將軍出右北平失期當斬贖爲庶人其後使通烏孫爲大行而卒冢在漢中將軍趙食其祋祤人也武帝立二十二歲以主爵爲右將軍從大將軍出定襄迷失道當斬贖爲庶人將軍曹襄以平陽侯爲後將軍從大將軍出定襄襄曹參孫也將軍韓說弓高侯庶孫也以校尉從大將軍有功爲龍頟侯坐酎金失侯元鼎六年以待詔爲橫海將軍擊東越有功爲按道侯以太初三年爲游擊將軍屯於五原外列城爲光祿勳掘蠱太子宮衛太子殺之將軍郭昌雲中人也以校尉從大將軍元封四年以太中大夫爲拔胡將軍屯朔方還擊昆明毋功奪印將軍荀彘太原廣武人以御見侍中爲校尉數從大將軍以元封三年爲左將軍擊朝鮮毋功以捕樓船將軍坐法死最驃騎將軍去病凡六出擊匈奴其四出

以將軍斬捕首虜十一萬餘級及渾邪王以衆降數萬遂開河西酒泉之地西方益少胡寇四益封凡萬五千一百戸其校吏有功爲侯者凡六人而後爲將軍二人將軍路博德平州人以右北平太守從驃騎將軍有功爲符離侯驃騎死後博德以衞尉爲伏波將軍伐破南越益封其後坐法失侯爲彊弩都尉屯居延卒將軍趙破奴故九原人嘗亡入匈奴已而歸漢爲驃騎將軍司馬出北地時有功封爲從驃侯坐酎金失侯後一歲爲匈河將軍攻胡至匈河水無功後二歲擊虜樓蘭王復封爲浞野侯後六歲爲浚稽將軍將二萬騎擊匈奴左賢王左賢王與戰兵八萬騎圍破奴破奴生爲虜所得遂沒其軍居匈奴中十歲復與其太子安國亡入漢後坐巫蠱族自衞氏興大將軍青首封其後枝屬爲五侯凡二十四歲而五

侯盡奪衞氏無爲侯者

太史公曰蘇建語余曰吾嘗責大將軍至尊重而天下之賢大夫毋稱焉願將軍觀古名將所招選擇賢者勉之哉大將軍謝曰自魏其武安之厚賓客天子常切齒彼親附士大夫招賢絀不肖者人主之柄也人臣奉法遵職而已何與招士驃騎亦放此意其爲將如此

續古文辭類纂卷九

傳狀類

史記汲鄭列傳

汲黯字長孺濮陽人也其先有寵於古之衞君至黯七世世爲卿大夫黯以父任孝景時爲太子洗馬以莊見憚孝景帝崩太子卽位黯爲謁者東越相攻上使黯往視之不至至吳而還報曰越人相攻固其俗然不足以辱天子之使河內失火延燒千餘家上遣黯往視之還報曰家人失火屋比延燒不足憂也臣過河南河南貧人傷水旱萬餘家或父子相食臣謹以便宜持節發河南倉粟以振貧民臣請歸節伏矯制之罪上賢而釋之遷爲滎陽令黯恥爲令病歸田里上聞乃召拜爲中大夫以數切諫不得久留內遷爲東海太守黯學黃老之言治官理民好清靜擇丞

史而任之其治責大指而已不苛小黯多病臥閨閤內不出歲餘東海大治稱之上聞召以爲主爵都尉列爲九卿治務在無爲而已弘大體不拘文法黯爲人性倨少禮面折不能容人之過合己者善待之不合己者不能忍見士亦以此不附焉然好學游俠任氣節內行脩絜好直諫數犯主之顏色常慕傅柏袁盎之爲人也善灌夫鄭當時及宗正劉弃亦以數直諫不得久居位當是時太后弟武安侯蚡爲丞相中二千石來拜謁蚡不爲禮然黯見蚡未嘗拜常揖之天子方招文學儒者上曰吾欲云云黯對曰陛下內多欲而外施仁義奈何欲效唐虞之治乎上默然怒變色而罷朝公卿皆爲黯懼上退謂左右曰甚矣汲黯之戇也羣臣或數黯黯曰天子置公卿輔弼之臣寧令從諛承意陷主於不義乎且已在其位縱愛身

奈辱朝廷何黯多病病且滿三月上常賜告者數終不愈最後病莊助爲請告上曰汲黯何如人哉助曰使黯任職居官無以踰人然至其輔少主守城深堅招之不來麾之不去雖自謂賁育亦不能奪之矣上曰然古有社稷之臣至如黯近之矣大將軍青侍中上踞廁而視之丞相弘燕見上或時不冠至如黯見上不冠不見也上常坐武帳中黯前奏事上不冠望見黯避帳中使人可其奏其見敬禮如此張湯方以更定律令爲廷尉黯數質責湯於上前曰公爲正卿上不能褒先帝之功業下不能抑天下之邪心安國富民使囹圄空虛二者無一焉非苦就行放析就功何乃取高皇帝約束紛更之爲公以此無種矣黯時與湯論議湯辯常在文深小苛黯伉厲守高不能屈忿發罵曰天下謂刀筆吏不可以爲公卿果然必湯

也令天下重足而立側目而視矣是時漢方征匈奴
招懷四夷黯務少事承上閒常言與胡和親無起兵
上方向儒術尊公孫弘及事益多吏民巧弄上分別
文法湯等數奏決讞以幸而黯常毀儒面觸弘等徒
懷詐飾智以阿人主取容而刀筆吏專深文巧詆陷
人於罪使不得反其真以勝爲功上愈益貴弘湯弘
湯深心疾黯唯天子亦不說也欲誅之以事弘爲丞
相乃言上曰右內史界部中多貴人宗室難治非素
重臣不能任請徙黯爲右內史爲右內史數歲官事
不廢大將軍青既益尊姊爲皇后然黯與亢禮人或
說黯曰自天子欲羣臣下大將軍大將軍尊重益貴
君不可以不拜黯曰夫以大將軍有揖客反不重邪
大將軍聞愈賢黯數請問國家朝廷所疑遇黯過於
平生淮南王謀反憚黯曰好直諫守節死義難惑以

非至如說丞相弘如發蒙振落耳天子既數征匈奴有功黯之言益不用始黯列爲九卿而公孫弘張湯爲小吏及弘湯稍益貴與黯同位黯又非毀弘湯等已而弘至丞相封爲侯湯至御史大夫故黯時丞相史皆與黯同列或尊用過之黯褊心不能無少望見上前言曰陛下用羣臣如積薪耳後來者居上上默然有閒黯罷上曰人果不可以無學觀黯之言也日益甚居無何匈奴渾邪王率衆來降漢發車二萬乘縣官無錢從民貰馬民或匿馬馬不具上怒欲斬長安令黯曰長安令無罪獨斬黯民乃肯出馬且匈奴畔其主而降漢漢徐以縣次傳之何至令天下騷動罷弊中國而以事夷狄之人乎上默然及渾邪至賈人與市者坐當死者五百餘人黯請閒見高門曰夫匈奴攻當路塞絕和親中國興兵誅之死傷者不可

勝計而費以巨萬百數臣愚以爲陛下得胡人皆以爲奴婢以賜從軍死事者家所鹵獲因予之以謝天下之苦塞百姓之心今縱不能渾邪率數萬之衆來降虛府庫賞賜發良民侍養譬若奉驕子愚民安知市買長安中物而文吏繩以爲闌出財物于邊關乎陛下縱不能得匈奴之資以謝天下又以微文殺無知者五百餘人是所謂庇其葉而傷其枝者也臣竊爲陛下不取也上默然不許曰吾久不聞汲黯之言今又復妄發矣後數月黯坐小法會赦免官於是黯隱於田園居數年會更五銖錢民多盜鑄錢楚地尤甚上以爲淮陽楚地之郊乃召拜黯爲淮陽太守黯伏謝不受印詔數彊予然後奉詔詔召見黯黯爲上泣曰臣自以爲塡溝壑不復見陛下不意陛下復收用之臣常有狗馬病力不能任郡事臣願爲中郎出

入禁闥補過拾遺臣之願也上曰君薄淮陽邪吾今召君矣顧淮陽吏民不相得吾徒得君之重臥而治之黯既辭行過大行李息曰黯弃居郡不得與朝廷議也然御史大夫張湯智足以拒諫詐足以飾非務巧佞之語辯數之辭非肯正爲天下言專阿主意主意所不欲因而毀之主意所欲因而譽之好興事舞文法內懷詐以御主心外挾賊吏以爲威重公列九卿不早言之公與之俱受其僇矣息畏湯終不敢言黯居郡如故治淮陽政清後張湯果敗上聞黯與息言抵息罪令黯以諸侯相秩居淮陽七歲而卒卒後上以黯故官其弟汲仁至九卿子汲偃至諸侯相黯姑姊子司馬安亦少與黯爲太子洗馬安文深巧善宦官四至九卿以河南太守卒昆弟以安故同時至二千石者十人濮陽段宏始事蓋侯信信任宏宏亦

再至九卿然衛人仕者皆嚴憚汲黯出其下鄭當時者字莊陳人也其先鄭君嘗爲項籍將籍死已而屬漢高祖令諸故項籍臣名籍鄭君獨不奉詔詔盡拜名籍者爲大夫而逐鄭君鄭君死孝文時鄭莊以任俠自喜脫張羽於戹聲聞梁楚之閒孝景時爲太子舍人每五日洗沐常置驛馬長安諸郊存諸故人請謝賓客夜以繼日至其明旦常恐不徧莊好黃老之言其慕長者如恐不見年少官薄然其游知交皆其大父行天下有名之士也武帝立莊稍遷爲魯中尉濟南太守江都相至九卿爲右內史以武安侯魏其時議貶秩爲詹事遷爲大農令莊爲太史誡門下客至無貴賤無留門者執賓主之禮以其貴下人莊廉又不治其產業仰奉賜以給諸公然其餽遺人不過算器食每朝候上之閒說未嘗不言天下之長者其

推轂士及官屬丞史誠有味其言之也常引以爲賢於己未嘗名吏與官屬言若恐傷之聞人之善言進之上唯恐後山東士諸公以此翕然稱鄭莊　鄭莊使視決河自請治行五日上曰吾聞鄭莊行千里不齎糧請治行者何也然鄭莊在朝常趨和承意不敢甚引當否及晚節漢征匈奴招四夷天下費多財用益匱莊任人賓客爲大農僦人多逋負司馬安爲淮陽太守發其事莊以此陷罪贖爲庶人頃之守長史上以爲老以莊爲汝南太守數歲以官卒　鄭莊汲黯始列爲九卿廉內行脩絜此兩人中廢家貧賓客益落及居郡卒後家無餘貲財莊兄弟子孫以莊故至二千石六七人焉

太史公曰夫以汲鄭之賢有勢則賓客十倍無勢則否況衆人乎下邽翟公有言始翟公爲廷尉賓客闐

門及廢門外可設雀羅翟公復爲廷尉賓客欲往翟公乃大署其門曰一死一生乃知交情一貧一富乃知交態一貴一賤交情乃見汲鄭亦云悲夫

史記酷吏列傳

孔子曰導之以政齊之以刑民免而無恥導之以德齊之以禮有恥且格老氏稱上德不德是以有德下德不失德是以無德法令滋章盜賊多有太史公曰信哉是言也法令者治之具而非制治清濁之源也昔天下之網嘗密矣然姦僞萌起其極也上下相遁至於不振當是之時吏治若救火揚沸非武健嚴酷惡能勝其任而愉快乎言道德者溺其職矣故曰聽訟吾猶人也必也使無訟乎下士聞道大笑之非虛言也漢興破觚而爲圜斲雕而爲朴網漏於吞舟之魚而吏治烝烝不至於姦黎民艾安由是觀之在彼

不在此高后時酷吏獨有侯封刻轢宗室侵辱功臣呂氏已敗遂禽侯封之家孝景時鼂錯以刻深頗用術輔其資而七國之亂發怒於錯錯卒以被戮其後有郅都寧成之屬

郅都者楊人也以郎事孝文帝孝景時都爲中郎將敢直諫面折大臣於朝嘗從入上林賈姬如廁野彘卒入廁上目都都不行上欲自持兵救賈姬都伏上前曰亡一姬復一姬進天下所少寧賈姬等乎陛下縱自輕奈宗廟太后何上還彘亦去太后聞之賜都金百斤由此重郅都濟南瞯氏宗人三百餘家豪猾二千石莫能制於是景帝乃拜都爲濟南太守至則族滅瞯氏首惡餘皆股栗居歲餘郡中不拾遺旁十餘郡守畏都如大府都爲人勇有氣力公廉不發私書問遺無所受請寄無所聽常自稱曰已倍親而仕身固當奉職死節官下終不顧妻

子矣郅都遷爲中尉丞相條侯至貴倨也而都揖丞相是時民朴畏罪自重而都獨先嚴酷致行法不避貴戚列侯宗室見都側目而視號曰蒼鷹臨江王徵詣中尉府對簿臨江王欲得刀筆爲書謝上而都禁吏不予魏其侯使人以閒與臨江王臨江王既爲書謝上因自殺竇太后聞之怒以危法中都都免歸家孝景帝乃使使持節拜都爲鴈門太守而便道之官得以便宜從事匈奴素聞郅都節居邊爲引兵去竟郅都死不近鴈門匈奴至爲偶人象郅都令騎馳射莫能中見憚如此匈奴患之竇太后乃竟中都以漢法景帝曰都忠臣欲釋之竇太后曰臨江王獨非忠臣邪於是遂斬郅都

寗成者穰人也以郎謁者事景帝好氣爲人小吏必陵其長吏爲人上操下如束溼薪滑賊任威稍遷至濟南都尉而郅都爲守始前數

都尉皆步入府因吏謁守如縣令其畏郅都如此及成往直陵都出其上都素聞其聲於是善遇與結驩久之郅都死後長安左右宗室多暴犯法於是上召寧成爲中尉其治效郅都其廉弗如然宗室豪桀皆人人惴恐武帝卽位徙爲內史外戚多毀成之短抵罪髡鉗是時九卿罪死卽死少被刑而成極刑自以爲不復收於是解脫詐刻傳出關歸家稱曰仕不至二千石賈不至千萬安可比人乎乃貰貸買陂田千餘頃假貧民役使數千家數年會赦致產數千金爲任俠持吏長短出從數十騎其使民威重於郡守周陽由者其父趙兼以淮南王舅父侯周陽故因姓周陽氏由以宗家任爲郎事孝文及景帝景帝時由爲郡守武帝卽位吏治尚循謹甚然由居二千石中最爲暴酷驕恣所愛者撓法活之所憎者曲法誅滅之

所居郡必夷其豪爲守視都尉如令爲都尉必陵太守奪之治與汲黯俱爲忮司馬安之文惡俱在二千石列同車未嘗敢均茵伏由後爲河東都尉時與其守勝屠公爭權相告言罪勝屠公當抵罪義不受刑自殺而由弃市自寧成周陽由之後事益多民巧法大抵吏之治類多成由等矣

趙禹者斄人以佐史補中都官用廉爲令史事太尉亞夫亞夫爲丞相禹爲丞相史府中皆稱其廉平然亞夫弗任曰極知禹無害然文深不可以居大府今上時禹以刀筆吏積勞稍遷爲御史上以爲能至太中大夫與張湯論定諸律令作見知吏傳得相監司用法益刻蓋自此始

張湯者杜人也其父爲長安丞出湯爲兒守舍還而鼠盜肉其父怒笞湯湯掘窟得盜鼠及餘肉劾鼠掠治傳爰書訊鞫論報幷取鼠與肉具獄磔堂下其父見

之視其文辭如老獄吏大驚遂使書獄父死後湯爲長安吏久之周陽侯始爲諸卿時嘗繫長安湯傾身爲之及出爲侯大與湯交徧見湯貴人湯給事內史爲寧成掾以湯爲無害言大府調爲茂陵尉治方中武安侯爲丞相徵湯爲史時薦言之天子補御史使案事治陳皇后蠱獄深竟黨與於是上以爲能稍遷至太中大夫與趙禹共定諸律令務在深文拘守職之吏已而趙禹遷爲中尉徙爲少府而張湯爲廷尉兩人交驩而兄事禹禹爲人廉倨爲吏以來舍毋食客公卿相造請禹禹終不報謝務在絕知友賓客之請孤立行一意而已見文法輒取亦不覆案求官屬陰罪湯爲人多詐舞智以御人始爲小吏乾沒與長安富賈田甲魚翁叔之屬交私及列九卿收接天下名士大夫己心內雖不合然陽浮慕之是時上方鄉

文學。湯決大獄。欲傅古義。乃請博士弟子治尚書春秋補廷尉史。亭疑法。奏讞疑事。必豫先爲上分別其原。上所是。受而著讞決法。廷尉絜令。揚主之明。奏事卽譴。湯應謝。鄉上意所便。必引正監掾史賢者。曰固爲臣議。如上責臣。臣弗用。愚抵於此。罪常釋。聞。卽奏事。上善之。曰。臣非知爲此奏。乃正監掾史某爲之。其欲薦吏。揚人之善。蔽人之過。如此。所治卽上意所欲罪。予監史深禍者。卽上意所欲釋。與監史輕平者。所治卽豪。必舞文巧詆。卽下戶羸弱。時口言。雖文致法。上財察。於是往往釋湯所言。湯至於大吏。內行脩也。通賓客飲食。於故人子弟爲吏。及貧昆弟。調護之尤厚。其造請諸公。不避寒暑。是以湯雖文深意忌不專平。然得此聲譽。而刻深吏多爲爪牙用者。依於文學之士。丞相弘數稱其美。及治淮南衡山江都反獄。皆窮根本嚴助及伍被上欲釋之湯爭曰伍被本畫反謀而助親幸出入禁闥爪牙臣乃交私諸侯如此弗誅後不可治於是上可論之其治獄所排大臣自爲功多此類於是湯益尊任遷爲御史大夫會渾邪等降漢大興兵伐匈奴山東水旱貧民流徙皆仰給縣官縣官空虛於是丞上指請造白金及五銖錢籠天下鹽鐵排富商大賈出告緡令鉏豪彊并兼之家舞文巧詆以輔法湯每朝奏事語國家用日晏天子忘食丞相取充位天下事皆決於湯百姓不安其生騷動縣官所興未獲其利姦吏並侵漁於是痛繩以罪則自公卿以下至於庶人咸指湯湯嘗病天子至自視病其隆貴如此匈奴來請和親羣臣議上前博士狄山曰和親便上問其便山曰兵者凶器未易數動高帝欲伐匈奴大困平城乃遂結和親孝惠高后時

天下安樂乃孝文帝欲事匈奴北邊蕭然苦兵矣孝景時吳楚七國反景帝往來兩宮閒寒心者數月吳楚已破竟景帝不言兵天下富實今自陛下舉兵擊匈奴中國以空虛邊民大困貧由此觀之不如和親上問湯湯曰此愚儒無知狄山曰臣固愚忠若御史大夫湯乃詐忠若湯之治淮南江都以深文痛詆諸侯別疏骨肉使蕃臣不自安臣固知湯之爲詐忠於是上作色曰吾使生居一郡能無使虜入盜乎曰不能曰居一縣對曰不能復曰居一障閒山自度辯窮且下吏曰能於是上遣山乘鄣至月餘匈奴斬山頭而去自是以後羣臣震慴湯之客田甲雖賈人有賢操始湯爲小吏時與錢通及湯爲大吏甲所以責湯行義過失亦有烈士風湯爲御史大夫七歲敗河東人李文嘗與湯有郤已而爲御史中丞恚數從中文

書事有可以傷湯者不能爲地湯有所愛史魯謁居知湯不平使人上蜚變告文姦事事下湯湯治論殺文而湯心知謁居爲之上問曰言變事蹤跡安起湯詳驚曰此殆文故人怨之謁居病臥閭里主人湯自往視疾爲謁居摩足趙國以冶鑄爲業王數訟鐵官事湯常排趙王趙王求湯陰事謁居嘗案趙王趙王怨之幷上書告湯大臣也史謁居有病湯至爲摩足疑與爲大姦事下廷尉謁居病死事連其弟弟繫導官湯亦治他囚導官見謁居弟欲陰爲之而詳不省謁居弟弗知怨湯使人上書告湯與謁居謀共變告李文事下減宣宣嘗與湯有郤及得此事窮竟其事未奏也會人有盜發孝文園瘞錢丞相青翟朝與湯約俱謝至前湯念獨丞相以四時行園當謝湯無與也不謝丞相謝上使御史案其事湯欲致其文丞相

見知丞相患之三長史皆害湯欲陷之始長史朱買
臣會稽人也讀春秋莊助使人言買臣買臣以楚辭
與助俱幸侍中爲太中大夫用事而湯乃爲小吏跪
伏使買臣等前已而湯爲廷尉治淮南獄排擠莊助
買臣固心望及湯爲御史大夫買臣以會稽守爲主
爵都尉列於九卿數年坐法廢守長史見湯湯坐牀
上丞史遇買臣弗爲禮買臣楚士深怨常欲死之王
朝齊人也以術至右內史邊通學長短剛暴彊人也
官再至濟南相故皆居湯右已而失官守長史詘體
於湯湯數行丞相事知此三長史素貴常凌折之以
故三長史合謀曰始湯約與君謝已而賣君今欲劾
君以宗廟事此欲代君耳吾知湯陰事使吏捕案湯
左田信等曰湯且欲奏請信輒先知之居物致富與
湯分之及他姦事事辭頗聞上問湯曰吾所爲賈人

輒先知之。益居其物。是類有以吾謀告之者。湯不謝。湯又詳驚曰。固宜有。減宣亦奏謁居等事。天子果以湯懷詐面欺。使使八輩簿責湯。湯具自道無此。不服。於是上使趙禹責湯。禹至讓湯曰。君何不知分也。君所治夷滅者幾何人矣。今人言君皆有狀。天子重致君獄。欲令君自爲計。何多以對簿爲。湯乃爲書謝曰。湯無尺寸功。起刀筆吏。陛下幸致爲三公。無以塞責。然謀陷湯罪者。三長史也。遂自殺。湯死。家產直不過五百金。皆所得奉賜。無他業。昆弟諸子欲厚葬湯。湯母曰。湯爲天子大臣。被汙惡言而死。何厚葬乎。載以牛車。有棺無槨。天子聞之曰。非此母不能生此子。乃盡案誅三長史。丞相青翟自殺。出田信。上惜湯。稍遷其子安世。趙禹中廢。已而爲廷尉。始條侯以爲禹賊深。弗任。及禹爲九府。比九卿。禹酷急。至晚節。事益多。

吏務爲嚴峻而禹治加緩而名爲平王溫舒等後起治酷於禹禹以老徙爲燕相數歲亂悖有罪免歸後湯十餘年以壽卒于家

義縱者河東人也爲少年時嘗與張次公俱攻剽爲羣盜縱有姊姁以醫幸王太后王太后問有子兄弟爲官者乎姊曰有弟無行不可太后乃告上拜義姁弟縱爲中郎補上黨郡中令治敢行少蘊藉縣無逋事舉爲第一遷爲長陵及長安令直法行治不避貴戚以捕案太后外孫脩成君子仲上以爲能遷爲河內都尉至則族滅其豪穰氏之屬河內道不拾遺而張次公亦爲郎以勇悍從軍敢深入有功爲岸頭侯寧成家居上欲以爲郡守御史大夫弘曰臣居山東爲小吏時寧成爲濟南都尉其治如狼牧羊成不可使治民上乃拜成爲關都尉歲餘關東吏隸郡國出入關者號曰寧見乳虎無值

寧成之怒義縱自河內遷爲南陽太守聞寧成家居南陽及縱至關寧成側行送迎然縱氣盛弗爲禮至郡遂案寧氏盡破碎其家成坐有罪及孔暴之屬皆犇亡南陽吏民重足一迹而平氏朱彊杜衍杜周爲縱爪牙之吏任用遷爲廷史軍數出定襄定襄吏民亂敗於是徙縱爲定襄太守縱至掩定襄獄中重罪輕繫二百餘人及賓客昆弟私入相視亦二百餘人縱一捕鞠曰爲死罪解脫是日皆報殺四百餘人其後郡中不寒而栗猾民佐吏爲治

是時趙禹張湯以深刻爲九卿矣然其治尚寬輔法而行而縱以鷹擊毛摯爲治後會五銖錢白金起民爲姦京師尤甚乃以縱爲右內史王溫舒爲中尉溫舒至惡其所爲不先言縱縱必以氣凌之敗壞其功其治所誅殺甚多然取爲小治姦益不勝直指始出矣吏之治以斬殺

縛束爲務閻奉以惡用矣縱廉其治放郅都上幸鼎
湖病久已而卒起幸甘泉道多不治上怒曰縱以我
爲不復行此道乎嗛之至冬楊可方受告緡縱以爲
此亂民部吏捕其爲可使者天子聞使杜式治以爲
廢格沮事弃縱市後一歲張湯亦死

王溫舒者陽陵
人也少時椎埋爲姦已而試補縣亭長數廢爲吏以
治獄至廷史事張湯遷爲御史督盜賊殺傷甚多稍
遷至廣平都尉擇郡中豪敢任吏十餘人以爲爪牙
皆把其陰重罪而縱使督盜賊快其意所欲得此人
雖有百罪弗法卽有避因其事夷之亦滅宗以其故
齊趙之郊盜賊不敢近廣平廣平聲爲道不拾遺上
聞遷爲河內太守素居廣平時皆知河內豪姦之家
及往九月而至令郡具私馬五十匹爲驛自河內至
長安部吏如居廣平時方略捕郡中豪猾郡中豪猾

相連坐千餘家上書請大者至族小者乃死家盡沒入償臧奏行不過二三日得可事論報至流血十餘里河內皆怪其奏以爲神速盡十二月郡中毋聲毋敢夜行野無犬吠之盜其頗不得失之旁郡國黎來會春溫舒頓足歎曰嗟乎令冬月益展一月足吾事矣其好殺伐行威不愛人如此天子聞之以爲能遷爲中尉其治復放河內徙諸名禍猾吏與從事河內則楊皆麻戊關中楊贛成信等義縱爲內史憚未敢恣治及縱死張湯敗後徙爲廷尉而尹齊爲中尉尹齊者東郡茌平人以刀筆稍遷至御史事張湯張湯數稱以爲廉武使督盜賊所斬伐不避貴戚遷爲關內都尉聲甚於寧成上以爲能遷爲中尉吏民益凋敝尹齊木彊少文豪惡吏伏匿而善吏不能爲治以故事多廢抵罪上復徙溫舒爲中尉而楊僕以嚴酷

爲主爵都尉楊僕者宜陽人也以千夫爲吏河南守
案舉以爲能遷爲御史使督盜賊關東治放尹齊以
爲敢摯行稍遷至主爵都尉列九卿天子以爲能南
越反拜爲樓船將軍有功封將梁侯爲荀彘所縛居
久之病死而溫舒復爲中尉爲人少文居廷惛惛不
辯至於中尉則心開督盜賊素習關中俗知豪惡吏
豪惡吏盡復爲用爲方略吏苛察盜賊惡少年投缿
購告言姦置伯格長以牧司姦盜賊溫舒爲人諂善
事有勢者卽無勢者視之如奴有勢家雖有姦如山
弗犯無勢者貴戚必侵辱舞文巧詆下戶之猾以焄
大豪其治中尉如此姦猾窮治大抵盡靡爛獄中行
論無出者其爪牙吏虎而冠於是中尉部中中猾以
下皆伏有勢者爲游聲譽稱治治數歲其吏多以權
富溫舒擊東越還議有不中意者坐小法抵罪免是

時天子方欲作通天臺而未有人溫舒請覆中尉脫卒得數萬人作上說拜爲少府徙爲右內史治如其故姦邪少禁坐法失官復爲右輔行中尉事如故操歲餘會宛軍發詔徵豪吏溫舒匿其吏華成及人有變告溫舒受員騎錢他姦利事罪至族自殺其時兩弟及兩婚家亦各自坐他罪而族光祿徐自爲曰悲夫夫古有三族而王溫舒罪至同時而五族乎溫舒死家直累千金後數歲尹齊亦以淮陽都尉病死家直不滿五十金所誅滅淮陽甚多及死仇家欲燒其尸尸亡去歸葬

自溫舒等以惡爲治而郡守都尉諸侯二千石欲爲治者其治大抵盡放溫舒而吏民益輕犯法盜賊滋起南陽有梅免白政楚有殷中杜少齊有徐勃燕趙之閒有堅盧范生之屬大羣至數千人擅自號攻城邑取庫兵釋死罪縛辱郡太守都尉

殺二千石爲檄告縣趣具食小羣盜以百數掠鹵鄉
里者不可勝數也於是天子始使御史中丞丞相長
史督之猶弗能禁也乃使光祿大夫范昆諸輔都尉
及故九卿張德等衣繡衣持節虎符發兵以興擊斬
首大部或至萬餘級及以法誅通飲食坐連諸郡甚
者數千人數歲乃頗得其渠率散卒失亡復聚黨阻
山川者往往而羣居無可奈何於是作沈命法曰羣
盜起不發覺發覺而捕弗滿品者二千石以下至小
吏主者皆死其後小吏畏誅雖有盜不敢發恐不能
得坐課累府府亦使其不言故盜賊寖多上下相爲
匿以文辭避法焉減宣者楊人也以佐史無害給事
河東守府衛將軍青使買馬河東見宣無害言上徵
爲大廄丞官事辦稍遷至御史及中丞使治主父偃
及治淮南反獄所以微文深詆殺者甚衆稱爲敢決

疑數廢數起爲御史及中丞者幾二十歲王溫舒免
中尉而宣爲左內史其治米鹽事大小皆關其手自
部署縣名曹實物官吏令丞不得擅搖痛以重法繩
之居官數年一切郡中爲小治辨然獨宣以小致大
能因力行之難以爲經中廢爲右扶風坐怨成信信
亡藏上林中宣使郿令格殺信吏卒格信時射中上
林苑門宣下吏詆罪以爲大逆當族自殺而杜周任
用杜周者南陽杜衍人義縱爲南陽守以爲爪牙舉
爲廷尉史事張湯湯數言其無害至御史使案邊失
亡所論殺甚衆奏事中上意任用與減宣相編更爲
中丞十餘歲其治與宣相放然重遲外寬內深次骨
宣爲左內史周爲廷尉其治大放張湯而善候伺上
所欲擠者因而陷之上所欲釋者久繫待問而微見
其冤狀客有讓周曰君爲天子決平不循三尺法專

以人主意指爲獄獄者固如是乎周曰三尺安出哉
前主所是著爲律後主所是疏爲令當時爲是何古
之法乎至周爲廷尉詔獄亦益多矣二千石繫者新
故相因不減百餘人郡吏大府舉之廷尉一歲至千
餘章章大者連逮證案數百小者數十人遠者數千
近者數百里會獄吏因責如章告劾不服以笞掠定
之於是聞有逮皆亡匿獄久者至更數赦十有餘歲
而相告言大抵盡詆以不道以上廷尉及中都官詔
獄逮至六七萬人吏所增加十萬餘人周中廢後爲
執金吾逐盜捕治桑弘羊衞皇后昆弟子刻深天子
以爲盡力無私遷爲御史大夫家兩子夾河爲守其
治暴酷皆甚於王溫舒等矣杜周初徵爲廷史有一
馬且不全及身久任事至三公列子孫尊官家訾累
數巨萬矣

太史公曰自郅都杜周十人者此皆以酷烈爲聲然郅都伉直引是非爭天下大體張湯以知陰陽人主與俱上下時數辯當否國家賴其便趙禹時據法守正杜周從諛以少言爲重自張湯死後網密多詆嚴官事寖以耗廢九卿碌碌奉其官救過不贍何暇論繩墨之外乎然此十人中其廉者足以爲儀表其污者足以爲戒方略教導禁姦止邪一切亦皆彬彬質有其文武焉雖慘酷斯稱其位矣至若蜀守馮當暴挫廣漢李貞擅磔人東郡彌僕鋸項天水駱璧推咸河東褚廣妄殺京兆無忌馮翊殷周蝮鷙水衡閻奉朴擊賣請何足數哉何足數哉

史記大宛列傳

大宛之跡見自張騫張騫漢中人建元中爲郎是時天子問匈奴降者皆言匈奴破月氏王以其頭爲飲

器月氏遁逃而常怨仇匈奴無與共擊之漢方欲事
滅胡聞此言因欲通使道必更匈奴中乃募能使者
騫以郎應募使月氏與堂邑氏故胡奴甘父俱出隴
西經匈奴匈奴得之傳詣單于單于留之曰月氏在
吾北漢何以得往使吾欲使越漢肯聽我乎留騫十
餘歲與妻有子然騫持漢節不失居匈奴中益寬騫
因與其屬亡鄉月氏西走數十日至大宛大宛聞漢
之饒財欲通不得見騫喜問曰若欲何之騫曰爲漢
使月氏而爲匈奴所閉道今亡唯王使人導送我誠
得至反漢漢之賂遺王財物不可勝言大宛以爲然
遣騫爲發導繹抵康居康居傳致大月氏大月氏王
已爲胡所殺立其太子爲王既臣大夏而居地肥饒
少寇志安樂又自以遠漢殊無報胡之心騫從月氏
至大夏竟不能得月氏要領留歲餘還並南山欲從

羌中歸復爲匈奴所得留歲餘單于死左谷蠡王攻其太子自立國內亂騫與胡妻及堂邑父俱亡歸漢漢拜騫爲太中大夫堂邑父爲奉使君騫爲人彊力寬大信人蠻夷愛之堂邑父故胡人善射窮急射禽獸給食初騫行時百餘人去十三歲唯二人得還騫身所至者大宛大月氏大夏康居而傳聞其旁大國五六具爲天子言之曰大宛（今浩罕）在匈奴西南在漢正西去漢可萬里其俗土著耕田田稻麥有蒲陶酒多善馬馬汗血其先天馬子也有城郭屋室其屬邑大小七十餘城衆可數十萬其兵弓矛騎射其北則康居西則大月氏西南則大夏東北則烏孫東則扜罙于窴（今和闐）于窴之西則水皆西流注西海其東水東流注鹽澤（今羅布泊）鹽澤潛行地下其南則河源出焉多玉石河注中國而樓蘭（今闢展）姑師（即車師今吐魯番）爲前王庭烏

魯木齊爲後王庭邑有城郭臨鹽澤鹽澤去長安可五千里
匈奴右方居鹽澤以東至隴西長城南接羌鬲漢道
焉烏孫今伊犂西人謂之庫爾查在大宛東北可二千里行國隨
畜與匈奴同俗控弦者數萬敢戰故服匈奴及盛取
其羈屬不肯往朝會焉康居今哈薩克在大宛西北可二
千里行國與月氏大同俗控弦者八九萬人與大宛
鄰國國小南羈事月氏東羈事匈奴奄蔡今機注近裏海在
康居西北可二千里行國與康居大同俗控弦者十
餘萬臨大澤今裏海西人謂之喀司邊西無崖蓋乃北海云大月
氏今布哈爾在大宛西可二三千里居嬀水通玫以爲烏滸河即今西
人所稱阿母河蓋布哈爾與阿富罕以此水爲界下流西北入鹹海鹹海西人謂之阿爾拉爾北其
南則大夏西則安息北則康居行國也隨畜移徙與
匈奴同俗控弦者可一二十萬故時彊輕匈奴及冒
頓立攻破月氏至匈奴老上單于殺月氏王以其頭

爲飲器。始月氏居敦煌祁連閒。及爲匈奴所敗。乃遠去。過宛西擊大夏而臣之。遂都嬀水北爲王庭。其餘小衆不能去者。保南山羌。號小月氏。（今自涼州甘州至嘉峪關外之敦煌縣一帶皆是。）

安息（今波斯。）在大月氏西可數千里。其俗土著。耕田田稻麥。蒲陶酒。城邑如大宛。其屬小大數百城。地方數千里。最爲大國。臨嬀水。（今波斯都城去裏海不過二百餘里。其西南一面臨海汊通印度。西人謂之波斯灣。）有市民商賈用車及船。行旁國或數千里。以銀爲錢。錢如其王面。王死輒更錢。效王面焉。畫革旁行以爲書記。其西則條枝。（今阿拉比亞出駝鳥高及丈。可駕小車。卵大者徑四寸許。）北有奄蔡、黎軒。條枝在安息西數千里。臨西海。暑溼。耕田田稻。有大鳥卵如甕。人衆甚多。往往有小君長。而安息役屬之。以爲外國。國善眩。安息長老傳聞條枝有弱水西王母。而未嘗見。

大夏（今阿富罕。）在大宛西南二千餘里嬀水南。其俗土著。有城屋與大宛同俗無大王長往往城邑置小長其兵弱畏戰善賈市及大月氏西徙攻敗之皆臣畜大夏大夏民多可百餘萬其都曰藍市城有市販賈諸物其東南有身毒國騫曰臣在大夏時見邛竹杖蜀布問曰安得此大夏國人曰吾賈人往市之身毒身毒卽天竺今印度皆音之轉在大夏東南可數千里其俗土著大與大夏同而卑溼暑熱云其人民乘象以戰其國臨大水焉以騫度之大夏去漢萬二千里居漢西南今身毒國又居大夏東南數千里有蜀物此其去蜀不遠矣今使大夏從羌中險羌人惡之少北則爲匈奴所得從蜀宜徑又無寇天子既聞大宛及大夏安息之屬皆大國多奇物土著頗與中國同業而兵弱貴漢財物其北有大月氏康居之屬兵彊可以賂遺設利朝也且誠得而以義屬之則廣地萬里重九譯致殊俗

威德徧於四海天子欣然以騫言爲然乃令騫因蜀犍爲發閒道四道並出出駹出冄出徙出邛僰皆各行一二千里其北方閉氐筰南方閉巂昆明昆明之屬無君長善寇盜輒殺略漢使終莫得通然聞其西可千餘里有乘象國名曰滇越（今緬甸）而蜀賈姦出物者或至焉於是漢以求大夏道始通滇國初漢欲通西南夷費多道不通罷之及張騫言可以通大夏乃復事西南夷騫以校尉從大將軍擊匈奴知水草處軍得以不乏乃封騫爲博望侯是歲元朔六年也其明年騫爲衛尉與李將軍俱出右北平擊匈奴匈奴圍李將軍軍失亡多而騫後期當斬贖爲庶人是歲漢遣驃騎破匈奴西城數萬人至祁連山其明年渾邪王率其民降漢而金城河西西並南山至鹽澤空無匈奴匈奴時有候者到而希矣其後二年漢擊走

單于於幕北是後天子數問騫大夏之屬騫既失侯
因言曰臣居匈奴中聞烏孫王號昆莫昆莫之父匈
奴西邊小國也匈奴攻殺其父而昆莫生弃於野烏
嗛肉蜚其上狼往乳之單于怪以爲神而收長之及
壯使將兵數有功單于復以其父之民予昆莫令長
守於西城昆莫收養其民攻旁小邑控弦數萬習攻
戰單于死昆莫乃率其衆遠徙中立不肯朝會匈奴
匈奴遣奇兵擊不勝以爲神而遠之因羈屬之不大
攻今單于新困於漢而故渾邪地空無人蠻夷俗貪
漢財物今誠以此時而厚幣賂烏孫招以益東居故
渾邪之地與漢結昆弟其勢宜聽聽則是斷匈奴右
臂也既連烏孫自其西大夏之屬皆可招來而爲外
臣天子以爲然拜騫爲中郎將將三百人馬各二匹
牛羊以萬數齎金幣帛直數千巨萬多持節副使道

可使使遣之他旁國騫既至烏孫烏孫王昆莫見漢使如單于禮騫大慙知蠻夷貪乃曰天子致賜王不拜則還賜昆莫起拜賜其他如故騫諭使指曰烏孫能東居渾邪地則漢遣翁主爲昆莫夫人烏孫國分王老而遠漢未知其大小素服屬匈奴日久矣且又近之其大臣皆畏胡不欲移徙王不能專制騫不得其要領昆莫有十餘子其中子曰大祿彊善將衆將衆別居萬餘騎大祿兄爲太子太子有子曰岑娶而太子蚤死臨死謂其父昆莫曰必以岑娶爲太子無令他人代之昆莫哀而許之卒以岑娶爲太子大祿怒其不得代太子也乃收其諸昆弟將其衆畔謀攻岑娶及昆莫昆莫老常恐大祿殺岑娶予岑娶萬餘騎別居而昆莫有萬餘騎自備國衆分爲三而其大總取羈屬昆莫昆莫亦以此不敢專約於騫騫因分

遣副使使大宛康居大月氏大夏安息身毒于窴扜罙及諸旁國烏孫發導譯送騫還騫與烏孫遣使數十人馬數十匹報謝因令窺漢知其廣大騫還到拜爲大行列於九卿歲餘卒烏孫使旣見漢人衆富厚歸報其國其國乃益重漢其後歲餘騫所遣使通大夏之屬者皆頗與其人俱來於是西北國始通於漢矣然張騫鑿空其後使往者皆稱博望侯以爲質於外國外國由此信之

自博望侯騫死後匈奴聞漢通烏孫怒欲擊之及漢使烏孫若出其南抵大宛大月氏相屬烏孫乃恐使使獻馬願得尚漢女翁主爲昆弟天子問羣臣議計皆曰必先納聘然後乃遣女初天子發書易云神馬當從西北來得烏孫馬好名曰天馬及得大宛汗血馬益壯更名烏孫馬曰西極名大宛馬曰天馬云而漢始築令居以西初置酒泉郡

以通西北國因益發使抵安息奄蔡黎軒條枝身毒國而天子好宛馬使者相望於道諸使外國一輩大者數百少者百餘人人所齎操大放博望侯時其後益習而衰少焉漢率一歲中使多者十餘少者五六輩遠者八九歲近者數歲而反是時漢旣滅越而蜀西南夷皆震請吏入朝於是置益州越巂牂柯沈黎汶山郡欲地接以前通大夏乃遣使柏始昌呂越人等歲十餘輩出此初郡抵大夏皆復閉昆明爲所殺奪幣財終莫能通至大夏焉於是漢發三輔罪人因巴蜀士數萬人遣兩將軍郭昌衛廣等往擊昆明之遮漢使者斬首虜數萬人而去其後遣使昆明復爲寇竟莫能得通而北道酒泉抵大夏使者旣多而外國益厭漢幣不貴其物自博望侯開外國道以尊貴其後從吏卒皆爭上書言外國奇怪利害求使天子

爲其絕遠非人所樂往聽其言予節募吏民毋問所
從來爲具備人衆遣之以廣其道來還不能毋侵盜
幣物及使失指天子爲其習之輒覆案致重罪以激
怒令贖復求使使端無窮而輕犯法其吏卒亦輒復
盛推外國所有言大者予節言小者爲副故妄言無
行之徒皆爭效之其使皆貧人子私縣官賫物欲賤
市以私其利外國外國亦厭漢使人人有言輕重度
漢兵遠不能至而禁其食物以苦漢使漢使乏絕積
怨至相攻擊而樓蘭姑師小國耳當空道攻劫漢使
王恢等尤甚而匈奴奇兵時時遮擊使西國者使者
爭徧言外國災害皆有城邑兵弱易擊於是天子以
故遣從驃侯破奴將屬國騎及郡兵數萬至匈河水
欲以擊胡胡皆去其明年擊姑師破奴與輕騎七百
餘先至虜樓蘭王遂破姑師因舉兵威以困烏孫大

宛之屬還封破奴爲浞野侯王恢數使爲樓蘭所苦言天子天子發兵令恢佐破奴擊破之封恢爲浩侯於是酒泉列亭鄣至玉門矣烏孫以千匹馬聘漢女漢遣宗室女江都翁主往妻烏孫烏孫王昆莫以爲右夫人匈奴亦遣女妻昆莫昆莫以爲左夫人昆莫曰我老乃令其孫岑娶妻翁主烏孫多馬其富人至有四五千匹馬初漢使至安息安息王令將二萬騎迎於東界東界去王都數千里行比至過數十城人民相屬甚多漢使還而後發使隨漢使來觀漢廣大以大鳥卵及黎軒善眩人獻于漢及宛西小國驩潛大益宛東姑師扜罙蘇薤之屬皆隨漢使獻見天子天子大悅而漢使窮河源河源出于窴其山多玉石采來天子案古圖書名河所出山曰崑崙云是時上方數巡狩海上乃悉從外國客大都多人則過之散

財帛以賞賜厚具以饒給之以覽示漢富厚焉於是大觳抵出奇戲諸怪物多聚觀者行賞賜酒池肉林令外國客徧觀名倉庫府藏之積見漢之廣大傾駭之及加其眩者之工而觳抵奇戲歲增變甚盛益興自此始西北外國使更來更去宛以西皆自以遠尚驕恣晏然未可詘以禮羈縻而使也自烏孫以西至安息以近匈奴匈奴困月氏也匈奴使持單于一信則國國傳送食不敢留苦及至漢使非出幣帛不得食不市畜不得騎用所以然者遠漢而漢多財物故必市乃得所欲然以畏匈奴於漢使焉宛左右以蒲陶爲酒富人藏酒至萬餘石久者數十歲不敗俗嗜酒馬嗜苜蓿漢使取其實來於是天子始種苜蓿蒲陶肥饒地及天馬多外國使來衆則離宮別觀旁盡種蒲陶苜蓿極望自大宛以西至安息國雖頗異言

然大同俗相知言其人皆深眼多鬚頿善市賈爭分
銖俗貴女子女子所言而丈夫乃決正其地皆無絲
漆不知鑄錢器及漢使亡卒降教鑄作他兵器得漢
黃白金輒以爲器不用爲幣而漢使者往既多其少
從率多進熟於天子天子言曰宛有善馬在貳師城匿不
肯與漢使天子既好宛馬聞之甘心使壯士車令等
持千金及金馬以請宛王貳師城善馬宛國饒漢物
相與謀曰漢去我遠而鹽水中數敗出其北有胡寇
出其南乏水草又且往往而絶邑乏食者多漢使數
百人爲輩來而常乏食死者過半是安能致大軍乎
無奈我何且貳師馬宛寶馬也遂不肯予漢使漢使
怒妄言椎金馬而去宛貴人怒曰漢使至輕我遣漢
使去令其東邊郁成遮攻殺漢使取其財物於是天
子大怒諸嘗使宛姚定漢等言宛兵弱誠以漢兵不

過三千人彊弩射之卽盡虜破宛矣天子已嘗使浞野侯攻樓蘭以七百騎先至虜其王以定漢等言爲然而欲侯寵姬李氏拜李廣利爲貳師將軍發屬國六千騎及郡國惡少年數萬人以往伐宛期至貳師城取善馬故號貳師將軍趙始成爲軍正故浩侯王恢使導軍而李哆爲校尉制軍事是歲太初元年也而關東蝗大起蜚西至敦煌貳師將軍軍旣西過鹽水當道小國恐各堅城守不肯給食攻之不能下下者得食不下者數日則去比至郁成士至者不過數千皆飢罷攻郁成郁成大破之所殺傷甚衆貳師將軍與哆始成等計至郁成尚不能舉況至其王都乎引兵而還往來二歲還至敦煌士不過什一二使使上書言道遠多乏食且士卒不患戰患飢人少不足以拔宛願且罷兵益發而復往天子聞之大怒而使

使遮玉門曰軍有敢入者輒斬之貳師恐因留敦煌
其夏漢亡浞野之兵二萬餘於匈奴公卿及議者皆
願罷擊宛軍專力攻胡天子已業誅宛宛小國而不
能下則大夏之屬輕漢而宛善馬絕不來烏孫侖頭
卽輪臺今庫車東布古爾台地
易苦漢使矣爲外國笑乃案言伐宛
尤不便者鄧光等赦囚徒材官益發惡少年及邊騎
歲餘而出敦煌者六萬人負私從者不與牛十萬馬
三萬餘匹驢騾橐它以萬數多齎糧兵弩甚設天下
騷動傳相奉伐宛凡五十餘校尉宛王城中無井皆
汲城外流水於是乃遣水工徙其城下水空以空其
城益發戍甲卒十八萬酒泉張掖北置居延休屠以
衛酒泉而發天下七科適及載糒給貳師轉車人徒
相連屬至敦煌而拜習馬者二人爲執驅校尉備破
宛擇取其善馬云於是貳師後復行兵多而所至小

國莫不迎出食給軍至侖頭侖頭不下攻數日屠之自此而西平行至宛城漢兵到者三萬人宛兵迎擊漢兵漢兵射敗之宛走入葆乘其城貳師兵欲行攻郁成恐留行而令宛益生詐乃先至宛決其水源移之則宛固已憂困圍其城攻之四十餘日其外城壞虜宛貴人勇將煎靡宛大恐走入中城宛貴人相與謀曰漢所爲攻宛以王毋寡匿善馬而殺漢使今殺王毋寡而出善馬漢兵宜解即不解乃力戰而死未晚也宛貴人皆以爲然共殺其王毋寡持其頭遣貴人使貳師約曰漢毋攻我我盡出善馬恣所取而給漢軍食即不聽我盡殺善馬而康居之救且至至我居內康居居外與漢軍戰漢軍孰計之何從是時康居候視漢兵漢兵尚盛不敢進貳師與趙始成李哆等計聞宛城中新得秦人知穿井而其內食尚多所

爲來誅首惡者毋寡毋寡頭已至如此而不許解兵則堅守而康居候漢罷而來救宛破漢軍必矣軍吏皆以爲然許宛之約宛乃出其善馬令漢自擇之而多出食食給漢軍漢軍取其善馬數十匹中馬以下牡牝三千餘匹而立宛貴人之故待遇漢使善者名昧蔡以爲宛王與盟而罷兵終不得入中城乃罷而引歸初貳師起敦煌西以爲人多道上國不能食乃分爲數軍從南北道校尉王申生故鴻臚壺充國等千餘人別到郁成郁成城守不肯給食其軍王申生去大軍二百里偵而輕之責郁成郁成食不肯出窺知申生軍日少晨用三千人攻戮殺申生等軍破數人脫亡走貳師貳師令搜粟都尉上官桀往攻破郁成郁成王亡走康居桀追至康居康居聞漢已破宛乃出郁成王予桀桀令四騎士縛守詣大將軍四人

相謂曰•郁成王漢國所毒•今生將去卒失大事•欲殺莫敢先擊•上邽騎士趙弟最少•拔劒擊之•斬郁成王•齎頭•弟桀等逐及大將軍•初貳師後行•天子使使告烏孫大發兵并力擊宛•烏孫發二千騎往•持兩端•不肯前•。貳師將軍之東•諸所過小國聞宛破•。皆使其子弟從軍入獻•。見天子•。因以爲質焉•。貳師之伐宛也•而軍正趙始成力戰•功最多•及上官桀敢深入•李哆爲謀計•。軍入玉門者萬餘人•軍馬千餘匹•。貳師後行•軍非乏食•戰死不能多•。而將吏貪•。多不愛士卒•。侵牟之•。以此物故衆•。天子爲萬里而伐宛•。不錄過•。封廣利爲海西侯•又封身斬郁成王者騎士趙弟爲新時侯•軍正趙始成爲光祿大夫•上官桀爲少府•李哆爲上黨太守•軍官吏爲九卿者三人•諸侯相郡守二千石者百餘人•千石以下千餘人•奮行者官過其望•以適過行者皆絀其勞士卒賜直四萬金代宛再反凡四歲而得罷焉漢已代宛立昧蔡爲宛王而去歲餘宛貴人以爲昧蔡善諛使我國遇屠乃相與殺昧蔡立毋寡昆弟曰蟬封爲宛王而遣其子入質於漢漢因使使賂賜以鎮撫之而漢發使十餘輩至宛西諸外國求奇物因風覽以代宛之威德而敦煌置酒泉都尉西至鹽水往往有亭而侖頭有田卒數百人因置使者護田積粟以給使外國者

太史公曰禹本紀言河出崑崙崑崙其高二千五百餘里日月所相避隱爲光明也其上有醴泉瑤池今自張騫使大夏之後也窮河源惡睹本紀所謂崑崙者乎故言九州山川尚書近之矣至禹本紀山海經所有怪物余不敢言之也方望溪云此篇前半記通使西北國後半記以通使起兵端而終於伐宛故因烏孫獻馬頭入後得宛馬以爲中閒之關鍵而通烏孫乃騫本謀故特書首博

望侯死後與篇首相應然後首尾脈絡併相貫注又云諸國地勢道里皆以大宛四面言之列序諸國皆牽連大宛以爲征宛立傳也

史記游俠列傳

韓子曰儒以文亂法而俠以武犯禁二者皆譏而學士多稱於世云至如以術取宰相卿大夫輔翼其世主功名俱著於春秋固無可言者及若季次原憲閭巷人也讀書懷獨行君子之德義不苟合當世當世亦笑之故季次原憲終身空室蓬戶褐衣疏食不厭死而已四百餘年而弟子志之不倦今游俠其行雖不軌於正義然其言必信其行必果已諾必誠不愛其軀赴士之阸困既已存亡死生矣而不矜其能羞伐其德蓋亦有足多者焉且緩急人之所時有也太史公曰昔者虞舜窘於井廩伊尹負於鼎俎傅說匿於傅險呂尚困於棘津夷吾桎梏百里飯牛仲尼畏

匡。萊色陳蔡。此皆學士所謂有道仁人也。猶然遭此
菑。況以中材。而涉亂世之末流乎。其遇害何可勝道
哉。鄙人有言曰。何知仁義。已饗其利者爲有德。故伯
夷醜周。餓死首陽山。而文武不以其故貶王。跖蹻暴
戾。其徒誦義無窮。由此觀之。竊鉤者誅。竊國者侯。侯
之門。仁義存。非虛言也。今拘學或抱咫尺之義。久孤
於世。豈若卑論儕俗。與世沈浮而取榮名哉。而布衣
之徒。設取予然諾。千里誦義。爲死不顧世。此亦有所
長。非苟而已也。故士窮窘而得委命。此豈非人之所
謂賢豪閒者邪。誠使鄉曲之俠。予季次原憲比權量
力。效功於當世。不同日而論矣。要以功見言信。俠客
之義。又曷可少哉。古布衣之俠。靡得而聞已。近世延
陵孟嘗、春申、平原、信陵之徒。皆因王者親屬。藉於有
土卿相之富厚。招天下賢者。顯名諸侯。不可謂不賢

者矣比如順風而呼聲非加疾其勢激也至如閭巷之俠脩行砥名聲施於天下莫不稱賢是爲難耳然儒墨皆排擯不載自秦以前匹夫之俠湮滅不見余甚恨之以余所聞漢興有朱家田仲王公劇孟郭解之徒雖時扞當世之文罔然其私義廉絜退讓有足稱者名不虛立士不虛附至如朋黨宗彊比周設財役貧豪暴侵淩孤弱恣欲自快游俠亦醜之余悲世俗不察其意而猥以朱家郭解等令與暴豪之徒同類而共笑之也

魯朱家者與高祖同時魯人皆以儒敎而朱家用俠聞所藏活豪士以百數其餘庸人不可勝言然終不伐其能歆其德諸所嘗施唯恐見之振人不贍先從貧賤始家無餘財衣不完采食不重味乘不過軥牛專趨人之急甚己之私既陰脫季布將軍之阸及布尊貴終身不見也自關以東莫不延

頸願交焉楚田仲以俠聞喜劒父事朱家自以爲行弗及田仲已死而雒陽有劇孟周人以商賈爲資而劇孟以任俠顯諸侯吳楚反時條侯爲太尉乘傳車將至河南得劇孟喜曰吳楚舉大事而不求孟吾知其無能爲已矣天下騷動宰相得之若得一敵國云劇孟行大類朱家而好博多少年之戲然劇孟母死自遠方送喪蓋千乘及劇孟死家無餘十金之財而符離人王孟亦以俠稱江淮之間是時濟南瞯氏陳周庸亦以豪聞景帝聞之使使盡誅此屬其後代諸白梁韓無辟陽翟薛兄（索隱音況）陝韓孺紛紛復出焉

郭解軹人也字翁伯善相人者許負外孫也解父以任俠孝文時誅死解爲人短小精悍不飲酒少時陰賊慨不快意身所殺甚衆以軀借交報仇藏命作姦剽攻不休及鑄錢掘冢固不可勝數適有天幸窘急常

得脫若遇赦及解年長更折節爲儉以德報怨厚施
而薄望然其自喜爲俠益甚既已振人之命不矜其
功其陰賊著於心卒發於睚眦如故云而少年慕其
行亦輒爲報仇不使知也解姊子負解之勢與人飲
使之嚼非其任彊必灌之人怒拔刀刺殺解姊子亡
去解姊怒曰以翁伯之義人殺吾子賊不得弃其尸
於道弗葬欲以辱解解使人微知賊處賊窘自歸具
以實告解解曰公殺之固當吾兒不直遂去其賊罪
其姊子乃收而葬之諸公聞之皆多解之義益附焉
解出入人皆避之有一人獨箕踞視之解遣人問其
名姓客欲殺之解曰居邑屋至不見敬是吾德不脩
也彼何罪乃陰屬尉史曰是人吾所急也至踐更時
脫之每至踐更數過吏弗求怪之問其故乃解使脫
之箕踞者乃肉袒謝罪少年聞之愈益慕解之行雒

陽人有相仇者邑中賢豪居閒者以十數終不聽客乃見郭解解夜見仇家仇家曲聽解解乃謂仇家曰吾聞雒陽諸公在此閒多不聽者今子幸而聽解解奈何乃從他縣奪人邑中賢大夫權乎乃夜去不使人知曰且無用待我待我去令雒陽豪居其閒乃聽之解執恭敬不敢乘車入其縣廷之旁郡國爲人請求事事可出出之不可者各厭其意然後乃敢嘗酒食諸公以故嚴重之爭爲用邑中少年及旁近縣賢豪夜半過門常十餘車請得解客舍養之及徙豪富茂陵也解家貧不中訾吏恐不敢不徙衞將軍爲言郭解家貧不中徙上曰布衣權至使將軍爲言此其家不貧解家遂徙諸公送者出千餘萬軹人楊季主子爲縣掾舉徙解解兄子斷楊掾頭由此楊氏與郭氏爲仇解入關關中賢豪知與不知聞其聲爭交驩

解解爲人短小不飲酒出未嘗有騎已又殺楊季主楊季主家上書人又殺之闕下上聞乃下吏捕解解亡置其母家室夏陽身至臨晉臨晉籍少公素不知解解冒因求出關籍少公已出解解轉入太原所過輒告主人家吏逐之跡至籍少公少公自殺口絕久之乃得解窮治所犯爲解所殺皆在赦前軹有儒生侍使者坐客譽郭解生曰郭解專以姦犯公法何謂賢解客聞殺此生斷其舌吏以此責解解實不知殺者殺者亦竟絕莫知爲誰吏奏解無罪御史大夫公孫弘議曰解布衣爲任俠行權以睚眦殺人解雖弗知此罪甚於解殺之當大逆無道遂族郭解翁伯自是之後爲俠者極衆敖而無足數者然關中長安樊仲子槐里趙王孫長陵高公子西河郭公仲太原鹵公孺臨淮兒長卿東陽田君孺雖爲俠而逡逡有退

讓君子之風至若北道姚氏西道諸杜南道仇景東道趙他羽公子南陽趙調之徒此盜跖居民閒者耳曷足道哉此乃鄉者朱家之羞也

太史公曰吾視郭解狀貌不及中人言語不足採者然天下無賢與不肖知與不知皆慕其聲言俠者皆引以爲名諺曰人貌榮名豈有既乎於戲惜哉曾文正公云序分三等人術取鄉相功名俱著一也季次原憲獨行君子二也游俠三也於游俠中又分三等人布衣閭巷之俠一也有土鄉相之富二也暴豪恣欲之徒三也反側錯綜語南意北驟難覓其鍼線之迹

史記日者列傳日者在缺篇之中塙爲何人所補今不可知方望溪謂龜策傳文氣類班孟堅非褚少孫所能作余謂此篇亦非出少孫之手

自古受命而王王者之興何嘗不以卜筮決於天命哉其於周尤甚及秦可見代王之入任於卜者太卜之起由漢興而有司馬季主者楚人也卜於長安東市宋忠爲中大夫賈誼爲博士同日俱出洗沐相從

議論誦易先王聖人之道術究偏人情相視而歎賈誼曰吾聞古之聖人不居朝廷必在卜醫之中今吾已見三公九卿朝士大夫皆可知矣試之卜數中以觀采二人卽同輿而之市游於卜肆中天新雨道少人司馬季主閒坐弟子三四人侍方辯天地之道日月之運陰陽吉凶之本二大夫再拜謁司馬季主視其狀貌如類有知者卽禮之使弟子延之坐坐定司馬季主復理前語分別天地之終始日月星辰之紀差次仁義之際列吉凶之符語數千言莫不順理宋忠賈誼瞿然而悟獵纓正襟危坐曰吾望先生之狀聽先生之辭小子竊觀於世未嘗見也今何居之卑何行之汙司馬季主捧腹大笑曰觀大夫類有道術者今何言之陋也何辭之野也今夫子所賢者何也所高者誰也今何以卑汙長者二君曰尊官厚祿世

之所高也賢才處之今所處非其地故謂之卑言不信行不驗取不當故謂之汙夫卜筮者世俗之所賤簡也世皆言曰夫卜者多言誇嚴以得人情虛高人祿命以說人志擅言禍災以傷人心矯言鬼神以盡人財厚求拜謝以私於己此吾之所恥故謂之卑汙也司馬季主曰公且安坐公見夫被髮童子乎日月照之則行不照則止問之日月疵瑕吉凶則不能理由是觀之能知別賢與不肖者寡矣賢之行也直道以正諫三諫不聽則退其譽人也不望其報惡人也不顧其怨以便國家利衆爲務故官非其任不處也祿非其功不受也見人不正雖貴不敬也見人有汙雖尊不下也得不爲喜去不爲恨非其罪也雖累辱而不愧也今公所謂賢者皆可爲羞矣卑疵而前孅趨而言相引以勢相導以利比周賓正以求尊譽以

受公奉事私利枉主法獵農民以官爲威以法爲機求利逆暴譬無異於操白刃劫人者也初試官時倍力爲巧詐飾虛功執空文以調主上用居上爲右試官不讓賢陳功見僞增實以無爲有以少爲多以求便勢尊位食飲驅馳從姬歌兒不顧於親犯法害民虛公家此夫爲盜不操矛弧者也攻而不用弦刃者也欺父母未有罪而弒君未伐者也何以爲高賢才乎盜賊發不能禁夷貊不服不能攝姦邪起不能塞官秏亂不能治四時不和不能調歲穀不孰不能適才賢不爲是不忠也才不賢而託官位利上奉妨賢者處是竊位也有人者進有財者禮是僞也子獨不見鴟梟之與鳳凰翔乎蘭芷芎藭弃於廣野蒿蕭成林使君子退而不顯衆公等是也述而不作君子義也今夫卜者必法天地象四時順於仁義分策定卦

旋式正棊。然後言天地之利害。事之成敗。昔先王之定國家。必先龜策日月。而後乃敢代。正時日。乃後入。家產子。必先占吉凶。後乃有之。自伏羲作八卦。周文王演三百八十四爻。而天下治。越王句踐放文王八卦以破敵國。霸天下。由是言之。卜筮有何負哉。且夫卜筮者。埽除設坐。正其冠帶。然後乃言事。此其禮也。言而鬼神或以饗。忠臣以事其上。孝子以養其親。慈父以畜其子。此有德者也。而以義置數十百錢。病者或以愈。且死或以生。患或以免。事或以成。嫁子娶婦或以養生。此之爲德。豈直數十百錢哉。此夫老子所謂上德不德。是以有德。今夫卜筮者。利大而謝少。老子之云。豈異於是乎。莊子曰。君子內無飢寒之患。外無劫奪之憂。居上而敬。居下不爲害。君子之道也。今夫卜筮者之爲業也。積之無委聚。藏之不用府庫。徙之不用輜重負裝之不重止而用之無盡索之時持不盡索之物游於無窮之世雖莊氏之行未能增於是也子何故而云不可卜哉天不足西北星辰西北移地不足東南以海爲池日中必移月滿必虧先王之道乍存乍亡公責卜者言必信不亦惑乎公見夫談士辯人乎慮事定計必是人也然不能以一言說人主意故言必稱先王語必道上古慮事定計飾先王之成功語其敗害以恐喜人主之志以求其欲多言誇嚴莫大於此矣然欲彊國成功盡忠於上非此不立今夫卜者導惑教愚也夫愚惑之人豈能以一言而知之哉言不厭多故騏驥不能與罷驢爲駟而鳳皇不與燕雀爲羣而賢者亦不與不肖者同列故君子處卑隱以辟衆自匿以辟倫微見德順以除羣害以明天性助上養下多其功利不求尊譽公之等

喁喁者也。何知長者之道乎。宋忠賈誼。忽而自失。芒乎無色。悵然噤口不能言。於是攝衣而起。再拜而辭。行洋洋也。出門。僅能自上車。伏軾低頭。卒不能出氣。居三日。宋忠見賈誼於殿門外。乃相引屏語。相謂自歎曰。道高益安。勢高益危。居赫赫之勢。失身且有日矣。夫卜而有不審。不見奪糈。爲人主計而不審。身無所處。此相去遠矣。猶天冠地屨也。此老子之所謂無名者。萬物之始也。天地曠曠。物之熙熙。或安或危。莫知居之。我與若何足預彼哉。彼久而愈安。雖曾（當作莊）氏之義。未有以異也。久之。宋忠使匈奴。不至而還。抵罪。而賈誼爲梁懷王傅。王墮馬薨。誼不食。毒恨而死。此務華絕根者也。（此文學莊子別有逸致）

太史公曰。古者卜人所以不載者。多不見于篇。及至司馬季主。余志而著之。

史記貨殖列傳

老子曰。至治之極。鄰國相望。雞狗之聲相聞。民各甘其食。美其服。安其俗。樂其業。至老死不相往來。必用此爲務。輓近世塗民耳目。則幾無行矣。太史公曰。夫神農以前。吾不知已。至若詩書所述虞夏以來。耳目欲極聲色之好。口欲窮芻豢之味。身安逸樂。而心誇矜勢能之榮。使俗之漸民久矣。雖戶說以眇論。終不能化。故善者因之。其次利道之。其次教誨之。其次整齊之。最下者與之爭。夫山西饒材竹穀纑旄玉石。山東多魚鹽漆絲聲色。江南出枏梓薑桂金錫連丹沙犀瑇瑁珠璣齒革。龍門碣石北多馬牛羊旃裘筋角。銅鐵則千里往往山出棊置。此其大較也。皆中國人民所喜好。謠俗被服飲食奉生送死之具也。故待農而食之。虞而出之。工而成之。商而通之。此寧有政教發徵期會哉人各任其能竭其力以得所欲故物賤之徵貴貴之徵賤各勸其業樂其事若水之趨下日夜無休時不召而自來不求而民出之豈非道之所符而自然之驗邪周書曰農不出則乏其食工不出則乏其事商不出則三寶絕虞不出則財匱少財匱少而山澤不辟矣此四者民所衣食之原也原大則饒原小則鮮上則富國下則富家貧富之道莫之奪予而巧者有餘拙者不足故太公望封於營丘地潟鹵人民寡於是太公勸其女功極技巧通魚鹽則人物歸之繈至而輻湊故齊冠帶衣履天下海岱之閒斂袂而往朝焉其後齊中衰管子修之設輕重九府則桓公以霸九合諸侯一匡天下而管氏亦有三歸位在陪臣富於列國之君是以齊富彊至於威宣也故曰倉廩實而知禮節衣食足而知榮辱禮生於有

而廢於無故君子富好行其德小人富以適其力淵深而魚生之山深而獸往之人富而仁義附焉富者得勢益彰失勢則客無所之以而不樂夷狄益甚諺曰千金之子不死於市此非空言也故曰天下熙熙皆爲利來天下壤壤皆爲利往夫千乘之王萬家之侯百室之君尚猶患貧而況匹夫編戶之民乎

昔者越王句踐困於會稽之上乃用范蠡計然計然曰知鬭則修備時用則知物二者形則萬貨之情可得而觀已故歲在金穰水毀木饑火旱旱則資舟水則資車物之理也六歲穰六歲旱十二歲一大饑夫糶二十病農九十病末末病則財不出農病則草不辟矣上不過八十下不減三十則農末俱利平糶齊物關市不乏治國之道也積著之理務完物無息幣以物相貿易腐敗而食之貨勿留無敢居貴論其有餘不

足則知貴賤貴上極則反賤賤下極則反貴貴出如
糞土賤取如珠玉財幣欲其行如流水修之十年國
富厚賂戰士士赴矢石如渴得飲遂報彊吳觀兵中
國稱號五霸范蠡既雪會稽之恥乃喟然而歎曰計
然之策七越用其五而得意既已施於國吾欲用之
家乃乘扁舟浮於江湖變名易姓適齊爲鴟夷子皮
之陶爲朱公朱公以爲陶天下之中諸侯四通貨物
所交易也乃治產積居與時逐而不責於人故善治
生者能擇人而任時十九年之中三致千金再分散
與貧交疏昆弟此所謂富好行其德者也後年衰老
而聽子孫子孫脩業而息之遂至巨萬故言富者皆
稱陶朱公子贛既學於仲尼退而仕於衞廢著鬻財
於曹魯之閒七十子之徒賜最爲饒益原憲不厭糟
糠匿於窮巷子貢結駟連騎束帛之幣以聘享諸侯

所至國君無不分庭與之抗禮夫使孔子名布揚於天下者子貢先後之也此所謂得埶而益彰者乎白圭周人也當魏文侯時李克務盡地力而白圭樂觀時變故人棄我取人取我與夫歲孰取穀予之絲漆繭出取帛絮予之食太陰在卯穰明歲衰惡至午旱明歲美至酉穰明歲衰惡至子大旱明歲美有水至卯積著率歲倍欲長錢取下穀長石斗取上種能薄飲食忍嗜欲節衣服與用事僮僕同苦樂趨時若猛獸摯鳥之發故曰吾治生產猶伊尹呂尚之謀孫吳用兵商鞅行法是也是故其智不足與權變勇不足以決斷仁不能以取予彊不能有所守雖欲學吾術終不告之矣蓋天下言治生祖白圭白圭其有所試矣能試有所長非苟而已也猗頓用盬鹽起而邯鄲郭縱以鐵冶成業與王者埒富烏氏倮畜牧及衆斥

賣求奇繒物閒獻遺戎王戎王什倍其償與之畜畜至用谷量馬牛秦始皇帝令倮比封君以時與列臣朝請而巴蜀寡婦清其先得丹穴而擅其利數世家亦不訾清寡婦也能守其業用財自衞不見侵犯秦皇帝以爲貞婦而客之爲築女懷清臺夫倮鄙人牧長清窮鄉寡婦禮抗萬乘名顯天下豈非以富邪漢興海內爲一開關梁弛山澤之禁是以富商大賈周流天下交易之物莫不通得其所欲而徙豪傑諸侯彊族於京師關中自汧雍以東至河華膏壤沃野千里自虞夏之貢以爲上田而公劉適邠太王王季在岐文王作豐武王治鎬故其民猶有先王之遺風好稼穡殖五穀地重重爲邪及秦文孝繆居雍隙隴蜀之貨物而多賈獻孝公徙櫟邑櫟邑北卻戎翟東通三晉亦多大賈武昭治咸陽因以漢都長安諸陵四

方輻湊竝至而會地小人衆故其民益玩巧而事末
也南則巴蜀巴蜀亦沃野地饒巵薑丹沙石銅鐵竹
木之器南御滇僰僰僮西近邛笮笮馬旄牛然四塞
棧道千里無所不通唯褒斜綰轂其口以所多易所
鮮天水隴西北地上郡與關中同俗然西有羌中之
利北有戎翟之畜畜牧爲天下饒然地亦窮險唯京
師要其道故關中之地於天下三分之一而人衆不
過什三然量其富什居其六昔唐人都河東殷人都
河內周人都河南夫三河在天下之中若鼎足王者
所更居也建國各數百千歲土地小狹民人衆都國
諸侯所聚會故其俗纖儉習事楊平陽陳西賈秦翟
北賈種代種代石北也地邊胡數被寇人民矜懻忮
好氣任俠爲姦不事農商然迫近北夷師旅亟往中
國委輸時有奇羨其民羯羠不均自全晉之時固已

患其慓悍而武靈王益厲之其謠俗猶有趙之風也故楊平陽陳掾其閒得所欲溫軹西賈上黨北賈趙中山中山地薄人衆猶有沙丘紂淫地餘民民俗懁急仰機利而食丈夫相聚游戲悲歌忼慨起則相隨椎剽休則掘冢作巧姦冶多美物爲倡優女子則鼓鳴瑟跕屣游媚貴富入後宮徧諸侯然邯鄲亦漳河之閒一都會也北通燕涿南有鄭衛鄭衛俗與趙相類然近梁魯微重而矜節濮上之邑徙野王野王好氣任俠衛之風也夫燕亦勃碣之閒一都會也南通齊趙東北邊胡上谷至遼東地踔遠人民希數被寇大與趙代俗相類而民雕捍少慮有魚鹽棗栗之饒北鄰烏桓夫餘東綰穢貉朝鮮真番之利洛陽東賈齊魯南賈梁楚故泰山之陽則魯其陰則齊齊帶山海膏壤千里宜桑麻人民多文綵布帛魚鹽臨菑亦

海岱之閒一都會也其俗寬緩闊達而足智好議論
地重難動搖怯於衆鬬勇於持刺故多刼人者大國
之風也其中具五民而鄒魯濱洙泗猶有周公遺風
俗好儒備於禮故其民齪齪頗有桑麻之業無林澤
之饒地小人衆儉嗇畏罪遠邪及其衰好賈趨利甚
於周人夫自鴻溝以東芒碭以北屬巨野此梁宋也
陶睢陽亦一都會也昔堯作游成陽舜漁於雷澤湯
止于亳其俗猶有先王遺風重厚多君子好稼穡雖
無山川之饒能惡衣食致其蓄藏越楚則有三俗夫
自淮北沛陳汝南南郡此西楚也其俗剽輕易發怒
地薄寡於積聚江陵故郢都西通巫巴東有雲夢之
饒陳在楚夏之交通魚鹽之貨其民多賈徐僮取慮
則清刻矜已諾彭城以東東海吳廣陵此東楚也其
俗類徐僮朐繒以北俗則齊浙江南則越夫吳自闔

廬春申王濞三人招致天下之喜游子弟東有海鹽之饒章山之銅三江五湖之利亦江東一都會也衡山九江江南豫章長沙是南楚也其俗大類西楚郢之後徙壽春亦一都會也而合肥受南北潮皮革鮑木輸會也與閩中干越雜俗故南楚好辭巧說少信江南卑溼丈夫早夭多竹木豫章出黃金長沙出連錫然堇堇物之所有取之不足以更費九疑蒼梧以南至儋耳者與江南大同俗而楊越多焉番禺亦其一都會也珠璣犀瑇瑁果布之湊潁川南陽夏人之居也夏人政尚忠朴猶有先王之遺風潁川敦愿秦末世遷不軌之民於南陽南陽西通武關鄖關東南受漢江淮宛亦一都會也俗雜好事業多賈其任俠交通潁川故至今謂之夏人夫天下物所鮮所多人民謠俗山東食海鹽山西食鹽鹵領南沙北固往往

出鹽大體如此矣總之楚越之地地廣人希飯稻羹魚或火耕而水耨果隋蠃蛤不待賈而足地埶饒食無飢饉之患以故呰窳偷生無積聚而多貧是故江淮以南無凍餓之人亦無千金之家沂泗水以北宜五穀桑麻六畜地小人衆數被水旱之害民好畜藏故秦夏梁魯好農而重民三河宛陳亦然加以商賈齊趙設智巧仰機利燕代田畜而事蠶由此觀之賢人深謀於廊廟論議朝廷守信死節隱居巖穴之士設爲名高者安歸乎歸於富厚也是以廉吏久久更富廉賈歸富富者人之情性所不學而俱欲者也故壯士在軍攻城先登陷陣卻敵斬將搴旗前蒙矢石不避湯火之難者爲重賞使也其在閭巷少年攻剽椎埋劫人作姦掘冢鑄幣任俠幷兼借交報仇篡逐幽隱不避法禁走死地如騖者其實皆爲財用耳今

夫趙女鄭姬設形容揳鳴琴揄長袂躡利屣目挑心招出不遠千里不擇老少者奔富厚也游閑公子飾冠劍連車騎亦爲富貴容也弋射漁獵犯晨夜冒霜雪馳阬谷不避猛獸之害爲得味也博戲馳逐鬭雞走狗作色相矜必爭勝者重失負也醫方諸食技術之人焦神極能爲重糈也吏士舞文弄法刻章僞書不避刀鋸之誅者沒於賂遺也農工商賈畜長固求富益貨也此有知盡能索耳終不餘力而讓財矣諺曰百里不販樵千里不販糴居之一歲種之以穀十歲樹之以木百歲來之以德德者人物之謂也今有無秩祿之奉爵邑之入而樂與之比者命曰素封封者食租稅歲率戶二百千戶之君則二十萬朝覲聘享出其中庶民農工商賈率亦歲萬息二千戶百萬之家則二十萬而更徭租賦出其中衣食之欲恣所

好美矣故曰陸地牧馬二百蹄牛蹄角千千足羊澤中千足彘水居千石魚陂山居千章之材安邑千樹棗燕秦千樹栗蜀漢江陵千樹橘淮北常山已南河濟之閒千樹萩陳夏千畝漆齊魯千畝桑麻渭川千畝竹及名國萬家之城帶郭千畝畝鍾之田若千畝卮茜千畦薑韭此其人皆與千戶侯等然是富給之資也不窺市井不行異邑坐而待收身有處士之義而取給焉若至家貧親老妻子軟弱歲時無以祭祀進醵飲食被服不足以自通如此不慙恥則無所比矣是以無財作力少有鬭智既饒爭時此其大經也今治生不待危身取給則賢人勉焉是故本富為上末富次之姦富最下無巖處奇士之行而長貧賤好語仁義亦足羞也凡編戶之民富相什則卑下之伯則畏憚之千則役萬則僕物之理也夫用貧求富農

不如工工不如商刺繡文不如倚市門此言末業貧者之資也通邑大都酤一歲千釀醯醬千瓨漿千甔屠牛羊彘千皮販穀糴千鍾薪藁千車船長千丈木千章竹竿萬个其軺車百乘牛車千兩木器髤者千枚銅器千鈞素木鐵器若巵茜千石馬蹄躈千牛千足羊彘千雙僮手指千筋角丹砂千斤其帛絮細布千鈞文菜千匹榻布皮革千石漆千斗糵麴鹽豉千荅鮐鮆千斤鯫千石鮑千鈞棗栗千石者三之狐貂裘千皮羔羊裘千石旃席千具佗果菜千鍾子貸金錢千貫節駔會貪賈三之廉賈五之此亦比千乘之家其大率也佗雜業不中什二則非吾財也請略道當世千里之中賢人所以富者令後世得以觀擇焉

蜀卓氏之先趙人也用鐵冶富秦破趙遷卓氏卓氏見虜略獨夫妻推輦行詣遷處諸遷虜少有餘財爭

與吏求近處處葭萌唯卓氏曰此地狹薄吾聞汶山
之下沃野下有蹲鴟至死不飢民工於市易賈乃求
遠遷致之臨邛大喜即鐵山鼓鑄運籌策傾滇蜀之
民富至僮千人田池射獵之樂擬於人君程鄭山東
遷虜也亦冶鑄賈椎髻之民富埒卓氏俱居臨邛宛
孔氏之先梁人也用鐵冶爲業秦伐魏遷孔氏南陽
大鼓鑄規陂池連車騎游諸侯因通商賈之利有游
閑公子之賜與名然其贏得過當愈於纖嗇家致富
數千金故南陽行賈盡法孔氏之雍容魯人俗儉嗇
而曹邴氏尤甚以鐵冶起富至巨萬然家自父兄子
孫約俛有拾仰有取貰貸行賈徧郡國鄒魯以其故
多去文學而趨利者以曹邴氏也齊俗賤奴虜而刀
閒獨愛貴之桀黠奴人之所患也唯刀閒收取使之
逐魚鹽商賈之利或連車騎交守相然愈益任之終

得其力起富數千萬故曰寧爵毋刀言其能使豪奴自饒而盡其力周人既纖而師史尤甚轉轂以百數賈郡國無所不至洛陽街居在齊秦楚趙之中貧人學事富家相矜以久賈數過邑不入門設任此等故師史能致七千萬宣曲任氏之先爲督道倉吏秦之敗也豪傑皆爭取金玉而任氏獨窖倉粟楚漢相距滎陽也民不得耕種米石至萬而豪傑金玉盡歸任氏任氏以此起富富人爭奢侈而任氏折節爲儉力田畜田畜人爭取賤賈任氏獨取貴善富者數世然任公家約非田畜所出弗衣食公事不畢則身不得飲酒食肉以此爲閭里率故富而主上重之塞之斥也唯橋姚已致馬千匹牛倍之羊萬頭粟以萬鍾計吳楚七國兵起時長安中列侯封君行從軍旅齎貸子錢子錢家以爲侯邑國在關東關東成敗未決莫

肯與唯無鹽氏出捐千金貸其息什之三月吳楚平
一歲之中則無鹽氏之息什倍用此富埒關中關中
富商大賈大抵盡諸田田嗇田蘭韋家栗氏安陵杜
杜氏亦巨萬此其章章尤異者也皆非有爵邑奉祿
弄法犯姦而富盡椎埋去就與時俯仰獲其贏利以
末致財用本守之以武一切用文持之變化有概故
足術也若至力農畜工虞商賈爲權利以成富大者
傾郡中者傾縣下者傾鄉里者不可勝數夫纖嗇筋
力治生之正道也而富者必用奇勝田農拙業而秦
揚以蓋一州掘冢姦事也而田叔以起博戲惡業也
而桓發用之富行賈丈夫賤行也而雍樂成以饒販
脂辱處也而雍伯千金賣漿小業也而張氏千萬洒
削薄技也而郅氏鼎食胃脯簡微耳濁氏連騎馬醫
淺方張里擊鍾此皆誠壹之所致由是觀之富無經

業則貨無常主能者輻湊不肖者瓦解千金之家比一都之君巨萬者乃與王者同樂豈所謂素封者邪非也。

此文頭緒似繁細繹之實止兩大段自篇首至巴寡婦清爲一段漢興以下爲一段首言百姓者欲既開不能反於淳古則莫如因勢利道次則教誨整齊之農虞工商此三代因勢利道王者富天下之事也太公管仲教誨整齊伯者富國之事也計然以富家之術施於國與呂管殊科不當以整齊論陶朱子貢白圭富其家猶頓之徒富其身尚未至與民爭也降而爲桑弘羊均輸平準斯最下矣子長不敢斥言故假王侯君長患貧秦皇帝客遇寡婦以爲喻所以譏武帝也實甚然事皆在列國分疆畫界以前至漢興海內爲一弛山澤之禁商賈車船旁行郡國無所不通故首詳交易輻湊之地次及民俗性質之宜次及居積致富之物次紀富人下至胃脯馬醫之倫而極乃傳貨殖正文中閑別入賢人深謀廊廟一段藉以譏趙綰王臧公孫弘倪寬等一歸於爲利而已意義本自分明特以文法矯變參伍錯綜雜而成章使讀者如睹萬戶千門迷惑不知所嚮耳

續古文辭類纂卷十

續古文辭類纂卷十一　　中編之六

傳狀類

漢書高帝紀　漢書依金陵局刻仿汲古閣本此篇節鈔中閒有較史記文翔實處故用班氏

高祖沛豐邑中陽里人也姓劉氏母媼嘗息大澤之陂夢與神遇是時雷電晦冥父大公往視則見交龍於上已而有娠遂產高祖高祖為人隆準而龍顏美須髯左股有七十二黑子寬仁愛人意豁如也常有大度不事家人生產作業及壯試吏為泗上亭長廷中吏無所不狎侮好酒及色常從王媼武負貰酒時飲醉臥武負王媼見其上常有怪高祖每酤留飲酒讎數倍及見怪歲竟此兩家常折券棄責高祖常繇咸陽縱觀秦皇帝喟然大息曰嗟乎大丈夫當如此矣單父人呂公善沛令辟仇從之客因家焉沛中豪

桀吏聞令有重客皆往賀蕭何爲主吏主進令諸大
夫曰進不滿千錢坐之堂下高祖爲亭長素易諸吏
乃紿爲謁曰賀錢萬實不持一錢謁入呂公大驚起
迎之門呂公者好相人見高祖狀貌因重敬之引入
坐上坐蕭何曰劉季固多大言少成事高祖因狎侮
諸客遂坐上坐無所詘酒闌呂公因目固留高祖竟
酒後呂公曰臣少好相人相人多矣無如季相願季
自愛臣有息女願爲箕帚妾酒罷呂媼怒呂公曰公
始常欲奇此女與貴人沛令善公求之不與何自妄
許與劉季呂公曰此非兒女子所知卒與高祖呂公
女即呂后也生孝惠帝魯元公主高祖嘗告歸之田
呂后與兩子居田中有一老父過請飲呂后因餔之
老父相后曰夫人天下貴人也令相兩子見孝惠帝
曰夫人所以貴者乃此男也相魯元公主亦皆貴老

父已去高祖適從旁舍來呂后具言客有過相我子母皆大貴高祖問曰未遠乃追及問老父老父曰鄉者夫人兒子皆以君君相貴不可言高祖乃謝曰誠如父言不敢忘德及高祖貴遂不知老父處高祖爲亭長乃以竹皮爲冠令求盜之薛治時時冠之及貴常冠所謂劉氏冠也高祖以亭長爲縣送徒驪山徒多道亡自度比至皆亡之到豐西澤中亭止飲夜皆解縱所送徒曰公等皆去吾亦從此逝矣徒中壯士願從者十餘人高祖被酒夜徑澤中令一人行前行前者還報曰前有大蛇當徑願還高祖醉曰壯士行何畏乃前拔劍斬蛇蛇分爲兩道開行數里醉困臥後人來至蛇所有一老嫗夜哭人問嫗何哭嫗曰人殺吾子人曰嫗子何爲見殺嫗曰吾子白帝子也化爲蛇當道今者赤帝子斬之故哭人乃以嫗爲不誠

欲苦之嫗因忽不見後人至高祖覺告高祖高祖乃心獨喜自負諸從者日益畏之秦始皇帝嘗曰東南有天子氣於是東游以猒當之高祖隱於芒碭山澤閒呂后與人俱求常得之高祖怪問之呂后曰季所居上常有雲氣故從往常得季高祖又喜沛中子弟或聞之多欲附者矣

秦二世元年秋七月陳涉起蘄至陳自立爲楚王遣武臣張耳陳餘略趙地八月武臣自立爲趙王郡縣多殺長吏以應涉九月沛令欲以沛應之掾主吏蕭何曹參曰君爲秦吏今欲背之帥沛子弟恐不聽願君召諸亡在外者可得數百人因以劫衆衆不敢不聽乃令樊噲召高祖高祖之衆已數百人矣於是樊噲從高祖來沛令後悔恐其有變乃閉城城守欲誅蕭曹蕭曹恐踰城保高祖高祖乃書帛射城上與沛

父老曰天下同苦秦久矣今父老雖爲沛令守諸侯並起今屠沛沛今共誅令擇可立立之已應諸侯卽室家完不然父子俱屠無爲也父老乃帥子弟共殺沛令開城門迎高祖欲以爲沛令高祖曰天下方擾諸侯並起今置將不善一敗塗地吾非敢自愛恐能薄不能完父兄子弟此大事願吏擇可者蕭曹等皆文吏自愛恐事不就後秦種族其家盡讓高祖諸父老皆曰平生所聞劉季奇怪當貴且卜筮之莫如劉季最吉高祖數讓衆莫肯爲高祖乃立爲沛公祠黃帝祭蚩尤於沛廷而釁鼓旗幟皆赤由所殺蛇白帝子所殺者赤帝子故也於是少年豪吏如蕭曹樊噲等皆爲收沛子弟得三千人

秦二年初懷王與諸將約先入定關中者王之當是時秦兵彊常乘勝逐北諸將莫利先入關獨羽怨秦

破項梁。奮勢願與沛公西入關。懷王諸老將皆曰。項羽爲人慓悍禍賊。嘗攻襄城。襄城無噍類。所過無不殘滅。且楚數進取。前陳王項梁皆敗。不如更遣長者。扶義而西。告諭秦父兄。秦父兄苦其主久矣。今誠得長者往。毋侵暴。宜可下。項羽不可遣。獨沛公素寬大長者。卒不許羽。而遣沛公西。

元年。冬十月。〔時未改元。以高祖十月至霸上。故以秦二年十月爲歲首。〕五星聚于東井。沛公至霸上。秦王子嬰素車白馬。係頸以組。封皇帝璽符節。降枳道旁。諸將或言誅秦王。沛公曰。始懷王遣我。固以能寬容。且人已服降。殺之不祥。乃以屬吏。遂西入咸陽。欲止宮休舍。樊噲張良諫。乃封秦重寶財物府庫。還軍霸上。蕭何盡收秦丞相府圖籍文書。十一月。召諸縣豪桀曰。父老苦秦苛法久矣。誹謗者族。耦語者棄市。吾與諸侯約。先入關者王之。吾當王關中與父老約法三章耳殺人者死傷人及盜抵罪餘悉除去秦法吏民皆按堵如故凡吾所以來爲父兄除害非有所侵暴毋恐且吾所以軍霸上待諸侯至而定要束耳（姚纂已入詔令）乃使人與秦吏行至縣鄉邑告諭之秦民大喜爭持牛羊酒食獻享軍士沛公讓不受曰倉粟多不欲費民民又益喜唯恐沛公不爲秦王

二年三月漢王至洛陽新城三老董公遮說漢王曰臣聞順德者昌逆德者亡兵出無名事故不成故曰明其爲賊敵乃可服項羽爲無道放殺其主天下之賊也夫仁不以勇義不以力三軍之衆爲之素服以告之諸侯爲此東伐四海之內莫不仰德此三王之舉也漢王曰善非夫子無所聞於是漢王爲義帝發喪袒而大哭哀臨三日發使告諸侯曰天下共立義

帝北面事之今項羽放殺義帝江南大逆無道寡人親爲發喪兵皆縞素悉發關中兵收三河士南浮江漢以下願從諸侯王擊楚之殺義帝者（姚纂已入詔令）

五年春正月令曰兵不得休八年萬民與苦甚今天下事畢其赦天下殊死以下（姚纂已入詔令）於是諸侯上疏曰楚王韓信韓王信淮南王英布梁王彭越故衡山王吳芮趙王張敖燕王臧荼昧死再拜言大王陛下先時秦爲亡道天下誅之大王先得秦王定關中於天下功最多存亡定危救敗繼絕以安萬民功盛德厚又加惠於諸侯王有功者使得立社稷地分已定而位號比儗亡上下之分大王功德之著於後世不宣昧死再拜上皇帝尊號漢王曰寡人聞帝者賢者有也虛言亡實之名非所取也今諸侯王皆推高寡人將何以處之哉諸侯王皆曰大王起於細微滅亂

秦威動海內又以辟陋之地自漢中行威德誅不義
立有功平定海內功臣皆受地食邑非私之也大王
德施四海諸侯王不足以道之居帝位甚實宜願大
夫以幸天下漢王曰諸侯王幸以爲便於天下之民
則可矣於是諸侯王及太尉長安侯臣綰等三百人
與博士稷嗣君叔孫通謹擇良日二月甲午上尊號
漢王卽皇帝位于氾水之陽　帝置酒雒陽南宮上
曰通侯諸將毋敢隱朕皆言其情吾所以有天下者
何項氏之所以失天下者何高起王陵對曰陛下嫚
而侮人項羽仁而敬人然陛下使人攻城略地所降
下者因以與之與天下同利也項羽妒賢嫉能有功
者害之賢者疑之戰勝而不與人功得地而不與人
利此其所以失天下也上曰公知其一未知其二夫
運籌帷幄之中決勝千里之外吾不如子房塡國家

撫百姓給餉餽不絕糧道吾不如蕭何連百萬之衆戰必勝攻必取吾不如韓信三者皆人傑吾能用之此吾所㠯取天下者也項羽有一范增而不能用此所㠯爲我禽也羣臣說服

十二年冬十月上破布軍于會缶（缶音甀）布走令別將追之上還過沛留置酒沛宮悉召故人父老子弟佐酒發沛中兒得百二十人教之歌酒酣上擊筑自歌曰大風起兮雲飛揚威加海內兮歸故鄉安得猛士兮守四方令兒皆和習之上乃起舞忼慨傷懷泣數行下謂沛父兄曰游子悲故鄉吾雖都關中萬歲之後吾魂魄猶思樂沛且朕自沛公㠯誅暴逆遂有天下其㠯沛爲朕湯沐邑復其民世世無有所與沛父老諸母故人日樂飲極歡道舊故爲笑樂十餘日上欲去沛父兄固請上曰吾人衆多父兄不能給乃去

沛中空縣皆之邑西獻上留止張飲三日沛父兄皆頓首曰沛幸得復豐未得唯陛下哀矜上曰豐者吾所生長極不忘耳吾特以其爲雍齒故反我爲魏沛父兄固請之迺并復豐比沛　上擊布時爲流矢所中行道疾疾甚呂后迎良醫醫入見上問醫曰疾可治不醫曰可治於是上嫚罵之曰吾以布衣提三尺取天下此非天命乎命乃在天雖扁鵲何益遂不使治疾賜黃金五十斤罷之呂后問曰陛下百歲後蕭相國既死誰令代之上曰曹參可問其次曰王陵可然少戇陳平可以助之陳平知有餘然難獨任周勃重厚少文然安劉氏者必勃也可令爲太尉呂后復問其次上曰此後亦非乃所知也夏四月甲辰帝崩于長樂宮呂后與審食其謀曰諸將故與帝爲編戶民北面爲臣心常鞅鞅今乃事少主非盡族是天下

不安。以故不發喪。人或聞。以語酈商。酈商見審食其
曰。聞帝已崩四日。不發喪。欲誅諸將。誠如此。天下危
矣。陳平灌嬰將十萬守滎陽。樊噲周勃將二十萬定
燕代。此聞帝崩。諸將皆誅。必連兵還鄉。以攻關中。大
臣內畔。諸將外反。亡可蹻足待也。審食其入言之。乃
以丁未發喪。大赦天下。五月丙寅葬長陵。已下。皇太
子羣臣皆反至太上皇廟。羣臣曰。帝起細微。撥亂世
反之正。平定天下。爲漢太祖。功最高。上尊號曰高皇
帝。初高祖不脩文學。而性明達。好謀能聽。自監門戍
卒。見之如舊。初順民心。作三章之約。天下既定。命蕭
何次律令。韓信申軍法。張蒼定章程。叔孫通制禮儀。
陸賈造新語。又與功臣剖符作誓。丹書鐵契。金匱石
室。藏之宗廟。雖日不暇給。規摹弘遠矣。

漢書李廣蘇建傳

李廣隴西成紀人也其先曰李信秦時爲將逐得燕太子丹者也廣世世受射孝文十四年匈奴大入蕭關而廣以良家子從軍擊胡用善射殺首虜多爲郎騎常侍數從射獵格殺猛獸文帝曰惜廣不逢時令當高祖世萬戶侯豈足道哉景帝卽位爲騎郎將吳楚反時爲驍騎都尉從太尉亞夫戰昌邑下顯名以梁王授廣將軍印故還賞不行爲上谷太守數與匈奴戰典屬國公孫昆邪爲上泣曰李廣材氣天下亡雙自負其能數與虜确恐亡之上乃徙廣爲上郡太守匈奴入上郡上使中貴人從廣勒習兵擊匈奴中貴人者將數十騎從見匈奴三人與戰射傷中貴人殺其騎且盡中貴人走廣廣曰是必射鵰者也廣乃從百騎往馳三人三人亡馬步行行數十里廣令其騎張左右翼而廣身自射彼三人者殺其二人生得

一人果匈奴射鵰者也已縛之上山望匈奴數千騎
見廣以爲誘騎驚上山陳廣之百騎皆大恐欲馳還
走廣曰我去大軍數十里今如此走匈奴追射我立
盡今我留匈奴必以我爲大軍之誘不我擊廣令曰
前未到匈奴陳二里所止令曰皆下馬解鞍騎曰虜
多如是解鞍卽急柰何廣曰彼虜以我爲走今解鞍
以示不去用堅其意有白馬將出護兵廣上馬與十
餘騎奔射殺白馬將而復還至其百騎中解鞍縱馬
臥時會暮胡兵終怪之弗敢擊夜半胡兵以爲漢有
伏軍於傍欲夜取之卽引去平旦廣乃歸其大軍後
徙爲隴西北地鴈門雲中太守武帝卽位左右言廣
名將也由是入爲未央衞尉而程不識亦爲長樂
衞尉程不識故與廣俱以邊太守將屯及出擊胡而
廣行無部曲行陳就善水草頓舍人人自便不擊刁

斗自衞莫府省文書然亦遠斥候未嘗遇害程不識正部曲行伍營陳擊刁斗吏治軍簿至明軍不得自便不識曰李將軍極簡易然虜卒犯之無以禁而其士亦佚樂爲之死我軍雖煩擾虜亦不得犯我是時漢邊郡李廣程不識爲名將然匈奴畏廣士卒多樂從而苦程不識不識孝景時以數直諫爲太中大夫爲人廉謹於文法後漢誘單于以馬邑城使大軍伏馬邑傍而廣爲驍騎將軍屬護軍將軍單于覺之去漢軍皆無功後四歲廣以衞尉爲將軍出雁門擊匈奴匈奴兵多破廣軍生得廣單于素聞廣賢令曰得李廣必生致之胡騎得廣廣時傷置兩馬閒絡而盛之臥行十餘里廣陽死睨其傍有一兒騎善馬暫騰而上胡兒馬因抱兒鞭馬南馳數十里得其餘軍匈奴騎數百追之廣行取兒弓射殺追騎以故得脫於

是至漢漢下廣吏吏當廣亡失多爲虜所生得當斬贖爲庶人數歲與故潁陰侯屏居藍田南山中射獵嘗夜從一騎出從人田閒飲還至亭霸陵尉醉呵止廣廣騎曰故李將軍尉曰今將軍尚不得夜行何故也宿廣亭下居無何匈奴入遼西殺太守敗韓將軍韓將軍後徙居右北平死於是上乃召拜廣爲右北平太守廣請霸陵尉與俱至軍而斬之上書自陳謝罪上報曰將軍者國之爪牙也司馬法曰登車不式遭喪不服振旅撫師以征不服率三軍之心同戰士之力故怒形則千里竦威振則萬物伏是以名聲暴於夷貉威稜憺乎鄰國夫報忿除害捐殘去殺朕之所圖於將軍也若迺免冠徒跣稽顙請罪豈朕之指哉將軍其率師東轅彌節白檀以臨右北平盛秋姚纂

已入詔令

廣在郡匈奴號曰漢飛將軍避之數歲不入界

廣出獵見草中石以爲虎而射之中石沒矢視之石也他日射之終不能入矣廣所居郡聞有虎常自射之及居右北平射虎虎騰傷廣廣亦射殺之石建卒上召廣代爲郎中令元朔六年廣復爲將軍從大將軍出定襄諸將多中首虜率爲侯者而廣軍無功後三歲廣以郎中令將四千騎出右北平博望侯張騫將萬騎與廣俱異道行數百里匈奴左賢王將四萬騎圍廣廣軍士皆恐廣迺使其子敢往馳之敢從數十騎直貫胡騎出其左右而還報廣曰胡虜易與耳軍士乃安爲圜陳外鄉胡急擊矢下如雨漢兵死者過半漢矢且盡廣乃令持滿毋發而廣身自以大黃射其裨將殺數人胡虜益解會暮吏士無人色而廣意氣自如益治軍軍中服其勇也明日復力戰而博望侯軍亦至匈奴迺解去漢軍罷弗能追是時廣軍

幾沒罷歸漢法博望侯後期當死贖爲庶人廣軍自
當亡賞初廣與從弟李蔡俱爲郎事文帝景帝時蔡
積功至二千石武帝元朔中爲輕車將軍從大將軍
擊右賢王有功中率封爲樂安侯元狩二年代公孫
弘爲丞相蔡爲人在下中名聲出廣下遠甚然廣不
得爵邑官不過九卿廣之軍吏及士卒或取封侯廣
與望氣王朔語曰自漢擊匈奴廣未嘗不在其中而
諸妄校尉已下材能不及中以軍功取侯者數十人
廣不爲後人然終無尺寸功以得封邑者何也豈吾
相不當侯邪朔曰將軍自念豈嘗有恨者乎廣曰吾
爲隴西守羌嘗反吾誘降者八百餘人詐而同日殺
之至今恨獨此耳朔曰禍莫大於殺已降此迺將軍
所以不得侯者也廣歷七郡太守前後四十餘年得
賞賜輒分其戲下飲食與士卒共之家無餘財終不

言生產事。爲人長爰臂。其善射亦天性。雖子孫他人學者。莫能及。廣吶口少言。與人居。則畫地爲軍陳。射闊狹以飲。專以射爲戲。將兵乏絕處。見水。士卒不盡飲。不近水。不盡餐。不嘗食。寬緩不苛。士以此愛樂爲用。其射。見敵非在數十步之內。度不中不發。發卽應弦而倒。用此。其將數困辱。及射猛獸亦數爲所傷云。

元狩四年。大將軍票騎將軍大擊匈奴。廣數自請行。上以爲老不許。良久乃許之。以爲前將軍。大將軍青出塞。捕虜知單于所居。迺自以精兵走之。而令廣并於右將軍軍。出東道。東道少回遠。大軍行水草少。其勢不屯行。廣辭曰。臣部爲前將軍。今大將軍乃徙臣出東道。且臣結髮而與匈奴戰。迺今一得當單于。臣願居前。先死單于。大將軍陰受上指。以爲李廣數奇。毋令當單于。恐不得所欲。是時公孫敖新失侯。爲中將軍大將軍亦欲使敖與俱當單于故徙廣廣知之固辭大將軍弗聽令長史封書與廣之莫府曰急詣部如書廣不謝大將軍而起行意象慍怒而就部引兵與右將軍食其合軍出東道惑失道後大將軍大將軍與單于接戰單于遁走弗能得而還南絕幕迺遇兩將軍廣已見大將軍還入軍大將軍使長史持糒醪遺廣因問廣食其失道狀曰青欲上書報天子失軍曲折廣未對大將軍長史急責廣之莫府上簿廣曰諸校尉亡罪乃我自失道吾今自上簿至莫府謂其麾下曰廣結髮與匈奴大小七十餘戰今幸從大將軍出接單于兵而大將軍徙廣部行回遠又迷失道豈非天哉且廣年六十餘終不能復對刀筆之吏矣遂引刀自剄百姓聞之知與不知老壯皆爲垂泣而右將軍獨下吏當死贖爲庶人

廣三子曰當戶

椒敢皆爲郎上與韓嫣戲嫣少不遜當戶擊嫣嫣走
於是上以爲能當戶蚤死乃拜椒爲代郡太守皆先
廣死廣死軍中時敢從票騎將軍廣死明年李蔡以
丞相坐詔賜冢地陽陵當得二十畝蔡盜取三頃頗
賣得四十餘萬又盜取神道外壖地一畝葬其中當
下獄自殺敢以校尉從票騎將軍擊胡左賢王力戰
奪左賢王旗鼓斬首多賜爵關內侯食邑二百戶代
廣爲郎中令頃之怨大將軍青之恨其父迺擊傷大
將軍大將軍匿諱之居無何敢從上雍至甘泉宮獵
票騎將軍去病怨敢傷青射殺敢去病時方貴幸上
爲諱云鹿觸殺之居歲餘去病死敢有女爲太子中
人愛幸敢男禹有寵於太子然好利亦有勇嘗與侍
中貴人飲侵陵之莫敢應後愬之上上召禹使刺虎
縣下圈中未至地有詔引出之禹從落中以劒斫絕

纍欲刺虎上壯之遂救止焉而當戸有遺腹子陵將兵擊胡兵敗降匈奴後人告禹謀欲亡從陵下吏死

此篇用太史公文而略有刪削

陵字少卿少爲侍中建章監善騎射愛人謙讓下士甚得名譽武帝以爲有廣之風使將八百騎深入匈奴二千餘里過居延視地形不見虜還拜爲騎都尉將勇敢五千人教射酒泉張掖以備胡數年漢遣貳師將軍伐大宛使陵將五校兵隨後行至塞會貳師還上賜陵書陵留吏士與輕騎五百出敦煌至鹽水迎貳師還復留屯張掖天漢二年貳師將三萬騎出酒泉擊右賢王於天山召陵欲使爲貳師將輜重陵召見武臺叩頭自請曰臣所將屯邊者皆荊楚勇士奇材劍客也力扼虎射命中願得自當一隊到蘭干山南以分單于兵毋令專鄉貳師軍上曰將惡相屬

邪。吾發軍多。毋騎予女。陵對。無所事騎。臣願以少擊衆。步兵五千人。涉單于庭。上壯而許之。因詔彊弩都尉路博德將兵半道迎陵軍。博德故伏波將軍。亦羞爲陵後距。奏言。方秋匈奴馬肥。未可與戰。臣願留陵至春。俱將酒泉張掖騎各五千人。並擊東西浚稽。可必禽也。書奏。上怒。疑陵悔不欲出。而教博德上書。迺詔博德。吾欲予李陵騎。云欲以少擊衆。今虜入西河。其引兵走西河。遮鉤營之道。詔陵以九月發。出遮虜鄣。至東浚稽山南龍勒水上。徘徊觀虜。即亡所見。從浞野侯趙破奴故道抵受降城休士。因騎置以聞。所與博德言者云何。具以書對。陵於是將其步卒五千人。出居延北行三十日。至浚稽山。止營。舉圖所過山川地形。使麾下騎陳步樂還以聞。步樂召見。道陵將率得士死力。上甚說。拜步樂爲郎。陵至浚稽山。與單

于相直騎可三萬圍陵軍軍居兩山閒以大車爲營
陵引士出營外爲陳前行持戟盾後行持弓弩令曰
聞鼓聲而縱聞金聲而止虜見漢軍少直前就營陵
搏戰攻之千弩俱發應弦而倒虜還走上山漢軍追
擊殺數千人單于大驚召左右地兵八萬餘騎攻陵
陵且戰且引南行數日抵山谷中連戰士卒中矢傷
三創者載輂兩創者將車一創者持兵戰陵曰吾士
氣少衰而鼓不起者何也軍中豈有女子乎始軍出
時關東羣盜妻子徙邊者隨軍爲卒妻婦大匿車中
陵搜得皆劒斬之明日復戰斬首三千餘級引兵東
南循故龍城道行四五日抵大澤葭葦中虜從上風
縱火陵亦令軍中縱火以自救南行至山下單于在
南山上使其子將騎擊陵陵軍步鬬樹木閒復殺數
千人因發連弩射單于單于下走是日捕得虜言單

于曰此漢精兵擊之不能下日夜引吾南近塞得毋有伏兵乎諸當戶君長皆言單于自將數萬騎擊漢數千人不能滅後無以復使邊臣令漢益輕匈奴復力戰山谷閒尚四五十里得平地不能破迺還是時陵軍益急匈奴騎多戰一日數十合復傷殺虜二千餘人虜不利欲去會陵軍候管敢爲校尉所辱亡降匈奴具言陵軍無後救射矢且盡獨將軍麾下及成安侯校各八百人爲前行以黃與白爲幟當使精騎射之卽破矣成安侯者潁川人父韓千秋故濟南相奮擊南越戰死武帝封子延年爲侯以校尉隨陵單于得敢大喜使騎竝攻漢軍疾呼曰李陵韓延年趣降遂遮道急攻陵陵居谷中虜在山上四面射矢如雨下漢軍南行未至鞮汗山一日五十萬矢皆盡卽棄車去士尚三千餘人徒斬車輻而持之軍吏持尺

刀抵山入陿谷單于遮其後乘隅下壘石士卒多死
不得行昏後陵便衣獨步出營止左右毋隨我丈夫
一取單于耳良久陵還大息曰兵敗死矣軍吏或曰
將軍威震匈奴天命不遂後求道徑還歸如浞野侯
爲虜所得後亡還天子客遇之況於將軍乎陵曰公
止吾不死非壯士也於是盡斬旌旗及珍寶埋地中
陵歎曰復得數十矢足以脫矣今無兵復戰天明坐
受縛矣各鳥獸散猶有得脫歸報天子者令軍士人
持二升糒一半冰期至遮虜鄣者相待夜半時擊鼓
起士鼓不鳴陵與韓延年俱上馬壯士從者十餘人
虜騎數千追之韓延年戰死陵曰無面目報陛下遂
降軍人分散脫至塞者四百餘人陵敗處去塞百餘
里邊塞以聞上欲陵死戰召陵母及婦使相者視之
無死喪色後聞陵降上怒甚責問陳步樂步樂自殺

羣臣皆罪陵上以問太史令司馬遷遷盛言陵事親孝與士信常奮不顧身以殉國家之急其素所畜積也有國士之風今舉事一不幸全軀保妻子之臣隨而媒糵其短誠可痛也且陵提步卒不滿五千深輮戎馬之地抑數萬之師虜救死扶傷不暇悉舉引弓之民共攻圍之轉鬭千里矢盡道窮士張空拳冒白刃北首爭死敵得人之死力雖古名將不過也身雖陷敗然其所摧敗亦足暴於天下彼之不死宜欲得當以報漢也初上遣貳師大軍出財令陵爲助兵及陵與單于相值而貳師功少上以遷誣罔欲沮貳師爲陵游說下遷腐刑久之上悔陵無救曰陵當發出塞迺詔彊弩都尉令迎軍坐預詔之得令老將生姦詐迺遣使勞賜陵餘軍得脫者陵在匈奴歲餘上遣因杅將軍公孫敖將兵深入匈奴迎陵敖軍無功還

曰捕得生口言李陵教單于爲兵以備漢軍故臣無所得上聞於是族陵家母弟妻子皆伏誅隴西士大夫以李氏爲愧

其後漢遣使使匈奴陵謂使者曰吾爲漢將步卒五千人横行匈奴以亡救而敗何負於漢而誅吾家使者曰漢聞李少卿教匈奴爲兵陵曰迺李緒非我也李緒本漢塞外都尉居奚侯城匈奴攻之緒降而單于客遇緒常坐陵上陵痛其家以李緒而誅使人刺殺緒大閼氏欲殺陵單于匿之北方大閼氏死迺還單于壯陵以女妻之立爲右校王衞律爲丁靈王皆貴用事衞律者父本長水胡人律生長漢善協律都尉李延年延年薦言律使匈奴使還會延年家收律懼并誅亡還降匈奴匈奴愛之常在單于左右陵居外有大事迺入議

昭帝立大將軍霍光左將軍上官桀輔政素與陵善遣陵故人隴西任

立政等三人俱至匈奴招陵立政等至單于置酒賜漢使者李陵衞律皆侍坐立政等見陵未得私語即目視陵而數數自循其刀環握其足陰諭之言可還歸漢也後陵律持牛酒勞漢使博飲兩人皆胡服椎結立政大言曰漢已大赦中國安樂主上富於春秋霍子孟上官少叔用事以此言微動之陵墨不應孰視而自循其髮答曰吾已胡服矣有頃律起更衣立政曰咄少卿良苦霍子孟上官少叔謝女陵曰霍與上官無恙乎立政曰請少卿來歸故鄉毋憂富貴陵字立政曰少公歸易耳恐再辱奈何語未卒衞律還頗聞餘語曰李少卿賢者不獨居一國范蠡徧遊天下由余去戎入秦今何語之親也因罷去立政隨謂陵曰亦有意乎陵曰丈夫不能再辱陵在匈奴二十餘年元平元年病死

蘇建杜陵人也以校尉從大將軍青擊匈奴封平陵侯以將軍築朔方後以衞尉爲游擊將軍從大將軍出朔方後一歲以右將軍再從大將軍出定襄亡翕侯失軍當斬贖爲庶人其後爲代郡太守卒官有三子嘉爲奉車都尉賢爲騎都尉中子武最知名

武字子卿少以父任兄弟並爲郎稍遷至栘中廄監時漢連伐胡數通使相窺觀匈奴留漢使郭吉路充國等前後十餘輩匈奴使來漢亦留之以相當天漢元年且鞮侯單于初立恐漢襲之迺曰漢天子我丈人行也盡歸漢使路充國等武帝嘉其義迺遣武以中郎將使持節送匈奴使留在漢者因厚賂單于答其善意武與副中郎將張勝及假吏常惠等募士斥候百餘人俱既至匈奴置幣遺單于單于益驕非漢所望也方欲發使送武等會緱王與長水虞常等謀

反匈奴中緱王者昆邪王姊子也與昆邪王俱降漢後隨浞野侯沒胡中及衞律所將降者陰相與謀劫單于母閼氏歸漢會武等至匈奴虞常在漢時素與副張勝相知私候勝曰聞漢天子甚怨衞律常能爲漢伏弩射殺之吾母與弟在漢幸蒙其賞賜張勝許之以貨物與常後月餘單于出獵獨閼氏子弟在虞常等七十餘人欲發其一人夜亡告之單于子弟發兵與戰緱王等皆死虞常生得單于使衞律治其事張勝聞之恐前語發以狀語武武曰事如此此必及我見犯迺死重負國欲自殺勝惠共止之虞常果引張勝單于怒召諸貴人議欲殺漢使者左伊秩訾曰卽謀單于何以復加宜皆降之單于使衞律召武受辭武謂惠等屈節辱命雖生何面目以歸漢引佩刀自刺衞律驚自抱持武馳召毉鑿地爲坎置熅火覆

武其上蹈其背以出血武氣絕半日復息惠等哭輿
歸營單于壯其節朝夕遣人候問武而收繫張勝武
益愈單于使使曉武會論虞常欲因此時降武劍斬
虞常已律曰漢使張勝謀殺單于近臣當死單于募
降者赦罪舉劍欲擊之勝請降律謂武曰副有罪當
相坐武曰本無謀又非親屬何謂相坐復舉劍擬之
武不動律曰蘇君律前負漢歸匈奴幸蒙大恩賜號
稱王擁衆數萬馬畜彌山富貴如此蘇君今日降明
日復然空以身膏草野誰復知之武不應律曰君因
我降與君爲兄弟今不聽吾計後雖欲復見我尚可
得乎武罵律曰女爲人臣子不顧恩義畔主背親爲
降虜於蠻夷何以女爲見且單于信女使決人死生
不平心持正反欲鬭兩主觀禍敗南越殺漢使者屠
爲九郡宛王殺漢使者頭縣北闕朝鮮殺漢使者即

時誅滅獨匈奴未耳若知我不降明欲令兩國相攻匈奴之禍從我始矣律知武終不可脅白單于單于愈益欲降之迺幽武置大窖中絕不飲食天雨雪武臥齧雪與旃毛幷咽之數日不死匈奴以爲神乃徙武北海即今由恰克圖入俄羅斯境內之拜喀爾湖湖長千餘里上無人處使牧羝羝乳乃得歸別其官屬常惠等各置他所武旣至海上廩食不至掘野鼠去屮實而食之杖漢節牧羊臥起操持節旄盡落積五六年單于弟於靬王弋射海上武能網紡繳檠弓弩於靬王愛之給其衣食三歲餘王病賜武馬畜服匿穹廬王死後人衆徙去其冬丁令拜喀爾湖之北即古丁令盜武牛羊武復窮厄初武與李陵俱爲侍中武使匈奴明年陵降不敢求武久之單于使陵至海上爲武置酒設樂因謂武曰單于聞陵與子卿素厚故使陵來說足下虛心欲相待終不得

歸漢空自苦亡人之地信義安所見乎前長君爲奉
車從至雍棫陽宮扶輦下除觸柱折轅劾大不敬伏
劍自刎賜錢二百萬以葬孺卿從祠河東后土宦騎
與黃門駙馬爭船推墮駙馬河中溺死宦騎亡詔使
孺卿逐捕不得惶恐飲藥而死來時大夫人已不幸
陵送葬至陽陵子卿婦年少聞已更嫁矣獨有女弟
二人兩女一男今復十餘年存亡不可知人生如朝
露何久自苦如此陵始降時忽忽如狂自痛負漢加
以老母繫保宮子卿不欲降何以過陵且陛下春秋
高法令亡常大臣亡罪夷滅者數十家安危不可知
子卿尚復誰爲乎願聽陵計勿復有云武曰武父子
亡功德皆爲陛下所成就位列將爵通侯兄弟親近
常願肝腦塗地今得殺身自效雖蒙斧鉞湯鑊誠甘
樂之臣事君猶子事父也子爲父死無所恨願勿復

再言陵與武飲數日復曰子卿壹聽陵言武曰自分已死久矣王必欲降武請畢今日之驩效死於前陵見其至誠喟然歎曰嗟乎義士陵與衞律之罪上通於天因泣下霑衿與武決去陵惡自賜武使其妻賜武牛羊數十頭後陵復至北海上語武區脫捕得雲中生口言太守以下吏民皆白服曰上崩武聞之南鄉號哭歐血旦夕臨數月昭帝卽位數年匈奴與漢和親漢求武等匈奴詭言武死後漢使復至匈奴常惠請其守者與俱得夜見漢使具自陳道教使者謂單于言天子射上林中得鴈足有係帛書言武等在某澤中使者大喜如惠語以讓單于單于視左右而驚謝漢使曰武等實在於是李陵置酒賀武曰今足下還歸揚名於匈奴功顯於漢室雖古竹帛所載丹青所畫何以過子卿陵雖駑怯令漢且貰陵罪全其

老母使得奮大辱之積志庶幾乎曹柯之盟此陵宿昔之所不忘也收族陵家爲世大戮陵尚復何顧乎已矣令子卿知吾心耳異域之人壹別長絕陵起舞歌曰徑萬里兮度沙幕爲君將兮奮匈奴路窮絕兮矢刃摧士衆滅兮名已隤老母已死雖欲報恩將安歸陵泣下數行因與武決單于召會武官屬前已降及物故凡隨武還者九人武已元始六年春至京師詔武奉一太牢謁武帝園廟拜爲典屬國秩中二千石賜錢二百萬公田二頃宅一區常惠徐聖趙終根皆拜爲中郎賜帛各二百匹其餘六人老歸家賜錢人十萬復終身常惠後至右將軍封列侯自有傳武留匈奴凡十九歲始已彊壯出及還須髮盡白武來歸明年上官桀子安與桑弘羊及燕王蓋主謀反武子男元與安有謀坐死初桀安與大將軍霍光爭權

數疏光過失予燕王令上書告之又言蘇武使匈奴二十年不降還迺爲典屬國大將軍長史無功勞爲搜粟都尉光顓權自恣及燕王等反誅窮治黨與武素與桀弘羊有舊數爲燕王所訟子又在謀中廷尉奏請逮捕武霍光寢其奏免武官數年昭帝崩武以故二千石與計謀立宣帝賜爵關內侯食邑三百戶久之衛將軍張安世薦武明習故事奉使不辱命先帝以爲遺言宣帝即時召武待詔宦者署數進見復爲右曹典屬國以武著節老臣令朝朔望號稱祭酒甚優寵之武所得賞賜盡以施予昆弟故人家不餘財皇后父平恩侯帝舅平昌侯樂昌侯車騎將軍韓增丞相魏相御史大夫丙吉皆敬重武武年老子前坐事死上閔之問左右武在匈奴久豈有子乎武因平恩侯自白前發匈奴時胡婦適產一子通國有聲

問來願因使者致金帛贖之上許焉後通國隨使者
至上以爲郎又以武弟子爲右曹武年八十餘神爵
二年病卒甘露三年單于始入朝上思股肱之美迺
圖畫其人於麒麟閣法其形貌署其官爵姓名唯霍
光不名曰大司馬大將軍博陸侯姓霍氏次曰衞將
軍富平侯張安世次曰車騎將軍龍頟侯韓增次曰
後將軍營平侯趙充國次曰丞相高平侯魏相次曰
丞相博陽侯丙吉次曰御史大夫建平侯杜延年次
曰宗正陽城侯劉德次曰少府梁丘賀次曰太子太
傅蕭望之次曰典屬國蘇武皆有功德知名當世是
以表而揚之明著中興輔佐列於方叔召虎仲山甫
焉凡十一人皆有傳自丞相黃霸廷尉于定國大司
農朱邑京兆尹張敞右扶風尹翁歸及儒者夏侯勝
等皆以善終著名宣帝之世然不得列於名臣之圖

已此知其選矣。

贊曰。李將軍恂恂如鄙人。口不能出辭。及死之日。天下知與不知。皆爲流涕。彼其中心誠信於士大夫也。諺曰。桃李不言。下自成蹊。此言雖小。可已喻大。然三代之將。道家所忌。自廣至陵。遂亡其宗。哀哉。孔子稱志士仁人。有殺身已成仁。無求生已害仁。使於四方不辱君命。蘇武有之矣。霍光與蘇武傳皆班氏絕至之文義法極爲精審光之事跡書不勝書武則除引刀自刺海上牧羊及哭臨武帝外幾無一可舉者措注較光傳尤難孟堅忽引出衛律李陵二人卽賓定主已虛證實而文境沛乎有餘矣律之說武也始則劫之以威繼則誘之以利純用勢力要迫故武直罵其背親畔主爲降虜於蠻夷欲鬭兩主觀禍敗辭義懍懍毅然不可詘辱陵則故人視遇說之以情不應動之以父母妻子亦不應及復欲再說則變文稱王以絕驩於朋友誼分亦盡矣是時武所處之境乃在北海上無人處吞氈齧雪可謂窮矣而無毫毛怨悔合而觀之豈非富貴不能淫貧賤不能移威武不能屈孟子之所謂大丈夫乎後幸得還歸陵爲置酒稱賀而揚名匈奴顯功漢室之語自陵發之因幷以攄其憤懣卽陵宿昔之心志亦白衛律可得同日而語哉中閒以陵妻賜武牛羊與王必欲降武宣帝以武著節老臣甚優寵之與單于壯其節愈益欲降之互文對舉使首尾相應其步伐謹嚴如是雖令史公昌黎爲之吾知其弗能過也末敘圖畫麒麟一事若入之霍光傳中則事冗而意不屬繫之此傳則措置適宜别引黃霸于定國等相提衡論非惟文勢應爾亦必如此而義始完備餘波宕逸眞如神龍駁空蜿蟉不羣矣

漢書東方朔傳

東方朔字曼倩平原厭次人也武帝初即位徵天下舉方正賢良文學材力之士待以不次之位四方士多上書言得失自衒鬻者以千數其不足采者輒報聞罷朔初來上書曰臣朔少失父母長養兄嫂年十三學書三冬文史足用十五學擊劍十六學詩書誦二十二萬言十九學孫吳兵法戰陣之具鉦鼓之教亦誦二十二萬言凡臣朔固已誦四十四萬言又常服子路之言臣朔年二十二長九尺三寸目若懸珠齒若編貝勇若孟賁捷若慶忌廉若鮑叔信若尾生

若此可以爲天子大臣矣臣朔昧死再拜以聞朔文辭不遜高自稱譽上偉之令待詔公車奉祿薄未得省見久之朔紿騶朱儒曰上以若曹無益於縣官耕田力作固不及人臨衆處官不能治民從軍擊虜不任兵事無益於國用徒索衣食今欲盡殺若曹朱儒大恐嗁泣朔教曰上即過叩頭請罪居有頃聞上過朱儒皆號泣頓首上問何爲對曰東方朔言上欲盡誅臣等上知朔多端召問朔何恐朱儒爲對曰臣朔生亦言死亦言朱儒長三尺餘奉一囊粟錢二百四十臣朔長九尺餘亦奉一囊粟錢二百四十朱儒飽欲死臣朔飢欲死臣言可用幸異其禮不可用罷之無令但索長安米上大笑因使待詔金馬門稍得親近上嘗使諸數家射覆置守宮盂下射之皆不能中朔自贊曰臣嘗受易請射之迺別著布卦而對曰臣

已爲龍。又無角。謂之爲虵。又有足。跂跂脈脈善緣壁。是非守宮卽蜥蜴。上曰善。賜帛十匹。復使射他物。連中。輒賜帛。時有幸倡郭舍人。滑稽不窮。常侍左右。曰朔狂。幸中耳。非至數也。臣願令朔復射。朔中之。臣榜百。不能中。臣賜帛。迺覆樹上寄生。令朔射之。朔曰是寠藪也。舍人曰果知朔不能中也。朔曰生肉爲膾。乾肉爲脯。著樹爲寄生。盆下爲寠藪。上令倡監榜舍人。舍人不勝痛呼謈。朔笑之曰。咄口無毛。聲謷謷。尻益高。舍人恚曰。朔擅詆欺天子從官。當棄市。上問朔何故詆之。對曰。臣非敢詆之。迺與爲隱耳。上曰。隱云何。朔曰。夫口無毛者。狗竇也。聲謷謷者。鳥哺鷇也。尻益高者。鶴俛啄也。舍人不服。因曰。臣願復問朔隱語。不知。亦當榜。卽妄爲諧語曰。令壺齟。老柏塗。伊優亞。狋吽牙。何謂也。朔曰。令者。命也。壺者。所以盛也。齟者。齒

不正也老者人所敬也柏者鬼之廷也塗者漸洳徑
也伊優亞者辭未定也狋吽牙者兩犬爭也舍人所
問朔應聲輒對變詐鋒出莫能窮者左右大驚上以
朔爲常侍郎遂得愛幸久之伏日詔賜從官肉大官
丞日晏不來朔獨拔劍割肉謂其同官曰伏日當蚤
歸請受賜卽懷肉去大官奏之朔入上曰昨賜肉不
待詔以劍割肉而去之何也朔免冠謝上曰先生起
自責也朔再拜曰朔來朔來受賜不待詔何無禮也
拔劍割肉壹何壯也割之不多又何廉也歸遺細君
又何仁也上笑曰使先生自責迺反自譽復賜酒一
石肉百斤歸遺細君初建元三年微行始出北至池
陽西至黃山南獵長楊東游宜春微行常用飲酎已
八九月中與待中常侍武騎及待詔隴西北地良家
子能騎射者期諸殿門故有期門之號自此始微行

以夜漏下十刻迺出常稱平陽侯旦明入山下馳射鹿豕狐兔手格熊羆馳騖禾稼稻秔之地民皆號呼罵詈相聚會自言鄠杜令令往欲謁平陽侯諸騎欲擊鞭之令大怒使吏呵止獵者數騎見留迺示以乘輿物久之迺得去時夜出夕還後齎五日糧會朝長信宮上大驩樂之是後南山下乃知微行數出也然尚迫於太后未敢遠出丞相御史知指乃使右輔都尉徼循長楊以東右內史發小民共待會所後迺私置更衣從宣曲以南十二所中休更衣投宿諸宮長楊五柞倍陽宣曲尤幸於是上以爲道遠勞苦又爲百姓所患迺使太中大夫吾丘壽王與待詔能用算者二人舉籍阿城以南盩厔以東宜春以西提封頃畝及其賈直欲除以爲上林苑屬之南山又詔中尉左右內史表屬縣草田欲以償鄠杜之民吾丘壽王

奏事上大說稱善時朔在傍進諫曰臣聞謙遜靜慤天表之應應之以福驕溢靡麗天表之應應之以異今陛下累郎臺恐其不高也弋獵之處恐其不廣也如天不爲變則三輔之地盡可以爲苑何必盩厔鄠杜乎奢侈越制天爲之變上林雖小臣尚以爲大也夫南山天下之阻也南有江淮北有河渭其地從汧隴以東商雒以西厥壤肥饒漢興去三河之地止霸產以西都涇渭之南此所謂天下陸海之地秦之所以虜西戎兼山東者也其山出玉石金銀銅鐵豫章檀柘異類之物不可勝原此百工所取給萬民所卬足也又有秔稻梨栗桑麻竹箭之饒土宜薑芋水多鼃魚貧者得以人給家足無飢寒之憂故酆鎬之閒號爲土膏其賈畝一金今規以爲苑絕陂池水澤之利而取民膏腴之地上乏國家之用下奪農桑之業

棄成功就敗事損耗五穀是其不可一也且盛荊棘之林而長養麋鹿廣狐兔之苑大虎狼之虛又壞人冢墓發人室廬令幼弱懷土而思耆老泣涕而悲是其不可二也斥而營之垣而囿之騎馳東西車鶩南北又有深溝大渠夫一日之樂不足以危無隄之輿是其不可三也故務苑囿之大不恤農時非所以彊國富人也夫殷作九市之宮而諸侯畔靈王起章華之臺而楚民散秦興阿房之殿而天下亂糞土愚臣忘生觸死逆盛意犯隆指罪當萬死不勝大願願陳泰階六符以觀天變不可不省（姚纂已入奏議）是日因奏泰階之事上迺拜朔爲太中大夫給事中賜黃金百斤然遂起上林苑如壽王所奏云

久之隆慮公主子昭平君尚帝女夷安公主隆慮主病困以金千斤錢千萬爲昭平君豫贖死罪上許之隆慮主卒昭平君日

驕醉殺主傅獄繫內官以公主子廷尉上請請論左右人人爲言前又入贖陛下許之上曰吾弟老有是一子死以屬我於是爲之垂涕歎息良久曰法令者先帝所造也用弟故而誣先帝之法吾何面目入高廟乎又下負萬民迺可其奏哀不能自止左右盡悲朔前上壽曰臣聞聖王爲政賞不避仇讎誅不擇骨肉書曰不偏不黨王道蕩蕩此二者五帝所重三王所難也陛下行之是以四海之內元元之民各得其所天下幸甚臣朔奉觴昧死再拜上萬歲壽上迺起入省中夕時召讓朔曰傳曰時然後言人不厭其言今先生上壽時乎朔免冠頓首曰臣聞樂太甚則陽溢哀太甚則陰損陰陽變則心氣動心氣動則精神散而邪氣及銷憂者莫若酒臣朔所以上壽者明陛下正而不阿因以止哀也愚不知忌諱當死先是朔

嘗醉入殿中小遺殿上劾不敬有詔免爲庶人待詔宦者署因此時復爲中郎賜帛百匹

初帝姑館陶公主號竇太主堂邑侯陳午尚之午死主寡居年五十餘矣近幸董偃始偃與母以賣珠爲事偃年十三隨母出入主家左右言其姣好主召見曰吾爲母養之因留第中教書計相馬御射頗讀傳記至年十八而冠出則執轡入則侍内爲人温柔愛人以主故諸公接之名稱城中號曰董君主因推令散財交士令中府曰董君所發一日金滿百斤錢滿百萬帛滿千匹乃自之安陵爰叔者爰盎兄子也與偃善謂偃曰足下私侍漢主挾不測之罪將欲安處乎偃懼曰憂之久矣不知所以爰叔曰顧城廟遠無宿宮又有萩竹籍田足下何不白主獻長門園此上所欲也如是上知計出於足下也則安枕而臥長無慘怛之憂久之

不然。上且請之。於足下何如。偃頓首曰。敬奉教。入言之主。主立奏書獻之。上大說。更名竇太主園爲長門宮。主大喜。使偃以黃金百斤爲爰叔壽。叔因是爲董君畫求見上之策。令主稱疾不朝。上往臨疾。問所欲。主辭謝曰。妾幸蒙陛下厚恩。先帝遺德。奉朝請之禮。備臣妾之儀。列爲公主。賞賜邑入。隆天重地。死無以塞責。一日卒有不勝洒埽之職。先狗馬填溝壑。竊有所恨。不勝大願。願陛下時忘萬事。養精游神。從中掖庭回輿。枉路臨妾山林。得獻觴上壽。娛樂左右。如是而死。何恨之有。上曰。主何憂。幸得愈。恐羣臣從官多大爲主費。上還。有頃。主疾愈。起謁。上以錢千萬從主飲。後數日。上臨山林。主自執宰。敝膝。道入登階就坐。坐未定。上曰。願謁主人翁。主迺下殿。去簪珥。徒跣頓首謝曰。妾無狀。負陛下。身當伏誅。陛下不致之法。頓

首死罪有詔謝主簪履起之東箱自引董君董君綠
幘傅韝隨主前伏殿下主迺贊館陶公主胞人臣偃
昧死再拜謁因叩頭謝上爲之起有詔賜衣冠上偃
起走就衣冠主自奉食進觴當是時董君見尊不名
稱爲主人翁飲大驩樂主迺請賜將軍列侯從官金
錢雜繒各有數於是董君貴寵天下莫不聞郡國狗
馬蹴鞠劍客輻湊董氏常從游戲北宮馳逐平樂觀
雞鞠之會角狗馬之足上大歡樂之於是上爲竇太
主置酒宣室使謁者引內董君是時朔陛戟殿下辟
戟而前曰董偃有斬罪三安得入乎上曰何謂也朔
曰偃以人臣私侍公主其罪一也敗男女之化而亂
婚姻之禮傷王制其罪二也陛下富於春秋方積思
於六經留神於王事馳騖於唐虞折節於三代偃不
遵經勸學反以靡麗爲右奢侈爲務盡狗馬之樂極

耳目之欲行邪枉之道徑淫辟之路是乃國家之大賊人主之大蜮偃爲淫首其罪三也昔伯姬燔而諸侯憚奈何乎陛下上默然不應良久曰吾業已設飲後而自改朔曰不可夫宣室者先帝之正處也非法度之政不得入焉故淫亂之漸其變爲簒是以豎貂爲淫而易牙作患慶父死而魯國全管蔡誅而周室安上曰善有詔止更置酒北宮引董君從東司馬門東司馬門更名東交門賜朔黃金三十斤董君之寵由是日衰至年三十而終後數歲竇太主卒與董君會葬於霸陵是後公主貴人多踰禮制自董偃始時天下侈靡趨末百姓多離農畝上從容問朔吾欲化民豈有道乎朔對曰堯舜禹湯文武成康上古之事經歷數千載尚難言也臣不敢陳願近述孝文皇帝之時當世耆老皆聞見之貴爲天子富有四海身衣

弋綈足履革舄以韋帶劍莞蒲爲席兵木無刃衣縕無文集上書囊以爲殿帷以道德爲麗以仁義爲準於是天下望風成俗昭然化之今陛下以城中爲小圖起建章左鳳闕右神明號稱千門萬戶木土衣綺繡狗馬被繢罽宮人簪瑇瑁垂珠璣設戲車教馳逐飾文采叢珍怪撞萬石之鐘擊雷霆之鼓作俳優舞鄭女上爲淫侈如此而欲使民獨不奢侈失農事之難者也陛下誠能用臣朔之計推甲乙之帳燔之於四通之衢卻走馬示不復用則堯舜之隆宜可與比治矣易曰正其本萬事理失之豪氂差以千里願陛下留意察之（姚鼐已入奏議）朔雖詼笑然時觀察顏色直言切諫上常用之自公卿在位朔皆敖弄無所爲屈上以朔口諧辭給好作問之嘗問朔曰先生視朕何如主也朔對曰自唐虞之隆成康之際未足以諭當世

臣伏觀陛下功德陳五帝之上在三王之右非若此而已誠得天下賢士公卿在位咸得其人矣譬若曰周邵爲丞相孔丘爲御史大夫太公爲將軍畢公高拾遺於後弁嚴子爲衞尉皋陶爲大理后稷爲司農伊尹爲少府子贛使外國顏閔爲博士子夏爲太常益爲右扶風季路爲執金吾契爲鴻臚龍逢爲宗正伯夷爲京兆管仲爲馮翊魯般爲將作仲山甫爲光祿申伯爲太僕延陵季子爲水衡百里奚爲典屬國柳下惠爲大長秋史魚爲司直蘧伯玉爲太傅孔父爲詹事孫叔敖爲諸侯相子產爲郡守王慶忌爲期門夏育爲鼎官羿爲旄頭宋萬爲式道候上迺大笑是時朝廷多賢材上復問朔方今公孫丞相兒大夫董仲舒夏侯始昌司馬相如吾丘壽王主父偃朱買臣嚴助汲黯膠倉終軍嚴安徐樂司馬遷之倫皆辯

知閎達溢于文辭先生自視何與比哉朔對曰臣觀其函齒牙樹頰胲吐脣吻擢項頤結股腳連脽尻遺蛇其迹行步偊旅臣朔雖不肖尚兼此數子者朔之進對澹辭皆此類也武帝既招英俊程其器能用之如不及時方外事胡越內興制度國家多事自公孫弘已下至司馬遷皆奉使方外或爲郡國守相至公卿而朔嘗至太中大夫後常爲郎與枚皐郭舍人俱在左右詼啁而已久之朔上書陳農戰彊國之計因自訟獨不得大官欲求試用其言專商鞅韓非之語也指意放蕩頗復詼諧辭數萬言終不見用朔因著論設客難己用位卑以自慰諭其辭曰客難東方朔曰蘇秦張儀一當萬乘之主而都卿相之位澤及後世今子大夫修先王之術慕聖人之義諷誦詩書百家之言不可勝數著於竹帛脣腐齒落服膺而不釋

好學樂道之效。明白甚矣。自以智能海內無雙。則可謂博聞辯智矣。然悉力盡忠。以事聖帝。曠日持久。官不過侍郎。位不過執戟。意者尚有遺行邪。同胞之徒無所容居。其故何也。東方先生喟然長息。仰而應之曰。是固非子之所能備也。彼一時也。此一時也。豈可同哉。夫蘇秦張儀之時。周室大壞。諸侯不朝。力政爭權。相禽以兵。并爲十二國。未有雌雄。得士者彊。失士者亡。故談說行焉。身處尊位。珍寶充內。外有廩倉。澤及後世。子孫長享。今則不然。聖帝流德。天下震慴。諸侯賓服。連四海之外以爲帶。安於覆盂。動猶運之掌。賢不肖何以異哉。遵天之道。順地之理。物無不得其所。故綏之則安。動之則苦。尊之則爲將。卑之則爲虜。抗之則在青雲之上。抑之則在深泉之下。用之則爲虎。不用則爲鼠。雖欲盡節效情。安知前後。夫天地之大士民之衆竭精談說並進輻湊者不可勝數悉力募之困於衣食或失門戶使蘇秦張儀與僕並生於今之世曾不得掌故安敢望常侍郎乎故曰時異事異雖然安可以不務修身乎哉詩云鼓鐘于宮聲聞于外鶴鳴于九皋聲聞于天苟能修身何患不榮太公體行仁義七十有二迺設用於文武得信厥說封於齊七百歲而不絶此士所以日夜孳孳敏行而不敢怠也辟若鶺鴒飛且鳴矣傳曰天不爲人之惡寒而輟其冬地不爲人之惡險而輟其廣君子不爲小人之匈匈而易其行天有常度地有常形君子有常行君子道其常小人計其功詩云禮義之不愆何恤人之言故曰水至清則無魚人至察則無徒冕而前旒所以蔽明黈纊充耳所以塞聰明有所不見聽有所不聞舉大德赦小過無求備於一人之義也枉而

直之使自得之優而柔之使自求之揆而度之使自
索之蓋聖人教化如此欲自得之自得之則敏且廣
矣今世之處士魁然無徒廓然獨居上觀許由下察
接輿計同范蠡忠合子胥天下和平與義相扶寡耦
少徒固其宜也子何疑於我哉若夫燕之用樂毅秦
之任李斯酈食其之下齊說行如流曲從如環所欲
必得功若丘山海內定國家安是遇其時也子又何
怪之邪語曰吕筦闚天吕蠡測海吕莛撞鐘豈能通
其條貫考其文理發其音聲哉繇是觀之譬猶鼱鼩
之襲狗孤豚之咋虎至則靡耳何功之有今吕下愚
而非處士雖欲勿困固不得已此適足吕明其不知
權變而終或於大道也又設非有先生之論其辭曰
非有先生仕於吳進不稱往古吕厲主意退不能揚
君美吕顯其功默默無言者三年矣吳王怪而問之

曰寡人獲先人之功寄於衆賢之上夙興夜寐未嘗敢怠也今先生率然高舉遠集吳地將以輔治寡人誠竊嘉之體不安席食不甘味目不視靡曼之色耳不聽鐘鼓之音虛心定志欲聞流議者三年于茲矣今先生進無以輔治退不揚主譽竊不爲先生取之也蓋懷能而不見是不忠也見而不行主不明也意者寡人殆不明乎非有先生伏而唯唯吳王曰可以談矣寡人將竦意而覽焉先生曰於戲可乎哉可乎哉談何容易夫談有悖於目拂於耳謬於心而便於身者或有說於目順於耳快於心而毀於行者非有明王聖主孰能聽之吳王曰何爲其然也中人以上可以語上也先生試言寡人將聽焉先生對曰昔者關龍逢深諫於桀而王子比干直言於紂此二臣者皆極慮盡忠閔王澤不下流而萬民騷動故直言其

失切諫其邪者將以爲君之榮除主之禍也今則不然反以爲誹謗君之行無人臣之禮果紛然傷於身蒙不辜之名戮及先人爲天下笑故曰談何容易是以輔弼之臣瓦解而邪諂之人並進及蜚廉惡來革等二人皆詐僞巧言利口以進其身陰奉琱瑑刻鏤之好以納其心務快耳目之欲以苟容爲度遂往不戒身沒被戮宗廟崩阤國家爲虛放戮聖賢親近讒夫詩不云乎讒人罔極交亂四國此之謂也故卑身賤體說色微辭愉愉呴呴終無益於主上之治則志士仁人不忍爲也將儼然作矜嚴之色深言直諫上以拂主之邪下以損百姓之害則忤於邪主之心歷於衰世之法故養壽命之士莫肯進也遂居家山之閒積土爲室編蓬爲戶彈琴其中以咏先王之風亦可以樂而志死矣是以伯夷叔齊避周餓于首陽之

下後世稱其仁如是邪主之行固足畏也故曰談何
容易於是吳王懼然易容捐薦去几危坐而聽先生
曰接輿避世箕子被髮陽狂此二人者皆避濁世以
全其身者也使遇明王聖主得清燕之閒寬和之色
發憤畢誠圖畫安危揆度得失上以安主體下以便
萬民則五帝三王之道可幾而見也故伊尹蒙恥辱
負鼎俎和五味以干湯太公釣於渭之陽以見文王
心合意同謀無不成計無不從誠得其君也深念遠
慮引義以正其身推恩以廣其下本仁祖義褒有德
祿賢能誅惡亂總遠方一統類美風俗此帝王所由
昌也上不變天性下不奪人倫則天地和洽遠方懷
之故號聖王臣子之職既加矣於是裂地定封爵為
公侯傳國子孫名顯後世民到于今稱之以遇湯與
文王也太公伊尹以如此龍逢比干獨如彼豈不哀

哉。故曰談何容易。於是吳王穆然。俛而深惟。仰而泣下交頤。曰嗟乎。余國之不亡也。緜緜連連。殆哉。世不絕也。於是正明堂之朝。齊君之位。舉賢材。布德惠。施仁義。賞有功。躬節儉。減後宮之費。損車馬之用。放鄭聲。遠佞人。省庖廚。去侈靡。卑宮館。壞苑囿。填池塹。以予貧民無產業者。開內藏。振貧窮。存耆老。卹孤獨。薄賦斂。省刑辟。行此三年。海內晏然。天下大治。陰陽和調。萬物咸得其宜。國無災害之變。民無飢寒之色。家給人足。畜積有餘。囹圄空虛。鳳皇來集。麒麟在郊。甘露既降。朱草萌牙。遠方異俗之人。鄉風慕義。各奉其職而來朝賀。故治亂之道。存亡之端。若此易見。而君人者莫肯為也。臣愚竊以為過。故詩云。王國克生。惟周之楨。濟濟多士。文王以寧。此之謂也。

朔之文辭。此二篇最善。姚纂均入辭賦。其餘有封泰山。責和氏璧。及皇太

子生褋屛風殿上柏柱平樂觀賦獵八言七言上下從公孫弘借車凡劉向所錄朔書具是矣世所傳他事皆非也

贊曰劉向言少時數問長老賢人通於事及朔時者皆曰朔口諧倡辯不能持論喜爲庸人誦說故令後世多傳聞者而揚雄亦曰爲朔言不純師行不純德其流風遺書蔑如也然朔名過實者曰其詼達多端不名一行應諧似優不窮似智正諫似直穢德似隱非夷齊而是柳下惠戒其子曰上容首陽爲拙柱下爲工飽食安步曰仕易農依隱玩世詭時不逢其滑稽之雄乎朔之詼諧逢占射覆其事浮淺行於衆庶童兒牧豎莫不眩燿而後世好事者因取奇言怪語附著之朔故詳錄焉

漢書楊胡朱梅云傳

楊王孫者孝武時人也學黃老之術家業千金厚自奉養生亡所不致及病且終先令其子曰吾欲贏葬以反吾真必亡易吾意死則爲布囊盛尸入地七尺旣下從足引脫其囊以身親土其子欲默而不從重廢父命欲從其心又不忍迺往見王孫友人祁侯祁侯與王孫書曰王孫苦疾僕迫從上祠雍未得詣前願存精神省思慮進醫藥厚自持竊聞王孫先令贏葬令死者亡知則已若其有知是戮尸地下將贏見先人竊爲王孫不取也且孝經曰爲之棺槨衣衾是亦聖人之遺制何必區區獨守所聞願王孫察焉王孫報曰蓋聞古之聖王緣人情不忍其親故爲制禮今則越之吾是以贏葬將以矯世也夫厚葬誠亡益於死者而俗人競以相高靡財單幣腐之地下或迺今日入而明日發此眞與暴骸於中野何異且夫死

者終生之化而物之歸者也歸者得至化者得變是
物各反其真也反真冥冥亡形亡聲迺合道情夫飾
外以華衆厚葬以鬲真使歸者不得至化者不得變
是使物各失其所也且吾聞之精神者天之有也形
骸者地之有也精神離形各歸其真故謂之鬼鬼之
爲言歸也其尸塊然獨處豈有知哉裹以幣帛鬲以
棺槨支體絡束口含玉石欲化不得鬱爲枯腊千載
之後棺槨朽腐迺得歸土就其真宅繇是言之焉用
久客昔帝堯之葬也窾木爲匱葛藟爲緘其穿下不
亂泉上不泄殠故聖王生易尚死易葬也不加功於
亡用不損財於亡謂今費財厚葬留歸鬲至死者不
知生者不得是謂重惑於戲吾不爲也祁侯曰善遂
臝葬
胡建字子孟河東人也孝武天漢中守軍正丞貧士

車馬常步與走卒起居所以尉薦走卒甚得其心時監軍御史爲姦穿北軍壘垣以爲賈區建欲誅之迺約其走卒曰我欲與公有所誅吾言取之則取斬之則斬於是當選士馬日監御史與護軍諸校列坐堂皇上建從走卒趨至堂皇下拜謁因上堂走卒皆上建指監御史曰取彼走卒前曳下堂皇建曰斬之遂斬御史護軍諸校皆愕驚不知所以建亦已有成奏在其懷中遂上奏曰臣聞軍法立武以威衆誅惡以禁邪今監御史公穿軍垣以求賈利私買賣以與士市不立剛毅之心勇猛之節亡以帥先士大夫尤失理不公用文吏議不至重法黃帝李法曰壁壘已定穿窬不繇路是謂姦人姦人者殺臣謹按軍法曰正亡屬將軍將軍有罪以聞二千石以下行法焉丞於用法疑執事不諉上臣謹以斬昧死以聞制曰司馬

法曰。國容不入軍。軍容不入國。何文吏也。三王或誓於軍中。欲民先成其慮也。或誓於軍門之外。欲民先意以待事也。或將交刃而誓。致民志也。建又何疑焉建繇是顯名。後爲渭城令。治甚有聲。值昭帝幼。皇后父上官將軍安與帝姊蓋主。私夫丁外人相善。外人驕恣。怨故京兆尹樊福。使客射殺之。客臧公主廬。吏不敢捕。渭城令建將吏卒圍捕。蓋主聞之。與外人上官將軍多從奴客往。犇射追吏。吏散走。主使僕射劾渭城令游徼傷主家奴。建報。亡它坐。蓋主怒。使人上書告建侵辱長公主。射甲舍門。知吏賊傷奴。辟報故不窮審。大將軍霍光寢其奏。後光病。上官氏代聽事。下吏捕建。建自殺。吏民稱冤。至今渭城立其祠。

朱雲。字游。魯人也。徙平陵。少時通輕俠。借客報仇。長八尺餘。容貌甚壯。以勇力聞。年四十。迺變節從博士白子友受易又事前將軍蕭望之受論語皆能傳其業好倜儻大節當世㠯是高之元帝時瑯邪貢禹爲御史大夫而華陰守丞嘉上封事言治道在於得賢御史之官宰相之副九卿之右不可不選平陵朱雲兼資文武忠正有智略可使㠯六百石秩試守御史大夫㠯盡其能上迺下其事問公卿太子少傅匡衡對㠯爲大臣者國家之股肱萬姓所瞻仰明王所愼擇也傳曰下輕其上爵賤人圖柄臣則國家搖動而民不靜矣今嘉從守丞而圖大臣之位欲㠯匹夫徒走之人而超九卿之右非所㠯重國家而尊社稷也自堯之用舜文王於太公猶試然後爵之又況朱雲者乎雲素好勇數犯法亡命受易頗有師道其行義未有㠯異今御史大夫禹絜白廉正經術通明有伯夷史魚之風海內莫不聞知而嘉猥稱雲欲令爲御

史大夫妄相稱舉疑有姦心漸不可長宜下有司案
驗以明好惡嘉竟坐之是時少府五鹿充宗貴幸為
梁丘易自宣帝時善梁丘氏說元帝好之欲考其異
同令充宗與諸易家論充宗乘貴辯口諸儒莫能與
抗皆稱疾不敢會有薦雲者召入攝齎登堂抗首而
請音動左右既論難連拄五鹿君故諸儒為之語曰
五鹿嶽嶽朱雲折其角繇是為博士遷杜陵令坐故
縱亡命會赦舉方正為槐里令時中書令石顯用事
與充宗為黨百僚畏之唯御史中丞陳咸年少抗節
不附顯等而與雲相結雲數上疏言丞相韋玄成容
身保位亡能往來而咸數毀石顯久之有司考雲疑
風吏殺人羣臣朝見上問丞相以雲治行丞相玄成
言雲暴虐亡狀時陳咸在前聞之以語雲雲上書自
訟咸為定奏草求下御史中丞事下丞相丞相部吏

考立其殺人罪雲亡入長安復與咸計議丞相具發其事奏咸宿衞執法之臣幸得進見漏泄所聞以私語雲爲定奏草欲令自下治後知雲亡命罪人而與交通雲以故不得上於是下咸雲獄減死爲城旦咸雲遂廢錮終元帝世至成帝時丞相故安昌侯張禹以帝師位特進甚尊重雲上書求見公卿在前雲曰今朝廷大臣上不能匡主下亡以益民皆尸位素餐孔子所謂鄙夫不可與事君苟患失之亡所不至者也臣願賜尚方斬馬劍斷佞臣一人以厲其餘上問誰也對曰安昌侯張禹上大怒曰小臣居下訕上廷辱師傅罪死不赦御史將雲下雲攀殿檻檻折雲呼曰臣得下從龍逢比干遊於地下足矣未知聖朝何如耳御史遂將雲去於是左將軍辛慶忌免冠解印綬叩頭殿下曰此臣素著狂直於世使其言是不可

誅其言非固當容之臣敢以死爭慶忌叩頭流血上意解然後得已及後當治檻上曰勿易因而輯之以旌直臣雲自是之後不復仕常居鄠田時出乘牛車從諸生所過皆敬事焉薛宣爲丞相雲往見之宣備賓主禮因留雲宿從容謂雲曰在田野亡事且留我東閤可以觀四方奇士雲曰小生迺欲相吏邪宣不敢復言其教授擇諸生然後爲弟子九江嚴望及望兄子元字仲能傳雲學皆爲博士望至泰山太守雲年七十餘終於家病不呼醫飲藥遺言以身服斂棺周於身土周於槨爲丈五墳葬平陵東郭外

梅福字子真九江壽春人也少學長安明尚書穀梁春秋爲郡文學補南昌尉後去官歸壽春數因縣道上言變事求假軺傳詣行在所條對急政輒報罷是時成帝委任大將軍王鳳鳳專埶擅朝而京兆尹王

章素忠直譏刺鳳爲鳳所誅王氏浸盛災異數見羣下莫敢正言福復上書曰臣聞箕子佯狂於殷而爲周陳洪範叔孫通遁秦歸漢制作儀品夫叔孫先非不忠也箕子非疏其家而畔親也不可爲言也昔高祖納善若不及從諫若轉圜聽言不求其能舉功不考其素陳平起於亡命而爲謀主韓信拔於行陳而建上將故天下之士雲合歸漢爭進奇異知者竭其策愚者盡其慮勇士極其節怯夫勉其死合天下之知并天下之威是以舉秦如鴻毛取楚若拾遺此高祖所以亡敵於天下也孝文皇帝起於代谷非有周召之師伊呂之佐也循高祖之法加以恭儉當此之時天下幾平繇是言之循高祖之法則治不循則亂何者秦爲亡道削仲尼之迹滅周公之軌壞井田除五等禮廢樂崩王道不通故欲行王道者莫能致其

功也孝文皇帝好忠諫說至言出爵不待廉茂慶賜
不須顯功是以天下布衣各厲志竭精以赴闕廷自
衒鬻者不可勝數漢家得賢於此爲盛使孝武皇帝
聽用其計升平可致於是積尸暴骨快心胡越故淮
南王安緣間而起所以計慮不成而謀議泄者以衆
賢聚於本朝故其大臣埶陵不敢和從也方今布衣
迺窺國家之隙見間而起者蜀郡是也及山陽亡徒
蘇令之羣蹈藉名都大郡求黨與索隨和而亡逃匿
之意此皆輕量大臣亡所畏忌國家之權輕故匹夫
欲與上爭衡也士者國之重器得士則重失士則輕
詩云濟濟多士文王以寧廟堂之議非草茅所當言
也臣誠恐身塗野草尸并卒伍故數上書求見輒報
罷臣聞齊桓之時有以九九見者桓公不逆欲以致
大也今臣所言非特九九也陛下距臣者三矣此天

下士所以不至也。昔秦武王好力，任鄙叩關自鬻；繆公行伯，繇余歸德。今欲致天下之士，民有上書求見者，輒使詰尚書問其所言，言可采取者，秩以升斗之祿，賜以一束之帛。若此，則天下之士發憤懣，吐忠言嘉謀，日聞於上，天下條貫，國家表裏，爛然可睹矣。夫以四海之廣，士民之數，能言之類至衆多也，然其傷桀指世陳政，言成文章，質之先聖而不繆，施之當世合時務，若此者亦亡幾人。故爵祿束帛者，天下之厎石，高祖所以厲世摩鈍也。孔子曰：工欲善其事，必先利其器。至秦則不然，張誹謗之罔，以爲漢敺除，倒持泰阿，授楚其柄。故誠能勿失其柄，天下雖有不順，莫敢觸其鋒，此孝武皇帝所以辟地建功，爲漢世宗也。今不循伯者之道，迺欲以三代選舉之法取當世之士，猶察伯樂之圖，求騏驥於市，而不可得，亦已明矣。

故高祖棄陳平之過而獲其謀晉文召天王齊桓用
其讎亡益於時不顧逆順此所謂伯道者也一色成
體謂之醇白黑雜合謂之駁欲以承平之法治暴秦
之緒猶以鄉飲酒之禮理軍市也今陛下既不納天
下之言又加戮焉夫鳶鵲遭害則仁鳥增逝愚者蒙
戮則知士深退閒者愚民上疏多觸不急之法或下
廷尉而死者衆自陽朔以來天下以言爲諱朝廷尤
甚羣臣皆承順上指莫有執正何以明其然也取民
所上書陛下之所善試下之廷尉廷尉必曰非所宜
言大不敬以此卜之一矣故京兆尹王章資質忠直
敢面引廷爭孝元皇帝擢之以厲具臣而矯曲朝及
至陛下戮及妻子且惡惡止其身王章非有反畔之
辜而殃及家折直士之節結諫臣之舌羣臣皆知其
非然不敢爭天下以言爲戒最國家之大患也願陛

下循高祖之軌杜亡秦之路數御十月之歌留意亡逸之戒除不急之法下亡諱之詔博覽兼聽謀及疏賤令深者不隱遠者不塞所謂辟四門明四目也且不急之法誹謗之微者也往者不可及來者猶可追方今君命犯而主威奪外戚之權日㠯益隆陛下不見其形願察其景建始㠯來日食地震㠯率言之三倍春秋水災亡與比數陰盛陽微金鐵爲飛此何景也漢興㠯來社稷三危呂霍上官皆母后之家也親親之道全之爲右當與之賢師良傅教㠯忠孝之道今迺尊寵其位授㠯魁柄使之驕逆至於夷滅此失親親之大者也自霍光之賢不能爲子孫慮故權臣易世則危書曰毋若火始庸庸埶陵於君權隆於主然後防之亦亡及已上遂不納

成帝久亡繼嗣福㠯爲宜建三統封孔子之世㠯爲殷後復上書曰臣聞

不在其位不謀其政政者職也位卑而言高者罪也越職觸罪危言世患雖伏質橫分臣之願也守職不言沒齒身全死之日尸未腐而名滅雖有景公之位伏歷千駟臣不貪也故願壹登文石之陛涉赤墀之塗當戶牖之法坐盡平生之愚慮亡益於時有遺於世此臣寢所以不安食所以忘味也願陛下深省臣言臣聞存人所以自立也壅人所以自塞也善惡之報各如其事昔者秦滅二周夷六國隱士不顯佚民不舉絕三統滅天道是以身危子殺厥孫不嗣所謂壅人以自塞者也故武王克殷未下車存五帝之後封殷於宋紹夏於杞明著三統示不獨有也是以姬姓半天下遷廟之主流出於戶所謂存人以自立者也今成湯不祀殷人亡後陛下繼嗣久微殆為此也春秋經曰宋殺其大夫穀梁傳曰其不稱名姓以其

在祖位尊之也此言孔子故殷後也雖不正統封其子孫以爲殷後禮亦宜之何者諸侯奪宗聖庶奪適傳曰賢者子孫宜有土而況聖人又殷之後哉昔成王以諸侯禮葬周公而皇天動威雷風著災今仲尼之廟不出闕里孔氏子孫不免編戶以聖人而歆匹夫之祀非皇天之意也今陛下誠能據仲尼之素功以封其子孫則國家必獲其福又陛下之名與天亡極何者追聖人素功封其子孫未有法也後聖必以爲則不滅之名可不勉哉福孤遠又譏切王氏故終不見納

武帝時始封周後姬嘉爲周子南君至元帝時尊周子南君爲周承休侯位次諸侯王使諸大夫博士求殷後分散爲十餘姓郡國往往得其大家推求子孫絕不能紀時匡衡議以爲王者存二王後所以尊其先王而通三統也其犯誅絕之罪者絕而更

封他親爲始封君上承其王者之始祖春秋之義諸侯不能守其社稷者絶今宋國已不守其統而失國矣則宜更立殷後爲始封君而上承湯統非當繼宋之絶侯也宜明得殷後而已今之故宋推求其嫡久遠不可得雖得其嫡嫡之先已絶不當得立禮記孔子曰丘殷人也先師所共傳宜以孔子世爲湯後上以其語不經遂見寢至成帝時梅福復言宜封孔子後以奉湯祀綏和元年立二王後推迹古文以左氏穀梁世本禮記相明遂下詔封孔子世爲殷紹嘉公語在成紀是時福居家常以讀書養性爲事至元始中王莽顓政福一朝棄妻子去九江至今傳以爲仙其後人有見福於會稽者變名姓爲吳市門卒云

云敞字幼儒平陵人也師事同縣吳章章治尚書經爲博士平帝以中山王卽帝位年幼莽秉政自號安

漢公以平帝爲成帝後。不得顧私親。帝母及外家衞氏。皆留中山。不得至京師。莽長子宇。非莽鬲絕衞氏。恐帝長大後見怨。宇與吳章謀。夜以血塗莽門。若鬼神之戒。冀以懼莽。章欲因對其咎。事發覺。莽殺宇。誅滅衞氏。謀所聯及死者百餘人。章坐要斬。磔尸東市門。初章爲當世名儒。教授尤盛。弟子千餘人。莽以爲惡人黨。皆當禁固。不得仕宦。門人盡更名他師。敞時爲大司徒掾。自劾吳章弟子。收抱章尸。歸棺斂葬之。京師稱焉。車騎將軍王舜高其志節。比之欒布。表奏以爲掾。薦爲中郎諫大夫。莽篡位。王舜爲太師。復薦敞可輔職。以病免。唐林言敞可典郡。擢爲魯郡大尹。更始時。安車徵敞爲御史大夫。復病免去。卒于家。

贊曰。昔仲尼稱不得中行。則思狂狷。觀楊王孫之志。賢於秦始皇遠矣。世稱朱雲。多過其實。蓋有不知而

作之者我士是也胡建臨敵敢斷武昭於外斬伐姦
隙軍旅不隊梅福之辭合於大雅雖無老成尚有典
刑殷監不遠夏后所聞遂從所好全性市門云澈之
義著於吳章爲仁由己再入大府清則濯纓何遠之
有

漢書霍光傳 按霍光與金日磾同傳

霍光字子孟票騎將軍去病弟也父中孺河東平陽
人也以縣吏給事平陽侯家與侍者衞少兒私通而
生去病中孺吏畢歸家娶婦生光因絕不相聞久之
少兒女弟子夫得幸於武帝立爲皇后去病以皇后
姊子貴幸既壯大迺自知父爲霍中孺未及求問會
爲票騎將軍擊匈奴道出河東河東太守郊迎負弩
矢先驅至平陽傳舍遣吏迎霍中孺中孺趨入拜謁
將軍迎拜因跪曰去病不早自知爲大人遺體也中

孺扶服叩頭曰老臣得託命將軍此天力也去病大
爲中孺買田宅奴婢而去還復過焉迺將光西至長
安時年十餘歲任光爲郎稍遷諸曹侍中去病死後
光爲奉車都尉光祿大夫出則奉車入侍左右出入
禁闥二十餘年小心謹愼未嘗有過甚見親信征和
元年衞太子爲江充所敗而燕王旦廣陵王胥皆多
過失是時上年老寵姬鉤弋趙倢伃有男上心欲以
爲嗣命大臣輔之察羣臣唯光任大重可屬社稷上
迺使黃門畫者畫周公負成王朝諸侯以賜光後元
二年春上游五柞宮病篤光涕泣問曰如有不諱誰
當嗣者上曰君未諭前畫意邪立少子君行周公之
事光頓首讓曰臣不如金日磾日磾亦曰臣外國人
不如光上以光爲大司馬大將軍日磾爲車騎將軍
及太僕上官桀爲左將軍搜粟都尉桑弘羊爲御史

大夫皆拜臥內牀下受遺詔輔少主明日武帝崩太
子襲尊號是為孝昭皇帝帝年八歲政事壹決於光
先是後元年侍中僕射莽何羅與弟重合侯通謀為
逆時光與金日磾上官桀等共誅之功未錄武帝病
封璽書曰帝崩發書以從事遺詔封金日磾為秺侯
上官桀為安陽侯光為博陸侯皆以前捕反者功封
時衛尉王莽子男忽侍中揚語曰帝病忽常在左右
安得遺詔封三子事羣兒自相貴耳光聞之切讓王
莽莽酖殺忽

光為人沈靜詳審長財七尺三寸白晳
疏眉目美須頯每出入下殿門止進有常處郎僕射
竊識視之不失尺寸其資性端正如此初輔幼主政
自己出天下想聞其風采殿中嘗有怪一夜羣臣相
驚光召尚符璽郎郎不肯授光光欲奪之郎按劍曰
臣頭可得璽不可得也光甚誼之明日詔增此郎秩

二等衆庶莫不多光光與左將軍桀結婚相親光長
女爲桀子安妻有女年與帝相配桀因帝姊鄂邑蓋
主內安女後宮爲倢伃數月立爲皇后父安爲票騎
將軍封桑樂侯光時休沐出桀輒入代光決事桀父
子既尊盛而德長公主公主內行不修近幸河閒丁
外人桀安欲爲外人求封幸依國家故事以列侯尚
公主者光不許又爲外人求光祿大夫欲令得召見
又不許長主大以是怨光而桀安數爲外人求官爵
弗能得亦慙自先帝時桀已爲九卿位在光右及父
子並爲將軍有椒房中宮之重皇后親安女光迺其
外祖而顧專制朝事繇是與光爭權燕王旦自以昭
帝兄常懷怨望及御史大夫桑弘羊建造酒榷鹽鐵
爲國興利伐其功欲爲子弟得官亦怨恨光於是蓋
主上官桀安及弘羊皆與燕王旦通謀詐令人爲燕

王上書言光出都肄郎羽林道上稱蹕太官先置又引蘇武前使匈奴拘留二十年不降還迺爲典屬國而大將軍長史敞亡功爲搜粟都尉又擅調益莫府校尉光專權自恣疑有非常臣旦願歸符璽入宿衞察姦臣變候司光出沐日奏之桀欲從中下其事桑弘羊當與諸大臣共執退光書奏帝不肯下明旦光聞之止畫室中不入上問大將軍安在左將軍桀對曰㠯燕王告其罪故不敢入有詔召大將軍光入免冠頓首謝上曰將軍冠朕知是書詐也將軍亡罪光曰陛下何㠯知之上曰將軍之廣明都郎屬耳調校尉㠯來未能十日燕王何㠯得知之且將軍爲非不須校尉是時帝年十四尚書左右皆驚而上書者果亡捕之甚急桀等懼白上小事不足遂上不聽後桀黨與有譖光者上輒怒曰大將軍忠臣先帝所屬㠯

輔朕身敢有毀者坐之自是桀等不敢復言迺謀令長公主置酒請光伏兵格殺之因廢帝迎立燕王爲天子事發覺光盡誅桀安弘羊外人宗族燕王蓋主皆自殺光威震海內昭帝既冠遂委任光訖十三年百姓充實四夷賓服

元平元年昭帝崩亡嗣武帝六男獨有廣陵王胥在羣臣議所立咸持廣陵王王本㠯行失道先帝所不用光內不自安郎有上書言周太王廢太伯立王季文王舍伯邑考立武王唯在所宜雖廢長立少可也廣陵王不可㠯承宗廟言合光意光㠯其書視丞相敞等擢郎爲九江太守卽日承皇太后詔遣行大鴻臚事少府樂成宗正德光祿大夫吉中郎將利漢迎昌邑王賀賀者武帝孫昌邑哀王子也既至卽位行淫亂光憂懣獨㠯問所親故吏大司農田延年延年曰將軍爲國柱石審此人不可

何不建白太后更選賢而立之光曰今欲如是於古嘗有此否延年曰伊尹相殷廢太甲以安宗廟後世稱其忠將軍若能行此亦漢之伊尹也光迺引延年給事中陰與車騎將軍張安世圖計遂召丞相御史將軍列侯中二千石大夫博士會議未央宮光曰昌邑王行昏亂恐危社稷如何羣臣皆驚鄂失色莫敢發言但唯唯而已田延年前離席按劍曰先帝屬將軍以幼孤寄將軍以天下以將軍忠賢能安劉氏也今羣下鼎沸社稷將傾且漢之傳謚常爲孝者以長有天下令宗廟血食也如令漢家絶祀將軍雖死何面目見先帝于地下乎今日之議不得旋踵羣臣後應者臣請劍斬之光謝曰九卿責光是也天下匈匈不安光當受難於是議者皆叩頭曰萬姓之命在於將軍唯大將軍令光卽與羣臣俱見白太后具陳昌

邑王不可以承宗廟狀皇太后迺車駕幸未央承明殿詔諸禁門毋內昌邑羣臣王入朝太后還乘輦欲歸温室中黄門宦者各持門扇王入門閉昌邑羣臣不得入王曰何爲大將軍跪曰有皇太后詔毋內昌邑羣臣王曰徐之何迺驚人如是光使盡驅出昌邑羣臣置金馬門外車騎將軍安世將羽林騎收縛二百餘人皆送廷尉詔獄令故昭帝侍中中臣侍守王光敕左右謹宿衞卒有物故自裁令我負天下有殺主名王尚未自知當廢謂左右我故羣臣從官安得罪而大將軍盡繫之乎頃之有太后詔召王王聞召意恐迺曰我安得罪而召我哉太后被珠襦盛服坐武帳中侍御數百人皆持兵期門武士陛戟陳列殿下羣臣以次上殿召昌邑王伏前聽詔光與羣臣連名奏王尚書令讀奏曰丞相臣敞大司馬大將軍臣

光車騎將軍臣安世度遼將軍臣明友前將軍臣增
後將軍臣充國御史大夫臣誼宜春侯臣譚當塗侯
臣聖隨桃侯臣昌樂杜侯臣屠耆堂太僕臣延年太
常臣昌大司農臣延年宗正臣德少府臣樂成廷尉
臣光執金吾臣延壽大鴻臚臣賢左馮翊臣廣明右
扶風臣德長信少府臣嘉典屬國臣武京輔都尉臣
廣漢司隸校尉臣辟兵諸吏文學光祿大夫臣遷臣
畸臣吉臣賜臣管臣勝臣梁臣長幸臣夏侯勝太中
大夫臣德臣卬昧死言皇太后陛下臣敞等頓首死
罪天子所㠯永保宗廟總壹海內者㠯慈孝禮誼賞
罰爲本孝昭皇帝早棄天下亡嗣臣敞等議禮曰爲
人後者爲之子也昌邑王宜嗣後遣宗正大鴻臚光
祿大夫奉節使徵昌邑王典喪服斬縗亡悲哀之心
廢禮誼居道上不素食使從官略女子載衣車內所

居傳舍。始至謁見。立爲皇太子。常私買雞豚㠯食。受
皇帝信璽行璽大行前。就次發璽不封。從官更持節。
引內昌邑從官騶宰官奴二百餘人。常與居禁闥內
敖戲。自之符璽取節十六。朝暮臨。令從官更持節從。
爲書曰。皇帝問侍中君卿。使中御府令高昌奉黃金
千斤。賜君卿取十妻。大行在前殿。發樂府樂器。引內
昌邑樂人。擊鼓歌吹作俳倡。會下還。上前殿。擊鐘磬。
召內泰壹宗廟樂人輦道牟首。鼓吹歌舞。悉奏衆樂。
發長安廚三太牢具祠閣室中。祀已。與從官飲啗。駕
法駕皮軒鸞旗。驅馳北宮桂宮。弄彘鬭虎。召皇太后
御小馬車。使官奴騎乘。遊戲掖庭中。與孝昭皇帝宮
人蒙等淫亂。詔掖庭令敢泄言要斬。太后曰。止。爲人
臣子當悖亂如是邪。王離席伏。尚書令復讀曰。取諸
侯王列侯二千石綬及墨綬黃綬。㠯幷佩昌邑郎官

者免奴變易節上黃旄㠯赤發御府金錢刀劍玉器
采繒賞賜所與遊戲者與從官官奴夜飲湛沔於酒
詔太官上乘輿食如故食監奏未釋服未可御故食
復詔太官趣具無關食監太官不敢具即使從官出
買雞豚詔殿門內㠯爲常獨夜設九賓温室延見姊
夫昌邑關內侯祖宗廟祠未舉爲璽書使使者持節
㠯三太牢祠昌邑哀王園廟稱嗣子皇帝受璽㠯來
二十七日使者旁午持節詔諸官署徵發凡千一百
二十七事文學光祿大夫夏侯勝等及侍中傅嘉數
進諫㠯過失使人簿責勝縛嘉繫獄荒淫迷惑失帝
王禮誼亂漢制度臣敞等數進諫不變更日㠯益甚
恐危社稷天下不安臣敞等謹與博士臣霸臣雋舍
臣德臣虞舍臣射臣倉議皆曰高皇帝建功業爲漢
太祖孝文皇帝慈仁節儉爲太宗今陛下嗣孝昭皇

帝後行淫辟不軌詩云籍曰未知亦既抱子五辟之屬莫大不孝周襄王不能事母春秋曰天王出居于鄭繇不孝出之絕之於天下也宗廟重於君陛下未見命高廟不可以承天序奉祖宗廟子萬姓當廢臣請有司御史大夫臣誼宗正臣德太常臣昌與太祝以一太牢具告祠高廟臣敞等昧死以聞皇太后詔曰可光令王起拜受詔王曰聞天子有爭臣七人雖無道不失天下光曰皇太后詔廢安得天子迺卽持其手解脫其璽組奉上太后扶王下殿出金馬門羣臣隨送王西面拜曰愚戇不任漢事起就乘輿副車大將軍光送至昌邑邸光謝曰王行自絕於天臣等駑怯不能殺身報德臣寧負王不敢負社稷願王自愛臣長不復見左右光涕泣而去羣臣奏言古者廢放之人屛於遠方不及以政請徙王賀漢中房陵縣

太后詔歸賀昌邑賜湯沐邑二千戶昌邑羣臣坐亡
輔導之誼陷王於惡光悉誅殺二百餘人出死號呼
市中曰當斷不斷反受其亂光坐庭中會丞相以下
議定所立廣陵王已前不用及燕刺王反誅其子不
在議中近親唯有衞太子孫號皇曾孫在民閒咸稱
述焉光遂復與丞相敞等上奏曰禮曰人道親親故
尊祖尊祖故敬宗太宗亡嗣擇支子孫賢者爲嗣孝
武皇帝曾孫病已武帝時有詔掖庭養視至今年十
八師受詩論語孝經躬行節儉慈仁愛人可以嗣孝
昭皇帝後奉承祖宗廟子萬姓臣昧死以聞皇太后
詔曰可光遣宗正劉德至曾孫家尚冠里洗沐賜御
衣太僕以軨獵車迎曾孫就齋宗正府入未央宮見
皇太后封爲陽武侯已而光奉上皇帝璽綬謁于高
廟是爲孝宣皇帝明年下詔曰夫褒有德賞元功古

今通誼也大司馬大將軍光宿衞忠正宣德明恩守節秉誼以安宗廟其以河北東武陽益封光萬七千戶與故所食凡二萬戶賞賜前後黃金七千斤錢六千萬雜繒三萬疋奴婢百七十人馬二千疋甲第一區自昭帝時光子禹及兄孫雲皆中郎將雲弟山奉車都尉侍中領胡越兵光兩女壻爲東西宮衞尉昆弟諸壻外孫皆奉朝請爲諸曹大夫騎都尉給事中黨親連體根據於朝廷光自後元秉持萬機及上卽位迺歸政上謙讓不受諸事皆先關白光然後奏御天子光每朝見上虛己斂容禮下之已甚光秉政前後二十年地節二年春病篤車駕自臨問光病上爲之涕泣光上書謝恩曰願分國邑三千戶以封兄孫奉車都尉山爲列侯奉兄票騎將軍去病祀事下丞相御史卽日拜光子禹爲右將軍光薨上及皇太后

親臨光喪。太中大夫任宣與侍御史五人持節護喪事。中二千石治莫府冢上。賜金錢繒絮繡被百領衣五十篋。璧珠璣玉衣梓宮便房黃腸題湊各一具。樅木外臧椁十五具。東園溫明。皆如乘輿制度。載光尸柩以轀輬車。黃屋左纛。發材官輕車北軍五校士軍陳至茂陵。以送其葬。謚曰宣成侯。發三河卒穿復土。起冢祠堂。置園邑三百家。長丞奉守如舊法。既葬。封山爲樂平侯。以奉車都尉領尚書事。天子思光功德。下詔曰。故大司馬大將軍博陸侯宿衞孝武皇帝三十有餘年。輔孝昭皇帝十有餘年。遭大難。躬秉誼。率三公九卿大夫定萬世冊。以安社稷。天下蒸庶咸以康寧。功德茂盛。朕甚嘉之。復其後世。疇其爵邑。世世無有所與。功如蕭相國。明年夏。封太子外祖父許廣漢爲平恩侯。復下詔曰。宣成侯光宿衞忠正。勤勞國家善善及後世其封光兄孫中郎將雲爲冠陽侯禹旣嗣爲博陸侯太夫人顯改光時所自造塋制而後大之起三出闕築神道北臨昭靈南出承恩盛飾祠室輦閣通屬永巷而幽良人婢妾守之廣治第室作乘輿輦加畫繡絪馮黃金塗韋絮薦輪侍婢以五采絲輓顯游戲第中初光愛幸監奴馮子都常與計事及顯寡居與子都亂而禹山亦並繕治第宅走馬馳逐平樂館雲當朝請數稱病私出多從賓客張圍獵黃山苑中使蒼頭奴上朝謁莫敢譴者而顯及諸女晝夜出入長信宮殿中亡期度宣帝自在民閒聞知霍氏尊盛日久內不能善光薨上始躬親朝政御史大夫魏相給事中顯謂禹雲山女曹不務奉大將軍餘業今大夫給事中他人壹閒女能復自救邪後兩家奴爭道霍氏奴入御史府欲蹋大夫門御史爲叩

頭謝逎去人已謂霍氏顯等始知憂會魏大夫爲丞相數燕見言事平恩侯與侍中金安上等徑出入省中時霍山自若領尚書上令吏民得奏封事不關尚書羣臣進見獨往來於是霍氏甚惡之宣帝始立立微時許妃爲皇后顯愛小女成君欲貴之私使乳醫淳于衍行毒藥殺許后因勸光內成君代立爲后語在外戚傳始許后暴崩吏捕諸醫劾衍侍疾亡狀不道下獄吏簿問急顯恐事敗卽具已實語光光大驚欲自發舉不忍猶與會奏上因署衍勿論光薨後語稍泄於是上始聞之而未察逎徙光女壻度遼將軍未央衞尉平陵侯范明友爲光祿勳次壻諸吏中郎將羽林監任勝出爲安定太守數月復出光姊壻給事中光祿大夫張朔爲蜀郡太守羣孫壻中郎將王漢爲武威太守頃之復徙光長女壻長樂衞尉鄧廣

漢爲少府。更以禹爲大司馬。冠小冠。亡印綬。罷其右將軍屯兵官屬。特使禹官名與光俱大司馬者。又收范明友度遼將軍印綬。但爲光祿勳。及光中女壻趙平爲散騎騎都尉光祿大夫將屯兵。又收平騎都尉印綬。諸領胡越騎羽林及兩宮衞將屯兵。悉易以所親信許史子弟代之。禹爲大司馬。稱病。禹故長史任宣候問禹。曰。我何病。縣官非我家將軍。不得至是。今將軍墳墓未乾。盡外我家。反任許史。奪我印綬。令人不省死。宣見禹恨望深。迺謂曰。大將軍時。何可復行。持國權柄。殺生在手中。廷尉李种、王平、左馮翊賈勝胡。及車丞相女壻少府徐仁。皆坐逆將軍。竟下獄死。使樂成、小家子。得幸將軍。至九卿封侯。百官以下。但事馮子都王子方等。視丞相亡如也。各自有時。今許史自天子骨肉。貴正宜耳。大司馬欲用是怨恨。愚以

爲不可禹默然數日起視事顯及禹山雲自見日侵
削數相對啼泣自怨山曰今丞相用事縣官信之盡
變易大將軍時法令㠯公田賦與貧民發揚大將軍
過失又諸儒生多寠人子遠客飢寒喜妄說狂言不
避忌諱大將軍常讎之今陛下好與諸儒生語人人
自使書對事多言我家者嘗有上書言大將軍時主
弱臣強專制擅權今其子孫用事昆弟益驕恣恐危
宗廟災異數見盡爲是也其言絕痛山屏不奏其書
後上書者益黠盡奏封事輒使中書令出取之不關
尚書益不信人顯曰丞相數言我家獨無罪乎山曰
丞相廉正安得罪我家昆弟諸壻多不謹又聞民閒
讙言霍氏毒殺許皇后寍有是邪顯恐急即具㠯實
告山雲禹山雲禹驚曰如是何不早告禹等縣官離
散斥逐諸壻用是故也此大事誅罰不小柰何於是

始有邪謀矣初趙平客石夏善爲天官語平曰熒惑守御星御星太僕奉車都尉也不黜則死平內憂山等雲舅李竟所善張赦見雲家卒卒謂竟曰今丞相與平恩侯用事可令太夫人言太后先誅此兩人移徙陛下在太后耳長安男子張章告之事下廷尉執金吾捕張赦石夏等後有詔止勿捕山等愈恐相謂曰此縣官重太后故不竟也然惡端已見又有弑許后事陛下雖寬仁恐左右不聽久之猶發發卽族矣不如先也遂令諸女各歸報其夫皆曰安所相避會李竟坐與諸侯王交通辭語及霍氏有詔雲山不宜宿衛免就第光諸女遇太后無禮馮子都數犯法上幷以爲讓山禹等甚恐顯夢第中井水溢流庭下竈居樹上又夢大將軍謂顯曰知捕兒不亟下捕之第中鼠暴多與人相觸以尾畫地鴞數鳴殿前樹上第

門自壞雲尚冠里宅中門亦壞巷端人共見有人居
雲屋上徹瓦投地就視亡有大怪之禹夢車騎聲正
讙來捕禹舉家憂愁山曰丞相擅減宗廟羔菟鼃可
㠯此罪也謀令太后爲博平君置酒召丞相平恩侯
㠯下使范明友鄧廣漢承太后制引斬之因廢天子
而立禹約定未發雲拜爲玄菟太守太中大夫任宣
爲代郡太守山又坐寫祕書顯爲上書獻城西第入
馬千匹㠯贖山罪書報聞會事發覺雲山明友自殺
顯禹廣漢等捕得禹要斬顯及諸女昆弟皆弃市唯
獨霍后廢處昭臺宮與霍氏相連坐誅滅者數千家
上迺下詔曰迺者東織室令史張赦使魏郡豪李竟
報冠陽侯雲謀爲大逆朕㠯大將軍故抑而不揚冀
其自新今大司馬博陸侯禹與母宣成侯夫人顯及
從昆弟子冠陽侯雲樂平侯山諸姊妹壻謀爲大逆

欲詿誤百姓賴祖宗神靈先發得咸伏其辜朕甚悼之諸爲霍氏所詿誤事在丙申前未發覺在吏者皆赦除之男子張章先發覺以語期門董忠忠告左曹楊惲惲告侍中金安上惲召見對狀後章上書以聞侍中史高與金安上建發其事言無入霍氏禁闥卒不得遂其謀皆讎有功封章爲博成侯忠高昌侯惲平通侯安上都成侯高樂陵侯

初霍氏奢侈茂陵徐生曰霍氏必亡夫奢則不遜不遜必侮上侮上者逆道也在人之右衆必害之霍氏秉權日久害之者多矣天下害之而又行以逆道不亡何待迺上疏言霍氏泰盛陛下卽愛厚之宜以時抑制無使至亡書三上輒報聞其後霍氏誅滅而告霍氏者皆封人爲徐生上書曰臣聞客有過主人者見其竈直突傍有積薪客謂主人更爲曲突遠徙其薪不者且有火患主

人嘿然不應俄而家果失火鄰里共救之幸而得息於是殺牛置酒謝其鄰人灼爛者在於上行餘各已功次坐而不錄言曲突者人謂主人曰鄉使聽客之言不費牛酒終亡火患今論功而請賓曲突徙薪亡恩澤焦頭爛額爲上客邪主人迺寤而請之今茂陵徐福數上書言霍氏且有變宜防絕之向使福說得行則國亡裂土出爵之費臣亡逆亂誅滅之敗往事既已而福獨不蒙其功唯陛下察之貴徙薪曲突之策使居焦髮灼爛之右上迺賜福帛十疋後已爲郎宣帝始立謁見高廟大將軍光從驂乘上內嚴憚之若有芒刺在背後車騎將軍張安世代光驂乘天子從容肆體甚安近焉及光身死而宗族竟誅故俗傳之曰威震主者不畜霍氏之禍萌於驂乘至成帝時爲光置守冢百家吏卒奉祠焉元始二年封光從父

昆弟曾孫陽爲博陸侯千戶

贊曰霍光㠯結髮內侍起於階闥之間確然秉志誼形於主受繈褓之託任漢室之寄當廟堂擁幼君摧燕王仆上官因權制敵㠯成其忠處廢置之際臨大節而不可奪遂匡國家安社稷擁昭立宣光爲師保雖周公阿衡何㠯加此然光不學亡術闇於大理陰妻邪謀立女爲后湛溺盈溢之欲㠯增顛覆之禍死財三年宗族誅夷哀哉昔霍叔封於晉晉卽河東光豈其苗裔乎

方望溪書霍光傳後春秋之義常事不書而後之良史取法焉昌黎韓氏目春秋爲謹嚴故撰順宗實錄削去常事獨著其有關於治亂者班史義法視子長少漫矣然尚能識其體要其傳霍光也事武帝二十餘年蔽以出入禁闥小心謹慎相昭帝十三年蔽以百姓充實四夷賓服而其事無傳焉蓋不可勝書故一裁以常事不書之義而非略也其詳焉者則光之本末霍氏禍敗之所由也古之良史於千百事不書而所書一二事則必具其首尾幷所爲旁見側出者而悉著之故千百世後其事之表裏可按而如見其人後人反是是以蒙雜暗昧使治亂賢姦之迹並昏微而不著也是傳於光事

武帝。獨著其出入殿門下。止進不失尺寸。而性資風采可想見矣。其相昭帝。獨著增符璽即秩。抑丁外人。二事。而光所以秉國之鈞負天下之重者具此矣。其不學專汰。則於任宣發之而證以參乘則表裏具見矣。蓋其詳略虛實措注各有義法如此。然尚有未盡合者。昌邑失道之奏。不詳。不足以自光之志事至光之葬具。顯及禹山之奢縱。宣帝之易置其族姻。皆可約言以蔽之者也。具詳焉。義無所當也。假而子長若退之爲之。必有以異此也。夫按望溪此文。推勘孟堅義法。至爲細密。惟以謂光之葬具顯及禹山之奢縱。宣帝之易置其姻族。爲可約言以蔽之。則非是。光傳六千餘言。除廢昌邑王外。惟此三事條正寫詳列。葬具明宣帝禮遇有加。著顯禹山之奢縱。明霍氏禍由自作。載宣帝之易置其姻族。明光家根據朝廷之深。斯二者皆召亡之本。即前所謂一二事必具其首尾。并所爲旁見側出而悉著之者。正與昌邑失道奏相應。豈孟堅能審義法於彼。而不能審於此耶。望溪疑爲辭費。誤矣。孟堅文他有可議者。獨至光傳。幾於毫髮無憾。此正班氏不爲子長所圄處。世以班馬并稱。豈偶然哉。

傳狀類

漢書趙充國傳 按趙充國與辛慶忌同傳

趙充國字翁孫隴西上邽人也後徙金陵令居始爲騎士㠯六郡良家子善騎射補羽林爲人沈勇有大略少好將帥之節而學兵法通知四夷事武帝時㠯假司馬從貳師將軍擊匈奴大爲虜所圍漢軍乏食數日死傷者多充國迺與壯士百餘人潰圍陷陳貳師引兵隨之遂得解身被二十餘創貳師奏狀詔徵充國詣行在所武帝親見視其創嗟歎之拜爲中郎遷車騎將軍長史昭帝時武都氐人反充國㠯大將軍護軍都尉將兵擊定之遷中郎將將屯上谷還爲水衡都尉擊匈奴獲西祁王擢爲後將軍兼水衡如故與大將軍霍光定冊尊立宣帝封營平侯本始中

爲蒲類將軍征匈奴斬虜數百級還爲後將軍少府
匈奴大發十餘萬騎南旁塞至符奚盧山欲入爲寇
亡者題除渠堂降漢言之遣充國將四萬騎屯緣邊
九郡單于聞之引去是時光祿大夫義渠安國使行
諸羌先零豪言願時渡湟水北逐民所不田處畜牧
安國吕聞充國劾安國奉使不敬是後羌人旁緣前
言抵冒渡湟水郡縣不能禁元康三年先零遂與諸
羌種豪二百餘人解仇交質盟詛上聞之吕問充國
對曰羌人所吕易制者吕其種自有豪數相攻擊埶
不壹也往三十餘歲西羌反時亦先解仇合約攻令
居與漢相距五六年迺定至征和五年先零豪封煎
等通使匈奴匈奴使人至小月氏傳告諸羌曰漢貳
師將軍衆十餘萬人降匈奴羌人爲漢事苦張掖酒
泉本我地地肥美可共擊居之吕此觀匈奴欲與羌

合非一世也間者匈奴困於西方聞烏桓來保塞恐兵復從東方起數使使尉黎危須諸國設以子女貂裘欲沮解之其計不合疑匈奴更遣使至羌中道從沙陰地出鹽澤過長阬入窮水塞南抵屬國與先零相直臣恐羌變未止此且復結聯他種宜及未然為之備後月餘羌侯狼何果遣使至匈奴藉兵欲擊鄯善敦煌以絕漢道充國以為狼何小月氏種在陽關西南勢不能獨造此計疑匈奴使已至羌中先零罕开迺解仇作約到秋馬肥變必起矣宜遣使者行邊兵豫為備勑視諸羌毋令解仇以發覺其謀於是兩府復白遣義渠安國行視諸羌分別善惡安國至召先零諸豪三十餘人以尤桀黠皆斬之縱兵擊其種人斬首千餘級於是諸降羌及歸義羌侯楊玉等恐怒亡所信鄉遂劫略小種背畔犯塞攻城邑殺長吏

安國以騎都尉將騎三千屯備羌至浩亹爲虜所擊
失亡車重兵器甚衆安國引還至令居以聞是歲神
爵元年春也時充國年七十餘上老之使御史大夫
丙吉問誰可將者充國對曰亡踰於老臣者矣上遣
問焉曰將軍度羌虜何如當用幾人充國曰百聞不
如一見兵難隃度臣願馳至金城圖上方略然羌戎
小夷逆天背畔滅亡不久願陛下以屬老臣勿以爲
憂上笑曰諾充國至金城須兵滿萬騎欲渡河恐爲
虜所遮卽夜遣三校銜枚先渡渡輒營陳會明畢遂
以次盡渡虜數十百騎來出入軍傍充國曰吾士馬
新倦不可馳逐此皆驍騎難制又恐其爲誘兵也擊
虜以殄滅爲期小利不足貪令軍勿擊遣騎候四望
陿中亡虜夜引兵上至落都召諸校司馬謂曰吾知
羌虜不能爲兵矣使虜發數千人守杜四望陿中兵

豈得入哉充國常已遠斥候爲務行必爲戰備止必
堅營壁尤能持重愛士卒先計而後戰遂西至西部
都尉府日饗軍士士皆欲爲用虜數挑戰充國堅守
捕得生口言羌豪相數責曰語汝亡反今天子遣趙
將軍來年八九十矣善爲兵今請欲一鬬而死可得
邪充國子右曹中郎將卬將期門佽飛羽林孤兒胡
越騎爲支兵至令居虜竝出絕轉道卬已聞有詔將
八校尉與驍騎都尉金城太守合疏捕山閒虜通轉
道津渡初罕开豪靡當兒使弟雕庫來告都尉曰先
零欲反後數日果反雕庫種人頗在先零中都尉卽
留雕庫爲質充國已爲亡罪迺遣歸告種豪大兵誅
有罪者明白自別毋取并滅天子告諸羌人犯法者
能相捕斬除罪斬大豪有罪者一人賜錢四十萬中
豪十五萬下豪二萬大男三千女子及老小千錢又

以其所捕妻子財物盡與之充國計欲以威信招降
罕开及劫略者解散虜謀徼極迺擊之時上已發三
輔太常徒弛刑三河潁川沛郡淮陽汝南材官金城
隴西天水安定北地上郡騎士羌騎與武威張掖酒
泉太守各屯其郡者合六萬人矣酒泉太守辛武賢
奏言郡兵皆屯備南山北邊空虛埶不可久或曰至
秋冬迺進兵此虜在竟外之冊今虜朝夕爲寇土地
寒苦漢馬不能冬屯兵在武威張掖酒泉萬騎以上
皆多羸瘦可益馬食以七月上旬齎三十日糧分兵
並出張掖酒泉合擊罕开在鮮水上者虜以畜產爲
命今皆離散兵卽分出雖不能盡誅亶奪其畜產虜
其妻子復引兵還冬復擊之大兵仍出虜必震壞天
子下其書充國令與校尉以下吏士知羌事者博議
充國及長史董通年以爲武賢欲輕引萬騎分爲兩

道出張掖回遠千里以一馬自佗負三十日食爲米二斛四斗麥八斛又有衣裝兵器難以追逐勤勞而至虜必商軍進退稍引去逐水中入山林隨而深入虜即據前險守後阨以絕糧道必有傷危之憂爲夷狄笑千載不可復而武賢以爲可奪其畜產虜其妻子此殆空言非至計也又武威縣張掖日勒皆當北塞有通谷水草臣恐匈奴與羌有謀且欲大入幸能要杜張掖酒泉以絕西域其郡兵尤不可發先零首爲畔逆它種劫略故臣愚冊欲捐罕开闇昧之過隱而勿章先行先零之誅以震動之宜悔過反善因赦其罪選擇良吏知其俗者拊循和輯此全師保勝安邊之冊 天子下其書公卿議者咸以爲先零兵盛而負罕开之助不先破罕开則先零未可圖也上迺拜侍中樂成侯許延壽爲強弩將軍即拜酒泉太守武

賢爲破羌將軍賜璽書嘉納其冊以書敕讓充國曰
皇帝問後將軍甚苦暴露將軍計欲至正月迺擊罕
羌羌人當獲麥已遠其妻子精兵萬人欲爲酒泉燉
煌寇邊兵少民守保不得田作今張掖以東粟石有
餘芻藁束數十轉輸並起百姓煩擾將軍將萬餘之
衆不早及秋共水草之利爭其畜食欲至冬虜皆當
畜食多藏匿山中依險阻將軍士寒手足皸瘃寧有
利哉將軍不念中國之費欲以歲數而勝微將軍誰
不樂此者今詔破羌將軍武賢將兵六千一百人敦
煌太守快將二千人長水校尉富昌酒泉侯奉世將
婼月氏兵四千人亡慮萬二千人齎三十日食以七
月二十二日擊罕羌入鮮水北句廉上去酒泉八百
里去將軍可千二百里將軍其引兵便道西並進雖
不相及使虜聞東方北方兵並來分散其心意離其

黨與雖不能殄滅當有瓦解者已詔中郎將卬將胡
越佽飛射士步兵二校益將軍兵今五星出東方中
國大利蠻夷大敗太白出高用兵深入敢戰者吉弗
敢戰者凶將軍急裝因天時誅不義萬下必全勿復
有疑充國既得讓以爲將任兵在外便宜有守以安
國家迺上書謝罪因陳兵利害曰臣竊見騎都尉安
國前幸賜書擇羌人可使使罕諭告以大軍當至漢
不誅罕以解其謀恩澤甚厚非臣下所能及臣獨私
美陛下盛德至計亡已故遣开豪雕庫宣天子至德
罕开之屬皆聞知明詔今先零羌楊玉此羌之首帥
名王將騎四千及煎鞏騎五千阻石山木候便爲寇
罕羌未有所犯今置先零先擊罕釋有罪誅亡辜起
壹難就兩害誠非陛下本計也臣聞兵法攻不足者
守有餘又曰善戰者致人不致於人今罕羌欲爲燉

煌酒泉寇宜飭兵馬練戰士以須其至坐得致敵之
術以逸擊勞取勝之道也今恐二郡兵少不足以守
而發之行攻釋致虜之術而從爲虜所致之道臣愚
以爲不便先零羌虜欲爲背畔故與罕开解仇結約
然其私心不能亡恐漢兵至而罕开背之也臣愚以
爲其計常欲先赴罕开之急以堅其約先擊罕羌先
零必助之今虜馬肥糧食方饒擊之恐不能傷害適
使先零得施德於罕羌堅其約合其黨虜交堅黨合
精兵二萬餘人迫脅諸小種附著者稍衆莫須之屬
不輕得離也如是虜兵寖多誅之用力數倍臣恐國
家憂累繇十年數不二三歲而已臣得蒙天子厚恩
父子俱爲顯列臣位至上卿爵爲列侯犬馬之齒七
十六爲明詔塡溝壑死骨不朽亡所顧念獨思惟兵
利害至孰悉也於臣之計先誅先零已則罕开之屬

不煩兵而服矣先零已誅而罕开不服涉正月擊之得計之理又其時也吕今進兵誠不見其利唯陛下裁察姚纂已入奏議六月戊申奏七月甲寅璽書報從充國計焉充國引兵至先零在所虜久屯聚解弛望見大軍棄車重欲渡湟水道阸狹充國徐行驅之或曰逐利行遲充國曰此窮寇不可迫也緩之則走不顧急之則還致死諸校皆曰善虜赴水溺死者數百降及斬首五百餘人鹵馬牛羊十萬餘頭車四千餘兩兵至罕地令軍毋燔聚落芻牧田中罕羌聞之喜曰漢果不擊我矣豪靡忘使人來言願得還復故地充國吕聞未報靡忘來自歸充國賜飲食遣還諭種人護軍吕下皆爭之曰此反虜不可擅遣充國曰諸君但欲便文自營非爲公家忠計也語未卒璽書報令靡忘吕贖論後罕竟不煩兵而下其秋充國病上賜書

曰制詔後將軍聞苦腳脛寒泄將軍年老加疾一朝之變不可諱朕甚憂之今詔破羌將軍詣屯所爲將軍副急因天時大利吏士銳氣以十二月擊先零羌卽疾劇留屯毋行獨遣破羌彊弩將軍時羌降者萬餘人矣充國度其必壞欲罷騎兵屯田以待其敝作奏未上會得進兵璽書中郎將卬懼使客諫充國曰誠令兵出破軍殺將以傾國家將軍守之可也卽利與病又何足爭一旦不合上意遣繡衣來責將軍將軍之身不能自保何國家之安充國歎曰是何言之不忠也本用吾言羌虜得至是邪往者舉可先行羌者吾舉辛武賢丞相御史復白遣義渠安國竟沮敗羌金城湟中穀斛八錢吾謂耿中丞糴二百萬斛穀羌人不敢動矣耿中丞請糴百萬斛迺得四十萬斛耳義渠再使且費其半失此二冊羌人故敢爲逆失

之毫釐差之千里是既然矣今兵久不決四夷卒有動搖相因而起雖有知者不能善其後羌獨足憂邪吾固㠯死守之明主可爲忠言遂上屯田奏曰臣聞兵者所㠯明德除害也故舉得於外則福生於內不可不愼臣所將吏士馬牛食月用糧穀十九萬九千六百三十斛鹽千六百九十三斛茭藁二十五萬二百八十六石難久不解繇役不息又恐它夷卒有不虞之變相因竝起爲明主憂誠非素定廟勝之冊且羌虜易㠯計破難用兵碎也故臣愚㠯爲擊之不便計度臨羌東至浩亹羌虜故田及公田民所未墾可二千頃㠯上其閒郵亭多壞敗者臣前部士入山伐材木大小六萬餘枚皆在水次願罷騎兵留弛刑應募及淮陽汝南步兵與吏士私從者合凡萬二百八十一人用穀月二萬七千三百六十三斛鹽三百八

斛分屯要害處冰解漕下繕鄉亭浚溝渠治湟陿㠯西道橋七十所令可至鮮水左右田事出賦人二十畮至四月草生發郡騎及屬國胡騎伉健各千倅馬什二就草爲田者游兵㠯充入金城郡益積蓄省大費今大司農所轉穀至者足支萬人一歲食謹上田處及器用薄唯陛下裁許（姚纂已入奏議）上報曰皇帝問後將軍言欲罷騎兵萬人留田即如將軍之計虜當何時伏誅兵當何時得決孰計其便復奏充國上狀曰臣聞帝王之兵㠯全取勝是㠯貴謀而賤戰戰而百勝非善之善者也故先爲不可勝㠯待敵之可勝蠻夷習俗雖殊於禮義之國然其欲避害就利愛親戚畏死亡一也今虜亡其美地薦草愁於寄託遠遯骨肉離心人有畔志而明主般師罷兵萬人留田順天時因地利㠯待可勝之虜雖未即伏辜兵決可期月

而望羌虜瓦解前後降者萬七百餘人及受言去者凡七十輩此坐支解羌虜之具也臣謹條不出兵留田便宜十二事步兵九校吏士萬人留屯以爲武備因田致穀威德竝行一也又因排折羌虜令不得歸肥饒之墬貧破其衆以成羌虜相畔之漸二也居民得竝田作不失農業三也軍馬一月之食度支田士一歲罷騎兵以省大費四也至春省甲士卒循河湟漕穀至臨羌以眎羌虜揚威武傳世折衝之具五也以閒暇時下所伐材繕治郵亭充入金城六也兵出乘危徼幸不出令反畔之虜竄於風寒之地離霜露疾疫瘃墮之患坐得必勝之道七也亡經阻遠追死傷之害八也內不損威武之重外不令虜得乘閒之埶九也又亡驚動河南大幵小幵使生它變之憂十也治湟陿中道橋令可至鮮水以制西域信威千里

從枕席上過師十一也大費既省繇役豫息以戒不虞十二也留屯田得十二便出兵失十二利臣充國材下犬馬齒衰不識長冊唯明詔博詳公卿議臣採擇[姚纂已入奏議]上復賜報曰皇帝問後將軍言十二便聞之虜雖未伏誅兵決可期月而望期月而望者謂今冬邪謂何時也將軍獨不計虜聞兵頗罷且丁壯相聚攻擾田者及道上屯兵復殺略人民將何以止之又大幵小幵前言曰我告漢軍先零所在兵不往擊久留得亡效五年時不分別人而并擊我其意常恐今兵不出得亡變生與先零爲一將軍孰計復奏充國奏曰臣聞兵以計爲本故多算勝少算先零羌精兵分餘不過七八千人失地遠客分散飢凍罕幵莫須又頗暴略其羸弱畜產畔還者不絕皆聞天子明令相捕斬之賞臣愚以爲虜破壞可日月冀遠在來

春。故曰兵決可期月而望。竊見北邊。自敦煌至遼東。萬一千五百餘里。乘塞列隧。有吏卒數千人。虜數大衆攻之而不能害。今留步士萬人屯田。地埶平易。多高山遠望之便。部曲相保。爲塹壘木樵。校聯不絕。便兵弩。飭鬭具。烽火幸通。埶及并力。以逸待勞。兵之利者也。臣愚以爲屯田內有亡費之利。外有守禦之備。騎兵雖罷。虜見萬人留田。爲必禽之具。其土崩歸德宜不久矣。從今盡三月。虜馬羸瘦。必不敢捐其妻子於他種中。遠涉河山而來爲寇。又見屯田之士。精兵萬人。終不敢復將其累重還歸故地。是臣之愚計。所以度虜且必瓦解其處。不戰而自破之冊也。至於虜小寇盜。時殺人民。其原未可卒禁。臣聞戰不必勝。不苟接刃。攻不必取。不苟勞衆。誠令兵出。雖不能滅先零。亶能令虜絕不爲小寇。則出兵可也。即今同是而釋坐勝之道從乘危之埶往終不見利空內自罷敝貶重而自損非所㠯視蠻夷也又大兵一出還不可復留湟中亦未可空如是繇役復發也且匈奴不可不備烏桓不可不憂今久轉運煩費傾我不虞之用㠯澹一隅臣愚㠯爲不便校尉臨衆幸得承威德奉厚幣拊循衆羌諭㠯明詔宜皆鄉風雖其前辭嘗曰得亡效五年宜亡它心不足㠯故出兵臣竊自惟念奉詔出塞引軍遠擊窮天子之精兵散車甲於山野雖亡尺寸之功媮得避慊之便而亡後咎餘責此人臣不忠之利非明主社稷之福也臣幸得奮精兵討不義久留天誅罪當萬死陛下寬仁未忍加誅令臣數得孰計愚臣伏計孰甚不敢避斧鉞之誅昧死陳愚唯陛下省察（姚纂已入奏議）充國奏每上輒下公卿議臣初是充國計者什三中什五最後什八有詔詰前言

不便者皆頓首服丞相魏相曰臣愚不習兵事利害後將軍數畫軍册其言常是臣任其計可必用也上於是報充國曰皇帝問後將軍上書言羌虜可勝之道今聽將軍將軍計善其上留屯田及當罷者人馬數將軍强食慎兵事自愛上以破羌强弩將軍數言當擊又用充國屯田處離散恐虜犯之於是兩從其計詔兩將軍與中郎將卬出擊强弩出降四千餘人破羌斬首二千級中郎將卬斬首降者亦二千餘級而充國所降復得五千餘人詔罷兵獨充國留屯田明年五月充國奏言羌本可五萬人軍凡斬首七千六百級降者三萬一千二百人溺河湟飢餓死者五六千人定計遺脫與煎鞏黃羝俱亡者不過四千人羌靡忘等自詭必得請罷屯兵奏可充國振旅而還所善浩星賜迎說充國曰衆人皆以破羌强弩出擊

多斬首獲降虜以破壞然有識者以爲虜埶窮困兵雖不出必自服矣將軍卽見宜歸功於二將軍出擊非愚臣所及如此將軍計未失也充國曰吾年老矣爵位已極豈嫌伐一時事以欺明主哉兵埶國之大事當爲後法老臣不以餘命壹爲陛下明言兵之利害卒死誰當復言之者卒以其意對上然其計罷遣辛武賢歸酒泉太守官充國復爲後將軍衞尉其秋羌若零離留且種兒庫共斬先零大豪猶非楊玉首及諸豪弟澤陽雕良兒靡忘皆帥煎鞏黃羝之屬四千餘人降漢封若零弟澤二人爲帥衆王離留且種二人爲侯兒庫爲君陽雕爲言兵侯良兒爲君靡忘爲獻牛君初置金城屬國以處降羌詔舉可護羌校尉者時充國病四府舉辛武賢小弟湯充國遽起奏湯使酒不可典蠻夷不如湯兄臨衆時湯已拜受節

有詔更用臨衆後臨衆病免五府復舉湯湯數醉酗羌人羌人反畔卒如充國之言初破羌將軍武賢在軍中時與中郎將卬宴語卬道車騎將軍張安世始嘗不快上上欲誅之卬家將軍吕爲安世本持橐簪筆事孝武帝數十年見謂忠謹宜全度之安世用是得免及充國還言兵事武賢罷歸故官深恨上書告卬泄省中語卬坐禁止而入至充國莫府司馬中亂屯兵下吏自殺充國乞骸骨賜安車駟馬黃金六十斤罷就第朝庭每有四夷大議常與參兵謀問籌策焉年八十六甘露二年薨謚曰壯侯傳子至孫欽欽尚敬武公主主亡子主教欽良人習詐有身名它人子欽薨子岑嗣侯習爲太夫人岑父母求錢財亡已忿恨相告岑坐非子免國除元始中修功臣後復封充國曾孫伋爲營平侯初充國㠯功德與霍光等列

畫未央宮成帝時西羌嘗有警上思將帥之臣追美充國迺召黃門郎楊雄即充國圖畫而頌之曰明靈惟宣戎有先零先零昌狂侵漢西疆漢命虎臣惟後將軍整我六師是討是震既臨其域諭曰威德有守矜功謂之弗克請奮其旅于罕之羌天子命我從之鮮陽營平守節婁奏封章料敵制勝威謀靡亢遂克西戎還師於京鬼方賓服罔有不庭昔周之宣有方有虎詩人歌功迺列于雅在漢中興充國作武赳赳桓桓亦紹厥後姚纂已入頌贊充國爲後將軍徙杜陵辛武賢自羌軍還後七年復爲破羌將軍征烏孫至敦煌後不出徼未到病卒子慶忌至大官此傳祇是敘平西羌一事本末粲然非營平之忠於謀國不肯守便宜安國家非宣帝之明不能聽任元臣計冊君明臣良千載而下讀之猶有餘慕

贊曰秦漢已來山東出相山西出將秦時將軍白起

鄗人王翦頻陽人漢興郁郅王圍甘延壽義渠公孫賀傅介子成紀李廣李蔡杜陵蘇建蘇武上邽上官桀趙充國襄武廉襃狄道辛武賢慶忌皆已勇武顯聞蘇辛父子著節此其可稱列者也其餘不可勝數何則山西天水隴西安定北地處埶迫近羌胡民俗修習戰備高上勇力鞌馬騎射故秦詩曰王于興師修我甲兵與子皆行其風聲氣俗自古而然今之歌謠慷慨風流猶存耳

漢書傅常鄭甘陳段傳

傅介子北地人也已從軍爲官先是龜茲（今庫車）樓蘭（今闢展）皆嘗殺漢使者語在西域傳至元鳳中介子已駿馬監求使大宛因詔令責樓蘭龜茲國介子至樓蘭責其王教匈奴遮殺漢使大兵方至王苟不教匈奴匈奴使過至諸國何爲不言王謝服言匈奴使屬

過當至烏孫道過龜茲介子至龜茲復責其王王亦
服罪介子從大宛還到龜茲龜茲言匈奴使從烏孫
還在此介子因率其吏士共誅斬匈奴使者還奏事
詔拜介子爲中郎遷平樂監介子謂大將軍霍光曰
樓蘭龜茲數反覆而不誅無所懲艾介子過龜茲時
其王近就人易得也願往刺之以威示諸國大將軍
曰龜茲道遠且驗之於樓蘭於是白遣之介子與士
卒俱齎金幣揚言以賜外國爲名至樓蘭樓蘭王意
不親介子介子陽引去至其西界使譯謂曰漢使者
持黃金錦繡行賜諸國王不來受我去之西國矣卽
出金幣以示譯譯還報王王貪漢物來見使者介子
與坐飲陳物示之飲酒皆醉介子謂王曰天子使我
私報王王起隨介子入帳中屏語壯士二人從後刺
之刃交匈立死其貴人左右皆散走介子告諭以王

負漢罪。天子遣我來誅王。當更立前太子質在漢者。漢兵方至。毋敢動。動滅國矣。遂持王首還詣闕。公卿將軍議者。咸嘉其功。上迺下詔曰。樓蘭王安歸嘗爲匈奴閒。候遮漢使者。發兵殺略衞司馬安樂光祿大夫忠期門郎遂成等三輩。及安息大宛使。盜取節印獻物。甚逆天理。平樂監傅介子持節使。誅斬樓蘭王安歸首。縣之北闕。以直報怨。不煩師衆。其封介子爲義陽侯。食邑七百戶。士刺王者。皆補侍郎。介子薨。子敞有罪不得嗣。國除。元始中。繼功臣世。復封介子曾孫長爲義陽侯。王莽敗。迺絕。

常惠。太原人也。少時家貧。自奮應募。隨栘中監蘇武使匈奴。并見拘留十餘年。昭帝時迺還。漢嘉其勤勞。拜爲光祿大夫。是時烏孫公主上書言。匈奴發騎田車師。車師與匈奴爲一。共侵烏孫。唯天子救之。漢養

士馬議欲擊匈奴會昭帝崩宣帝初卽位本始二年
遣惠使烏孫公主及昆彌皆遣使因惠言匈奴連發
大兵擊烏孫取車延惡師地收其人民去使使脅求
公主欲隔絕漢昆彌願發國半精兵自給人馬五萬
騎盡力擊匈奴唯天子出兵㠯救公主昆彌於是漢
大發十五萬騎五將軍分道出語在匈奴傳㠯惠爲
校尉持節護烏孫兵昆彌自將翕侯㠯下五萬餘騎
從西方入至右谷蠡庭獲單于父行及嫂居次名王
騎將㠯下三萬九千人得馬牛驢驘橐佗五萬餘匹
羊六十餘萬頭烏孫皆自取鹵獲惠從吏卒十餘人
隨昆彌還未至烏孫烏孫人盜惠印綬節惠還自㠯
當誅時漢五將皆無功天子㠯惠奉使克獲遂封惠
爲長羅侯復遣惠持金幣還賜烏孫貴人有功者惠
因奏請龜茲國嘗殺校尉賴丹未伏誅請便道擊之

宣帝不許大將軍霍光風惠以便宜從事惠與吏士五百人俱至烏孫還過發西國兵二萬人令副使發龜茲東國二萬人烏孫兵七千人從三面攻龜茲兵未合先遣人責其王以前殺漢使狀王謝曰迺我先王時爲貴人姑翼所誤耳我無罪惠曰卽如此縛姑翼來吾置王王執姑翼詣惠惠斬之而還後代蘇武爲典屬國明習外國事勤勞數有功甘露中後將軍趙充國薨天子遂以惠爲右將軍典屬國如故宣帝崩惠事元帝三歲薨謚曰壯武侯傳國至曾孫建武中迺絕

鄭吉會稽人也以卒伍從軍數出西域由是爲郎吉爲人彊執習外國事自張騫通西域李廣利征伐之後初置校尉屯田渠黎（疑在今車爾楚臺之南近塔里木河北岸一帶屯田處）至宣帝時吉以侍郎田渠黎積穀因發諸國兵攻破

車師（今吐魯番。烏魯木齊皆是。）遷衞司馬使護鄯善（今闢展。即樓蘭之別名。）以西南道神爵中匈奴乖亂日逐王先賢撣欲降漢使人與吉相聞吉發渠黎龜茲諸國五萬人迎日逐王口萬二千人小王將十二人隨吉至河曲頗有亡者吉追斬之遂將詣京師漢封日逐王爲歸德侯吉既破車師降日逐威震西域遂幷護車師以西北道故號都護都護之置自吉始焉上嘉其功效迺下詔曰都護西域騎都尉鄭吉拊循外蠻宣明威信迎匈奴單于從兄日逐王衆擊破車師兜訾城功效茂著其封吉爲安遠侯食邑千戶吉於是中西域而立莫府治烏壘城（在今策特爾臺。魏源以爲在車爾楚臺。）鎭撫諸國誅伐懷集之漢之號令班西域矣始自張騫而成於鄭吉語在西域傳吉薨謚曰繆侯子光嗣薨無子國除元始中錄功臣不以罪絕者封吉曾孫永爲安遠侯甘延壽字君況北地郁郅人也少以良家子善騎射爲羽林投石拔距絕於等倫嘗超踰羽林亭樓由是遷爲郎試弁爲期門以材力愛幸稍遷至遼東太守免官車騎將軍許嘉薦延壽爲郎中諫大夫使西域都護騎都尉與副校尉陳湯共誅斬郅支單于封義成侯薨諡曰壯侯傳國至曾孫王莽敗迺絕

陳湯字子公山陽瑕丘人也少好書博達善屬文家貧匄貸無節不爲州里所稱西至長安求官得太官獻食丞數歲富平侯張勃與湯交高其能初元二年元帝詔列侯舉茂材勃舉湯湯待遷父死不犇喪司隸奏湯無循行勃選舉故不以實坐削二百戶會薨因賜諡曰繆侯湯下獄論後復以薦爲郎數求使外國久之遷西域副校尉與甘延壽俱出先是宣帝時匈奴乖亂五單于爭立呼韓邪單于與郅支單于俱

遣子入侍。漢兩受之。後呼韓邪單于身入稱臣朝見。
郅支以爲呼韓邪破弱降漢。不能自還。卽西收右地。
會漢發兵送呼韓邪單于。郅支由是遂西破呼偈堅
昆丁令。兼三國而都之。怨漢擁護呼韓邪。而不助己。
困辱漢使者江迺始等。初元四年。遣使奉獻。因求侍
子願爲內附。漢議遣衞司馬谷吉送之。御史大夫貢
禹博士匡衡以爲春秋之義。許夷狄者不壹而足。今
郅支單于鄉化未醇。所在絕遠。宜令使者送其子至
塞而還。吉上書言。中國與夷狄有羈縻不絕之義。今
旣養全其子十年。德澤甚厚。空絕而不送。近從塞還。
示捐弃不畜。使無鄉從之心。棄前恩。立後怨。不便。議
者見前江迺始無應敵之數。知勇俱困。以致恥辱。卽
豫爲臣憂。臣幸得建彊漢之節。承明聖之詔。宣諭厚
恩。不宜敢桀。若懷禽獸。加無道於臣。則單于長嬰大

罪必遁逃遠舍不敢近邊沒一使㠯安百姓國之計臣之願也願送至庭上㠯示朝者禹復爭㠯爲吉往必爲國取悔生事不可許右將軍馮奉世㠯爲可遣上許焉旣至郅支單于怒竟殺吉等自知負漢又聞呼韓邪益彊遂西奔康居康居王㠯女妻郅支郅支亦㠯女予康居王康居甚尊敬郅支欲倚其威㠯脅諸國郅支數借兵擊烏孫深入至赤谷城殺略民人敺畜產烏孫不敢追西邊空虛不居者且千里郅支單于自㠯大國威名尊重又乘勝驕不爲康居王禮怒殺康居王女及貴人人民數百或支解投都賴水中發民作城日作五百人二歲迺已又遣使責闔蘇大宛諸國歲遺不敢不予漢遣使三輩至康居求谷吉等死郅支困辱使者不肯奉詔而因都護上書言居困戹願歸計彊漢遣子入侍其驕嫚如此　建昭三

年湯與延壽出西域湯爲人沈勇有大慮多策謀喜
奇功每過城邑山川常登望既領外國與延壽謀曰
夷狄畏服大種其天性也西域本屬匈奴今郅支單
于威名遠聞侵陵烏孫大宛常爲康居畫計欲降服
之如得此二國北擊伊列西取安息南排月氏山離
烏弋數年之間城郭諸國危矣且其人剽悍好戰伐
數取勝久畜之必爲西域患郅支單于雖所在絕遠
蠻夷無金城强弩之守如發屯田吏士毆從烏孫衆
兵直指其城下彼亡則無所之守則不足自保千載
之功可一朝而成也延壽亦以爲然欲奏請之湯曰
國家與公卿議大策非凡所見事必不從延壽猶與
不聽會其久病湯獨矯制發城郭諸國兵車師戊己
校尉屯田吏士延壽聞之驚起欲止焉湯怒按劍叱
延壽曰大衆已集會豎子欲沮衆邪延壽遂從之部

勒行陳益置揚威白虎合騎之校漢兵胡兵合四萬
餘人延壽湯上疏自劾奏矯制陳言兵狀即日引軍
分行別爲六校其三校從南道踰葱領徑大宛其三
校都護自將發温宿國今阿克蘇從北道入赤谷過烏孫
涉康居界至闐池疑即今特穆爾圖泊西人名勒司喀爾西而康居副
王抱闐將數千騎寇赤谷城東殺略大昆彌千餘人
敺畜產甚多從後與漢軍相及頗寇盜後重湯縱胡
兵擊之殺四百六十人得其所略民四百七十人還
付大昆彌其馬牛羊以給軍食又捕得抱闐貴人伊
奴毒入康居東界令軍不得爲寇閒呼其貴人屠墨
見之諭以威信與飲盟遣去徑引行未至單于城可
六十里止營復捕得康居貴人貝色子男開牟以爲
導貝色子即屠墨母之弟皆怨單于由是具知郅支
情明日引行未至城三十里止營單于遣使問漢兵

何㠯來應曰單于上書言居困阨願歸計彊漢身入朝見天子哀閔單于棄大國屈意康居故使都護將軍來迎單于妻子恐左右驚動故未敢至城下使數往來相荅報延壽湯因讓之我爲單于遠來而至今無名王大人見將軍受事者何單于忽大計失客主之禮也兵來道遠人畜罷極食度且盡恐無㠯自還願單于與大臣審計策明日前至郅支城都賴水疑即今納林河經浩罕塔什干西北流入鹹海者自浩罕以東西人名納爾林浩罕以西至鹹海西人名西爾實一水也上離城三里止營傅陳望見單于城上立五采幡織數百人被甲乘城又出百餘騎往來馳城下步兵百餘人夾門魚鱗陳講習用兵城上人更招漢軍曰鬭來百餘騎馳赴營營皆張弩持滿指之騎引卻頗遣吏士射城門騎步兵騎步兵皆入延壽湯令軍聞鼓音皆薄城下四面圍城各有所守穿塹塞門戶

鹵楯爲前。戟弩爲後。卬射城中樓上人。樓上人下走。土城外有重木城。從木城中射。頗殺傷外人。外人發薪燒木城。夜數百騎欲出外。迎射殺之。初單于聞漢兵至。欲去。疑康居怨己。爲漢內應。又聞烏孫諸國兵皆發。自以無所之。郅支已出。復還。曰。不如堅守。漢兵遠來。不能久攻。單于乃被甲在樓上。諸閼氏夫人數十。皆以弓射外人。外人射中單于鼻。諸夫人頗死。單于下騎。傳戰大內。夜過半。木城穿。中人卻入土城。乘城呼。時康居兵萬餘騎。分爲十餘處。四面環城。亦與相應和。夜數犇營。不利。輒卻。平明。四面火起。吏士喜大呼。乘之。鉦鼓聲動地。康居兵引卻。漢兵四面推鹵楯。竝入土城中。單于男女百餘人走入大內。漢兵縱火。吏士爭入。單于被創死。軍候假丞杜勳斬單于首。得漢使節二。及谷吉等所齎帛書。諸鹵獲以畀得者。

凡斬閼氏太子名王以下千五百一十八級生虜百四十五人降虜千餘人賦予城郭諸國所發十五王於是延壽湯上疏曰臣聞天下之大義當混爲一昔有唐虞今有彊漢匈奴呼韓邪單于已稱北藩唯郅支單于叛逆未伏其辜大夏之西以爲彊漢不能臣也郅支單于慘毒行於民大惡通于天臣延壽臣湯將義兵行天誅賴陛下神靈陰陽並應天氣精明陷陳克敵斬郅支首及名王以下宜縣頭槀街蠻夷邸閒以示萬里明犯彊漢者雖遠必誅事下有司丞相匡衡御史大夫繁延壽以爲郅支及名王首更歷諸國蠻夷莫不聞知月令春掩骼埋胔之時宜勿縣車騎將軍許嘉右將軍王商以爲春秋夾谷之會優施笑君孔子誅之方盛夏首足異門而出宜縣十日迺埋之有詔將軍議是初中書令石顯嘗欲以姊妻延

壽延壽不取及丞相御史亦惡其矯制皆不與湯湯素貪所鹵獲財物入塞多不法司隸校尉移書道上繫吏士按驗之湯上疏言臣與吏士共誅郅支單于幸得禽滅萬里振旅宜有使者迎勞道路今司隸反逆收繫按驗是爲郅支報讎也上立出吏士令縣道具酒食已過軍既至論功石顯匡衡已爲延壽湯擅興師矯制幸得不誅如復加爵土則後奉使者爭欲乘危徼幸生事於蠻夷爲國招難漸不可開元帝內嘉延壽湯功而重違衡顯之議議久不決故宗正劉向上疏曰郅支單于囚殺使者吏士以百數事暴揚外國傷威毀重羣臣皆閔焉陛下赫然欲誅之意未嘗有忘西域都護延壽副校尉湯承聖指倚神靈總百蠻之君擥城郭之兵出百死入絕域遂蹈康居屠五重城搴歙侯之旗斬郅支之首縣旌萬里之外揚

威昆山之西掃谷吉之恥立昭明之功萬夷慴伏莫不懼震呼韓邪單于見郅支已誅且喜且懼鄉風馳義稽首來賓願守北藩累世稱臣立千載之功建萬世之安羣臣之勳莫大焉昔周大夫方叔吉甫爲宣王誅獫狁而百蠻從其詩曰嘽嘽焞焞如霆如雷顯允方叔征伐獫狁蠻荆來威易曰有嘉折首獲非其醜言美誅首惡之人而諸不順者皆來從也今延壽湯所誅震雖易之折首詩之雷霆不能及也論大功者不錄小過舉大美者不疵細瑕司馬法曰軍賞不踰月欲民速得爲善之利也蓋急武功重用人也吉甫之歸周厚賜之其詩曰吉甫宴喜既多受祉來歸自鎬我行永久千里之鎬猶曰爲遠況萬里之外其勤至矣延壽湯既未獲受祉之報反屈捐命之功久挫於刀筆之前非所以勸有功厲戎士也昔齊桓公

前有尊周之功後有滅項之罪君子㠯功覆過而爲之諱行事貳師將軍李廣利捐五萬之師靡億萬之費經四年之勞而廑獲駿馬三十匹雖斬宛王毋鼓之首猶不足㠯復費其私罪惡甚多孝武㠯爲萬里征伐不錄其過遂封拜兩侯三卿二千石百有餘人今康居國彊於大宛郅支之號重於宛王殺使者罪甚於留馬而延壽湯不煩漢士不費斗糧比於貳師功德百之且常惠隨欲擊之烏孫鄭吉迎自來之日逐猶皆裂土受爵故言威武勤勞則大於方叔吉甫列功覆過則優於齊桓貳師近事之功則高於安遠長羅而大功未著小惡數布臣竊痛之宜㠯時解縣通籍除過勿治尊寵爵位㠯勸有功（姚纂已入奏議）於是天子下詔曰匈奴郅支單于背畔禮義留殺漢使者吏士甚逆道理朕豈忘之哉所㠯優游而不征者重動

師衆勞將率故隱忍而未有云也今延壽湯睹便宜乘時利結城郭諸國擅興師矯制而征之賴天地宗廟之靈誅討郅支單于斬獲其首及閼氏貴人名王㠯下千數雖踰義干法內不煩一夫之役不開府庫之臧因敵之糧㠯贍軍用立功萬里之外威震百蠻名顯四海爲國除殘兵革之原息邊境得㠯安然猶不免死亡之患罪當在於奉憲朕甚閔之其赦延壽湯罪勿治詔公卿議封焉（姚纂已入詔令）議者皆㠯爲宜如軍法捕斬單于令匡衡石顯㠯爲郅支本亡逃失國竊號絕域非真單于元帝取安遠侯鄭吉故事封千戶衡顯復爭迺封延壽爲義成侯賜湯爵關內侯食邑各三百戶加賜黃金百斤告上帝宗廟大赦天下拜延壽爲長水校尉湯爲射聲校尉延壽遷城門校尉護軍都尉薨於官成帝初即位丞相衡復奏湯㠯

吏二千石奉使顓命蠻夷中不正身已先下而盜所
收康居財物戒官屬曰絕域事不覆校雖在赦前不
宜處位湯坐免後湯上書言康居王侍子非王子也
按驗實王子也湯下獄當死太中大夫谷永上疏訟
湯曰臣聞楚有子玉得臣文公爲之仄席而坐趙有
廉頗馬服彊秦不敢窺兵井陘近漢有郅都魏尚匈
奴不敢南鄉沙幕由是言之戰克之將國之爪牙不
可不重也蓋君子聞鼓鼙之聲則思將率之臣竊見
關內侯陳湯前使副西域都護忿郅支之無道閔王
誅之不加策慮愊億義勇奮發卒興師奔逝橫厲烏
孫踰集都賴屠三重城斬郅支首報十年之逋誅雪
邊吏之宿恥威震百蠻武暢西海漢元已來征伐方
外之將未嘗有也今湯坐言事非是幽囚久繫歷時
不決執憲之吏欲致之大辟昔白起爲秦將南拔郢

都北阬趙括吕纖介之過賜死杜郵秦民憐之莫不隕涕今湯親秉鉞席卷喋血萬里之外薦功宗廟告類上帝介胄之士靡不慕義吕言事爲罪無赫赫之惡周書曰記人之功忘人之過宜爲君者也夫犬馬有勞於人尚加帷蓋之報況國之功臣者哉竊恐陛下忽於鼓鼙之聲不察周書之意而忘帷蓋之施庸臣遇湯卒從吏議使百姓介然有秦民之恨非所吕厲死難之臣也（姚纂已入奏議）書奏天子出湯奪爵爲士伍後數歲西域都護段會宗爲烏孫兵所圍驛騎上書願發城郭敦煌兵吕自救丞相王商大將軍王鳳及百僚議數日不決鳳言湯多籌策習外國事可問上召湯見宣室湯擊郅支時中寒病兩臂不詘申湯入見有詔毋拜示吕會宗奏湯辭謝曰將相九卿皆賢材通明小臣罷癃不足吕策大事上曰國家有急君

其毋讓對曰臣以爲此必無可憂也上曰何以言之湯曰夫胡兵五而當漢兵一何者兵刃朴鈍弓弩不利今聞頗得漢巧然猶三而當一又兵法曰客倍而主人半然後敵今圍會宗者人衆不足以勝會宗唯陛下勿憂且兵輕行五十里重行三十里今會宗欲發城郭敦煌歷時迺至所謂報讎之兵非救急之用也上曰奈何其解可必乎度何時解湯知烏孫瓦合不能久攻故事不過數日因對曰已解矣詘指計其日曰不出五日當有吉語聞居四日軍書到言已解大將軍鳳奏以爲從事中郎莫府事壹決於湯湯明法令善因事爲埶納說多從常受人金錢作章奏卒以此敗初湯與將作大匠解萬年相善自元帝時渭陵不復徙民起邑成帝起初陵數年後樂霸陵曲亭南更營之萬年與湯議以爲武帝時工楊光以所作

數可意自致將作大匠及大司農中丞耿壽昌造杜
陵賜爵關內侯將作大匠乘馬延年㠯勞苦秩中二
千石今作初陵而營起邑居成大功萬年亦當蒙重
賞子公妻家在長安兒子生長長安不樂東方宜求
徙可得賜田宅俱善湯心利之即上封事言初陵京
師之地最爲肥美可立一縣天下民不徙諸陵三十
餘歲矣關東富人益衆多規良田役使貧民可徙初
陵㠯彊京師衰弱諸侯又使中家㠯下得均貧富湯
願與妻子家屬徙初陵爲天下先於是天子從其計
果起昌陵邑後徙內郡國民萬年自詭三年可成後
卒不就羣臣多言其不便者下有司議皆曰昌陵因
卑爲高積土爲山度便房猶在平地上客土之中不
保幽冥之靈淺外不固卒徒工庸㠯鉅萬數至爇脂
火夜作取土東山且與穀同賈作治數年天下徧被

其勞。國家罷敝。府臧空虛。下至衆庶熬熬苦之。故陵因天性。據真土。處埶高敞。旁近祖考。前又已有十年功緒。宜還復故陵。勿徙民。上迺下詔罷昌陵。語在成紀。丞相御史請廢昌陵邑中室。奏未下。人已問湯第宅不徹。得毋復發徙。湯曰。縣官且順聽羣臣言。猶且復發徙之也。時成都侯商新爲大司馬衛將軍輔政。素不善湯。商聞此語。白湯惑衆。下獄治。按驗諸所犯湯前爲騎都尉王莽上書言。父早死。獨不封。母明君共養皇太后。尤勞苦。宜封。竟爲新都侯。後皇太后同母弟苟參爲水衡都尉。死。子伋爲侍中。參妻欲爲伋求封。湯受其金五十斤。許爲求比上奏。弘農太守張匡坐臧百萬已上。狡猾不道。有詔即訊。恐下獄。使人報湯。湯爲訟罪。得踰冬月。許謝錢二百萬。皆此類也。事在赦前。後東萊郡黑龍冬出。人已問湯。湯曰。是所謂玄門開。微行數出。出入不時。故龍以非時出也。又言當復發徙。傳相語者十餘人。丞相御史奏湯惑衆不道。妄稱詐歸異於上。非所宜言。大不敬。廷尉增壽議。以爲不道無正法。以所犯劇易爲罪。臣下丞用失其中。故移獄廷尉。無比者先以聞。所以正刑罰。重人命也。明主哀憫百姓。下制書罷昌陵勿徙吏民。已申布。湯妄以意相謂且復發徙。雖頗驚動。所流行者少。百姓不爲變。不可謂惑衆。湯稱詐虛設不然之事。非所宜言。大不敬也。制曰。廷尉增壽當是。湯前有討郅支單于功。其免湯爲庶人。徙邊。又曰。故將作大匠萬年佞邪不忠。妄爲巧詐。多賦斂。煩繇役。興卒暴之作。卒徒蒙辜。死者連屬。毒流衆庶。海內怨望。雖蒙赦令。不宜居京師。於是湯與萬年俱徙敦煌。久之。敦煌大守奏湯前親誅郅支單于。威行外國。不宜近邊塞。詔徙安定議郎耿育上書言便宜因冤訟湯曰延壽湯爲聖漢揚鉤深致遠之威雪國家累年之恥討絕域不羈之君係萬里難制之虜豈有比哉先帝嘉之仍下明詔宣著其功改年垂歷傳之無窮應是南郡獻白虎邊垂無警備會先帝寢疾然猶垂意不忘數使尚書責問丞相趣立其功獨丞相匡衡排而不予封延壽湯數百戶此功臣戰士所以失望也孝成皇帝承建業之基乘征伐之威兵革不動國家無事而大臣傾邪讒佞在朝曾不深惟本末之難以防未然之戒欲專主威排妒有功使湯塊然被冤拘囚不能自明卒以無罪老棄敦煌正當西域通道令威名折衝之臣旋踵及身復爲郅支遺虜所笑誠可悲也至今奉使外蠻者未嘗不陳郅支之誅以揚漢國之盛夫援人之功以懼敵棄人之身以快讒豈不痛哉且安

不忘危盛必慮衰今國家素無文帝累年節儉富饒之畜又無武帝薦延梟俊禽敵之臣獨有一陳湯耳假使異世不及陛下尚望國家追錄其功封表其墓以勸後進也湯幸得身當聖世功曾未久反聽邪臣鞭逐斥遠使逃亡分竄死無處所遠覽之士莫不計度以爲湯功累世不可及而湯過人情所有湯尚如此雖復破絕筋骨暴露形骸猶復制於脣舌爲嫉妒之臣所係虜耳此臣所以爲國家尤戚戚也（姚纂已入奏議）

書奏天子還湯卒於長安死後數年王莽爲安漢公秉政既內德湯舊恩又欲諂皇太后以討郅支功尊元帝廟稱高宗以湯延壽前功大賞薄及侯丞杜勳不賞迺益封延壽孫遷千六百戶追謚湯曰破胡壯侯封湯子馮爲破胡侯勳爲討狄侯

段會宗字子松天水上邽人也竟寧中以杜陵令五

府舉爲西域都護騎都尉光祿大夫西域敬其威信
三歲更盡還拜爲沛郡太守以單于當朝徙爲雁門
太守數年坐法免西域諸國上書願得會宗陽朔中
復爲都護會宗爲人好大節矜功名與谷永相友善
谷永閔其老復遠出予書戒曰足下以柔遠之令德
復典都護之重職甚休甚休若子之材可優遊都城
而取卿相何必勒功昆山之仄總領百蠻懷柔殊俗
子之所長愚無以喻雖然朋友以言贈行敢不略意
方今漢德隆盛遠人賓服傅鄭甘陳之功沒齒不可
復見願吾子因循舊貫毋求奇功終更亟還亦足以
復雁門之踦萬里之外以身爲本願詳思愚言會宗
旣出諸國遣子弟郊迎小昆彌安日前爲會宗所立
德之欲往謁諸翎侯止不聽遂至龜茲謁城郭甚親
附康居太子保蘇匿率衆萬餘人欲降會宗奏狀漢

遣衛司馬逢迎會宗發戊己校尉兵隨司馬受降司
馬畏其衆欲令降者皆自縛保蘇匿怨望舉衆亡去
會宗更盡還已擅發戊己校尉之兵乏興有詔贖論
拜爲金城太守已病免歲餘小昆彌爲國民所殺諸
翖侯大亂徵會宗爲左曹中郎將光祿大夫使安輯
烏孫立小昆彌兄末振將定其國而還明年末振將
殺大昆彌會病死漢恨誅不加元延中復遣會宗發
戊己校尉諸國兵即誅末振將大子番丘會宗恐大
兵入烏孫驚番丘亡逃不可得即留所發兵墊婁地
選精兵三十弩徑至昆彌所在召番丘責以末振將
骨肉相殺殺漢公主子孫未伏誅而死使者受詔誅
番丘即手劍擊殺番丘官屬以下驚恐馳歸小昆彌
烏犂靡者末振將兄子也勒兵數千騎圍會宗會宗
爲言來誅之意今圍守殺我如取漢牛一毛耳宛王

郅支頭縣槀街烏孫所知也昆彌以下服曰未振將
負漢誅其子可也獨不可告我令飲食之邪會宗曰
豫告昆彌逃匿之爲大罪即飲食以付我傷骨肉恩
故不先告昆彌以下號泣罷去會宗還奏事公卿議
會宗權得便宜以輕兵深入烏孫即誅番丘宣明國
威宜加重賞天子賜會宗爵關內侯黃金百斤是時
小昆彌季父卑爰疐擁衆欲害昆彌漢復遣會宗使
安輯與都護孫建幷力明年會宗病死烏孫中年七
十五矣城郭諸國爲發喪立祠焉
贊曰自元狩之際張騫始通西域至於地節鄭吉建
都護之號訖王莽世凡十八人皆以勇略選然其有
功迹者具此廉褒以恩信稱郭舜以廉平著孫建用
威重顯其餘無稱焉陳湯儻募不自收斂卒用困窮
議者閔之故備列云

漢書雋疏于辥平彭傳

雋不疑字曼倩勃海人也治春秋爲郡文學進退必㠯禮名聞州郡武帝末郡國盜賊羣起暴勝之爲直指使者衣繡衣持斧逐捕盜賊督課郡國東至海㠯軍興誅不從命者威振州郡勝之素聞不疑賢至勃海遣吏請與相見不疑冠進賢冠帶櫑具劍佩環玦褒衣博帶盛服至門上謁門下欲使解劍不疑曰劍者君子武備所㠯衞身不可解請退吏白勝之勝之開閤延請望見不疑容貌尊嚴衣冠甚偉勝之躧履起迎登堂坐定不疑據地曰竊伏海瀕聞暴公子威名舊矣今乃承顏接辭凡爲吏太剛則折太柔則廢威行施之㠯恩然後樹功揚名永終天祿勝之知不疑非庸人敬納其戒深接㠯禮意問當世所施行門下諸從事皆州郡選吏側聽不疑莫不驚駭至昏夜

罷去勝之遂表薦不疑徵詣公車拜爲青州刺史久之武帝崩昭帝卽位而齊孝王孫劉澤交結郡國豪傑謀反欲先殺青州刺史不疑發覺收捕皆伏其辜擢爲京兆尹賜錢百萬京師吏民敬其威信每行縣錄囚徒還其母輒問不疑有所平反活幾何人卽不疑多有所平反母喜笑爲飲食語言異於他時或亡所出母怒爲之不食故不疑爲吏嚴而不殘始元五年有一男子乘黃犢車建黃旐衣黃襜褕著黃冒詣北闕自謂衞太子公車以聞詔使公卿將軍中二千石雜識視長安中吏民聚觀者數萬人右將軍勒兵闕下以備非常丞相御史中二千石至者立莫敢發言京兆尹不疑後到叱從吏收縛或曰是非未可知且安之不疑曰諸君何患於衞太子昔蒯聵違命出奔輒距而不納春秋是之衞太子得罪先帝亡不卽

死今來自詰此罪人也遂送詔獄天子與大將軍霍光聞而嘉之曰公卿大臣當用經術明於大誼繇是名聲重於朝廷在位者皆自以不及也大將軍光欲以女妻之不疑固辭不肯當久之以病免終於家京師紀之後趙廣漢爲京兆尹言我禁姦止邪行於吏民至於朝廷事不及不疑遠甚廷尉驗治何人竟得姦詐本夏陽人姓成名方遂居湖以卜筮爲事有故太子舍人嘗從方遂卜謂曰子狀貌甚似衛太子方遂心利其言幾得以富貴即詐自稱詣闕廷尉逮召鄉里識知者張宗祿等方遂坐誣罔不道要斬東市

一姓張名延年

疏廣字仲翁東海蘭陵人也少好學明春秋家居教授學者自遠方至徵爲博士太中大夫地節三年立皇太子選丙吉爲太傅廣爲少傅數月吉遷御史大

夫廣徙爲太傅廣兄子受字公子亦以賢良舉爲太
子家令受好禮恭謹敏而有辭宣帝幸太子宮受迎
謁應對及置酒宴奉觴上壽辭禮閑雅上甚驩說頃
之拜受爲少傅太子外祖父特進平恩侯許伯以爲
太子少白使其弟中郎將舜監護太子家上以問廣
廣對曰太子國儲副君師友必於天下英俊不宜獨
親外家許氏且太子自有太傅少傅官屬已備今復
使舜護太子家視陋非所以廣太子德於天下也上
善其言以語丞相魏相相免冠謝曰此非臣等所能
及廣繇是見器重數受賞賜太子每朝因進見太傅
在前少傅在後父子並爲師傅朝廷以爲榮在位五
歲皇太子年十二通論語孝經廣謂受曰吾聞知足
不辱知止不殆功遂身退天之道也今仕宦至二千
石宦成名立如此不去懼有後悔豈如父子相隨出

闕歸老故鄉以壽命終不亦善乎受叩頭曰從大人
議卽日父子俱移病滿三月賜告廣遂稱篤上疏乞
骸骨上以其年篤老皆許之加賜黃金二十斤皇太
子贈以五十斤公卿大夫故人邑子設祖道供張東
都門外送者車數百兩辭決而去及道路觀者皆曰
賢哉二大夫或歎息爲之下泣廣既歸鄉里日令家
共具設酒食請族人故舊賓客與相娛樂數問其家
金餘尚有幾所趣賣以共具居歲餘廣子孫竊謂其
昆弟老人廣所愛信者曰子孫幾及君時頗立產業
基阯今日飲食費且盡宜從丈人所勸說君買田宅
老人卽以閒暇時爲廣言此計廣曰我豈老誖不念
子孫哉顧自有舊田廬令子孫勤力其中足以共衣
食與凡人齊今復增益之以爲贏餘但教子孫怠墮
耳賢而多財則損其志愚而多財則益其過且夫富

者衆人之怨也吾既亡以教化子孫不欲益其過而生怨又此金者聖主所以惠養老臣也故樂與鄉黨宗族共饗其賜以盡吾餘日不亦可乎於是族人說服皆以壽終

于定國字曼倩東海郯人也其父于公爲縣獄史郡決曹決獄平羅文法者于公所決皆不恨郡中爲之生立祠號曰于公祠東海有孝婦少寡亡子養姑甚謹姑欲嫁之終不肯姑謂鄰人曰孝婦事我勤苦哀其亡子守寡我老久絫丁壯奈何其後姑自經死姑女告吏婦殺我母吏捕孝婦孝婦辭不殺姑吏驗治孝婦自誣服具獄上府于公以爲此婦養姑十餘年以孝聞必不殺也太守不聽于公爭之弗能得乃抱其具獄哭於府上因辭疾去太守竟論殺孝婦郡中枯旱三年後太守至卜筮其故于公曰孝婦不當死

前太守彊斷之咎黨在是乎於是太守殺牛自祭孝婦冢因表其墓天立大雨歲孰郡中以此大敬重于公定國少學法于父父死後定國亦爲獄史郡決曹補廷尉史以選與御史中丞從事治反者獄以材高舉侍御史遷御史中丞會昭帝崩昌邑王徵即位行淫亂定國上書諫後王廢宣帝立大將軍光領尚書事條奏羣臣諫昌邑王者皆超遷定國繇是爲光祿大夫平尚書事甚見任用數年遷水衡都尉超爲廷尉定國乃迎師學春秋身執經北面備弟子禮爲人謙恭尤重經術士雖卑賤徒步往過定國皆與鈞禮恩敬甚備學士咸聲爲其決疑平法務在哀鰥寡罪疑從輕加審慎之心朝廷稱之曰張釋之爲廷尉天下無冤民于定國爲廷尉民自以不冤定國食酒至數石不亂冬月請治讞飲酒益精明爲廷尉十八歲

遷御史大夫。甘露中。代黃霸爲丞相。封西平侯。三年。宣帝崩。元帝立。㠯定國任職舊臣。敬重之。時陳萬年爲御史大夫。與定國並位八年。論議無所拂。後貢禹代爲御史大夫。數處駮議。定國明習政事。率常丞相議可。然上始卽位。關東連年被災害。民流入關。言事者歸咎於大臣。上於是數㠯朝日引見丞相御史。入受詔。條責㠯職事。曰。惡吏負賊。妄意良民。至亡辜死。或盜賊發。吏不亟追而反繫亡家。後不敢復告。㠯故寖廣。民多冤結。州郡不理。連上書者交於闕廷。二千石選舉不實。是㠯在位多不任職。民田有災害。吏不肯除。收趣其租。㠯故重困。關東流民。飢寒疾疫。已詔吏轉漕虛倉廩。開府臧相振救。賜寒者衣。至春猶恐不贍。今丞相御史將欲何施。㠯塞此咎。悉意條狀。陳朕過失。定國上書謝罪。永光元年。春霜夏寒。日青亡

光。上復以詔條責曰。即有從東方來者。言民父子相
棄。丞相御史案事之吏匿不言邪。將從東方來者加
增之也。何以錯繆至是。欲知其實。方今年歲未可預
知也。即有水旱。其憂不細。公卿有可以防其未然救
其已然者。不各以誠對。毋有所諱。定國惶恐。上書自
劾。歸侯印。乞骸骨。上報曰。君相朕躬不敢怠息。萬方
之事。大錄于君。能毋過者。其唯聖人。方今承周秦之
敝。俗化陵夷。民寡禮誼。陰陽不調。災咎之發。不爲一
端而作。自聖人推類以記。不敢專也。況於非聖者也。
日夜惟思所以。未能盡明。經曰。萬方有罪。罪在朕躬。
君雖任職。何必顓焉。其勉察郡國守相郡牧。非其人
者。毋令久賊民。永執綱紀。務悉聰明。強食慎疾。定國
遂稱篤固辭。上迺賜安車駟馬黃金六十斤。罷就第。
數歲。七十餘。薨。謚曰安侯。子永嗣。少時耆酒。多過失。

年且三十乃折節修行以父任爲侍中中郎將長水校尉定國死居喪如禮孝行聞由是以列侯爲散騎光祿勳至御史大夫尚館陶公主施施者宣帝長女成帝姑也賢有行永以選尚焉上方欲相之會永薨子恬嗣恬不肖薄於行始定國父于公其閭門壞父老方共治之于公謂曰少高大閭門令容駟馬高蓋車我治獄多陰德未嘗有所冤子孫必有興者至定國爲丞相永爲御史大夫封侯傳世云

辥廣德字長卿沛郡相人也以魯詩教授楚國龔勝舍師事焉蕭望之爲御史大夫除廣德爲屬數與論議器之薦廣德經行宜充本朝爲博士論石渠遷諫大夫代貢禹爲長信少府御史大夫廣德爲人溫雅有醞藉及爲三公直言諫爭始拜旬日閒上幸甘泉郊泰畤禮畢因留射獵廣德上書曰竊見關東困極

人民流離陛下日撞亡秦之鐘聽鄭衛之樂臣誠悼之今士卒暴露從官勞倦願陛下亟反宮思與百姓同憂樂天下幸甚上卽日還其秋上酎祭宗廟出便門欲御樓船廣德當乘輿車免冠頓首曰宜從橋詔曰大夫冠廣德曰陛下不聽臣臣自刎以血汙車輪陛下不得入廟矣上不說先敺光祿大夫張猛進曰臣聞主聖臣直乘船危就橋安聖主不乘危御史大夫言可聽上曰曉人不當如是邪乃從橋後月餘以歲惡民流與丞相定國大司馬車騎將軍史高俱乞骸骨皆賜安車駟馬黃金六十斤罷廣德爲御史大夫凡十月免東歸沛太守迎之界上沛以爲榮縣其安車傳子孫

平當字子思祖父以訾百萬自下邑徙平陵當少爲大行治禮丞功次補大鴻臚文學察廉爲順陽長栒

邑令。呂明經、爲博士。公卿薦當論議通明。給事中。每
有災異。當輒傅經術。言得失。文雅雖不能及蕭望之、
匡衡。然指意略同。自元帝時韋玄成爲丞相。奏罷太
上皇寢廟園。當上書言。臣聞孔子曰。如有王者。必世
而後仁。三十年之閒。道德和洽。制禮興樂。災害不生。
禍亂不作。今聖漢受命而王。繼體承業。二百餘年。孜
孜不怠。政令清矣。然風俗未和。陰陽未調。災害數見。
意者大本有不立。與何德化休徵不應之久也。禍福
不虛。必有因而至者焉。宜深迹其道而務修其本。昔
者帝堯南面而治。先克明俊德。以親九族。而化及萬
國。孝經曰。天地之性人爲貴。人之行莫大於孝。孝莫
大於嚴父。嚴父莫大於配天。則周公其人也。夫孝子
善述人之志。周公既成文武之業。而制作禮樂。修嚴
父配天之事。知文王不欲以子臨父。故推而序之。上

極於后稷而已配天此聖人之德亡已加於孝也高
皇帝聖德受命有天下尊太上皇猶周文武之追王
太王王季也此漢之始祖後嗣所宜尊奉以廣盛德
孝之至也書云正稽古建功立事可以永年傳於亡
窮上納其言下詔復太上皇寢廟園頃之使行流民
幽州舉奏刺史二千石勞倈有意者言勃海鹽池可
且勿禁以救民急所過見稱奉使者十一人爲最遷
丞相司直坐法左遷朔方刺史復徵入爲太中大夫
給事中絫遷長信少府大鴻臚光祿勳先是太后姊
子衞尉淳于長白言昌陵不可成下有司議當以爲
作治連年可遂就上既罷昌陵以長首建忠策復下
公卿議封長當又以爲長雖有善言不應封爵之科
坐前議不正左遷鉅鹿太守後上遂封長當以經明
禹貢使行河爲騎都尉領河隄哀帝即位徵當爲光

祿大夫諸吏散騎復爲光祿勳御史大夫至丞相以冬月賜爵關內侯明年春上使使者召欲封當當病篤不應召室家或謂當不可彊起受侯印爲子孫邪當曰吾居大位已負素餐之責矣起受侯印還臥而死死有餘罪今不起者所以爲子孫也遂上書乞骸骨上報曰朕選於衆以君爲相視事日寡輔政未久陰陽不調冬大雪旱氣爲災朕之不德何必君罪君何疑而上書乞骸骨歸關內侯爵邑使尚書令譚賜君養牛一上尊酒十石君其勉致醫藥以自持後月餘卒子晏以明經歷位大司徒封防鄉侯漢興唯韋平父子至宰相

彭宣字子佩淮陽陽夏人也治易事張禹舉爲博士遷東平太傅禹以帝師見尊信薦宣經明有威重可任政事繇是入爲右扶風遷廷尉以王國人出爲太

原太守數年復入爲大司農光祿勳右將軍哀帝卽位徙爲左將軍歲餘上欲令丁傅處爪牙官迺策宣曰有司數奏言諸侯國人不得宿衛將軍不宜典兵馬處大位朕唯將軍任漢將之重而子又前取淮陽王女婚姻不絕非國之制使光祿大夫曼賜將軍黃金五十斤安車駟馬其上左將軍印綬以關內侯歸家宣罷數歲諫大夫鮑宣數薦宣會元壽元年正月朔日蝕鮑宣復上言迺召宣爲光祿大夫遷御史大夫轉爲大司空封長平侯會哀帝崩新都侯王莽爲大司馬秉政專權宣上書言三公鼎足承君一足不任則覆亂美實臣資性淺薄年齒老眊數伏疾病昏亂遺忘願上大司空長平侯印綬乞骸骨歸鄉里竢寘溝壑莽白太后策宣曰惟君視事日寡功德未效迫于老眊昏亂非所以輔國家綏海內也使光祿勳

豐冊詔君其上大司空印綬便就國莽恨宣求退故
不賜黃金安車駟馬宣居國數年薨謚曰頃侯傳子
至孫王莽敗迺絕
贊曰雋不疑學已從政臨事不惑遂立名迹終始可
述疏廣行止足之計免辱殆之累亦其次也于定國
父子哀鰥哲獄爲任職臣薛廣德保縣車之榮平當
逡遁有恥彭宣見險而止異乎苟患失之者矣

續古文辭類篹卷十二

傳狀類

漢書趙尹韓張兩王傳

趙廣漢字子都涿郡蠡吾人也故屬河閒少爲郡吏州從事以廉絜通敏下士爲名舉茂材平準令察廉爲陽翟令以治行尤異遷京輔都尉守京兆尹會昭帝崩而新豐杜建爲京兆掾護作平陵方上建素豪俠賓客爲姦利廣漢聞之先風告建不改於是收案致法中貴人豪長者爲請無不至終無所聽宗族賓客謀欲篡取廣漢盡知其計議主名起居使吏告曰若計如此且并滅家令數吏將建棄市莫敢近者京師稱之是時昌邑王徵即位行淫亂大將軍霍光與羣臣共廢王尊立宣帝廣漢以與議定策賜爵關內侯遷潁川太守郡大姓原褚宗族横恣賓客犯爲盜

賊前二千石莫能禽制廣漢既至數月誅原褚首惡郡中震栗先是潁川豪桀大姓相與爲婚姻吏俗朋黨廣漢患之厲使其中可用者受記出有案問既得罪名行法罰之廣漢故漏泄其語令相怨咎又教吏爲缿筩及得投書削其主名而託以爲豪桀大姓子弟所言其後彊宗大族家家結爲仇讎姦黨散落風俗大改吏民相告訐廣漢得以爲耳目盜賊以故不發發又輒得壹切治理威名流聞及匈奴降者言匈奴中皆聞廣漢本始二年漢發五將軍擊匈奴徵廣漢以太守將兵屬蒲類將軍趙充國從軍還復用守京兆尹滿歲爲真廣漢爲二千石以和顏接士其尉薦待遇吏殷勤甚備事推功善歸之於下曰某掾卿所爲非二千石所及行之發於至誠吏見者皆輸寫心腹無所隱匿咸願爲用僵仆無所避廣漢聰明皆

知其能之所宜盡力與否其或負者輒先聞知風諭不改迺收捕之無所逃按之辠立具即時伏辠廣漢爲人彊力天性精於吏職見吏民或夜不寢至旦尤善爲鉤距以得事情鉤距者設欲知馬賈則先問狗已問羊又問牛然後及馬參伍其賈以類相準則知馬之貴賤不失實矣唯廣漢至精能行之它人效者莫能及也郡中盜賊閭里輕俠其根株窟穴所在及吏受取請求銖兩之姦皆知之長安少年數人會窮里空舍謀共劫人坐語未訖廣漢使吏捕治具服富人蘇回爲郎二人劫之有頃廣漢將吏到家自立庭下使長安丞龔奢叩堂戶曉賊曰京兆尹趙君謝兩卿無得殺質此宿衞臣也釋質束手得善相遇幸逢赦令或時解脫二人驚愕又素聞廣漢名即開戶出下堂叩頭廣漢跪謝曰幸全活郎甚厚送獄敕吏謹

遇給酒肉至冬當出死豫為調棺給斂葬具告語之
皆曰死無所恨廣漢嘗記召湖都亭長湖都亭長西
至界上界上亭長戲曰至府為我多謝問趙君亭長
既至廣漢與語問事畢謂曰界上亭長寄聲謝我何
以不為致問亭長叩頭服實有之廣漢因曰還為吾
謝界上亭長勉思職事有以自效京兆不忘卿厚意
其發姦擿伏如神皆此類也廣漢奏請令長安游徼
獄吏秩百石其後百石吏皆差自重不敢枉法妄繫
留人京兆政清吏民稱之不容口長老傳以為自漢
興以來治京兆者莫能及左馮翊右扶風皆治長安
中犯法者從迹喜過京兆界廣漢歎曰亂吾治者常
二輔也誠令廣漢得兼治之直差易耳初大將軍霍
光秉政廣漢事光及光薨後廣漢心知微指發長安
吏自將與俱至光子博陸侯禹第直突入其門廋索

私屠酤椎破盧罌斧斬其門關而去時光女爲皇后聞之對帝涕泣帝心善之㠯召問廣漢廣漢由是侵犯貴戚大臣所居好用世吏子孫新進年少者專厲彊壯蠭氣見事風生無所回避率多果敢之計莫爲持難廣漢終㠯此敗初廣漢客私酤酒長安市丞相史逐去客客疑男子蘇賢言之㠯語廣漢廣漢使長安丞按賢尉史禹故劾賢爲騎士屯霸上不詣屯所乏軍興賢父上書訟罪告廣漢事下有司覆治禹坐要斬請逮捕廣漢有詔即訊辭服會赦貶秩一等廣漢疑其邑子榮畜教令後㠯它法論殺畜人上書言之事下丞相御史案驗甚急廣漢使所親信長安人爲丞相府門卒令微司丞相門內不法事地節三年七月中丞相傅婢有過自絞死廣漢聞之疑丞相夫人妒殺之府舍而丞相奉齋酎入府祠廣漢得此使

中郎趙奉壽風曉丞相欲吕脅之毋令窮正己事丞相不聽按驗愈急廣漢欲告之先問太史知星氣者言今年當有戮死大臣廣漢卽上書告丞相罪制曰下京兆尹治廣漢知事迫切遂自將吏卒突入丞相府召其夫人跪庭下受辭收奴婢十餘人去責吕殺婢事丞相魏相上書自陳妻實不殺婢廣漢數犯罪法不伏辜吕詐巧迫脅臣相幸臣相寬不奏願下明使者治廣漢所驗臣相家事事下廷尉治罪實丞相自吕過譴笞傅婢出至外弟迺死不如廣漢言司直蕭望之劾奏廣漢摧辱大臣欲吕劫持奉公逆節傷化不道宣帝惡之下廣漢廷尉獄又坐賊殺不辜鞫獄故不吕實擅斥除騎士乏軍興數罪天子可其奏吏民守闕號泣者數萬人或言臣生無益縣官願代趙京兆死使得牧養小民廣漢竟坐要斬廣漢雖坐

法誅爲京兆尹廉明威制豪彊小民得職百姓追思歌之至今

尹翁歸字子兄（兄讀況）河東平陽人也徙杜陵翁歸少孤與季父居爲獄小吏曉習文法喜擊劍人莫能當是時大將軍霍光秉政諸霍在平陽奴客持刃兵入市鬬變吏不能禁及翁歸爲市吏莫敢犯者公廉不受餽百賈畏之後去吏居家會田延年爲河東太守行縣至平陽悉召故吏五六十人延年親臨見令有文者東有武者西閱數十人次到翁歸獨伏不肯起對曰翁歸文武兼備唯所施設功曹已爲此吏倨敖不遜延年曰何傷遂召上辭問甚奇其對除補卒史便從歸府案事發姦窮竟事情延年大重之自已能不及翁歸徙署督郵河東二十八縣分爲兩部閎孺部汾北翁歸部汾南所舉應法得其罪辜屬縣長吏

雖中傷莫有怨者舉廉爲緱氏尉歷守郡中所居治
理遷補都內令舉廉爲弘農都尉徵拜東海太守過
辭廷尉于定國定國家在東海欲屬託邑子兩人令
坐後堂待見定國與翁歸語終日不敢見其邑子既
去定國乃謂邑子曰此賢將汝不任事也又不可干
以私翁歸治東海明察郡中吏民賢不肖及姦邪罪
名盡知之縣縣各有記籍自聽其政有急名則少緩
之吏民小解輒披籍縣縣收取黠吏豪民案致其罪
高至於死收取人必於秋冬課吏大會中及出行縣
不以無事時其有所取也以一警百吏民皆服恐懼
改行自新東海大豪郯許仲孫爲姦猾亂吏治郡中
苦之二千石欲捕者輒以力勢變詐自解終莫能制
翁歸至論棄仲孫市一郡怖栗莫敢犯禁東海大治
以高第入守右扶風滿歲爲真選用廉平疾姦吏以

爲右職。接待以禮。好惡與同之。其負翁歸。罰亦必行。
治如在東海故迹。姦邪罪名。亦縣縣有名籍。盜賊發
其比伍中。翁歸輒召其縣長吏。曉告以姦黠主名。教
使用類推迹盜賊所過抵。類常如翁歸言。無有遺脫。
緩於小弱。急於豪彊。豪彊有論罪輸掌畜官。使斫莝。
責以員程。不得取代。不中程。輒笞督。極者至以鈇自
剄而死。京師畏其威嚴。扶風大治。盜賊課常爲三輔
最。翁歸爲政。雖任刑。其在公卿之閒。清絜自守。語不
及私。然溫良嗛退。不以行能驕人。甚得名譽於朝廷。
視事數歲。元康四年病卒。家無餘財。天子賢之。制詔
御史。朕夙興夜寐。以求賢爲右。不異親疏近遠。務在
安民而已。扶風翁歸廉平鄉正。治民異等。早夭不遂。
不得終其功業。朕甚憐之。其賜翁歸子黃金百斤。以
奉祭祠。翁歸三子。皆爲郡守。少子岑。歷位九卿。至後

將軍而闒儒亦至廣陵相有治名由是世稱田延年
爲知人
韓延壽字長公燕人也徙杜陵少爲郡文學父義爲
燕郎中刺王之謀逆也義諫而死燕人閔之是時昭
帝富於春秋大將軍霍光持政徵郡國賢良文學問
吕得失時魏相吕文學對策吕爲賞罰所吕勸善禁
惡政之本也日者燕王爲無道韓義出身彊諫爲王
所殺義無比干之親而蹈比干之節宜顯賞其子吕
示天下明爲人臣之義光納其言因擢延壽爲諫大
夫遷淮陽太守治甚有名徙潁川川潁川多豪彊難治
國家常爲選良二千石先是趙廣漢爲太守患其俗
多朋黨故構會吏民令相告訐一切吕爲聰明潁川
由是吕爲俗民多怨讎延壽欲更改之教吕禮讓恐
百姓不從乃歷召郡中長老爲鄉里所信向者數十

人。設酒具食。親與相對。接以禮意。人人問以謠俗民所疾苦。爲陳和睦親愛銷除怨咎之路。長老皆以爲便。可施行。因與議定嫁娶喪祭儀品。略依古禮。不得過法。延壽於是令文學校官諸生皮弁執俎豆爲吏民行喪嫁娶禮。百姓遵用其教。賣偶車馬下里僞物者。弃之市道。數年。徙爲東郡太守。黃霸代延壽居潁川。霸因其迹而大治。延壽爲吏。上禮義。好古教化。所至必聘其賢士。以禮待用。廣謀議。納諫爭。舉行喪讓財。表孝弟有行。修治學官。春秋鄉社。陳鍾鼓管弦。盛升降揖讓。及都試講武。設斧鉞旌旗。習射御之事。治城郭。收賦租。先明布告其日。以期會爲大事。吏民敬畏趨鄉之。又置正五長。相率以孝弟。不得舍姦人。閭里仟佰有非常。吏輒聞知。姦人莫敢入界。其始若煩。後吏無追捕之苦。民無箠楚之憂。皆便安之。接待下吏恩施甚厚而約誓明或欺負之者延壽痛自刻責豈其負之何以至此吏聞者自傷悔其縣尉至自刺死及門下掾自剄人救不殊因瘖不能言延壽聞之對掾史涕泣遣吏醫治視厚復其家延壽嘗出臨上車騎吏一人後至敕功曹議罰白還至府門門卒當車願有所言延壽止車問之卒曰孝經曰資於事父以事君而敬同故母取其愛而君取其敬兼之者父也今旦明府早駕久駐未出騎吏父來至府門不敢入騎吏聞之趨走出謁適會明府登車以敬父而見罰得毋虧大化乎延壽舉手輿中曰微子太守不自知過歸舍召見門卒卒本諸生聞延壽賢無因自達故代卒延壽遂待用之其納善聽諫皆此類也在東郡三歲令行禁止斷獄大減爲天下最入守左馮翊滿歲稱職爲真歲餘不肯出行縣丞掾數白宜循行

郡中覽觀民俗考長吏治迹延壽曰縣皆有賢令長督郵分明善惡於外行縣恐無所益重爲煩擾丞掾皆㠯爲方春月可壹出勸耕桑延壽不得已行縣至高陵民有昆弟相與訟田自言延壽大傷之曰幸得備位爲郡表率不能宣明教化至令民有骨肉爭訟既傷風化重使賢長吏嗇夫三老孝弟受其恥咎在馮翊當先退是日移病不聽事因入臥傳舍閉閤思過一縣莫知所爲令丞嗇夫三老亦皆自繫待罪於是訟者宗族傳相責讓此兩昆弟深自悔皆自髡肉袒謝願㠯田相移終死不敢復爭延壽大喜開閤延見內酒肉與相對飲食厲勉㠯意告鄉部有㠯表勸悔過從善之民延壽迺起聽事勞謝令丞㠯下引見尉薦郡中歙然莫不傳相敕厲不敢犯延壽恩信周徧二十四縣莫復㠯辭訟自言者推其至誠吏民不

忍欺紿 延壽代蕭望之爲左馮翊而望之遷御史大夫侍謁者福爲望之道延壽在東郡時放散官錢千餘萬望之與丞相丙吉議吉曰爲更大赦不須考會御史當問事東郡望之因令并問之延壽聞知卽部吏案校望之在馮翊時廩犧官錢放散百餘萬廩犧吏掠治急自引與望之爲姦延壽劾奏移殿門禁止望之望之自奏職在總領天下聞事不敢不問而爲延壽所拘持上由是不直延壽各令窮竟所考望之卒無事實而望之遣御史案東郡具得其事延壽在東郡時試騎士治飾兵車畫龍虎朱爵延壽衣黃紈方領駕四馬傅總建幢棨植羽葆鼓車歌車功曹引車皆駕四馬載棨戟五騎爲伍分左右部軍假司馬千人持幢旁轂歌者先居射室望見延壽車噭咷楚歌延壽坐射室騎吏持戟夾陛列立騎士從者帶弓

韃羅後令騎士兵車四面營陳被甲鞮鞪居馬上抱
弩負籣又使騎士戲車弄馬盜驂延壽又取官銅物
候月蝕鑄作刀劍鉤鐔放效尚方事及取官錢帛私
假繇使吏及治飾車甲三百萬已上於是望之劾奏
延壽上僭不道又自陳前爲延壽所奏今復舉延壽
罪衆庶皆已臣懷不正之心侵冤延壽願下丞相中
二千石博士議其罪事下公卿皆已延壽前旣無狀
後復誣愬典法大臣欲已解罪狡猾不道天子惡之
延壽竟坐弃市吏民數千人送至渭城老小扶持車
轂爭奏酒炙延壽不忍距逆人人爲飲計飲酒石餘
使掾史分謝送者遠苦吏民延壽死無所恨百姓莫
不流涕。延壽三子皆爲郎吏且死屬其子勿爲吏已
己爲戒子皆已父言去官不仕至孫威迺復爲吏至
將軍威亦多恩信能拊衆得士死力威又坐奢僭誅

延壽之風類也
張敞字子高本河東平陽人也祖父孺爲上谷太守徙茂陵敞父福事孝武帝官至光祿大夫敞後隨宣帝徙杜陵敞本以鄉有秩補太守卒史察廉爲甘泉倉長稍遷太僕丞杜延年甚奇之會昌邑王徵即位動作不由法度敞上書諫曰孝昭皇帝蚤崩無嗣大臣憂懼選賢聖承宗廟東迎之日唯恐屬車之行遲今天子以盛年初即位天下莫不拭目傾耳觀化聽風國輔大臣未褒而昌邑小輦先遷此過之大者也後十餘日王賀廢敞以切諫顯名擢爲豫州刺史以數上事有忠言宣帝徵敞爲太中大夫與于定國並平尚書事以正違忤大將軍霍光而使主兵車出軍省減用度復出爲函谷關都尉宣帝初即位廢王賀在昌邑上心憚之徙敞爲山陽太守久之大將軍霍

光薨宣帝始親政事封光兄孫山雲皆爲列侯以光
子禹爲大司馬頃之山雲以過歸第霍氏諸壻親屬
頗出補吏歆聞之上封事曰臣聞公子季友有功於
魯大夫趙衰有功於晉大夫田完有功於齊皆疇其
官邑延及子孫終後田氏篡齊趙氏分晉季氏顓魯
故仲尼作春秋迹盛衰譏世卿最甚迺者大將軍決
大計安宗廟定天下功亦不細矣夫周公七年耳而
大將軍二十歲海內之命斷於掌握方其隆時感動
天地侵迫陰陽月朓日蝕晝冥宵光地大震裂火生
地中天文失度祆祥變怪不可勝記皆陰類盛長臣
下顓制之所生也朝臣宜有明言曰陛下褒寵故大
將軍以報功德足矣閒者輔臣顓政貴戚大盛君臣
之分不明請罷霍氏三侯皆就第及衛將軍張安世
宜賜几杖歸休時存問召見以列侯爲天子師明詔

以恩不聽羣臣以義固爭而後許天下必以陛下爲
不忘功德而朝臣爲知禮霍氏世世無所患苦今朝
廷不聞直聲而令明詔自親其文非策之得者也今
兩侯以出人情不相遠以臣心度之大司馬及其枝
屬必有畏懼之心夫近臣自危非完計也臣敞願於
廣朝白發其端直守遠郡其路無由夫心之精微口
不能言也言之微眇書不能文也故伊尹五就桀五
就湯蕭相國薦淮陰累歲乃得通況乎千里之外因
書文諭事指哉唯陛下省察姚纂已入奏議上甚善其計然
不徵也久之勃海膠東盜賊並起敞上書自請治之
曰臣聞忠孝之道退家則盡心於親進宦則竭力於
君夫小國中君猶有奮不顧身之臣況於明天子乎
今陛下遊意於太平勞精於政事亹亹不舍晝夜羣
臣有司宜各竭力致身山陽郡戸九萬三千口五十

萬以上訖計盜賊未得者七十七人它課諸事亦略如此臣敞愚駑旣無以佐思慮久處閒郡身逸樂而忘國事非忠孝之節也伏聞膠東勃海左右郡歲數不登盜賊並起至攻官寺篡囚徒搜市朝劫列侯吏失綱紀姦軌不禁臣敞不敢愛身避死唯明詔之所處願盡力摧挫其暴虐存撫其孤弱事卽有業所至郡條奏其所由廢及所以興之狀書奏天子徵敞拜膠東相賜黃金三十斤敞辭之官自請治劇郡非賞罰無以勸善懲惡吏追捕有功效者願得壹切比三輔尤異天子許之敞到膠東明設購賞開羣盜令相捕斬除罪吏追捕有功上名尚書調補縣令者數十人由是盜賊解散傳相捕斬吏民歙然國中遂平居頃之王太后數出游獵敞奏書諫曰臣聞秦王好淫聲葉陽后爲不聽鄭衛之樂楚嚴好田獵樊姬爲之

不食鳥獸之肉口非惡旨甘耳非憎絲竹也所吕抑
心意絕耆欲者將吕率二君而全宗祀也禮君母出
門則乘輜軿下堂則從傅母進退則鳴玉佩內飾則
結綢繆此言尊貴所吕自斂制不從恣之義也今太
后資質淑美慈愛寬仁諸侯莫不聞而少吕田獵縱
欲爲名於吕上聞亦未宜也唯覲覽於往古全行乎
來今令后姬得有所法則下臣有所稱誦臣敞幸甚
書奏太后止不復出是時潁川太守黃霸吕治行第
一入守京兆尹霸視事數月不稱罷歸潁川於是制
詔御史其以膠東相敞守京兆尹自趙廣漢誅後比
更守尹如霸等數人皆不稱職京師寖廢長安市偷
盜尤多百賈苦之上吕問敞敞吕爲可禁敞旣視事
求問長安父老偷盜酋長數人居皆溫厚出從童騎
閭里吕爲長者敞皆召見責問因貰其罪把其宿負

令致諸偷以自贖偷長曰今一旦召詣府恐諸偷驚駭願一切受署敞皆以爲吏遣歸休置酒小偷悉來賀且飲醉偷長以赭汙其衣裾吏坐里閭閱出者汙赭輒收縛之一日捕得數百人窮治所犯或一人百餘發盡行法罰由是枹鼓稀鳴市無偷盜天子嘉之敞爲人敏疾賞罰分明見惡輒取時時越法縱舍有足大者其治京兆略循趙廣漢之迹方略耳目發伏禁姦不如廣漢然敞本治春秋以經術自輔其政頗雜儒雅往往表賢顯善不醇用誅罰以此能自全竟免於刑戮京兆典京師長安中浩穰於三輔尤爲劇郡國二千石以高弟入守及爲真久者不過二三年近者數月一歲輒毀傷失名以罪過罷唯廣漢及敞爲久任職敞爲京兆朝廷每有大議引古今處便宜公卿皆服天子數從之

然敞無威儀時罷朝會過走

馬章臺街。使御吏驅。自以便面拊馬。又爲婦畫眉。長
安中傳張京兆眉憮。有司以奏敞。上問之。對曰。臣聞
閨房之內。夫婦之私。有過於畫眉者。上愛其能。弗備
責也。然終不得大位。敞與蕭望之、于定國相善。始敞
與定國俱以諫昌邑王超遷。定國爲大夫平尚書事。
敞出爲刺史。時望之爲大行丞。後望之先至御史大
夫。定國後至丞相。敞終不過郡守。爲京兆九歲。坐與
光祿勳楊惲厚善。後惲坐大逆誅。公卿奏惲黨友。不
宜處位。等比皆免。而敞奏獨寑不下。敞使賊捕掾絮
舜有所案驗。舜以敞劾奏當免。不肯爲敞竟事。私歸
其家。人或諫舜。舜曰。吾爲是公盡力多矣。今五日京
兆耳。安能復案事。敞聞舜語。卽部吏收舜繫獄。是時
冬月未盡數日。案事吏晝夜驗治舜。竟致其死事。舜
當出死。敞使主簿持教告舜曰。五日京兆竟何如。冬

月已盡延命乎迺遣棄舜市會立春行寃獄使者出舜家載尸并編敞教自言使者使者奏敞賊殺不辜天子薄其罪欲令敞得自便利即先下敞前坐楊惲不宜處位奏免爲庶人敞免奏旣下詣闕上印綬便從闕下亡命數月京師吏民解弛枹鼓數起而冀州部中有大賊天子思敞功効使使者即家在所召敞敞身被重劾及使者至妻子家室皆泣惶懼而敞獨笑曰吾身亡命爲民郡吏當就捕今使者來此天子欲用我也即裝隨使者詣公車上書曰臣前幸得備位列卿待罪京兆坐殺賊捕掾絮舜舜本臣敞素所厚吏數蒙恩貸以臣有章劾當免受記考事便歸臥家謂臣五日京兆背恩忘義傷化薄俗臣竊以舜無狀枉法以誅之臣敞賊殺無辜鞠獄故不直雖伏明法死無所恨天子引見敞拜爲冀州刺史敞起亡命復

奉使典州既到部而廣川王國羣輩不道賊連發不得敞㠯耳目發起賊主名區處誅其渠帥廣川王姬昆弟及王同族宗室劉調等通行爲之囊橐吏逐捕窮窘蹤迹皆入王宮敞自將郡國吏車數百兩圍守王宮搜索調等果得之殿屋重轑中敞傳吏皆捕格斷頭縣其頭王宮門外因劾奏廣川王天子不忍致法削其戶敞居部歲餘冀州盜賊禁止守太原太守滿歲爲真太原郡清頃之宣帝崩元帝初卽位待詔鄭朋薦敞先帝名臣宜傅輔皇太子上㠯問前將軍蕭望之望之㠯爲敞能吏任治煩亂材輕非師傅之器天子使使者徵敞欲㠯爲左馮翊會病卒敞所誅殺太原吏吏家怨敞隨至杜陵刺殺敞中子璜敞三子官皆至都尉初敞爲京兆尹而敞弟武拜爲梁相是時梁王驕貴民多豪彊號爲難治敞問武欲何㠯

治梁武敞憚兄謙不肯言敞使吏送至關戒吏自問
武武應曰駁黠馬者利其銜策梁國大都吏民凋敝
且當以柱後惠文彈治之耳秦時獄法吏冠柱後惠
文武意欲以刑法治梁吏還道之敞笑曰審如掾言
武必辨治梁矣武既到官其治有迹亦能吏也敞孫
竦王莽時至郡守封侯博學文雅過於敞然政事不
及也竦死敞無後

王尊字子贛涿郡高陽人也少孤歸諸父使牧羊澤
中尊竊學問能史書年十三求為獄小吏數歲給事
太守府問詔書行事尊無不對太守奇之除補書佐
署守屬監獄久之尊稱病去事師郡文學官治尚書
論語略通大義復召署守屬治獄為郡決曹史數歲
以令舉幽州刺史從事而太守察尊廉補遼西鹽官
長數上書言便宜事事下丞相御史初元中舉直言

遷虢令轉守槐里兼行美陽令事春正月美陽女子
告假子不孝曰兒常以我爲妻妒笞我尊聞之遣吏
收捕驗問辭服尊曰律無妻母之法聖人所不忍書
此經所謂造獄者也尊於是出坐廷上取不孝子縣
磔著樹使騎吏五人張弓射殺之吏民驚駭後上行
幸雍過虢尊供張如法而辦以高弟擢爲安定太守
到官出教告屬縣曰令長丞尉奉法守城爲民父母
抑彊扶弱宣恩廣澤甚勞苦矣太守以今日至府願
諸君卿勉力正身以率下故行貪鄙能變更者與爲
治明慎所職毋以身試法又出教敕掾功曹各自底
厲助太守爲治其不中用趣自避退毋久妨賢夫羽
翮不修則不可以致千里闑內不理無以整外府丞
悉署吏行能分別白之賢爲上毋以富賈人百萬不
足與計事昔孔子治魯七日誅少正卯今太守視事

已一月矣五官掾張輔懷虎狼之心貪汙不軌一郡之錢盡入輔家然適足以葬矣今將輔送獄直符史詣閤下從太守受其事丞戒之戒之相隨入獄矣輔繫獄數日死盡得其狡猾不道百萬姦臧威震郡中盜賊分散入傍郡界豪彊多誅傷伏辜者坐殘賊免起家復爲護羌將軍轉校尉護送軍糧委輸而羌人反絶轉道兵數萬圍尊尊以千餘騎奔突羌賊功未列上坐擅離部署會赦免歸家涿郡太守徐明薦尊不宜久在閭巷上以尊爲郿令遷益州刺史先是琅邪王陽爲益州刺史行部至邛郲九折阪歎曰奉先人遺體奈何數乘此險後以病去及尊爲刺史至其阪問吏曰此非王陽所畏道邪吏對曰是尊叱其馭曰驅之王陽爲孝子王尊爲忠臣尊居部二歲懷來徼外蠻夷歸附其威信博士鄭寬中使行風俗舉奏

尊治狀遷爲東平相是時東平王以至親驕奢不奉
法度傅相連坐及尊視事奉璽書至庭中王未及出
受詔尊持璽書歸舍食已乃還致詔後謁見王太傅
在前說相鼠之詩尊曰毋持布鼓過雷門王怒起入
後宮尊亦直趨出就舍先是王數私出入驅馳國中
與后姬家交通尊到官召敕廄長大王當從官屬鳴
和鸞乃出自今有令駕小車叩頭爭之言相教不得
後尊朝王王復延請登堂尊謂王曰尊來爲相人皆
弔尊也以尊不容朝廷故見使相王耳天下皆言王
勇顧但負貴安能勇如尊乃勇耳王變色視尊意欲
格殺之即好謂尊曰願觀相君佩刀尊舉掖顧謂傍
侍郎前引佩刀視王王欲誣相拔刀向王邪王情得
又雅聞尊高名大爲尊屈酌酒具食相對極驩太后
徵史奏尊爲相倨慢不臣王血氣未定不能忍愚誠

恐毋子俱死今妾不得使王復見尊陛下不留意妾願先自殺不忍見王之失義也尊竟坐免爲庶人大將軍王鳳奏請尊補軍中司馬擢爲司隸校尉初中書謁者令石顯貴幸專權爲姦邪丞相匡衡御史大夫張譚皆阿附畏事顯不敢言久之元帝崩成帝初卽位顯徙爲中太僕不復典權衡譚迺奏顯舊惡請免顯等尊於是劾奏丞相衡御史大夫譚位三公典五常九德已總方略壹統類廣教化美風俗爲職知中書謁者令顯等專權擅勢大作威福縱恣不制無所畏忌爲海內患害不已時自奏行罰而阿諛曲從附下罔上懷邪迷國無大臣輔政之義皆不道在赦令前赦後衡譚舉奏顯不自陳不忠之罪而反揚著先帝任用傾覆之徒妄言百官畏之甚於主上卑君尊臣非所宜稱失大臣體又正月行幸曲臺臨饗罷

衛士衡與中二千石大鴻臚賞等會坐殿門下衡南
鄉賞等西鄉衡更爲賞布東鄉席起立延賞坐私語
如食頃衡知行臨百官共職萬衆會聚而設不正之
席使下坐上相比爲小惠於公門之下動不中禮亂
朝廷爵秩之位衡又使官大奴入殿中問行起居還
言漏上十四刻行臨到衡安坐不變色改容無怵惕
肅敬之心驕慢不謹皆不敬有詔勿治於是衡慙懼
免冠謝罪上丞相侯印綬天子以新即位重傷大臣
迺下御史丞問狀劾奏尊妄詆欺非謗赦前事猥歷
奏大臣無正法飾成小過以塗汙宰相摧辱公卿輕
薄國家奉使不敬有詔左遷尊爲高陵令數月以病
免會南山羣盜傰宗等數百人爲吏民害拜故弘農
太守傅剛爲校尉將迹射士千人逐捕歲餘不能禽
或說大將軍鳳賊數百人在轂下發軍擊之不能得

難已視四夷獨選賢京兆尹乃可於是鳳薦尊徵爲諫大夫守京輔都尉行京兆尹事旬月閒盜賊清遷光祿大夫守京兆尹後爲眞凡三歲坐遇使者無禮司隸遣假佐放奉詔書白尊發吏捕人放謂尊詔書所捕宜密尊曰治所公正京兆善漏泄人事放曰所捕宜今發吏尊又曰詔書無京兆文不當發吏及長安繫者三月閒千人已上尊出行縣男子郭賜自言尊許仲家十餘人共殺賜兄賞公歸舍吏不敢捕尊行縣還上奏曰彊不陵弱各得其所寬大之政行和平之氣通御史大夫中奏尊暴虐不改外爲大言倨嫚姍上威信日廢不宜備位九卿尊坐免吏民多稱惜之。湖三老公乘興等上書訟尊治京兆功效日著往者南山盜賊阻山橫行剽劫良民殺奉法吏道路不通城門至已警戒步兵校尉使逐捕暴師露衆曠

日煩費不能禽制二卿坐黜羣盜寖彊吏氣傷沮流
聞四方爲國家憂當此之時有能捕斬不愛金爵重
賞關內侯寬中使問所徵故司隸校尉王尊捕羣盜
方略拜爲諫大夫守京輔都尉行京兆尹事尊盡節
勞心夙夜思職卑體下士厲奔北之吏起沮傷之氣
二旬之閒大黨震壞渠率效首賊亂蠲除民反農業
拊循貧弱鉏耘豪彊長安宿豪大猾東市賈萬城西
萭章翦張禁酒趙放杜陵楊章等皆通邪結黨挾養
姦軌上干王法下亂吏治并兼役使侵漁小民爲百
姓豺狼更數二千石二十年莫能禽討尊以正法案
誅皆伏其辜姦邪銷釋吏民說服尊撥劇整亂誅暴
禁邪皆前所稀有名將所不及雖拜爲眞未有殊絕
褒賞加於尊身今御史大夫奏尊傷害陰陽爲國家
憂無承用詔書之意靖言庸違象龔滔天原其所以

出御史丞楊輔。故爲尊書佐。素行陰賊。惡口不信。好以刀筆陷人於法。輔常醉過尊大奴利家。利家捽搏其頰。兄子閎拔刀欲剄之。輔以故深怨疾毒。欲傷害尊。疑輔內懷怨恨。外依公事建畫爲此議。傳致奏文。浸潤加誣。以復私怨。昔白起爲秦將。東破韓魏。南拔郢都。應侯譖之。賜死杜郵。吳起爲魏守西河。而秦韓不敢犯。讒人閒焉。斥逐奔楚。秦聽浸潤以誅良將。魏信讒言以逐賢守。此皆偏聽不聰。失人之患也。臣等竊痛傷尊修身絜己。砥節首公。刺譏不憚將相。誅惡不避豪彊。誅不制之賊。解國家之憂。功著職修。威信不廢。誠國家爪牙之吏。折衝之臣。今一旦無辜。制於仇人之手。傷於詆欺之文。上不得以功除罪。下不得蒙棘木之聽。獨掩怨讎之偏奏。被共工之大惡。無所陳怨愬罪。尊以京師廢亂。羣盜並興。遠賢徵用。起家爲鄉賊亂既除豪猾伏辜即以佞巧廢黜一尊之身三期之閒乍賢乍佞豈不甚哉孔子曰愛之欲其生惡之欲其死是惑也浸潤之譖不行焉可謂明矣願下公卿大夫博士議郎定尊素行夫人臣而傷害陰陽死誅之罪也靖言庸違放殛之刑也審如御史章尊乃當伏觀闕之誅放於無人之域不得苟免及任舉尊者當獲選舉之辜不可但已即不如章飾文深詆以愬無罪亦宜有誅以懲讒賊之口絕詐欺之俗唯明主參詳使白黑分別書奏天子復以尊爲徐州刺史遷東郡太守

久之河水盛溢泛浸瓠子金隄老弱奔走恐水大決爲害尊躬率吏民投沈白馬祀水神河伯尊親執圭璧使巫策祝請以身填金隄因止宿廬居隄上吏民數千萬人爭叩頭救止尊尊終不肯去及水盛隄壞吏民皆奔走唯一主簿泣在尊旁

立不動而水波稍卻迴還吏民嘉壯尊之勇節白馬三老朱英等奏其狀下有司考皆如言於是制詔御史東郡河水盛長毀壞金隄未決三尺百姓惶恐奔走太守身當水衝履咫尺之難不避危殆以安衆心吏民復還就作水不爲災朕甚嘉之秩尊中二千石加賜黃金二十斤數歲卒官吏民紀之尊子伯亦爲京兆尹坐耎弱不勝任免

王章字仲卿泰山鉅平人也少以文學爲官稍遷至諫大夫在朝廷名敢直言元帝初擢爲左曹中郎將與御史中丞陳咸相善共毀中書令石顯爲顯所陷咸減死髡章免官成帝立徵章爲諫大夫遷司隸校尉大臣貴戚敬憚之王尊免後代者不稱職章以選爲京兆尹時帝舅大將軍王鳳輔政章雖爲鳳所舉非鳳專權不親附鳳會日有蝕之章奏封事召見言

鳳不可任用宜更選忠賢上初納受章言後不忍退鳳章由是見疑遂爲鳳所陷罪至大逆語在元后傳初章爲諸生學長安獨與妻居章疾病無被臥牛衣中與妻決涕泣其妻呵怒之曰仲卿京師尊貴在朝廷人誰踰仲卿者今疾病困厄不自激卬乃反涕泣何鄙也後章仕宦歷位及爲京兆欲上封事妻又止之曰人當知足獨不念牛衣中涕泣時耶章曰非女子所知也書遂上果下廷尉獄妻子皆收繫章小女年可十二夜起號哭曰平生獄上呼囚數常至九今八而止我君素剛先死者必君明日問之章果死妻子皆徙合浦大將軍鳳薨後弟成都侯商復爲大將軍輔政白上還章妻子故郡其家屬皆完具采珠致產數百萬時蕭育爲泰山太守皆令贖還故田宅章爲京兆二歲死不以其罪衆庶冤紀之號爲三王王

駿自有傳駿卽王陽子也
贊曰自孝武置左馮翊右扶風京兆尹而吏民爲之
語曰前有趙張後有三王然劉向獨序趙廣漢尹翁
歸韓延壽馮商傳王尊揚雄亦如之廣漢聰明下不
能欺延壽厲善所居移風然皆訐上不信以失身墮
功翁歸抱公絜己爲近世表張敞衎衎履忠進言緣
飾儒雅刑罰必行縱赦有度條教可觀然被輕煗之
名王尊文武自將所在必發譎詭不經好爲大言王
章剛直守節不量輕重以陷刑戮妻子流遷哀哉

漢書蕭望之傳

蕭望之字長倩東海蘭陵人也徙杜陵家世以田爲
業至望之好學治齊詩事同縣后倉且十年以令詣
太常受業復事同學博士白奇又從夏侯勝問論語
禮服京師諸儒稱述焉是時大將軍霍光秉政長史

丙吉薦儒生王仲翁與望之等數人皆召見先是左將軍上官桀與蓋主謀殺光光既誅桀等後出入自備吏民當見者露索去刀兵兩吏挾持望之獨不肯聽自引出閤曰不願見吏牽持匈匈光聞之告吏勿持望之既至前說光曰將軍以功德輔幼主將以流大化致於洽平是以天下之士延頸企踵爭願自效以輔高明今士見者皆先露索挾持恐非周公相成王躬吐握之禮致白屋之意於是光獨不除用望之而仲翁等皆補大將軍史三歲閒仲翁至光祿大夫給事中望之以射策甲科爲郎署小苑東門候仲翁出入從倉頭廬兒下車趨門傳呼甚寵顧謂望之曰不肯錄錄反抱關爲望之曰各從其志後數年坐弟犯法不得宿衞免歸爲郡吏及御史大夫魏相除望之爲屬察廉爲大行治禮丞時大將軍光薨子禹復

爲大司馬兄子山領尚書親屬皆宿衞內侍地節三年夏京師雨雹望之因是上疏願賜清閒之宴口陳灾異之意宣帝自在民閒聞望之名曰此東海蕭生邪下少府宋畸問狀無有所諱望之對以爲春秋昭公三年大雨雹是時季氏專權卒逐昭公鄉使魯君察於天變宜亡此害今陛下以聖德居位思政求賢堯舜之用心也然而善祥未臻陰陽不和是大臣任政一姓擅勢之所致也附枝大者賊本心私家盛者公室危唯明主躬萬機選同姓舉賢材以爲腹心與參政謀令公卿大臣朝見奏事明陳其職以考功能如是則庶事理公道立姦邪塞私權廢矣對奏天子拜望之爲謁者時上初卽位思進賢良多上書言便宜輒下望之問狀高者請丞相御史次者中二千石試事滿歲以狀聞下者報聞或罷歸田里所白處奏

皆可累遷諫大夫丞相司直歲中三遷官至二千石其後霍氏竟謀反誅望之寖益任用是時選博士諫大夫通政事者補郡國守相以望之爲平原太守望之雅意在本朝遠爲郡守內不自得乃上疏曰陛下哀愍百姓恐德化之不究悉出諫官以補郡吏所謂憂其末而忘其本者也朝無爭臣則不知過國無達士則不聞善願陛下選明經術溫故知新通於幾微謀慮之士以爲內臣與參政事諸侯聞之則知國家納諫憂政亡有闕遺若此不怠成康之道其庶幾乎外郡不治豈足憂哉書聞徵入守少府宣帝察望之經明持重論議有餘材任宰相欲詳試其政事復以爲左馮翊望之從少府出爲左遷恐有不合意即移病上聞之使侍中成都侯金安上諭意曰所用皆更治民以考功君前爲平原太守日淺故復試之於三

輔非有所聞也望之即視事是歲西羌反漢遣後將
軍征之京兆尹張敞上書言國兵在外軍以夏發隴
西以北安定以西吏民並給轉輸田事頗廢素無餘
積雖羌虜以破來春民食必乏窮辟之處買亡所得
縣官穀度不足以振之願令諸有辠非盜受財殺人
及犯法不得赦者皆得以差入穀此八郡贖罪務益
致穀以豫備百姓之急事下有司望之與少府李彊
議以爲民函陰陽之氣有仁義欲利之心在教化之
所助堯在上不能去民欲利之心而能令其欲利不
勝其好義也雖桀在上不能去民好義之心而能令
其好義不勝其欲利也故堯桀之分在於義利而已
道民不可不愼也今欲令民量粟以贖罪如此則富
者得生貧者獨死是貧富異刑而法不壹也人情貧
窮父兄囚執聞出財得以生活爲人子弟者將不顧

死亡之患敗亂之行以赴財利求救親戚一人得生
十人以喪如此伯夷之行壞公綽之名滅政教壹傾
雖有周召之佐恐不能復古者臧於民不足則取有
餘則予詩曰爰及矜人哀此鰥寡上惠下也又曰雨
我公田遂及我私下急上也今有西邊之役民失作
業雖戶賦口斂以贍其困乏古之通義百姓莫以爲
非以死救生恐未可也陛下布德施教教化既成堯
舜亡以加也今議開利路以傷既成之化臣竊痛之
於是天子復下其議兩府丞相御史以難問張敞敞
曰少府左馮翊所言常人之所守耳昔先帝征四夷
兵行三十餘年百姓猶不加賦而軍用給今羌虜一
隅小夷跳梁於山谷閒漢但令辠人出財減辠以誅
之其名賢於煩擾良民横興賦斂也又諸盜及殺人
犯不道者百姓所疾苦也皆不得贖首匿見知縱所

不當得爲之屬。議者或頗言其法可蠲除。今因此令贖其便明甚。何化之所亂。甫刑之罰小過赦薄辠贖有金選之品。所從來久矣。何賊之所生。敞備皁衣二十餘年。嘗聞辠人贖矣。未聞盜賊起也。竊憐涼州被寇。方秋饒時。民尚有飢乏病死於道路。況至來春將大困乎。不早慮所以振救之策。而引常經以難。恐後爲重責。常人可與守經。未可與權也。敞幸得備列卿。以輔兩府爲職。不敢不盡愚。望之彊復對曰。先帝聖德。賢良在位。作憲垂法。爲無窮之規。永惟邊竟之不贍。故金布令甲曰。邊郡數被兵。離飢寒。夭絕天年。父子相失。令天下共給其費。固爲軍旅卒暴之事也。聞天漢四年。常使死罪人入五十萬錢減死罪一等。豪彊吏民請奪假貣。至爲盜賊以贖罪。其後姦邪橫暴。羣盜並起。至攻城邑。殺郡守。充滿山谷。吏不能禁。明詔遣繡衣使者以興兵擊之誅者過半然後衰止愚以爲此使死罪贖之敗也故曰不便時丞相魏相御史大夫丙吉亦以爲羌虜且破轉輸略足相給遂不施敞議

望之爲左馮翊三年京師稱之遷大鴻臚先是烏孫昆彌翁歸靡因長羅侯常惠上書願以漢外孫元貴靡爲嗣得復尚少主結婚內附畔去匈奴詔下公卿議望之以爲烏孫絶域信其美言萬里結婚非長策也天子不聽神爵二年遣長羅侯惠使送公主配元貴靡未出塞翁歸靡死其兄子狂王背約自立惠從塞下上書願留少主敦煌郡惠至烏孫責以負約因立元貴靡還迎少主詔下公卿議望之復以爲不可烏孫持兩端亡堅約其效可見前少主在烏孫四十餘年恩愛不親密邊境未以安此已事之驗也今少主以元貴靡不得立而還信無負於四夷此

中國之大福也少主不止繇役將與其原起此天子
從其議徵少主還後烏孫雖分國兩立以元貴靡為
大昆彌漢遂不復與結婚三年代丙吉為御史大夫
五鳳中匈奴大亂議者多曰匈奴為害日久可因其
壞亂舉兵滅之詔遣中朝大司馬車騎將軍韓增諸
吏富平侯張延壽光祿勳楊惲太僕戴長樂問望之
計策望之對曰春秋晉士匄帥師侵齊聞齊侯卒引
師而還君子大其不伐喪以為恩足以服孝子誼足
以動諸侯前單于慕化鄉善稱弟遣使請求和親海
內欣然夷狄莫不聞未終奉約不幸為賊臣所殺今
而伐之是乘亂而幸災也彼必奔走遠遁不以義動
兵恐勞而無功宜遣使者弔問輔其微弱救其災患
四夷聞之咸貴中國之仁義如遂蒙恩得復其位必
稱臣服從此德之盛也上從其議後竟遣兵護輔呼

韓邪單于定其國是時大司農中丞耿壽昌奏設常平倉上善之望之非壽昌丞相丙吉年老上重焉望之又奏言百姓或乏困盜賊未止二千石多材下不任職三公非其人則三光爲之不明今首歲日月少光咎在臣等上以望之意輕丞相乃下侍中建章衞尉金安上光祿勳楊惲御史中丞王忠幷詰問望之望之免冠置對天子繇是不說後丞相司直緐延壽奏侍中謁者良使丞制詔望之望之再拜已良與望之言望之不起因故下手而謂御史曰良禮不備故事丞相病明日御史大夫輒問病朝奏事會庭中差居丞相後丞相謝大夫少進揖今丞相數病望之不問病會庭中與丞相鈞禮時議事不合意望之曰侯年寧能父我邪知御史有令不得擅使望之多使守史自給車馬之杜陵護視家事少史冠法冠爲妻先

引又使賣買私所附益凡十萬三千案望之大臣通經術居九卿之右本朝所仰至不奉法自修踞慢不遜攘受所監臧二百五十以上請逮捕繫治上於是策望之曰有司奏君責使者禮遇丞相亡禮廉聲不聞敖慢不遜亡以扶政帥先百僚君不深思陷于茲穢朕不忍致君于理使光祿勳惲策詔左遷君爲太子太傅授印其上故印使者便道之官君其秉道明孝正直是與帥意亡愆靡有後言　望之既左遷而黃霸代爲御史大夫數月閒丙吉薨霸爲丞相霸薨于定國復代焉望之遂見廢不得相爲太傅以論語禮服授皇太子　初匈奴呼韓邪單于來朝詔公卿議其儀丞相霸御史大夫定國議曰聖王之制施德行禮先京師而後諸夏先諸夏而後夷狄詩云率禮不越遂視既發相土烈烈海外有截陛下聖德充塞天地

光被四表匈奴單于鄉風慕化奉珍朝賀自古未之有也其禮儀宜如諸侯王位次在下望之以爲單于非正朔所加故稱敵國宜待以不臣之禮位在諸侯王上外夷稽首稱藩中國讓而不臣此則覊縻之誼謙亨之福也書曰戎狄荒服言其來荒忽亡常如使匈奴後嗣卒有鳥竄鼠伏闕於朝享不爲畔臣信讓行乎蠻貉福祚流于亡窮萬世之長策也天子采之下詔曰蓋聞五帝三王教化所不施不及以政今匈奴單于稱北藩朝正朔朕之不逮德不能弘覆其以客禮待之令單于位在諸侯王上贊謁稱臣而不名及宣帝寢疾選大臣可屬者引外屬侍中樂陵侯史高太子太傅望之少傅周堪至禁中拜高爲大司馬車騎將軍望之爲前將軍光祿勳堪爲光祿大夫皆受遺詔輔政領尚書事宣帝崩太子襲尊號是爲孝

元帝望之堪本以師傅見尊重上卽位數宴見言治
亂陳王事望之選白宗室明經達學散騎諫大夫劉
更生給事中與侍中金敞並拾遺左右四人同心謀
議勸道上以古制多所欲匡正上甚鄉納之初宣帝
不甚從儒術任用法律而中書宦官用事中書令弘
恭石顯久典樞機明習文法亦與車騎將軍高爲表
裏論議常獨持故事不從望之等恭顯又時傾仄見
詘望之以爲中書、政本宜以賢明之選自武帝游宴
後庭故用宦者非國舊制又違古不近刑人之義白
欲更置士人繇是大與高恭顯忤上初卽位謙讓重
改作議久不定出劉更生爲宗正望之堪數薦名儒
茂材以備諫官會稽鄭朋陰欲附望之上書言車騎
將軍高遣客爲姦利郡國及言許史子弟罪過章視
周堪堪白令朋待詔金馬門朋奏記望之曰將軍體

周召之德秉公綽之質有卞莊之威至乎耳順之年
履折衝之位號至將軍誠士之高致也窟穴黎庶莫
不懽喜咸曰將軍其人也今將軍規橅云云若管晏而
休遂行日仄至周召乃留乎若管晏而休則下走將
歸延陵之皐修農圃之疇畜雞種黍竢見二子沒齒
而已矣如將軍昭然度行積思塞邪枉之險蹊宣中
庸之常政興周召之遺業親日仄之兼聽則下走其
庶幾願竭區區底厲鋒鍔奉萬分之一望之見納朋
接待以意朋數稱述望之短車騎將軍言許史過失
後朋行傾邪望之絕不與通朋與大司農史李宮俱
待詔堪獨白宮為黃門郎朋楚士怨恨更求入許史
推所言許史事曰皆周堪劉更生教我我關東人何
以知此於是侍中許章白見朋朋出揚言曰我見言
前將軍小過五大罪一中書令在旁知我言狀望之

聞之以問弘恭石顯顯恭恐望之自訟下於它吏即
挾朋及待詔華龍龍者宣帝時與張子蟜等待詔以
行汙濊不進欲入堪等堪等不納故與朋相結恭顯
令二人告望之等謀欲罷車騎將軍疏退許史狀候
望之出休日令朋龍上之事下弘恭問狀望之對曰
外戚在位多奢淫欲以匡正國家非爲邪也恭顯奏
望之堪更生朋黨相稱舉數譖訴大臣毀離親戚欲
以專擅權勢爲臣不忠誣上不道請謁者召致廷尉
時上初即位不省謁者召致廷尉爲下獄也可其奏
後上召堪更生曰繫獄上大驚曰非但廷尉問邪以
責恭顯皆叩頭謝上曰令出視事恭顯因使高言上
新即位未以德化聞於天下而先驗師傅旣下九卿
大夫獄宜因決免於是制詔丞相御史前將軍望之
傅朕八年亡它罪過今事久遠識忘難明其赦望之

罪收前將軍光祿勳印綬及堪更生皆免爲庶人而
朋爲黃門郎後數月制詔御史國之將興尊師而重
傅故前將軍望之傅朕八年道以經術厥功茂焉其
賜望之爵關內侯食邑六百戶給事中朝朔望坐次
將軍天子方倚欲以爲丞相會望之子散騎中郎伋
上書訟望之前事事下有司復奏望之前所坐明白
無譖訴者而教子上書稱引亡辜之詩失大臣體不
敬請逮捕弘恭石顯等知望之素高節不詘辱建白
望之前爲將軍輔政欲排退許史專權擅朝幸得不
坐復賜爵邑與聞政事不悔過服罪深懷怨望教子
上書歸非於上自以託師傅懷終不坐非頗詘望之
於牢獄塞其怏怏心則聖朝亡以施恩厚上曰蕭太
傅素剛安肯就吏顯等曰人命至重望之所坐語言
薄罪必亡所憂上乃可其奏顯等封以付謁者勅令

召望之手付因令太常急發執金吾車騎馳圍其第
使者至召望之望之欲自殺其夫人止之以爲非天
子意望之以問門下生朱雲雲者好節士勸望之自
裁於是望之卬天歎曰吾嘗備位將相年踰六十矣
老入牢獄苟求生活不亦鄙乎字謂雲曰游趣和藥
來無久留我死竟飲鴆自殺天子聞之驚拊手曰曩
固疑其不就牢獄果然殺吾賢傅是時太官方上晝
食上乃卻食爲之涕泣哀慟左右於是召顯等責問
以議不詳皆免冠謝良久然後已望之有罪死有司
請絕其爵邑有詔加恩長子伋嗣爲關內侯天子追
念望之不忘每歲時遣使者祠祭望之冢終元帝世
望之八子至大官者育咸由

育字次君少以父任爲太子庶子元帝即位爲郎病
免後爲御史大將軍王鳳以育名父子著材能除爲

功曹遷謁者使匈奴副校尉後為茂陵令會課育第
六而漆令郭舜殿見責問育為之請扶風怒曰君課
第六裁自脫何暇欲為左右言及罷出傳召茂陵令
詣後曹當以職事對育徑出曹書佐隨牽育育案佩
刀曰蕭育杜陵男子何詣曹也遂趨出欲去官明旦
詔召入拜為司隸校尉育過扶風府門官屬掾史數
百人拜謁車下後坐失大將軍指免官復為中郎將
使匈奴歷冀州青州兩部刺史長水校尉泰山太守
入守大鴻臚以鄠名賊梁子政阻山為害久不伏辜
育為右扶風數月盡誅子政等坐與定陵侯淳于長
厚善免官哀帝時南郡江中多盜賊拜育為南郡太
守上以育耆舊名臣乃以三公使車載育入殿中受
策曰南郡盜賊羣輩為害朕甚憂之以太守威信素
著故委南郡太守之官其於為民除害安元元而已

士拘於小文加賜黃金二十斤育至南郡盜賊靜病去官起家復爲光祿大夫執金吾以壽終於官育爲人嚴猛尚威居官數免稀遷少與陳咸朱博爲友著聞當世往者有王陽貢公故長安語曰蕭朱結綬王貢彈冠言其相薦達也始育與陳咸俱以公卿子顯名咸最先進年十八爲左曹二十餘御史中丞時朱博尚爲杜陵亭長爲咸育所攀援入王氏後遂並歷刺史郡守相及爲九卿而博先至將軍上卿歷位多於咸育遂至丞相育與博後有隙不能終故世以交爲難

咸字仲爲丞相史舉茂材好畤令遷淮陽泗水內史張掖弘農河東太守所居有迹數增秩賜金後免官復爲越騎校尉護軍都尉中郎將使匈奴至大司農終官

由字子驕爲丞相西曹衞將軍掾遷謁者使匈奴副校尉後舉賢良爲定陶令遷太原都尉安定太守治郡有聲多稱薦者初哀帝爲定陶王時由爲定陶令失王指頃之制書免由爲庶人哀帝崩爲復土校尉京輔左輔都尉遷江夏太守平江賊成重等有功增秩爲陳留太守元始中作明堂辟雍大朝諸侯徵由爲大鴻臚會病不及賓贊還歸故官病免復爲中散大夫終官家至吏二千石者六七人

贊曰蕭望之歷位將相籍師傅之恩可謂親昵亡間及至謀泄隙開讒邪搆之卒爲便嬖宦豎所圖哀哉望之堂堂折而不橈身爲儒宗有輔佐之能近古社稷臣也

漢書張禹孔光傳

按張禹孔光與匡衡馬宮同傳

張禹字子文河內軹人也至禹父徙家蓮勺禹爲兒

數隨家至市喜觀於卜相者前久之頗曉其別著布卦意時從旁言卜者愛之又奇其面貌謂禹父是兒多知可令學經及禹壯至長安學從沛郡施讎受易琅邪王陽膠東庸生問論語旣皆明習有徒衆舉爲郡文學甘露中諸儒薦禹有詔太子太傅蕭望之問禹對易及論語大義望之善焉奏禹經學精習有師法可試事奏寢罷歸故官久之試爲博士初元中立皇太子而博士鄭寬中以尚書授太子薦言禹善論語詔令禹授太子論語由是遷光祿大夫數歲出爲東平內史元帝崩成帝卽位徵禹寬中皆以師賜爵關內侯寬中食邑八百戶禹六百戶拜爲諸吏光祿大夫秩中二千石給事中領尚書事是時帝舅陽平侯王鳳爲大將軍輔政專權而上富於春秋謙讓方鄉經學敬重師傅而禹與鳳並領尚書內不自安數

病上書乞骸骨欲退避禹上報曰朕以幼年執政萬機懼失其中君以道德爲師故委國政君何疑而數乞骸骨忽忘雅素欲避流言朕無聞焉君其固心致思總秉諸事推以孳孳無違朕意加賜黃金百斤養牛上尊酒太官致餐侍醫視疾使者臨問禹惶恐復起視事河平四年代王商爲丞相封安昌侯爲相六歲鴻嘉元年以老病乞骸骨上加優再三廼聽許賜安車駟馬黃金百斤罷就第以列侯朝朔望位特進見禮如丞相置從事史五人益封四百戶天子數加賞賜前後數千萬禹爲人謹厚內殖貨財家以田爲業及富貴多買田至四百頃皆涇渭溉灌極膏腴上賈它財物稱是禹性習知音聲內奢淫身居大第後堂理絲竹筦弦禹成就弟子尤著者淮陽彭宣至大司空沛郡戴崇至少府九卿宣爲人恭儉有法度而

崇愷弟多智二人異行禹心親愛崇敬宣而疏之崇
每候禹常責師宜置酒設樂與弟子相娛禹將崇入
後堂飲食婦女相對優人筦弦鏗鏘極樂昏夜乃罷
而宣之來也禹見之於便坐講論經義日晏賜食不
過一肉巵酒相對宣未嘗得至後堂及兩人皆聞知
各自得也禹年老自治冢塋起祠室好平陵肥牛亭
部處地又近延陵奏請求之上以賜禹詔令平陵徙
亭它所曲陽侯根聞而爭之此地當平陵寢廟衣冠
所出游道禹爲師傅不遵謙讓至求衣冠所游之道
又徙壞舊亭重非所宜孔子稱賜愛其羊我愛其禮
宜更賜禹它地根雖爲舅上敬重之不如禹根言雖
切猶不見從卒以肥牛亭地賜禹根由是害禹寵數
毀惡之天子愈益敬厚禹禹每病輒以起居聞車駕
自臨問之上親拜禹牀下禹頓首謝恩歸誠言老臣

有四男一女愛女甚於男遠嫁爲張掖太守蕭咸妻不勝父子私情思與相近上即時徙咸爲弘農太守又禹小子未有官上臨候禹禹數視其小子上即禹牀下拜爲黃門郎給事中禹雖家居以特進爲天子師國家每有大政必與定議永始元延之閒日蝕地震尤數吏民多上書言災異之應譏切王氏專政所致上懼變異數見意頗然之未有以明見迺車駕至禹弟辟左右親問禹以天變因用吏民所言王氏事示禹禹自見年老子孫弱又與曲陽侯不平恐爲所怨禹則謂上曰春秋二百四十二年閒日蝕三十餘地震五十六或爲諸侯相殺或夷狄侵中國災變之意深遠難見故聖人罕言命不語怪神性與天道自子贛之屬不得聞何況淺見鄙儒之所言陛下宜修政事以善應之與下同其福喜此經義意也新學小

生亂道誤人宜無信用以經術斷之上雅信愛禹由此不疑王氏後曲陽侯根及諸王子弟聞知禹言皆喜說遂親就禹禹見時有變異若上體不安擇日絜齋露著正衣冠立筮得吉卦則獻其占如有不吉禹爲感動憂色成帝崩禹及事哀帝建平二年薨謚曰節侯禹四子長子宏嗣侯官至太常列於九卿三弟皆爲校尉散騎諸曹初禹爲師以上難數對己問經爲論語章句獻之始魯扶卿及夏侯勝王陽蕭望之韋玄成皆說論語篇第或異禹先事王陽後從庸生采獲所安最後出而尊貴諸儒爲之語曰欲爲論念張文由是學者多從張氏餘家寖微

孔光字子夏孔子十四世之孫也孔子生伯魚鯉鯉生子思伋伋生子上帛帛生子家求求生子真箕箕生子高穿穿生順順爲魏相順生鮒鮒爲陳涉博士

死陳下鮒弟子襄爲孝惠博士長沙太傅襄生忠忠生武及安國武生延延年生霸字次孺霸生光焉安國延年皆以治尚書爲武帝博士安國至臨淮太守霸亦治尚書事太傅夏侯勝昭帝末年爲博士宣帝時爲太中大夫以選授皇太子經遷詹事高密相是時諸侯王相在郡守上元帝卽位徵霸以師賜爵關內侯食邑八百戶封襃成君給事中加賜黃金二百斤第一區徙名數于長安霸爲人謙退不好權勢常稱爵位泰過何德以堪之上欲致霸相位自御史大夫貢禹卒及薛廣德免輒欲拜霸霸讓位自陳至三上深知其至誠迺弗用以是敬之賞賜甚厚及霸薨上素服臨弔者再至賜東園祕器錢帛策贈以列侯禮謚曰烈君霸四子長子福嗣關內侯次子捷捷弟喜皆列校尉諸曹光最少子也經學尤明年未二

十舉爲議郎光祿勳匡衡舉光方正爲諫大夫坐議有不合左遷虹長自免歸教授成帝初卽位舉爲博士數使錄冤獄行風俗振贍流民奉使稱旨由是知名是時博士選三科高第爲尚書次爲刺史其不通政事以久次補諸侯太傅光以高第爲尚書觀故事品式數歲明習漢制及法令上甚信任之轉爲僕射尚書令有詔光周密謹愼未嘗有過加諸吏官以子男放爲侍郎給事黃門數年遷諸吏光祿大夫秩中二千石給事中賜黃金百斤領尚書事後爲光祿勳復領尚書諸吏給事中如故凡典樞機十餘年守法度修故事上有所問據經法以心所安而對不希指苟合如或不從不敢强諫爭以是久而安時有所言輒削草藁以爲章主之過以奸忠直人臣大罪也有所薦舉唯恐其人之聞知沐日歸休兄弟妻子燕語

終不及朝省政事或問光溫室省中樹皆何木也光
嘿不應更答以它語其不泄如是光帝師傅子少以
經行自著進官蚤成不結黨友養游說有求於人既
性自守亦其勢然也徙光祿勳爲御史大夫綏和中
上卽位二十五年無繼嗣至親有同產弟中山孝王
及同產弟子定陶王在定陶王好學多材於帝子行
而王祖母傅太后陰爲王求漢嗣私事趙皇后昭儀
及帝舅大司馬驃騎將軍王根故皆勸上上於是召
丞相翟方進御史大夫光右將軍廉褒後將軍朱博
皆引入禁中議中山定陶王誰宜爲嗣者方進根以
爲定陶王帝弟之子禮曰昆弟之子猶子也爲其後
者爲之子也定陶王宜爲嗣褒博皆如方進根議光
獨以爲禮立嗣以親中山王先帝之子帝親弟也以
尚書般庚殷之及王爲比中山王宜爲嗣上以禮兄

弟不相入廟又皇后昭儀欲立定陶王故遂立爲太子光以議不中意左遷廷尉光久典尚書練法令號稱詳平時定陵侯淳于長坐大逆誅長小妻迺始等六人皆以長事未發覺時棄去或更嫁及長事發丞相方進大司空武議以爲令犯法者各以法時律令論之明有所訖也長犯大逆時迺始等見爲長妻已有當坐之罪與身犯法無異後迺遂弃去於法無以解請論光議以爲大逆無道父母妻子同產無少長皆弃市欲懲後犯法者也夫婦之道有義則合無義則離長未自知當坐大逆之法而弃去迺始等或更嫁義已絕而欲以爲長妻論殺之名不正不當坐有詔光議是

是歲右將軍褒後將軍博坐定陵紅陽侯皆免爲庶人以光爲左將軍居右將軍官職執金吾王咸爲右將軍居後將軍官職罷後將軍官數月丞相

方進薨召左將軍光當拜已刻侯印書贊上暴崩即其夜於大行前拜受丞相博山侯印綬哀帝初即位躬行儉約省減諸用政事由己出朝廷翕然望至治焉褒賞大臣益封光千戶時成帝母太皇太后自居長樂宮而帝祖母定陶傅太后在國邸有詔問丞相大司空定陶共王太后宜當何居光素聞傅太后爲人剛暴長於權謀自帝在襁緥而養長教道至於成人帝之立又有力光心恐傅太后與政事不欲令與帝旦夕相近即議以爲定陶太后宜改築宮大司空何武曰可居北宮上從武言北宮有紫房復道通未央宮傅太后果從復道朝夕至帝所求欲稱尊號貴寵其親屬使上不得直道而行頃之太后從弟子傅遷在左右尤傾邪上免官遣歸故郡傅太后怒上不得已復留遷光與大司空師丹奏言詔書侍中駙馬

都尉遷巧佞無義漏泄不忠國之賊也免歸故郡復
有詔止天下疑惑無所取信虧損聖德誠不小愆陛
下以變異連見避正殿見羣臣思求其故至今未有
所改臣請歸遷故郡以銷姦黨應天戒卒不得遣復
爲侍中脅於傅太后皆此類也又傅太后欲與成帝
母俱稱尊號羣下多順指言母以子貴宜立尊號以
厚孝道唯師丹與光持不可上重違大臣正議又內
迫傅太后猗違者連歲丹以罪免而朱博代爲大司
空光自先帝時議繼嗣有持異之隙矣又重忤傅太
后指由是傅氏在位者與朱博爲表裏共毀譖光後
數月遂策免光曰丞相者朕之股肱所與共承宗廟
統理海內輔朕之不逮以治天下也朕既不明災異
重仍日月無光山崩河決五星失行是章朕之不德
而股肱之不良也君前爲御史大夫輔翼先帝出入

八年卒無忠言嘉謀今相朕出入三年憂國之風復
無聞焉陰陽錯謬歲比不登天下空虛百姓饑饉父
子分散流離道路以十萬數而百官羣職曠廢姦軌
放縱盜賊竝起或攻官寺殺長吏數以問君君無怵
惕憂懼之意對毋能爲是以羣卿大夫咸惰哉莫以
爲意咎由君焉君秉社稷之重總百僚之任上無以
匡朕之闕下不能綏安百姓書不云乎毋曠庶官天
工人其代之於虖君其上丞相博山侯印綬罷歸光
退閭里杜門自守而朱博代爲丞相數月坐承傅太
后指妄奏事自殺平當代爲丞相數月薨王嘉復爲
丞相數諫爭忤指旬歲閒閱三相議者皆以爲不及
光上由是思之會元壽元年正月朔日有蝕之後十
餘日傅太后崩是月徵光詣公車問日蝕事光對曰
臣聞日者衆陽之宗人君之表至尊之象君德衰微

陰道盛彊侵蔽陽明則日蝕應之書曰羞用五事建用皇極如貌言視聽思失大中之道不立則咎徵薦臻六極屢降皇之不極是爲大中不立其傳曰時則有日月亂行謂朓側匿甚則薄蝕是也又曰六沴之作歲之朝曰三朝其應至重迺正月辛丑朔日有蝕之變見三朝之會上天聰明苟無其事變不虛生書曰惟先假王正厥事言異變之來起事有不正也臣聞師曰天右與王者故災異數見以譴告之欲其改更若不畏懼有以塞除而輕忽簡誣則凶罰加焉其至可必詩曰敬之敬之天惟顯思命不易哉又曰畏天之威于時保之皆謂不懼者凶懼之則吉也陛下聖德聰明兢兢業業承順天戒敬畏變異勤心虛己延見羣臣思求其故然後敕躬自約總正萬事放遠讒說之黨援納斷斷之介退去貪殘之徒進用賢良

之吏平刑罰薄賦斂恩澤加於百姓誠爲政之大本應變之至務也天下幸甚書曰天既付命正厥德言正德以順天也又曰天棐諶辭言有誠道天輔之也明承順天道在於崇德博施加精致誠孳孳而已俗之祈禳小數終無益於應天塞異銷禍興福較然甚明無可疑惑書奏上說賜光束帛拜爲光祿大夫秩中二千石給事中位次丞相詔光舉可尚書令者封上光謝曰臣以朽材前比歷位典大職卒無尺寸之效幸免罪誅全保首領今復拔擢備內朝臣與聞政事臣光智謀淺短犬馬齒臷誠恐一旦顛仆無以報稱竊見國家故事尚書以久次轉遷非有踔絕之能不相踰越尚書僕射敞公正勤職通敏於事可尚書令謹封上敞以舉故爲東平太守敞姓成公東海人也光爲大夫月餘丞相嘉下獄死御史大夫賈延免

光復爲御史大夫。二月。爲丞相。復故國博山侯。上迺知光前免非其罪。以過近臣毀短光者。復免傅嘉。曰。前爲侍中。毀譖仁賢。誣愬大臣。令俊艾者久失其位。嘉傾覆巧僞。挾奸以罔上。崇黨以蔽朝。傷善以肆意。詩不云乎。讒人罔極。交亂四國。其免嘉爲庶人。歸故郡。明年。定三公官。光更爲大司徒。會哀帝崩。太皇太后以新都侯王莽爲大司馬。徵立中山王。是爲平帝。帝年幼。太后稱制。委政於莽。初。哀帝罷黜王氏。故太后與莽怨丁傅董賢之黨。莽以光爲舊相名儒。天下所信。太后敬之。備禮事光。所欲搏擊。輒爲草。以太后指風光令上之。睚眦莫不誅傷。莽權日盛。光憂懼不知所出。上書乞骸骨。莽白太后。帝幼少。宜置師傅。徙光爲帝太傅。位四輔。給事中。領宿衛供養。行內署門戶。省服御食物。明年。徙爲太師。而莽爲太傅。光常稱疾不敢與莽並有詔朝朔望領城門兵莽又風羣臣奏莽功德稱宰衡位在諸侯王上百官統焉光愈恐固稱疾辭位太后詔曰太師光聖人之後先師之子德行純淑道術通明居四輔職輔道于帝今年者有疾俊艾大臣惟國之重其猶不可以闕焉書曰無遺耇老國之將興尊師而重傅其令太師毋朝十日一賜餐賜太師靈壽杖黃門令爲太師省中坐置几太師入省中用杖賜餐十七物然後歸老于第官屬按職如故光凡爲御史大夫丞相各再壹爲大司徒太傅太師歷三世居公輔位前後十七年自爲尚書止不教授後爲卿時會門下大生講問疑難舉大義云其弟子多成就爲博士大夫者見師居大位幾得其助力光終無所薦舉至或怨之其公如此光年七十元始五年薨莽白太后使九卿策贈以太師博山侯

印綬賜乘輿祕器金錢雜帛少府供張諫大夫持節輿謁者二人使護喪事博士護行禮太后亦遣中謁者持節視喪公卿百官會弔送葬載以乘輿轀輬及副各一乘羽林孤兒諸生合四百人輓送車萬餘兩道路皆舉音以過喪將作穿復土可甲卒五百人起墳如大將軍王鳳制度謚曰簡烈侯初光以丞相封後益封凡食邑萬一千戶病甚上書讓還七千戶及還所賜一弟子放嗣莽簒位後以光兄子永爲大司馬封侯昆弟子至卿大夫四五人始光父霸以初元元年爲關內侯食邑霸上書求奉孔子祭祀元帝下詔曰其令師褒成君關內侯霸以所食邑八百戶祀孔子焉故霸還長子福名數於魯奉夫子祀霸薨子福嗣福薨子房嗣房薨子莽嗣元始元年封周公孔子後爲列侯食邑各二千戶莽更封爲褒成侯後避

王莽更名均

贊曰自孝武興學公孫弘以儒相其後蔡義韋賢玄成匡衡張禹翟方進孔光平當馬宮及當子晏咸以儒宗居宰相位服儒衣冠傳先王語其醖藉可也然皆持祿保位被阿諛之譏彼以古人之迹見繩烏能勝其任乎往者吾友潄浦向御棣伯常酷愛此兩文謂如禹數覩其小子自念年老子孫弱莽所欲摶擊輒爲草以太后指風光令上此等冷雋之筆顯出鉅人長德阿諛保位貽禍國家可爲千古鑒戒

漢書儒林傳

古之儒者博學虖六藝之文六學者王教之典籍先聖所以明天道正人倫致至治之成法也周道既衰壞於幽厲禮樂征伐自諸侯出陵夷二百餘年而孔子興以聖德遭季世知言之不用而道不行迺歎曰鳳鳥不至河不出圖吾已矣夫文王既沒文不在茲乎於是應聘諸侯以荅禮行誼西入周南至楚畏匡

尼陳奸七十餘君適齊聞韶三月不知肉味自衛反
魯然後樂正雅頌各得其所究觀古今之篇籍迺稱
曰大哉堯之爲君也唯天爲大唯堯則之巍巍乎其
有成功也煥乎其有文章也又云周監於二世郁郁
乎文哉吾從周於是敘書則斷堯典稱樂則法韶舞
論詩則首周南綴周之禮因魯春秋舉十二公行事
繩之以文武之道成一王法至獲麟而止蓋晚而好
易讀之韋編三絕而爲之傳皆因近聖之事以立先
王之教故曰述而不作信而好古下學而上達知我
者其天乎仲尼既沒七十子之徒散遊諸侯大者爲
卿相師傅小者友教士大夫或隱而不見故子張居
陳澹臺子羽居楚子夏居西河子貢終於齊如田子
方段干木吳起禽滑釐之屬皆受業於子夏之倫爲
王者師是時獨魏文侯好學天下竝爭於戰國儒術

既黜焉然齊魯之閒學者獨弗廢至於威宣之際孟子孫卿之列咸遵夫子之業而潤色之以學顯於當世及至秦始皇兼天下燔詩書殺術士六學從此缺矣陳涉之王也魯諸儒持孔氏禮器而歸之於是孔甲爲涉博士卒與俱死陳涉起匹夫毆適戍以立號不滿歲而滅亡其事至微淺然而搢紳先生負禮器往委質爲臣者何也以秦禁其業積怨而發憤於陳王也及高皇帝誅項籍引兵圍魯魯中諸儒尚講誦習禮弦歌之音不絕豈非聖人遺化好學之國哉於是諸儒始得修其經學講習大射鄉飲之禮叔孫通作漢禮儀因爲奉常諸弟子共定者咸爲選首然後喟然興於學然尚有干戈平定四海亦未皇庠序之事也孝惠高后時公卿皆武力功臣孝文時頗登用然孝文本好刑名之言及至孝景不任儒竇太后又

好黃老術故諸博士具官待問未有進者漢興言易自淄川田生言書自濟南伏生言詩於魯則申培公於齊則轅固生燕則韓太傅言禮則魯高堂生言春秋於齊則胡毋生於趙則董仲舒及竇太后崩武安君田蚡爲丞相黜黃老刑名百家之言延文學儒者以百數而公孫弘以治春秋爲丞相封侯天下學士靡然鄉風矣弘爲學官悼道之鬱滯迺請曰丞相御史言制曰蓋聞導民以禮風之以樂婚姻者居室之大倫也今禮廢樂崩朕甚愍焉故詳延天下方聞之士咸登諸朝其令禮官勸學講議洽聞舉遺興禮以爲天下先太常議予博士弟子崇鄉里之化以厲賢材焉謹與太常臧博士平等議曰聞三代之道鄉里有教夏曰校殷曰庠周曰序其勸善也顯之朝廷其懲惡也加之刑罰故教化之行也建首善自京師始

繇內及外今陛下昭至德開大明配天地本人倫勸學興禮崇化厲賢以風四方太平之原也古者政教未洽不備其禮請因舊官而興焉爲博士官置弟子五十人復其身太常擇民年十八以上儀狀端正者補博士弟子郡國縣官有好文學敬長上肅政教順鄉里出入不悖所聞令相長丞上屬所二千石二千石謹察可者常與計偕詣太常得受業如弟子一歲皆輒課能通一藝以上補文學掌故缺其高第可以爲郎中太常籍奏卽有秀才異等輒以名聞其不事學若下材及不能通一藝輒罷之而請諸能稱者臣謹案詔書律令下者明天人分際通古今之誼文章爾雅訓辭深厚恩施甚美小吏淺聞弗能究宣亡以明布諭下以治禮掌故以文學禮義爲官遷留滯請選擇其秩比二百石以上及吏百石通一藝以上補

左右內史大行卒史比百石以下補郡太守卒史皆各二人邊郡一人先用誦多者不足擇掌故以補中二千石屬文學掌故補郡屬備員請著功令它如律令制曰可自此以來公卿大夫士吏彬彬多文學之士矣昭帝時舉賢良文學增博士弟子員滿百人宣帝末增倍之元帝好儒能通一經者皆復數年以用度不足更爲設員千人郡國置五經百石卒史成帝末或言孔子布衣養徒三千人今天子太學弟子少於是增弟子員三千人歲餘復如故平帝時王莽秉政增元士之子得受業如弟子勿以爲員歲課甲科四十人爲郎中乙科二十人爲太子舍人丙科四十人補文學掌故云

自魯商瞿子木受易孔子以授魯橋庇子庸子庸授江東馯臂子弓子弓授燕周醜子家子家授東武孫虞子乘子乘授齊田何子裝及秦

禁學易爲筮卜之書獨不禁故傳受者不絕也漢興田何以齊田徙杜陵號杜田生授東武王同子中雒陽周王孫丁寬齊服生皆著易傳數篇同授淄川楊何字叔元元光中徵爲太中大夫齊卽墨成至城陽相廣川孟但爲太子門大夫魯周霸莒衡胡臨淄主父偃皆以易至大官要言易者本之田何

丁寬字子襄梁人也初梁項生從田何受易時寬爲項生從者讀易精敏材過項生遂事何學成何謝寬寬東歸何謂門人曰易以東矣寬至雒陽復從周王孫受古義號周氏傳景帝時寬爲梁孝王將軍距吳楚號丁將軍作易說三萬言訓故舉大誼而已今小章句是也寬授同郡碭田王孫王孫授施讎孟喜梁丘賀繇是易有施孟梁丘之學

施讎字長卿沛人也沛與碭相近讎爲童子從田王

孫受易後讎徙長陵田王孫爲博士復從卒業與孟喜梁丘賀並爲門人謙讓常稱學廢不教授及梁丘賀爲少府事多迺遣子臨分將門人張禹等從讎問讎自匿不肯見賀固請不得已迺授臨等於是賀薦讎結髮事師數十年賀不能及詔拜讎爲博士甘露中與五經諸儒雜論同異於石渠閣讎授張禹琅邪魯伯伯爲會稽太守禹至丞相禹授淮陽彭宣沛戴崇子平崇爲九卿宣大司空禹宣皆有傳魯伯授太山毛莫如少路琅邪邴丹曼容著清名莫如至常山太守此其知名者也繇是施家有張彭之學

孟喜字長卿東海蘭陵人也父號孟卿善爲禮春秋授后蒼疏廣世所傳后氏禮疏氏春秋皆出孟卿孟卿以禮經多春秋煩雜迺使喜從田王孫受易喜好自稱譽得易家候陰陽災變書詐言師田生且死時

枕喜厀獨傳喜諸儒以此耀之同門梁丘賀疏通證明之曰田生絶於施讎手中時喜歸東海安得此事又蜀人趙賓好小數書後爲易飾易文以爲箕子明夷陰陽氣亡箕子箕子者萬物方荄茲也賓持論巧慧易家不能難皆曰非古法也云受孟喜喜爲名之後賓死莫能持其說喜因不肯仞以此不見信喜舉孝廉爲郎曲臺署長病免爲丞相掾博士缺衆人薦喜上聞喜改師法遂不用喜喜授同郡白光少子沛翟牧子兄讀況皆爲博士繇是有翟孟白之學

梁丘賀字長翁琅邪諸人也以能心計爲武騎從太中大夫京房受易房者淄川楊何弟子也房出爲齊郡太守賀更事田王孫宣帝時聞京房爲易明求其門人得賀賀時爲都司空令坐事論免爲庶人待詔黄門數入說教侍中以召賀賀入說上善之以賀爲

郎會八月飲酎行祠孝昭廟先敺旄頭劒挺墮墜首垂泥中刃鄉乘輿車馬驚於是召賀筮之有兵謀不吉上還使有司侍祠是時霍氏外孫代郡太守任宣坐謀反誅宣子章爲公車丞亡在渭城界中夜玄服入廟居郎閒執戟立廟門待上至欲爲逆發覺伏誅故事上常夜入廟其後待明而入自此始也賀以筮有應繇是近幸爲太中大夫給事中至少府爲人小心周密上信重之年老終官傳子臨亦入說爲黃門郎甘露中奉使問諸儒於石渠臨學精孰專行京房法瑯邪王吉通五經聞臨說善之時宣帝選高材郎十人從臨講吉迺使其子郎中駿上疏從臨受易臨代五鹿充宗君孟爲少府駿御史大夫自有傳充宗授平陵士孫張仲方沛鄧彭祖子夏齊衡咸長賓張爲博士至楊州牧光祿大夫給事中家世傳業彭祖

真定太傅咸王莽講學大夫繇是梁丘有士孫鄧衡
之學
京房受易梁人焦延壽延壽云嘗從孟喜問易會喜
死房以爲延壽易卽孟氏學翟牧白生不肯皆曰非
也至成帝時劉向校書考易說以爲諸易家說皆祖
田何楊叔丁將軍大誼略同唯京氏爲異黨焦延壽
獨得隱士之說託之孟氏不相與同房以明災異得
幸爲石顯所譖誅自有傳房授東海殷嘉河東姚平
河南乘弘皆爲郎博士繇是易有京氏之學
費直字長翁東萊人也治易爲郎至單父令長於卦
筮亡章句徒以彖象系辭十篇文言解說上下經琅
邪王璜平中能傳之璜又傳古文尚書
高相沛人也治易與費公同時其學亦亡章句專說
陰陽災異自言出於丁將軍傳至相相授子康及蘭

陵母將永康以明易爲郎永至豫章都尉及王莽居攝東郡太守翟誼謀舉兵誅莽事未發康候知東郡有兵私語門人門人上書言之後數月翟誼兵起莽召問對受師高康莽惡之以爲惑衆斬康繇是易有高氏學高費皆未嘗立於學官

伏生濟南人也故爲秦博士孝文時求能治尚書者天下亡有聞伏生治之欲召時伏生年九十餘老不能行於是詔太常使掌故朝錯往受之秦時禁書伏生壁藏之其後大兵起流亡漢定伏生求其書亡數十篇獨得二十九篇卽以教於齊魯之閒齊學者由此頗能言尚書山東大師亡不涉尚書以教伏生教濟南張生及歐陽生張生爲博士而伏生孫以治尚書徵弗能明定是後魯周霸雒陽賈嘉頗能言尚書云

歐陽生字和伯千乘人也事伏生授倪寬寬又受業孔安國至御史大夫自有傳寬有俊材初見武帝語經學上曰吾始以尚書爲樸學弗好及聞寬說可觀迺從寬問一篇歐陽大小夏侯氏學皆出於寬寬授歐陽生子世世相傳至曾孫高子陽爲博士高孫地餘長賓以太子中庶子授太子後爲博士論石渠元帝即位地餘侍中貴幸至少府戒其子曰我死官屬即送汝財物慎毋受汝九卿儒者子孫以廉絜著可以自成及地餘死少府官屬共送數百萬其子不受天子聞而嘉之賜錢百萬地餘少子政爲王莽講學大夫由是尚書世有歐陽氏學

林尊字長賓濟南人也事歐陽高爲博士論石渠後至少府太子太傅授平陵平當梁陳翁生當至丞相自有傳翁生信都太傅家世傳業由是歐陽有平陳

之學。翁生授琅邪殷崇楚國龔勝。崇爲博士。勝右扶風。自有傳。而平當授九江朱普公文上黨鮑宣。普爲博士。宣司隸校尉。自有傳。徒衆尤盛。知名者也。

夏侯勝。其先夏侯都尉。從濟南張生受尚書。以傳族子始昌。始昌傳勝。勝又事同郡簡卿。簡卿者。兒寬門人。勝傳從兄子建。建又事歐陽高。勝至長信少府。建太子太傅。自有傳。由是尚書有大小夏侯之學。

周堪字少卿。齊人也。與孔霸俱事大夏侯勝。霸爲博士。堪譯官令。論於石渠。經爲最高。後爲太子少傅。而孔霸以太中大夫授太子。及元帝卽位。堪爲光祿大夫。與蕭望之竝領尚書事。爲石顯等所譖。皆免官。望之自殺。上愍之。迺擢堪爲光祿勳。語在劉向傳。堪授牟卿及長安許商長伯。牟卿爲博士。霸以帝師賜爵號褒成君。傳子光。亦事牟卿。至丞相。自有傳。由是大夏侯有孔許之學商善爲算著五行論歷四至九卿號其門人沛唐林子高爲德行平陵吳章偉君爲言語重泉王吉少音爲政事齊炔欽幼卿爲文學王莽時林吉爲九卿自表上師冢大夫博士郎吏爲許氏學者各從門人會車數百兩儒者榮之欽章皆爲博士徒衆尤盛章爲王莽所誅

張山拊字長賓平陵人也事小夏侯建爲博士論石渠至少府授同縣李尋鄭寬中少君山陽張無故子儒信都秦恭延君陳留假倉子驕無故善修章句爲廣陵太傅守小夏侯說文恭增師法至百萬言爲城陽內史倉以謁者論石渠至膠東相尋善說災異爲騎都尉自有傳寬中有儁材以博士授太子成帝即位賜爵關內侯食邑八百戶遷光祿大夫領尚書事甚尊重會疾卒谷永上疏曰臣聞聖王尊師傅褒賢

儁顯有功。生則致其爵祿。死則異其禮謚。昔周公薨。成王葬以變禮。而當天心。公叔文子卒。衛侯加以美謚。著爲後法。近事大司空朱邑右扶風翁歸德茂夭年。孝宣皇帝愍冊厚賜。贊命之臣。靡不激揚。關內侯鄭寬中有顏子之美質。包商偃之文學。嚴然總五經之眇論。立師傅之顯位。入則鄉唐虞之閎道。王法納乎聖聽。出則參冢宰之重職。功列施乎政事。退食自公。私門不開。散賜九族。田畝不益。德配周召。忠合羔羊。未得登司徒。有家臣。卒然早終。尤可悼痛。臣愚以爲宜加其葬禮。賜之令謚。以章尊師褒賢顯功之德。上弔贈寬中甚厚。由是小夏侯有鄭張秦假李氏之學。寬中授東郡趙玄。無故。授沛唐尊。恭授魯馮賓。賓爲博士。尊王莽太傅。玄哀帝御史大夫。至大官知名者也。

孔氏有古文尚書孔安國㠯今文字讀之因㠯起其
家逸書得十餘篇蓋尚書茲多於是矣遭巫蠱未立
於學官安國爲諫大夫授都尉朝而司馬遷亦從安
國問故遷書載堯典禹貢洪範微子金縢諸篇多古
文說都尉朝授膠東庸生庸生授清河胡常少子㠯
明穀梁春秋爲博士部刺史又傳左氏常授虢徐敖
敖爲右扶風掾又傳毛詩授王璜平陵塗惲子真子
真授河南桑欽君長王莽時諸學皆立劉歆爲國師
璜惲等皆貴顯世所傳百兩篇者出東萊張霸分析
合二十九篇㠯爲數十又采左氏傳書敘爲作首尾
凡百二篇篇或數簡文意淺陋成帝時求其古文者
霸㠯能爲百兩徵㠯中書校之非是霸辭受父父有
弟子尉氏樊竝時太中大夫平當侍御史周敞勸上
存之後樊竝謀反迺黜其書

申公魯人也少與楚元王交俱事齊人浮丘伯受詩漢興高祖過魯申公㠯弟子從師入見于魯南宮呂太后時浮丘伯在長安楚元王遣子郢與申公俱卒學元王薨郢嗣立爲楚王令申公傅太子戊戊不好學病申公及戊立爲王胥靡申公申公愧之歸魯退居家教終身不出門復謝賓客獨王命召之迺往弟子自遠方至受業者千餘人申公獨㠯詩經爲訓故㠯教亡傳疑者則闕弗傳蘭陵王臧既從受詩已通事景帝爲太子少傅免去武帝初即位臧迺上書宿衞累遷一歲至郎中令及代趙綰亦嘗受詩申公爲御史大夫綰臧請立明堂㠯朝諸侯不能就其事迺言師申公於是上使使束帛加璧安車㠯蒲裹輪駕駟迎申公弟子二人乘軺傳從至見上上問治亂之事申公時已八十餘老對曰爲治者不在多言顧力

行何如耳是時上方好文辭見申公對默然然已招致即㠯爲太中大夫舍魯邸議明堂事太皇竇太后喜老子言不說儒術得綰臧之過㠯讓上曰此欲復爲新垣平也上因廢明堂事下綰臧吏皆自殺申公亦病免歸數年卒弟子爲博士十餘人孔安國至臨淮太守周霸膠西內史夏寬城陽內史碭魯賜東海太守蘭陵繆生長沙內史徐偃膠西中尉鄒人闕門慶忌膠東內史其治官民皆有廉節稱其學官弟子行雖不備而至於大夫郎掌故㠯百數申公卒㠯詩春秋授而瑕丘江公盡能傳之徒衆最盛及魯許生免中徐公皆守學教授韋賢治詩事博士大江公及許生又治禮至丞相傳子玄成㠯淮陽中尉論石渠後亦至丞相玄成及兄子賞㠯詩授哀帝至大司馬車騎將軍自有傳由是魯詩有韋氏學

王式。字翁思。東平新桃人也。事免中徐公。及許生。式爲昌邑王師。昭帝崩。昌邑王嗣立。以行淫亂廢。昌邑羣臣皆下獄誅。唯中尉王吉。郎中令龔遂。以數諫減死論。式繫獄當死。治事使者責問曰。師何以亡諫書。式對曰。臣以詩三百五篇。朝夕授王。至於忠臣孝子之篇。未嘗不爲王反復誦之也。至於危亡失道之君。未嘗不流涕爲王深陳之也。臣以三百五篇諫。是以亡諫書。使者以聞。亦得減死論。歸家不教授。山陽張長安幼君先事式。後東平唐長賓。沛褚少孫亦來事式。問經數篇。式謝曰。聞之於師具是矣。自潤色之。不肯復授。唐生。褚生。應博士弟子選。詣博士。摳衣登堂。頌禮甚嚴。試誦說有法。疑者丘蓋不言。諸博士驚問何師。對曰。事式。皆素聞其賢。共薦式。詔除下爲博士。式徵來。衣博士衣而不冠。曰。刑餘之人。何宜復充禮官既至止舍中會諸大夫博士共持酒肉勞式皆注意高仰之博士江公世爲魯詩宗至江公著孝經說心嫉式謂歌吹諸生曰歌驪駒式曰聞之於師客歌驪駒主人歌客毋庸歸今日諸君爲主人日尚早未可也江翁曰經何以言之式曰在曲禮江翁曰何狗曲也式恥之陽醉遏墜式客罷讓諸生曰我本不欲來諸生彊勸我竟爲豎子所辱遂謝病免歸終於家張生唐生褚生皆爲博士張生論石渠至淮陽中尉唐生楚太傅由是魯詩有張唐褚氏之學張生兄子游卿爲諫大夫以詩授元帝其門人琅邪王扶爲泗水中尉陳留許晏爲博士由是張家有許氏學初薛廣德亦事王式以博士論石渠授龔舍廣德至御史大夫舍泰山太守皆有傳

轅固齊人也以治詩孝景時爲博士與黃生爭論於

上前黄生曰湯武非受命迺殺也固曰不然夫桀紂荒亂天下之心皆歸湯武湯武因天下之心而誅桀紂桀紂之民弗爲使而歸湯武湯武不得已而立非受命而何黄生曰冠雖敝必加於首履雖新必貫於足何者上下之分也今桀紂雖失道然君上也湯武雖聖臣下也夫主有失行臣不正言匡過㠯尊天子反因過而誅之代立南面非殺而何固曰必若云是高皇帝代秦卽天子之位非邪於是上曰食肉毋食馬肝未爲不知味也言學者毋言湯武受命不爲愚遂罷竇太后好老子書召問固固曰此家人言耳太后怒曰安得司空城旦書乎迺使固入圈擊彘上知太后怒而固直言無辠迺假固利兵下固刺彘正中其心彘應手而倒太后默然亡㠯復辠後上㠯固廉直拜爲清河太傅疾免武帝初卽位復㠯賢良徵諸

儒多嫉毀曰固老罷歸之時固已九十餘矣公孫弘亦徵仄目而事固固曰公孫子務正學曰言無曲學曰阿世諸齊曰詩顯貴皆固之弟子也昌邑太傅夏侯始昌最明自有傳

后蒼字近君東海郯人也事夏侯始昌始昌通五經蒼亦通詩禮爲博士至少府授翼奉蕭望之匡衡奉爲諫大夫望之前將軍衡丞相皆有傳衡授琅邪師丹伏理斿君潁川滿昌君都君都爲詹事理高密太傅家世傳業丹大司空自有傳由是齊詩有翼匡師伏之學滿昌授九江張邯琅邪皮容皆至大官徒衆尤盛

韓嬰燕人也孝文時爲博士景帝時至常山太傅嬰推詩人之意而作內外傳數萬言其語頗與齊魯閒殊然歸一也淮南賁生受之燕趙閒言詩者由韓生

韓生亦以易授人推易意而爲之傳燕趙閒好詩故其易微唯韓氏自傳之武帝時嬰嘗與董仲舒論於上前其人精悍處事分明仲舒不能難也後其孫商爲博士孝宣時涿郡韓生其後也以易徵待詔殿中曰所受易卽先太傅所傳也嘗受韓詩不如韓氏易深太傅故專傳之司隸校尉蓋寬饒本受易於孟喜見涿韓生說易而好之卽更從受焉

趙子河內人也事燕韓生授同郡蔡誼誼至丞相自有傳誼授同郡食子公與王吉吉爲昌邑中尉自有傳食生爲博士授泰山栗豐吉授淄川長孫順順爲博士豐部刺史由是韓詩有王食長孫之學豐授山陽張就順授東海髮福皆至大官徒衆尤盛

毛公趙人也治詩爲河閒獻王博士授同國貫長卿長卿授解延年延年爲阿武令授徐敖敖授九江陳

俠爲王莽講學大夫由是言毛詩者本之徐敖
漢興魯高堂生傳士禮十七篇而魯徐生善爲頌孝文時徐生㠯頌爲禮官大夫傳子至孫延襄襄其資性善爲頌不能通經延頗能未善也襄亦㠯頌爲大夫至廣陵內史延及徐氏弟子公戶滿意桓生單次皆爲禮官大夫而瑕丘蕭奮㠯禮至淮陽太守諸言禮爲頌者由徐氏
孟卿東海人也事蕭奮㠯授后倉魯閭丘卿倉說禮數萬言號曰后氏曲臺記授沛聞人通漢子方梁戴德延君戴聖次君沛慶普孝公孝公爲東平太傅德號大戴爲信都太傅聖號小戴㠯博士論石渠至九江太守由是禮有大戴小戴慶氏之學通漢㠯太子舍人論石渠至中山中尉普授魯夏侯敬又傳族子咸爲豫章太守大戴授琅邪徐良斿卿爲博士州牧

郡守家世傳業小戴授梁人橋仁季卿楊榮子孫仁
爲大鴻臚家世傳業榮琅邪太守由是大戴有徐氏
小戴有橋楊氏之學

胡母生字子都齊人也治公羊春秋爲景帝博士與董仲舒同業仲舒著書稱其德年老歸教於齊齊之言春秋者宗事之公孫弘亦頗受焉而董生爲江都相自有傳弟子遂之者蘭陵褚大東平嬴公廣川段仲溫呂步舒大至梁相步舒丞相長史唯嬴公守學不失師法爲昭帝諫大夫授東海孟卿魯眭孟孟爲符節令坐說災異誅自有傳

嚴彭祖字公子東海下邳人也與顏安樂俱事眭孟孟弟子百餘人唯彭祖安樂爲明質問疑誼各持所見孟曰春秋之意在二子矣孟死彭祖安樂各顓門教授由是公羊春秋有顏嚴之學彭祖爲宣帝博士

至河南東郡太守以高第入爲左馮翊遷太子太傅
廉直不事權貴或說曰天時不勝人事君以不修小
禮曲意士貴人左右之助經誼雖高不至宰相願少
自勉强彭祖曰凡通經術固當修行先王之道何可
委曲從俗苟求富貴乎彭祖竟以太傅官終授琅邪
王中爲元帝少府家世傳業中授同郡公孫文東門
雲雲爲荆州刺史文東平太傅徒衆尤盛雲坐爲江
賊拜辱命下獄誅
顏安樂字公孫魯國薛人眭孟姊子也家貧爲學精
力官至齊郡太守丞後爲仇家所殺安樂授淮陽泠
豐次君淄川任公公爲少府豐淄川太守由是顏家
有泠任之學始貢禹事嬴公成於眭孟至御史大夫
疏廣事孟卿至太子太傅皆自有傳廣授琅邪筦路
路爲御史中丞禹授潁川堂谿惠惠授泰山冥都都

爲丞相史都與路又事顏安樂故顏氏復有筦冥之學路授孫寶爲大司農自有傳豐授馬宮琅邪左咸咸爲郡守九卿徒衆尤盛官至大司徒自有傳

瑕丘江公受穀梁春秋及詩於魯申公傳子至孫爲博士武帝時江公與董仲舒竝仲舒通五經能持論善屬文江公吶於口上使與仲舒議不如仲舒而丞相公孫弘本爲公羊學比輯其議卒用董生於是上因尊公羊家詔太子受公羊春秋由是公羊大興太子既通復私問穀梁而善之其後浸微唯魯榮廣王孫皓星公二人受焉廣盡能傳其詩春秋高材捷敏與公羊大師眭孟等論數困之故好學者頗復受穀梁沛蔡千秋少君梁周慶幼君丁姓子孫皆從廣受千秋又事皓星公爲學最篤宣帝卽位聞衞太子好穀梁春秋以問丞相韋賢長信少府夏侯勝及侍中

樂陵侯史高皆魯人也言穀梁子本魯學公羊氏廼齊學也宜興穀梁時千秋爲郎召見與公羊家竝說上善穀梁說擢千秋爲諫大夫給事中後有過左遷平陵令復求能爲穀梁者莫及千秋上愍其學且絕廼㠯千秋爲郎中戶將選郎十人從受汝南尹更始翁君本自事千秋能說矣會千秋病死徵江公孫爲博士劉向㠯故諫大夫通達待詔受穀梁欲令助之江博士復死廼徵周慶丁姓待詔保宮使卒授十人自元康中始講至甘露元年積十餘歲皆明習廼召五經名儒太子太傅蕭望之等大議殿中平公羊穀梁同異各㠯經處是非時公羊博士嚴彭祖侍郎申輓伊推宋顯穀梁議郎尹更始待詔劉向周慶丁姓竝論公羊家多不見從願請內侍郎許廣使者亦竝內穀梁家中郎王亥各五人議三十餘事望之等十

一人各以經誼對多從穀梁由是穀梁之學大盛慶
姓皆爲博士姓至中山太傅授楚申章昌曼君爲博
士至長沙太傅徒衆尤盛尹更始爲諫大夫長樂戶
將又受左氏傳取其變理合者以爲章句傳子咸及
翟方進瑯邪房鳳咸至大司農方進丞相自有傳
房鳳字子元不其人也以射策乙科爲太史掌故太
常舉方正爲縣令都尉失官大司馬票騎將軍王根
奏除補長史薦鳳明經通達擢爲光祿大夫遷五官
中郎將時光祿勳王龔以外屬內卿與奉車都尉劉
歆共校書三人皆侍中歆白左氏春秋可立哀帝納
之以問諸儒皆不對歆於是數見丞相孔光爲言左
氏以求助光卒不肯唯鳳龔許歆遂共移書責讓太
常博士語在歆傳大司空師丹奏歆非毀先帝所立
上於是出龔等補吏龔爲弘農歆河內鳳九江太守

至青州牧始江博士授胡常常授梁蕭秉君房王莽時爲講學大夫由是穀梁春秋有尹胡申章房氏之學

漢興北平侯張蒼及梁太傅賈誼京兆尹張敞太中大夫劉公子皆修春秋左氏傳誼爲左氏傳訓故授趙人貫公爲河閒獻王博士子長卿爲蕩陰令授清河張禹長子禹與蕭望之同時爲御史數爲望之言左氏望之善之上書數㠯稱說後望之爲太子太傅薦禹於宣帝徵禹待詔未及問會疾死授尹更始更始傳子咸及翟方進胡常常授黎陽賈護季君哀帝時待詔爲郎授蒼梧陳欽子佚㠯左氏授王莽至將軍而劉歆從尹咸及翟方進受由是言左氏者本之賈護劉歆

贊曰自武帝立五經博士開弟子員設科射策勸㠯

官祿訖於元始百有餘年傳業者寖盛支葉蕃滋一經說至百餘萬言大師衆至千餘人蓋祿利之路然也初書唯有歐陽禮后易楊春秋公羊而已至孝宣世復立大小夏侯尚書大小戴禮施孟梁丘易穀梁春秋至元帝世復立京氏易平帝時又立左氏春秋毛詩逸禮古文尚書所以罔羅遺失兼而存之是在其中矣

續古文辭類纂卷十三

續古文辭類纂卷十四　中編之九

傳狀類

漢書循吏傳

漢興之初反秦之敝與民休息凡事簡易禁罔疏闊而相國蕭曹以寬厚清靜爲天下帥民作畫一之歌孝惠垂拱高后女主不出房闥而天下晏然民務稼穡衣食滋殖至於文景遂移風易俗是時循吏如河南守吳公蜀守文翁之屬皆謹身帥先居以廉平不至於嚴而民從化孝武之世外攘四夷內改法度民用彫敝姦軌不禁時少能以化治稱者唯江都相董仲舒內史公孫弘兒寬居官可紀三人皆儒者通於世務明習文法以經術潤飾吏事天子器之仲舒數謝病去弘寬至三公孝昭幼冲霍光秉政承奢侈師旅之後海內虛耗光因循守職無所改作至於始元

元鳳之間匈奴鄉化百姓益富舉賢良文學問民所疾苦於是罷酒榷而議鹽鐵矣及至孝宣繇仄陋而登至尊興于閭閻知民事之囏難自霍光薨後始躳萬機厲精爲治五日一聽事自丞相已下各奉職而進及拜刺史守相輒親見問觀其所繇退而考察所行㠯質其言有名實不相應必知其所㠯然常稱曰庶民所㠯安其田里而亡歎息愁恨之心者政平訟理也與我共此者其唯良二千石乎㠯爲太守吏民之本也數變易則下不安民知其將久不可欺罔迺服從其教化故二千石有治理效輒㠯璽書勉厲增秩賜金或爵至關內侯公卿缺則選諸所表㠯次用之是故漢世良吏於是爲盛稱中興焉若趙廣漢韓延壽尹翁歸嚴延年張敞之屬皆稱其位然任刑罰或抵罪誅王成黃霸朱邑龔遂鄭弘召信臣等所居

民富所去見思生有榮號死見奉祀此廩廩庶幾德讓君子之遺風矣

文翁廬江舒人也少好學通春秋以郡縣吏察舉景帝末爲蜀郡守仁愛好教化見蜀地辟陋有蠻夷風文翁欲誘進之乃選郡縣小吏開敏有材者張叔等十餘人親自飭厲遣詣京師受業博士或學律令減省少府用度買刀布蜀物齎計吏以遺博士數歲蜀生皆成就還歸文翁以爲右職用次察舉官有至郡守刺史者又修起學官於成都市中招下縣子弟以爲學官弟子爲除更繇高者以補郡縣吏次爲孝弟力田常選學官僮子使在便坐受事每出行縣益從學官諸生明經飭行者與俱使傳教令出入閨閤縣邑吏民見而榮之數年爭欲爲學官弟子富人至出錢以求之繇是大化蜀地學於京師者比齊魯焉至

武帝時乃令天下郡國皆立學校官自文翁爲之始云文翁終於蜀吏民爲立祠堂歲時祭祀不絕至今巴蜀好文雅文翁之化也

王成不知何郡人也爲膠東相治甚有聲宣帝最先褒之地節三年下詔曰蓋聞有功不賞有罪不誅雖唐虞不能㠯化天下今膠東相成勞來不怠流民自占八萬餘口治有異等之效其賜成爵關內侯秩中二千石未及徵用會病卒官後詔使丞相御史問郡國上計長吏守丞㠯政令得失或對言前膠東相成僞自增加㠯蒙顯賞是後俗吏多爲虛名云

黃霸字次公淮陽陽夏人也㠯豪傑役使徙雲陵霸少學律令喜爲吏武帝末㠯待詔入錢賞官補侍郎謁者坐同產有罪劾免後復入穀沈黎郡補左馮翊二百石卒史馮翊㠯霸入財爲官不署右職使領郡

錢穀計簿書正以廉稱察補河東均輸長復察廉爲
河南太守丞霸爲人明察內敏又習文法然溫良有
讓足知善御衆爲丞處議當於法合人心太守甚任
之吏民愛敬焉自武帝末用法深昭帝立幼大將軍
霍光秉政大臣爭權上官桀等與燕王謀作亂光既
誅之遂遵武帝法度以刑罰痛繩羣下繇是俗吏上
嚴酷以爲能而霸獨用寬和爲名會宣帝即位在民
間時知百姓苦吏急也聞霸持法平召以爲廷尉正
數決疑獄廷中稱平守丞相長史坐公卿大議廷中
知長信少府夏侯勝非議詔書大不敬霸阿從不舉
劾皆下廷尉繫獄當死霸因從勝受尚書獄中再踰
冬積三歲迺出語在勝傳勝出復爲諫大夫令左馮
翊宋畸舉霸賢良勝又口薦霸於上上擢霸爲揚州
刺史三歲宣帝下詔曰制詔御史其以賢良高第揚

州刺史霸爲潁州太守秩比二千石居官賜車蓋特高一丈別駕主簿車緹油屏泥於軾前以章有德時上垂意於治數下恩澤詔書吏不奉宣太守霸爲選擇良吏分部宣布詔令令民咸知上意使郵亭鄉官皆畜雞豚以贍鰥寡貧窮者然後爲條教置父老師帥伍長班行之於民閒勸以爲善防姦之意及務耕桑節用殖財種樹畜養去食穀馬米鹽靡密初若煩碎然霸精力能推行之吏民見者語次尋繹問它陰伏以相參考嘗欲有所司察擇長年廉吏遣行屬令周密吏出不敢舍郵亭食於道旁烏攫其肉民有欲詣府口言事者適見之霸與語道此後日吏還謁霸霸見迎勞之曰甚苦食於道旁乃爲烏所盜肉吏大驚以霸具知其起居所問豪氂不敢有所隱鰥寡孤獨有死無以葬者鄉部書言霸具爲區處某所大木

可以爲棺某亭猪子可以祭吏往皆如言其識事聰明如此吏民不知所出咸稱神明姦人去入它郡盜賊日少霸力行教化而後誅罰務在成就全安長吏許丞老病聾督郵白欲逐之霸曰許丞廉吏雖老尚能拜起送迎正頗重聽何傷且善助之毋失賢者意或問其故霸曰數易長吏送故迎新之費及姦吏緣絕簿書盜財物公私費耗甚多皆當出於民所易新吏又未必賢或不如其故徒相益爲亂凡治道去其泰甚者耳霸以外寬內明得吏民心戶口歲增治爲天下第一徵守京兆尹秩二千石坐發民治馳道不先以聞又發騎士詣北軍馬不適士劾乏軍興連貶秩有詔歸潁川太守官以八百石居治如其前前後八年郡中愈治是時鳳皇神爵數集郡國潁川尤多天子以霸治行終長者下詔稱揚曰潁川太守霸宣

布詔令百姓鄉化孝子弟弟貞婦順孫日以衆多田
者讓畔道不拾遺養視鰥寡贍助貧窮獄或八年亡
重罪囚吏民鄉於教化興於行誼可謂賢人君子矣
書不云乎股肱良哉其賜爵關內侯黃金百斤秩中
二千石而潁川孝弟有行義民三老力田皆以差賜
爵及帛後數月徵霸爲太子太傅遷御史大夫五鳳
三年代邴吉爲丞相封建成侯食邑六百戶霸材長
於治民及爲丞相總綱紀號令風采不及丙魏于定
國功名損於治郡時京兆尹張敞舍鶡雀飛集丞相
府霸以爲神雀議欲以聞敞奏霸曰竊見丞相請與
中二千石博士雜問郡國上計長吏守丞爲民興利
除害成大化條其對有耕者讓畔男女異路道不拾
遺及舉孝子弟弟貞婦者爲一輩先上殿舉而不知
其人數者次之不爲條教者在後叩頭謝丞相雖口

不言而心欲其爲之也長史守丞對時臣敞舍有鶡雀飛止丞相府屋上丞相以下見者數百人邊吏多知鶡雀者問之皆陽不知丞相圖議上奏曰臣問上計長吏守丞以興化條皇天報下神雀後知從臣敞舍來乃止郡國吏竊笑丞相仁厚有知略微信奇怪也昔汲黯爲淮陽守辭去之官謂大行李息曰御史大夫張湯懷詐阿意以傾朝廷公不早白與俱受戮矣息畏湯終不敢言後湯誅敗上聞黯與息語乃抵息罪而秩黯諸侯相取其思竭忠也臣敞非敢毀丞相也誠恐羣臣莫白而長吏守丞畏丞相指歸舍法令各爲私教務相增加澆淳散樸並行僞貌有名亡實傾搖解怠甚者爲妖假令京師先行讓畔異路道不拾遺其實亡益廉貪貞淫之行而以僞先天下固未可也卽諸侯先行之僞聲軼於京師非細事也漢

家承敝通變造起律令所㠯勸善禁姦條貫詳備不可復加宜令貴臣明飭長吏守丞歸告二千石舉三老孝弟力田孝廉廉吏務得其人郡事皆㠯義法令檢式毋得擅爲條教敢挾詐僞㠯奸名譽者必先受戮㠯正明好惡天子嘉納敞言召上計吏使侍中臨飭如敞指意霸甚慙又樂陵侯史高㠯外屬舊恩侍中貴重霸薦高可太尉天子使尚書召問霸太尉官罷久矣丞相兼之所㠯偃武興文也如國家不虞邊境有事左右之臣皆將率也夫宣明教化通達幽隱使獄無冤刑邑無盜賊君之職也將相之官朕之任焉侍中樂陵侯高帷幄近臣朕之所自親君何越職而舉之尚書令受丞相對霸免冠謝罪數日乃決自是後不敢復有所請然自漢興言治民吏㠯霸爲首爲丞相五歲甘露三年薨謚曰定侯霸死後樂陵侯

高竟爲大司馬霸子思侯賞嗣爲關都尉薨子忠侯
輔嗣至衞尉九卿薨子忠嗣侯訖王莽迺絕子孫爲
吏二千石者五六人始霸少爲陽夏游徼與善相人
者共載出見一婦人相者言此婦人當富貴不然相
書不可用也霸推問之乃其鄉里巫家女也霸卽取
爲妻與之終身爲丞相後徙杜陵
朱邑字仲卿廬江舒人也少時爲舒桐鄉嗇夫廉平
不苛以愛利爲行未嘗笞辱人存問耆老孤寡遇之
有恩所部吏民愛敬焉遷補太守卒史舉賢良爲大
司農丞遷北海太守以治行第一入爲大司農爲人
惇厚篤於故舊然性公正不可交以私天子器之朝
廷敬焉是時張敞爲膠東相與邑書曰明主游心太
古廣延茂士此誠忠臣竭思之時也直敞遠守劇郡
馭於繩墨匈臆約結固亡奇也雖有亦安所施足下

以清明之德掌周稷之業猶飢者甘糟糠穰歲餘粱肉何則有士之勢異也昔陳平雖賢須魏倩而後進韓信雖奇賴蕭公而後信故事各達其時之英俊若必伊尹呂望而後薦之則此人不因足下而進矣邑感激言貢薦賢士大夫多得其助者身爲列卿居處儉節祿賜以共九族鄉黨家亡餘財神爵元年卒天子閔惜下詔稱揚曰大司農邑廉潔守節退食自公亡疆外之交束脩之餽可謂淑人君子遭離凶災朕甚閔之其賜邑子黃金百斤以奉其祭祀初邑病且死屬其子曰我故爲桐鄉吏其民愛我必葬我桐鄉後世子孫奉嘗我不如桐鄉民及死其子葬之桐鄉西郭外民果然共爲邑起冢立祠歲時祠祭至今不絕

龔遂字少卿山陽南平陽人也以明經爲官至昌邑

郎中令事王賀・賀動作多不正・遂爲人忠厚剛毅・有大節・內諫爭於王・外責傅相・引經義・陳禍福・至於涕泣・蹇蹇亡已・面刺王過・王至掩耳起走・曰郎中令善媿人・及國中皆畏憚焉・王嘗久與騶奴宰人游戲飲食・賞賜亡度・遂入見王・涕泣䣛行・左右侍御皆出涕・王曰・郎中令何爲哭・遂曰・臣痛社稷危也・願賜清閒竭愚・王辟左右・遂曰・大王知膠西王所以爲無道亡乎・王曰・不知也・曰・臣聞膠西王有諛臣侯得・王所爲儗於桀紂也・得以爲堯舜也・王說其諂諛・嘗與寢處・唯得所言・以至於是・今大王親近羣小・漸漬邪惡・所習存亡之機・不可不慎也・臣請選郎通經術有行義者・與王起居・坐則誦詩書・立則習禮容・宜有益・王許之・遂迺選郎中張安等十人侍王・居數日・王皆去逐安等・久之・宮中數有妖怪・王以問遂・遂以爲有大憂・

宮室將空。語在昌邑王傳。會昭帝崩。亡子昌邑王賀嗣立。官屬皆徵入。王相安樂遷長樂衛尉。遂見安樂。流涕謂曰。王立爲天子。日益驕溢。諫之不復聽。今哀痛未盡。日與近臣飲食作樂。鬬虎豹。召皮軒車。九流。驅馳東西。所爲誖道。古制寬大。臣有隱退。今去不得。陽狂恐知。身死爲世戮。奈何。君陛下故相。宜極諫爭。王卽位二十七日。卒以淫亂廢。昌邑羣臣。坐陷王於惡。不道。皆誅。死者二百餘人。唯遂與中尉王陽以數諫爭。得減死。髡爲城旦。宣帝卽位。久之。渤海左右郡歲飢。盜賊竝起。二千石不能禽制。上選能治者。丞相御史舉遂可用。上以爲渤海太守。時遂年七十餘。召見。形貌短小。宣帝望見不副所聞。心內輕焉。謂遂曰。渤海廢亂。朕甚憂之。君欲何以息其盜賊。以稱朕意。遂對曰。海瀕遐遠。不霑聖化。其民困於飢寒。而吏不恤故使陛下赤子盜弄陛下之兵於潢池中耳今欲使臣勝之邪將安之也上聞遂對甚說答曰選用賢良固欲安之也遂曰臣聞治亂民猶治亂繩不可急也唯緩之然後可治臣願丞相御史且無拘臣以文法得一切便宜從事上許焉加賜黃金贈遣乘傳至渤海界郡聞新太守至發兵以迎遂皆遣還移書敕屬縣悉罷逐捕盜賊吏諸持鉏鉤田器者皆爲良民吏無得問持兵者迺爲盜賊遂單車獨行至府郡中翕然盜賊亦皆罷渤海又多劫略相隨聞遂教令卽時解散棄其兵弩而持鉤鉏盜賊於是悉平民安土樂業遂迺開倉廩假貧民選用良吏尉安牧養焉遂見齊俗奢侈好末技不田作迺躬率以儉約勸民務農桑令口種一樹榆百本薤五十本葱一畦韭家二母彘五雞民有帶持刀劍者使賣劍買牛賣刀買犢

曰何爲帶牛佩犢春夏不得不趨田畝秋冬課收斂益畜果實菱芡勞來循行郡中皆有畜積吏民皆富實獄訟止息數年上遣使者徵遂議曹王生願從功曹㠯爲王生素耆酒亡節度不可使遂不忍逆從至京師王生日飲酒不視太守會遂引入宮王生醉從後呼曰明府且止願有所白遂還問其故王生曰天子即問君何㠯治渤海君不可有所陳對宜曰皆聖主之德非小臣之力也遂受其言既至前上果問㠯治狀遂對如王生言天子說其有讓笑曰君安得長者之言而稱之遂因前曰臣非知此乃臣議曹教戒臣也上㠯遂年老不任公卿拜爲水衡都尉議曹王生爲水衡丞㠯襃顯遂云水衡典上林禁苑共張宮館爲宗廟取牲官職親近上甚重之㠯官壽卒

召信臣字翁卿九江壽春人也㠯明經甲科爲郎出

補穀陽長舉高第遷上蔡長其治視民如子所居見稱述超爲零陵太守病歸復徵爲諫大夫遷南陽太守其治如上蔡信臣爲人勤力有方略好爲民興利務在富之躬勸耕農出入阡陌止舍離鄉亭稀有安居時行視郡中水泉開通溝瀆起水門提閼凡數十處以廣溉灌歲歲增加多至三萬頃民得其利畜積有餘信臣爲民作均水約束刻石立於田畔以防分爭禁止嫁娶送終奢靡務出於儉約府縣吏家子弟好游敖不以田作爲事輒斥罷之甚者案其不法以視好惡其化大行郡中莫不耕稼力田百姓歸之戶口增倍盜賊獄訟衰止吏民親愛信臣號之曰召父荊州刺史奏信臣爲百姓興利郡以殷富賜黃金四十斤遷河南太守治行常爲第一復數增秩賜金竟寧中徵爲少府列於九卿奏請上林諸離遠宮館稀

幸御者勿復繕治共張又奏省樂府黃門倡優諸戲
及宮館兵弩什器減過泰半大官園種冬生葱韭菜
茹覆㠯屋廡晝夜𦈢蘊火待溫氣乃生信臣㠯爲此
皆不時之物有傷於人不宜㠯奉供養及它非法食
物悉奏罷省費歲數千萬信臣年老㠯官卒元始四
年詔書祀百辟卿士有益於民者蜀郡㠯文翁九江
㠯召父應詔書歲時郡二千石率官屬行禮奉祠信
臣冢而南陽亦爲立祠
漢書孝成趙皇后傳 外戚傳
孝成趙皇后本長安宮人初生時父母不舉三日不
死迺收養之及壯屬陽阿主家學歌舞號曰飛燕成
帝嘗微行出過陽阿主作樂上見飛燕而說之召入
宮大幸有女弟復召入俱爲倢伃貴傾後宮許后之
廢也上欲立趙倢伃皇太后嫌其所出微甚難之太

后姊子淳于長爲侍中數往來傳語得太后指上立封趙倢伃父臨爲成陽侯後月餘乃立倢伃爲皇后追以長前白罷昌陵功封爲定陵侯皇后既立後寵少衰而弟絕幸爲昭儀居昭陽舍其中庭彤朱而殿上髹漆切皆銅沓冒黃金塗白玉階壁帶往往爲黃金釭函藍田璧明珠翠羽飾之自後宮未嘗有焉姊弟顓寵十餘年卒皆無子末年定陶王來朝王祖母傅太后私賂遺趙皇后昭儀定陶王竟爲太子明年春成帝崩帝素彊無疾病是時楚思王衍梁王立來朝明日當辭去上宿供張白虎殿又欲拜左將軍孔光爲丞相已刻侯印書贊昏夜平善鄉晨傅絝韤欲起因失衣不能言晝漏上十刻而崩民閒歸罪趙昭儀皇太后詔大司馬莽丞相大司空曰皇帝暴崩羣衆讙譁怪之掖庭令輔等在後庭左右侍燕迫近雜

與御史丞相廷尉治問皇帝起居發病狀趙昭儀自殺哀帝既立尊趙皇后爲皇太后封太后弟侍中駙馬都尉欽爲新成侯趙氏侯者凡二人後數月司隸解光奏言臣聞許美人及故中宮史曹宮皆御幸孝成皇帝產子子隱不見臣遣從事掾業史望驗問知狀者掖庭獄丞籍武故中黃門王舜吳恭靳嚴官婢曹曉道房張棄故趙昭儀御者于客子王偏臧兼等皆曰宮即曉子女前屬中宮爲學事史通詩授皇后房與宮對食元延元年中宮語房曰陛下幸宮後數月曉入殿中見宮腹大問宮宮曰御幸有身其十月中宮乳掖庭牛官令舍有婢六人中黃門田客持詔記盛綠綈方底封御史中丞印予武曰取牛官令舍婦人新產兒婢六人盡置暴室獄毋問兒男女誰兒也武迎置獄宮曰善臧我兒胞丞知是何等兒也後

三日。客持詔記與武。問兒死未。手書對牘背。武即書對。兒見在。未死。有頃。客出曰。上與昭儀大怒。奈何不殺。武叩頭啼曰。不殺兒。自知當死。殺之亦死。即因客奏封事曰。陛下未有繼嗣。子無貴賤。唯留意。奏入。客復持詔記予武。曰。今夜漏上五刻。持兒與舜會東交掖門。武因問客。陛下得武書。意何如。曰。憆也。武已兒付舜。舜受詔內兒殿中。爲擇乳母。告善養兒。且有賞。毋令漏泄。舜擇棄爲乳母。時兒生八九日。後三日。客復持詔記。封如前予武。中有封小綠篋。記曰。告武以篋中物書予獄中婦人。武自臨飲之。武發篋。篋中有裹藥二枚。赫蹏書。曰告偉能。努力飲此藥。不可復入。女自知之。偉能即宮。宮讀書已。曰果也。欲姊弟擅天下。我兒男也。額上有壯髮。類孝元皇帝。今兒安在。危殺之矣。奈何令長信得聞之。宮飲藥死。後宮婢六人召

入。出語武曰。昭儀言女無過。寧自殺邪。若外家也。我
曹言願自殺。即自繆死。武皆表奏狀。棄所養兒十一
日。宮長李南以詔書取兒去。不知所置。許美人前在
上林涿沐館。數召入飾室中若舍。一歲再三召。留數
月。或半歲御幸。元延二年褱子。其十一月乳。詔使嚴
持乳毉及五種和藥丸三。送美人所。後客子偏兼聞
昭儀謂成帝曰。常紿我言從中宮來。即從中宮來。許
美人兒何從生中。許氏竟當復立邪。懟。以手自擣。以
頭擊壁戶柱。從牀上自投地。啼泣不肯食。曰。今當安
置我。欲歸耳。帝曰。今故告之。反怒爲。殊不可曉也。帝
亦不食。昭儀曰。陛下自知是。不食爲何。陛下常自言
約不負女。今美人有子。竟負約。謂何。帝曰。約以趙氏
故不立許氏。使天下無出趙氏上者。毋憂也。後詔使
嚴持綠囊書。予許美人。告嚴曰。美人當有以予女。受

來置飾室中簾南美人以葦篋一合盛所生兒緘封
及綠囊報書予嚴嚴持篋書置飾室簾南去帝與昭
儀坐使客子解篋緘未已帝使客子偏兼皆出自閉
戶獨與昭儀在須臾開戶嘑客子偏兼使緘封篋及
綠綈方底推置屏風東恭受詔持篋方底予武皆封
以御史中丞印曰告武篋中有死兒埋屏處勿令人
知武穿獄樓垣下爲坎埋其中故長定許貴人及故
成都平阿侯家婢王業任孋公孫習前免爲庶人詔
召入屬昭儀爲私婢成帝崩未幸梓宮倉卒悲哀之
時昭儀自知罪惡大知業等故許氏王氏婢恐事泄
而以大婢羊子等賜予業等各且十人以慰其意屬
無道我家過失元延二年五月故掖庭令吾丘遵謂
武曰掖庭丞吏以下皆與昭儀合通無可與語者獨
欲與武有所言我無子武有子是家輕族人得無不

敢乎。掖庭中御幸生子者、輒死。又飲藥傷墮者無數。
欲與武共言之大臣。票騎將軍貪耆錢。不足計事。奈
何令長信得聞之。遵後病困。謂武。今我已死。前所語
事。武不能獨爲也。愼語。皆在今年四月丙辰赦令前。
臣謹案永光三年男子忠等發長陵傅夫人冢。事更
大赦。孝元皇帝下詔曰。此朕不當所得赦也。窮治盡
伏辜。天下以爲當。魯嚴公夫人殺世子。齊桓召而誅
焉。春秋予之。趙昭儀傾亂聖朝。親滅繼嗣。家屬當伏
天誅。前平安剛侯夫人謁坐大逆。同產當坐。以蒙赦
令。歸故郡。今昭儀所犯尤誖逆。罪重於謁。而同產親
屬。皆在尊貴之位。迫近幃幄。羣下寒心。非所以懲惡
崇誼示四方也。請事窮竟。丞相以下議正法。哀帝於
是免新成侯趙欽。欽兄子成陽侯訢。皆爲庶人。將家
屬徙遼西郡。時議郎耿育上疏言。臣聞繼嗣失統。廢

適立庶聖人法禁古今至戒然大伯見歷知適逡循固讓委身吳粵權變所設不計常法致位王季以崇聖嗣卒有天下子孫承業七八百載功冠三王道德最備是以尊號追及大王故世必有非常之變然後迺有非常之謀孝成皇帝自知繼嗣不以時立念雖末有皇子萬歲之後未能持國權柄之重制於女主女主驕盛則耆欲無極少主幼弱則大臣不使世無周公抱負之輔恐危社稷傾亂天下知陛下有賢聖通明之德仁孝子愛之恩懷獨見之明內斷於身故廢後宮就館之漸絕微嗣禍亂之根乃欲致位陛下以安宗廟愚臣既不能深援安危定金匱之計又不知推演聖德述先帝之志迺反覆校省內暴露私燕誣汙先帝傾惑之過成結寵妾妒媚之誅甚失賢聖遠見之明逆負先帝憂國之意夫論大德不拘俗立

大功不合衆此迺孝成皇帝至思所㠯萬萬於衆臣陛下聖德盛茂所㠯符合於皇天也豈當世庸庸斗筲之臣所能及哉且褒廣將順君父之美匡捄銷滅既往之過古今通義也事不當時固爭防禍於未然各隨指阿從㠯求容媚晏駕之後尊號已定萬事已訖迺探追不及之事訐揚幽昧之過此臣所深痛也願下有司議即如臣言宜宣布天下使咸曉知先帝聖意所起不然空使謗議上及山陵下流後世遠聞百蠻近布海內甚非先帝託後之意也蓋孝子善述父之志善成人之事唯陛下省察

哀帝爲太子亦頗得趙太后力遂不竟其事傅太后恩趙太后趙太后亦歸心故成帝母及王氏皆怨之哀帝崩王莽白太后詔有司曰前皇太后與昭儀俱侍帷幄姊弟專寵錮寢執賊亂之謀殘滅繼嗣㠯違宗廟誖天犯祖無

爲天下母之義貶皇太后爲孝成皇后徙居北宮後月餘復下詔曰皇后自知罪惡深大朝請希闊失婦道無共養之禮而有狼虎之毒室宗所怨海內之讎也而尚在小君之位誠非皇天之心夫小不忍亂大謀恩之所不能已者義之所割也今廢皇后爲庶人就其園是日自殺凡立十六年而誅先是有童謠曰燕燕尾涎涎張公子時相見木門倉琅根燕飛來啄皇孫皇孫死燕啄矢成帝每微行出常與張放俱而稱富平侯家故曰張公子倉琅根宮門銅鍰也司隸解光奏古雅絕倫其所據卽今世辦案口供也然不易學恐流入於俳觀姚氏不錄柳子厚書段太尉逸事則知此中微旨矣

三國志王粲傳魏書三國志依殿本按王粲與衛覬劉廙劉劭傳同傳

王粲字仲宣山陽高平人也曾祖父龔祖父暢皆爲漢三公父謙爲大將軍何進長史進以謙名公之冑

欲與爲婚見其二子使擇焉謙弗許以疾免卒于家
獻帝西遷粲徙長安左中郎將蔡邕見而奇之時邕
才學顯著貴重朝廷常車騎填巷賓客盈坐聞粲在
門倒屣迎之粲至年既幼弱容狀短小一坐盡驚邕
曰此王公孫也有異才吾不如也吾家書籍文章盡
當與之年十七司徒辟詔除黃門侍郎以西京擾亂
皆不就乃之荊州依劉表表以粲貌寢而體弱通侻
不甚重也表卒粲勸表子琮令歸太祖太祖辟爲丞
相掾賜爵關內侯太祖置酒漢濱粲奉觴賀曰方今
袁紹起河北仗大衆志兼天下然好賢而不能用故
奇士去之劉表雍容荊楚坐觀時變自以爲西伯可
規士之避亂荊州者皆海內之儁傑也表不知所任
故國危而無輔明公定冀州之日下車卽繕其甲卒
收其豪傑而用之以横行天下及平江漢引其賢儁

而置之列位使海內回心望風而願治文武並用英雄畢力此三王之舉也後遷軍謀祭酒魏國既建拜侍中博物多識問無不對時舊儀廢弛興造制度粲恆典之初粲與人共行讀道邊碑人問曰卿能闇誦乎曰能因使背而誦之不失一字觀人圍棊局壞粲爲覆之棊者不信以帊蓋局使更以他局爲之用相比校不誤一道其彊記默識如此性善算作算術略盡其理善屬文舉筆便成無所改定時人常以爲宿構然正復精意覃思亦不能加也著詩賦論議垂六十篇建安二十一年從征吳二十二年春道病卒時年四十一粲二子爲魏諷所引誅後絕

始文帝爲五官將及平原侯植皆好文學粲與北海徐幹字偉長廣陵陳琳字孔璋陳留阮瑀字元瑜汝南應瑒字德璉東平劉楨字公幹並見友善

幹爲司空軍謀祭酒

掾屬五官將文學。琳前爲何進主簿。進欲誅諸宦官
太后不聽。進乃召四方猛將。並使引兵向京城。欲以
劫恐太后。琳諫進曰。易稱即鹿無虞。諺有掩目捕雀。
夫微物尚不可欺以得志。況國之大事。其可以詐立
乎。今將軍總皇威。握兵要。龍驤虎步。高下在心。以此
行事。無異於鼓洪爐以燎毛髮。但當速發雷霆。行權
立斷。違經合道。天人順之。而反釋其利器。更徵於他。
大兵合聚。彊者爲雄。所謂倒持干戈。授人以柄。必不
立功。秖爲亂階。進不納其言。竟以取禍。琳避難冀州。
袁紹使典文章。袁氏敗。琳歸太祖。太祖謂曰。卿昔爲
本初移書。但可罪狀孤而已。惡惡止其身。何乃上及
父祖邪。琳謝罪。太祖愛其才而不咎。瑀少受學於蔡
邕。建安中。都護曹洪欲使掌書記。瑀終不爲屈。太祖
並以琳瑀爲司空軍謀祭酒。管記室。軍國書檄。多琳

瑀所作也。琳徙門下督。瑀爲倉曹掾屬。瑒楨各被太祖辟。爲丞相掾屬。瑒轉爲平原侯庶子。後爲五官將文學。楨以不敬被刑。刑竟署吏。咸著文賦數十篇。瑀以十七年卒。幹琳瑒楨二十二年卒。

文帝書與元城令吳質曰。昔年疾疫。親故多離其災。徐陳應劉。一時俱逝。觀古今文人。類不護細行。鮮能以名節自立。而偉長獨懷文抱質。恬淡寡欲。有箕山之志。可謂彬彬君子矣。著中論二十餘篇。辭義典雅。足傳于後。德璉常斐然有述作意。其才學足以著書。美志不遂。良可痛惜。孔璋章表殊健。微爲繁富。公幹有逸氣。但未遒耳。元瑜書記翩翩。致足樂也。仲宣獨自善於辭賦。惜其體弱。不起其文。至於所善。古人無以遠過也。昔伯牙絕弦於鍾期。仲尼覆醢于子路。痛知音之難遇。傷門人之莫逮也。諸子但爲未及古人。自一時之儁也。

自潁川邯鄲淳、繁欽、陳留路粹、沛國丁儀、丁廙、弘農楊修。河內荀緯等。亦有文采。而不在此七人之例。瑒弟璩。璩子貞。咸以文學顯。璩官至侍中。貞咸熙中參相國軍事。瑀子籍。才藻豔逸。而倜儻放蕩。行己寡欲。以莊周為模則。官至步兵校尉。時又有譙郡嵇康。文辭壯麗。好言老莊。而尚奇任俠。至景元中坐事誅。景初中下邳桓威出自孤微。年十八而著渾輿經。依道以見意。從齊國門下書佐司徒署吏。後為安成令。吳質濟陰人。以文才為文帝所善。官至振威將軍假節都督河北諸軍事。封列侯。規仿史記孟荀列傳。本敘建安七子。陳思不應入此傳。故首王粲。因王粲而及徐幹等五子。又因五子而兼及邯鄲淳以下十三人。

三國志諸葛亮傳 蜀書

諸葛亮字孔明。琅琊陽都人也。漢司隸校尉諸葛豐後也。父珪字君貢。漢末為太山郡丞。亮早孤。從父玄爲袁術所署豫章太守玄將亮及亮弟均之官會漢朝更選朱皓代玄玄素與荆州牧劉表有舊往依之玄卒亮躬畊隴畝好爲梁父吟身長八尺每自比於管仲樂毅時人莫之許也惟博陵崔州平潁川徐庶元直與亮友善謂爲信然時先主屯新野徐庶見先主先主器之謂先主曰諸葛孔明者臥龍也將軍豈願見之乎先主曰君與俱來庶曰此人可就見不可屈致也將軍宜枉駕顧之由是先主遂詣亮凡三往乃見因屏人曰漢室傾頽姦臣竊命主上蒙塵孤不度德量力欲信大義於天下而智術淺短遂用猖獗至于今日然志猶未已君謂計將安出亮答曰自董卓已來豪傑並起跨州連郡者不可勝數曹操比於袁紹則名微而衆寡然操遂能克紹以弱爲彊者非惟天時抑亦人謀也今操已擁百萬之衆挾天子以

令諸侯。此誠不可與爭鋒。孫權據有江東。已歷三世。國險而民附。賢能爲之用。此可與爲援。而不可圖也。荊州北據漢沔。利盡南海。東連吳會。西通巴蜀。此用武之國。而其主不能守。此殆天所以資將軍。將軍豈有意乎。益州險塞。沃野千里。天府之土。高祖因之以成帝業。劉璋闇弱。張魯在北。民殷國富。而不知存恤。智能之士。思得明君。將軍既帝室之胄。信義著於四海。總攬英雄。思賢如渴。若跨有荊益。保其巖阻。西和諸戎。南撫夷越。外結好孫權。內脩政理。天下有變。則命一上將。將荊州之軍。以向宛洛。將軍身率益州之衆。以出秦川。百姓孰敢不簞食壺漿。以迎將軍者乎。誠如是。則霸業可成。漢室可興矣。先主曰。善。於是與亮情好日密。關羽張飛等不悅。先主解之曰。孤之有孔明。猶魚之有水也。願諸君勿復言。羽飛乃止。劉表長子琦亦深器亮表受後妻之言愛少子琮不悅於琦琦每欲與亮謀自安之術亮輒拒塞未與處畫琦乃將亮遊觀後園共上高樓飲宴之閒令人去梯因謂亮曰今日上不至天下不至地言出子口入於吾耳可以言未亮答曰君不見申生在內而危重耳在外而安乎琦意感悟陰規出計會黃祖死得出遂爲江夏太守俄而表卒琮聞曹公來征遣使請降先主在樊聞之率其衆南行亮與徐庶並從爲曹公所追破獲庶母庶辭先主而指其心曰本欲與將軍共圖王霸之業者以此方寸之地也今已失老母方寸亂矣無益於事請從此別遂詣曹公先主至於夏口亮曰事急矣請奉命求救於孫將軍時權擁軍在柴桑觀望成敗亮說權曰海內大亂將軍起兵據有江東劉豫州亦收衆漢南與曹操並爭天下今操芟夷大

難。略已平矣。遂破荊州。威震四海。英雄無所用武。故豫州遁逃至此。將軍量力而處之。若能以吳越之衆與中國抗衡。不如早與之絕。若不能當。何不案兵束甲。北面而事之。今將軍外託服從之名。而內懷猶豫之計。事急而不斷。禍至無日矣。權曰。苟如君言。劉豫州何不遂事之乎。亮曰。田横齊之壯士耳。猶守義不辱。况劉豫州王室之胄。英才蓋世。衆士慕仰。若水之歸海。若事之不濟。此乃天也。安能復爲之下乎。權勃然曰。吾不能舉全吳之地。十萬之衆。受制於人。吾計決矣。非劉豫州莫可以當曹操者。然豫州新敗之後。安能抗此難乎。亮曰。豫州軍雖敗於長阪。今戰士還者。及關羽水軍。精甲萬人。劉琦合江夏戰士。亦不下萬人。曹操之衆。遠來疲弊。聞追豫州。輕騎一日一夜行三百餘里。此所謂彊弩之末勢。不能穿魯縞者也。

故兵法忌之曰必蹶上將軍且北方之人不習水戰又荊州之民附操者偪兵勢耳非心服也今將軍誠能命猛將統兵數萬與豫州協規同力破操軍必矣操軍破必北還如此則荊吳之勢彊鼎足之形成矣成敗之機在於今日權大悅卽遣周瑜程普魯肅等水軍三萬隨亮詣先主并力拒曹公曹公敗于赤壁引軍歸鄴先主遂收江南以亮爲軍師中郎將使督零陵桂陽長沙三郡調其賦稅以充軍實建安十六年益州牧劉璋遣法正迎先主使擊張魯亮與關羽鎮荊州先主自葭萌還攻璋亮與張飛趙雲等率衆泝江分定郡縣與先主共圍成都成都平以亮爲軍師將軍署左將軍府事先主外出亮常鎮守成都足食足兵二十六年羣下勸先主稱尊號先主未許亮說曰昔吳漢耿弇等初勸世祖卽帝位世祖辭讓前

後數四耿純進言曰天下英雄喁喁冀有所望如不
從議者士大夫各歸求主無爲從公也世祖感純言
深至遂然諾之今曹氏篡漢天下無主大王劉氏苗
族紹世而起今卽帝位乃其宜也士大夫隨大王久
勤苦者亦欲望尺寸之功如純言耳先主於是卽帝
位策亮爲丞相曰朕遭家不造奉承大統兢兢業業
不敢康寧思靖百姓懼未能綏於戲丞相亮是悉朕
意無怠輔朕之闕助宣重光以照明天下君其勖哉
亮以丞相錄尚書事假節張飛卒後領司隸校尉章
武三年春先主於永安病篤召亮於成都屬以後事
謂亮曰君才十倍曹丕必能安國終定大事若嗣子
可輔輔之如其不才君可自取亮涕泣曰臣敢竭股
肱之力效忠貞之節繼之以死先主又爲詔勅後主
曰汝與丞相從事事之如父建興元年封亮武鄉侯

開府治事頃之又領益州牧政事無巨細咸決於亮南中諸郡竝皆叛亂亮以新遭大喪故未便加兵且遣使聘吳因結和親遂爲與國三年春亮率衆南征其秋悉平軍資所出國以富饒乃治戎講武以俟大舉五年率諸軍北駐漢中臨發上疏曰先帝創業未半而中道崩殂今天下三分益州疲弊此誠危急存亡之秋也然侍衞之臣不懈於內忠志之士忘身於外者蓋追先帝之殊遇欲報之於陛下也誠宜開張聖聽以光先帝遺德恢弘志士之氣不宜妄自菲薄引喻失義以塞忠諫之路也宮中府中俱爲一體陟罰臧否不宜異同若有作奸犯科及爲忠善者宜付有司論其刑賞以昭陛下平明之理不宜偏私使內外異法也侍中侍郎郭攸之費禕董允等此皆良實志慮忠純是以先帝簡拔以遺陛下愚以爲宮中之

事事無大小悉以咨之然後施行必能裨補闕漏有所廣益將軍向寵性行淑均曉暢軍事試用於昔日先帝稱之曰能是以衆議舉寵爲督愚以爲營中之事悉以咨之必能使行陣和睦優劣得所親賢臣遠小人此先漢所以興隆也親小人遠賢臣此後漢所以傾頹也先帝在時每與臣論此事未嘗不歎息痛恨於桓靈也侍中尚書長史參軍此悉貞良死節之臣願陛下親之信之則漢室之隆可計日而待也臣本布衣躬耕於南陽苟全性命於亂世不求聞達於諸侯先帝不以臣卑鄙猥自枉屈三顧臣於草廬之中諮臣以當世之事由是感激遂許先帝以驅馳後值傾覆受任於敗軍之際奉命於危難之閒爾來二十有一年矣先帝知臣謹慎故臨崩寄臣以大事也受命以來夙夜憂歎恐託付不效以傷先帝之明故

五月渡瀘深入不毛今南方已定兵甲已足當獎率三軍北定中原庶竭駑鈍攘除姦凶興復漢室還於舊都此臣所以報先帝而忠陛下之職分也至於斟酌損益進盡忠言則攸之禕允之任也願陛下託臣以討賊興復之效不效則治臣之罪以告先帝之靈曾文正公云此處當有闕文按殿本蜀志考證陳浩引文選及董允傳均有若無興德之言六字責攸之禕允等之慢以彰其咎陛下亦宜自謀以諮諏善道察納雅言深追先帝遺詔臣不勝受恩感激今當遠離臨表涕零不知所言姚纂已入奏議遂行屯于沔陽六年春揚聲由斜谷道取郿使趙雲鄧芝爲疑軍據箕谷魏大將軍曹真舉衆拒之亮身率諸軍攻祁山戎陣整齊賞罰肅而號令明南安天水安定三郡叛魏應亮關中響震魏明帝西鎮長安命張郃拒亮亮使馬謖督諸軍在前與郃戰于街亭謖違亮節度舉

動失宜大爲郃所破亮拔西縣千餘家還于漢中戮
謖以謝衆上疏曰臣以弱才叨竊非據親秉旄鉞以
厲三軍不能訓章明法臨事而懼至有街亭違命之
闕箕谷不戒之失咎皆在臣授任無方臣明不知人
恤事多闇春秋責帥臣職是當請自貶三等以督厥
咎於是以亮爲右將軍行丞相事所總統如前冬亮
復出散關圍陳倉曹真拒之亮糧盡而還魏將王雙
率騎追亮亮與戰破之斬雙七年亮遣陳式攻武都
陰平魏雍州刺史郭淮率衆欲攻式亮自出至建威
淮退還遂平二郡詔策亮曰街亭之役咎由馬謖而
君引愆深自貶抑重違君意聽順所守前年燿師馘
斬王雙今歲爰征郭淮遁走降集氐羌興復二郡威
震凶暴功勳顯然方今天下騷擾元惡未梟君受大
任幹國之重而久自挹損非所以光揚洪烈矣今復

君丞相君其勿辭九年亮復出祁山以木牛運糧盡
退軍與魏將張郃交戰射殺郃十二年春亮悉大衆
由斜谷出以流馬運據武功五丈原與司馬宣王對
於渭南亮每患糧不繼使己志不伸是以分兵屯田
爲久住之基耕者雜於渭濱居民之閒而百姓安堵
軍無私焉相持百餘日其年八月亮疾病卒于軍時
年五十四及軍退宣王案行其營壘處所曰天下奇
才也亮遺命葬漢中定軍山因山爲墳冢足容棺斂
以時服不須器物詔策曰惟君體資文武明叡篤誠
受遺託孤匡輔朕躬繼絕興微志存靖亂爰整六師
無歲不征神武赫然威震八荒將建殊功於季漢參
伊周之巨勳如何不弔事臨垂克遘疾隕喪朕用傷
悼肝心若裂夫崇德序功紀行命謚所以光昭將來
刊載不朽今使使持節左中郎將杜瓊贈君丞相武

鄉侯印綬謚君為忠武侯魂而有靈嘉玆寵榮嗚呼哀哉嗚呼哀哉初亮自表後主曰成都有桑八百株薄田十五頃子弟衣食自有餘饒至於臣在外任無別調度隨身衣食悉仰於官不別治生以長尺寸若臣死之日不使內有餘帛外有贏財以負陛下及卒如其所言亮性長於巧思損益連弩木牛流馬皆出其意推演兵法作八陣圖咸得其要云亮言教書奏多可觀別為一集景耀六年春詔為亮立廟於沔陽秋魏鎮西將軍鍾會征蜀至漢川祭亮之廟令軍士不得於亮墓所左右芻牧樵採亮弟均官至長水校尉亮子瞻嗣爵

諸葛氏集目錄

開府作牧第一　權制第二
南征第三　北出第四

討算第五　訓厲第六
綜覈上第七　綜覈下第八
雜言上第九　雜言下第十
貴和第十一　兵要第十二
傳運第十三　與孫權書第十四
與諸葛瑾書第十五　與孟達書第十六
廢李平第十七　法檢上第十八
法檢下第十九　科令上第二十
科令下第二十一　軍令上第二十二
軍令中第二十三　軍令下第二十四

右二十四篇凡十萬四千一百一十二字

臣壽等言臣前在著作郎侍中領中書監濟北侯臣荀勖中書令關內侯臣和嶠奏使臣定故蜀丞相諸葛亮故事亮毗佐危國負阻不賓然猶存錄其言恥

善有遺誠是大晉光明至德澤被無疆自古以來未之有倫也輒刪除複重隨類相從凡爲二十四篇篇名如右亮少有逸羣之才英霸之器身長八尺容貌甚偉時人異焉遭漢末擾亂隨叔父玄避難荆州躬耕于野不求聞達時左將軍劉備以亮有殊量乃三顧亮於草廬之中亮深謂備雄姿傑出遂解帶寫誠厚相結納及魏武帝南征荆州劉琮舉州委質而備失勢衆寡無立錐之地亮時年二十七乃建奇策身使孫權求援吳會權既宿服仰備又覩亮奇雅甚敬重之卽遣兵三萬人以助備備得用與武帝交戰大破其軍乘勝克捷江南悉平後備又西取益州益州既定以亮爲軍師將軍備稱尊號拜亮爲丞相錄尚書事及備殂沒嗣子幼弱事無巨細亮皆專之於是外連東吳內平南越立法施度整理戎旅工械技巧

物究其極科教嚴明賞罰必信無惡不懲無善不顯至於吏不容奸人懷自厲道不拾遺彊不侵弱風化肅然也當此之時亮之素志進欲龍驤虎視苞括四海退欲跨陵邊疆震蕩宇內又自以爲無身之日則未有能蹈涉中原抗衡上國者是以用兵不戢屢耀其武然亮才於治戎爲長奇謀爲短理民之幹優於將略而所與對敵或值人傑加衆寡不侔攻守異體故雖連年動衆未能有克昔蕭何薦韓信管仲舉王子城父皆忖己之長未能兼有故也亮之器能政理抑亦管蕭之亞匹也而時之名將無城父韓信故使功業陵遲大義不及邪蓋天命有歸不可以智力爭也青龍二年春亮帥衆出武功分兵屯田爲久駐之基其秋病卒黎庶追思以爲口實至今梁益之民咨述亮者言猶在耳雖甘棠之詠召公鄭人之歌子產

無以遠譬也孟軻有云以逸道使民雖勞不怨以生道殺人雖死不忿信矣論者或怪亮文彩不豔而過於丁寧周至臣愚以為咎繇大賢也周公聖人也考之尚書咎繇之謨略而雅周公之誥煩而悉何則咎繇與舜禹共談周公與羣下矢誓故也亮所與言盡衆人凡士故其文指不及得遠也然其聲教遺言皆經事綜物公誠之心形于文墨足以知其人之意理而有補於當世伏惟陛下邁蹤古聖蕩然無忌故雖敵國誹謗之言咸肆其辭而無所革諱所以明大通之道也謹錄寫上詣著作臣壽誠惶誠恐頓首頓首死罪死罪泰始十年二月一日癸巳平陽侯相臣陳壽上

喬字伯松亮兄瑾之第二子也本字仲慎與兄元遜俱有名於時論者以為喬才不及兄而性業過之初

亮未有子求喬爲嗣瑾啓孫權遣喬來西亮以喬爲己適子故易其字焉拜爲駙馬都尉隨亮至漢中年二十五建興元年卒子攀官至行護軍翊武將軍亦早卒諸葛恪見誅於吳子孫皆盡而亮自有冑裔故攀還復爲瑾後

瞻字思遠建興十二年亮出武功與兄瑾書曰瞻今已八歲聰慧可愛嫌其早成恐不爲重器耳年十七尚公主拜騎都尉其明年爲羽林中郎將屢遷射聲校尉侍中尚書僕射加軍師將軍瞻工書畫彊識念蜀人追思亮咸愛其才敏每朝廷有一善政佳事雖非瞻所建倡百姓皆傳相告曰葛侯之所爲也是以美聲溢譽有過其實景耀四年爲行都護衛將軍與輔國大將軍南鄉侯董厥並平尚書事六年冬魏征西將軍鄧艾伐蜀自陰平由景谷道旁入瞻督諸軍

至涪亭住前鋒破退還住綿竹艾遣書誘瞻曰若降者必表爲琅琊王瞻怒斬艾使遂戰大敗臨陣死時年三十七衆皆離散艾長驅至成都瞻長子尚與瞻俱沒次子京及攀子顯等咸熙元年內移河東

董厥者丞相亮時爲府令史亮稱之曰董令史良士也吾每與之言思慎宜適徙爲主簿亮卒後稍遷至尚書僕射代陳祗爲尚書令遷大將軍平臺事而義陽樊建代焉延熙二十四年以校尉使吳值孫權病篤不自見建權問諸葛恪曰樊建何如宗預也恪對曰才識不及預而雅性過之後爲侍中守尚書令自瞻厥建統事姜維常征伐在外宦人黃皓竊弄機柄咸共將護無能匡矯然建特不與皓和好往來蜀破之明年春（依局本增）厥建俱詣京師同爲相國參軍其秋並兼散騎常侍使蜀慰勞

評曰諸葛亮之爲相國也撫百姓示儀軌約官職從權制開誠心布公道盡忠益時者雖讎必賞犯法怠慢者雖親必罰服罪輸情者雖重必釋游辭巧飾者雖輕必戮善無微而不賞惡無纖而不貶庶事精練物理其本循名責實虛僞不齒終於邦域之內咸畏而愛之刑政雖峻而無怨者以其用心平而勸戒明也可謂識治之良才管蕭之亞匹矣然連年動衆未能成功蓋應變將略非其所長歟

五代史馮道傳 雜傳

馮道字可道瀛州景城人也事劉守光爲參軍守光敗去事宦者張承業承業監河東軍以爲巡官以其文學薦之晉王爲河東節度掌書記莊宗卽位拜戶部侍郎充翰林學士道爲人能自刻苦爲儉約當晉與梁夾河而軍道居軍中爲一茅庵不設床席臥一

束蒭而已所得俸祿與僕廝同器飲食意恬如也諸將有掠得人之美女者以遺道道不能卻寘之別室訪其主而還之其解學士居父喪于景城遇歲饑悉出所有以賙鄉里而退耕于野躬自負薪有荒其田不耕者與力不能耕者道夜往潛爲之耕其人後來媿謝道殊不以爲德服除復召爲翰林學士行至汴州遇趙在禮作亂明宗自魏擁兵還犯京師孔循勸道少留以待道曰吾奉詔赴闕豈可自留乃疾趨至京師莊宗遇弒明宗卽位雅知道所爲問安重誨曰先帝時馮道何在重誨曰爲學士也明宗曰吾素知之此真吾宰相也拜道端明殿學士遷兵部侍郎歲餘拜中書侍郎同中書門下平章事天成長興之閒歲屢豐熟中國無事道嘗戒明宗曰臣爲河東掌書記時奉使中山過井陘之險懼馬蹷失不敢怠於銜

轡及至平地謂無足慮遽跌而傷凡蹈危者慮深而
獲全居安者患生於所忽此人情之常也明宗問曰
天下雖豐百姓濟否道曰穀貴餓農穀賤傷農因誦
文士聶夷中田家詩其言近而易曉明宗顧左右錄
其詩常以自誦水運軍將於臨河縣得一玉杯有文
曰傳國寶萬歲杯明宗甚愛之以示道道曰此前世
有形之寶爾王者固有無形之寶也明宗問之道曰
仁義者帝王之寶也故曰大寶曰位何以守位曰仁
明宗武君不曉其言道已去召侍臣講說其義嘉納
之道相明宗十餘年明宗崩相愍帝潞王反於鳳翔
愍帝出奔衞州道率百官迎潞王以入是爲廢帝遂
相之廢帝卽位時愍帝猶在衞州後三日愍帝始遇
弒崩已而廢帝出道爲同州節度使踰年拜司空晉
滅唐道又事晉晉高祖拜道守司空同中書門下平

章事加司徒兼侍中封魯國公高祖崩道相出帝加
太尉封燕國公罷爲匡國軍節度使徙鎭威勝契丹
滅晉道又事契丹朝耶律德光於京師德光責道事
晉無狀道不能對又問曰何以來朝對曰無城無兵
安敢不來德光誚之曰爾是何等老子對曰無才無
德癡頑老子德光喜以道爲太傅德光北歸從至常
山漢高祖立乃歸漢以太師奉朝請周滅漢道又事
周周太祖拜道太師兼中書令道少能矯行以取稱
於世及爲大臣尤務持重以鎭物事四姓十君益以
舊德自處然當世之士無賢愚皆仰道爲元老而喜
爲之稱譽耶律德光嘗問道曰天下百姓如何救得
道爲俳語以對曰此時佛出救不得惟皇帝救得人
皆以謂契丹不夷滅中國之人者賴道一言之善也
周兵反犯京師隱帝已崩太祖謂漢大臣必行推戴

及見道道殊無意太祖素不拜道因不得已拜之道
受之如平時太祖意少沮知漢未可代遂陽立湘陰
公贇爲漢嗣遣道迎贇於徐州贇未至太祖將兵北
至澶州擁兵而返遂代漢議者謂道能沮太祖之謀
而緩之終不以晉漢之亡責道也然道視喪君亡國
亦未嘗以屑意當是時天下大亂戎夷交侵生民之
命急於倒懸道方自號長樂老著書數百言陳己更
事四姓及契丹所得階勳官爵以爲榮自謂孝於家
忠於國爲子爲弟爲人臣爲司長爲夫爲父有子有
孫時開一卷時飲一杯食味別聲被色老安於當代
老而自樂何樂如之蓋其自述如此道前事九君未
嘗諫諍世宗初卽位劉旻攻上黨世宗曰劉旻少我
謂我新立而國有大喪必不能出兵以戰且善用兵
者出其不意吾當自將擊之道乃切諫以爲不可世

宗曰吾見唐太宗平定天下敵無大小皆親征道曰陛下未可比唐太宗世宗曰劉旻烏合之衆若遇我師如山壓卵道曰陛下作得山定否世宗怒起去卒自將擊旻果敗旻于高平世宗攻淮南定三關威武之振自高平始其擊旻也鄙道不以從行以爲太祖山陵使葬畢而道卒年七十三諡曰文懿追封瀛王道既卒時人皆共稱歎以謂與孔子同壽其喜爲之稱譽蓋如此道有子吉

方望溪書王莽傳後云馮道事四姓十君竊位固寵於篡弑武人之朝其醜行穢言必多矣歐公無一及焉而轉載其直言美行及所自述與當時士無賢愚皆喜爲稱譽至擬之於孔子是之謂妙遠而不測也

續古文辭類纂卷十五　　中編之十

序跋類

史記太史公自序

昔在顓頊命南正重以司天北正黎以司地唐虞之際紹重黎之後使復典之至于夏商故重黎氏世序天地其在周程伯休甫其後也當周宣王時失其守而爲司馬氏司馬氏世典周史惠襄之閒司馬氏去周適晉晉中軍隨會奔秦而司馬氏入少梁自司馬氏去周適晉分散或在衞或在趙或在秦其在衞者相中山在趙者以傳劍論顯蒯聵其後也在秦者名錯與張儀爭論於是惠王使錯將伐蜀遂拔因而守之錯孫靳事武安君白起而少梁更名曰夏陽靳與武安君阬趙長平軍還而與之俱賜死杜郵葬於華池靳孫昌昌爲秦主鐵官當始皇之時蒯聵玄孫卬

爲武信君將而徇朝歌諸侯之相王王卬於殷漢之伐楚卬歸漢以其地爲河內郡昌生無澤無澤爲漢市長無澤生喜喜爲五大夫卒皆葬高門喜生談談爲太史公太史公學天官於唐都受易于楊何習道論于黃子太史公仕於建元元封之閒愍學者之不達其意而師悖乃論六家之要指曰易大傳天下一致而百慮同歸而殊塗夫陰陽儒墨名法道德此務爲治者也直所從言之異路有省不省耳嘗竊觀陰陽之術大祥而衆忌諱使人拘而多所畏然其序四時之大順不可失也儒者博而寡要勞而少功是以其事難盡從然其序君臣父子之禮列夫婦長幼之別不可易也墨者儉而難遵是以其事不可徧循然其彊本節用不可廢也法家嚴而少恩然其正君臣上下之分不可改矣名家使人儉而善失眞然其正

名實不可不察也道家使人精神專一動合無形贍足萬物其爲術也因陰陽之大順采儒墨之善撮名法之要與時遷移應物變化立俗施事無所不宜指約而易操事少而功多儒者則不然以爲人主天下之儀表也主倡而臣和主先而臣隨如此則主勞而臣逸至於大道之要去健羨絀聰明釋此而任術夫神大用則竭形大勞則敝形神騷動欲與天地長久非所聞也夫陰陽四時八位十二度二十四節各有教令順之者昌逆之者不死則亡未必然也故曰使人拘而多畏夫春生夏長秋收冬藏此天道之大經也弗順則無以爲天下綱紀故曰四時之大順不可失也夫儒者以六藝爲法六藝經傳以千萬數累世不能通其學當年不能究其禮故曰博而寡要勞而少功若夫列君臣父子之禮序夫婦長幼之別雖百

家弗能易也墨者亦尚堯舜道言其德行曰堂高三尺土階三等茅茨不翦采椽不刮食土簋啜土刑糲粱之食藜藿之羹夏日葛衣冬日鹿裘其送死桐棺三寸舉音不盡其哀教喪禮必以此爲萬民之率使天下法若此則尊卑無別也夫世異時移事業不必同故曰儉而難遵要曰彊本節用則人給家足之道也此墨子之所長雖百家弗能廢也法家不別親疏不殊貴賤一斷於法則親親尊尊之恩絕矣可以行一時之計而不可長用也故曰嚴而少恩若尊主卑臣明分職不得相踰越雖百家弗能改也名家苛察繳繞使人不得反其意專決於名而失人情故曰使人儉而善失真若夫控名責實參伍不失此不可不察也道家無爲又曰無不爲其實易行其辭難知其術以虛無爲本以因循爲用無成埶無常形故能究

萬物之情、不爲物先、不爲物後、故能爲萬物主、有法無法、因時爲業、有度無度、因物與合、故曰聖人不朽、時變是守、虛者道之常也、因者君之綱也、羣臣竝至、使各自明也、其實中其聲者、謂之端、實不中其聲者、謂之窾、窾言不聽、姦乃不生、賢不肖自分、白黑乃形、在所欲用耳、何事不成、乃合大道、混混冥冥、光燿天下、復反無名、凡人所生者、神也、所託者、形也、神大用則竭、形大勞則敝、形神離則死、死者不可復生、離者不可復反、故聖人重之、由是觀之、神者生之本也、形者生之具也、不先定其神、而曰我有以治天下、何由哉、（姚纂已入論辨）

太史公既掌天官、不治民、有子曰遷、遷生龍門、耕牧河山之陽、年十歲則誦古文、二十而南游江淮、上會稽、探禹穴、闚九疑、浮於沅湘、北涉汶泗、講業齊魯之都、觀孔子之遺風、鄉射鄒嶧、戹困鄱薛彭

城過梁楚以歸於是遷仕爲郎中奉使西征巴蜀以
南南略邛筰昆明還報命是歲天子始建漢家之封
而太史公留滯周南不得與從事故發憤且卒而子
遷適使反見父於河洛之閒太史公執遷手而泣曰
余先周室之太史也自上世嘗顯功名於虞夏典天
官事後世中衰絕於予乎汝復爲太史則續吾祖矣
今天子接千歲之統封泰山而余不得從行是命也
夫命也夫余死汝必爲太史爲太史無忘吾所欲論
著矣且夫孝始於事親中於事君終於立身揚名於
後世以顯父母此孝之大者夫天下稱誦周公言其
能論歌文武之德宣周邵之風達太王王季之思慮
爰及公劉以尊后稷也幽厲之後王道缺禮樂衰孔
子脩舊起廢論詩書作春秋則學者至今則之自獲
麟以來四百有餘歲而諸侯相兼史記放絕今漢興

海內一統明主賢君忠臣死義之士余爲太史而弗論載廢天下之史文余甚懼焉汝其念哉遷俯首流涕曰小子不敏請悉論先人所次舊聞弗敢闕卒三歲而遷爲太史令紬史記石室金匱之書五年而當太初元年十一月甲子朔旦冬至天厤始改建於明堂諸神受紀太史公曰先人有言自周公卒五百歲而有孔子孔子卒後至於今五百歲有能紹明世正易傳繼春秋本詩書禮樂之際意在斯乎意在斯乎小子何敢讓焉上大夫壺遂曰昔孔子何爲而作春秋哉太史公曰余聞董生曰周道衰廢孔子爲魯司寇諸侯害之大夫壅之孔子知言之不用道之不行也是非二百四十二年之中以爲天下儀表貶天子退諸侯討大夫以達王事而已矣子曰我欲載之空言不如見之於行事之深切著明也夫春秋上明三

王之道下辨人事之紀別嫌疑明是非定猶豫善善惡惡賢賢賤不肖存亡國繼絶世補敝起廢王道之大者也易著天地陰陽四時五行故長於變禮經紀人倫故長於行書記先王之事故長於政詩記山川谿谷禽獸草木牝牡雌雄故長於風樂樂所以立故長於和春秋辯是非故長於治人是故禮以節人樂以發和書以道事詩以達意易以道化春秋以道義撥亂世反之正莫近於春秋春秋文成數萬其指數千萬物之散聚皆在春秋春秋之中弒君三十六亡國五十二諸侯奔走不得保其社稷者不可勝數察其所以皆失其本已故易曰失之豪氂差以千里故曰臣弒君子弒父非一旦一夕之故也其漸久矣故有國者不可以不知春秋前有讒而弗見後有賊而不知爲人臣者不可以不知春秋守經事而不知其

宜遭變事而不知其權爲人君父而不通於春秋之義者必蒙首惡之名爲人臣子而不通於春秋之義者必陷簒弒之誅死罪之名其實皆以爲善爲之不知其義被之空言而不敢辭夫不通禮義之旨至於君不君臣不臣父不父子不子夫君不君則犯臣不臣則誅父不父則無道子不子則不孝此四行者天下之大過也以天下之大過予之則受而弗敢辭故春秋者禮義之大宗也夫禮禁未然之前法施已然之後法之所爲用者易見而禮之所爲禁者難知壺遂曰孔子之時上無明君下不得任用故作春秋垂空文以斷禮義當一王之法今夫子上遇明天子下得守職萬事旣具咸各序其宜夫子所論欲以何明太史公曰唯唯否否不然余聞之先人曰伏羲至純厚作易八卦堯舜之盛尚書載之禮樂作焉湯武之

隆詩人歌之春秋采善貶惡推三代之德褒周室非獨刺譏而已也漢興以來至明天子獲符瑞封禪改正朔易服色受命於穆清澤流罔極海外殊俗重譯款塞請來獻見者不可勝道臣下百官力誦聖德猶不能宣盡其意且士賢能而不用有國者之恥主上明聖而德不布聞有司之過也且余嘗掌其官廢明聖盛德不載滅功臣世家賢大夫之業不述墮先人所言罪莫大焉余所謂述故事整齊其世傳非所謂作也而君比之於春秋謬矣於是論次其文七年而太史公遭李陵之禍幽於縲紲乃喟然而歎曰是余之罪也夫是余之罪也夫身毀不用矣退而深惟曰夫詩書隱約者欲遂其志之思也昔西伯拘羑里演周易孔子戹陳蔡作春秋屈原放逐著離騷左丘失明厥有國語孫子臏腳而論兵法不韋遷蜀世傳呂

覽韓非囚秦說難孤憤詩三百篇大抵賢聖發憤之所爲作也此人皆意有所鬱結不得通其道也故述往事思來者於是卒述陶唐以來至于麟止自黃帝始維昔黃帝法天則地四聖遵序各成法度唐堯遜位虞舜不台厥美帝功萬世載之作五帝本紀第一維禹之功九州攸同光唐虞際德流苗裔夏桀淫驕乃放鳴條作夏本紀第二維契作商爰及成湯太甲居桐德盛阿衡武丁得說乃稱高宗帝辛湛湎諸侯不享作殷本紀第三維弃作稷德盛西伯武王牧野實撫天下幽厲昏亂既喪酆鎬陵遲至赧洛邑不祀作周本紀第四維秦之先伯翳佐禹穆公思義悼豪之旅以人爲殉詩歌黃鳥昭襄業帝作秦本紀第五始皇既立并兼六國銷鋒鑄鐻維偃干革尊號稱帝矜武任力二世受運子嬰降虜作始皇本紀第六秦

失其道豪桀並擾項梁業之子羽接之殺慶救趙諸侯立之誅嬰背懷天下非之作項羽本紀第七子羽暴虐漢行功德憤發蜀漢還定三秦誅籍業帝天下惟寧改制易俗作高祖本紀第八惠之早霣諸呂不台崇彊祿產諸侯謀之殺隱幽友大臣洞疑遂及宗禍作呂太后本紀第九漢既初興繼嗣不明迎王踐祚天下歸心蠲除肉刑開通關梁廣恩博施厥稱太宗作孝文本紀第十諸侯驕恣吳首為亂京師行誅七國伏辜天下翕然大安殷富作孝景本紀第十一漢興五世隆在建元外攘夷狄內脩法度封禪改正朔易服色作今上本紀第十二維三代尚矣年紀不可考蓋取之譜牒舊聞本于茲於是略推作三代世表第一幽厲之後周室衰微諸侯專政春秋有所不紀而譜牒經略五霸更盛衰欲睹周世相先後之意

作十二諸侯年表第二春秋之後陪臣秉政彊國相王以至于秦卒并諸夏滅封地擅其號作六國年表第三秦既暴虐楚人發難項氏遂亂漢乃扶義征伐八年之閒天下三嬗事繁變衆故詳著秦楚之際月表第四漢興已來至于太初百年諸侯廢立分削譜紀不明有司靡踵彊弱之原云以世作漢興已來諸侯年表第五維高祖元功輔臣股肱剖符而爵澤流苗裔忘其昭穆或殺身隕國作高祖功臣侯者年表第六惠景之閒維申功臣宗屬爵邑作惠景閒侯者年表第七北討彊胡南誅勁越征伐夷蠻武功爰列作建元以來侯者年表第八諸侯既彊七國爲從子弟衆多無爵封邑推恩行義其埶銷弱德歸京師作王子侯者年表第九國有賢相良將民之師表也維見漢興以來將相名臣年表賢者記其治不賢者彰

其事作漢興以來將相名臣年表第十維三代之禮
所損益各殊務然要以近情性通王道故禮因人質
爲之節文略協古今之變作禮書第一樂者所以移
風易俗也自雅頌聲興則已好鄭衛之音鄭衛之音
所從來久矣人情之所感遠俗則懷比樂書以述來
古作樂書第二非兵不彊非德不昌黃帝湯武以興
桀紂二世以崩可不愼歟司馬法所從來尚矣太公
孫吳王子能紹而明之切近世極人變作律書第三
律居陰而治陽厤居陽而治陰律厤更相治閒不容
翲忽五家之文怫異維太初之元論作厤書第四星
氣之書多雜禨祥不經推其文考其應不殊比集論
其行事驗于軌度以次作天官書第五受命而王封
禪之符罕用用則萬靈罔不禋祀追本諸神名山大
川禮作封禪書第六維禹浚川九州攸寧爰及宣防

決瀆通溝作河渠書第七維幣之行以通農商其極
則玩巧并兼茲殖爭於機利去本趨末作平準書以
觀事變第八太伯避歷江蠻是適文武攸興古公王
跡闔廬弑僚賓服荊楚夫差克齊子胥鴟夷信嚭親
越吳國既滅嘉伯之讓作吳世家第一申呂肖矣尚
父側微卒歸西伯文武是師功冠羣公繆權于幽番
番黃髮爰饗營丘不背柯盟桓公以昌九合諸侯霸
功顯彰田闞爭寵姜姓解亡嘉父之謀作齊太公世
家第二依之違之周公綏之憤發文德天下和之輔
翼成王諸侯宗周隱桓之際是獨何哉三桓爭彊魯
乃不昌嘉旦金縢作周公世家第三武王克紂天下
未協而崩成王既幼管蔡疑之淮夷叛之於是召公
率德安集王室以寧東土燕易之禪乃成禍亂嘉甘
棠之詩作燕世家第四管蔡相武庚將寧舊商及旦

攝政二叔不饗殺鮮放度周公爲盟太任十子周以
宗彊嘉仲悔過作管蔡世家第五王後不絕舜禹是
說維德休明苗裔蒙烈百世享祀爰周陳杞楚實滅
之齊田既起舜何人哉作陳杞世家第六收殷餘民
叔封始邑申以商亂酒材是告及朔之生衛頃不寧
南子惡蒯聵子父易名周德卑微戰國既彊衛以小
弱角獨後亡嘉彼康誥作衛世家第七嗟箕子乎嗟
箕子乎正言不用乃反爲奴武庚既死周封微子襄
公傷於泓君子孰稱景公謙德熒惑退行剔成暴虐
宋乃滅亡嘉微子問太師作宋世家第八武王既崩
叔虞邑唐君子譏名卒滅武公驪姬之愛亂者五世
重耳不得意乃能成霸六卿專權晉國以秏嘉文公
錫珪鬯作晉世家第九重黎業之吳回接之殷之季
世粥子牒之周用熊繹熊渠是續莊王之賢乃復國

陳。既赦鄭伯。班師華元。懷王客死。蘭咎屈原。好諛信讒。楚并於秦。嘉莊王之義。作楚世家第十。少康之子。實賓南海。文身斷髮。黿鱓與處。既守封禺。奉禹之祀。句踐困彼。乃用種蠡。嘉句踐夷蠻。能脩其德。滅彊吳。以尊周室。作越王句踐世家第十一。桓公之東。太史是庸。及侵周禾。王人是議。祭仲要盟。鄭久不昌。子產之仁。紹世稱賢。三晉侵伐。鄭納於韓。嘉厲公納惠王。作鄭世家第十二。維驥騄耳。乃章造父。趙夙事獻。衰續厥緒。佐文尊王。卒爲晉輔。襄子困辱。乃禽智伯。主父生縛。餓死探爵。王遷辟淫。良將是斥。嘉鞅討周亂。作趙世家第十三。畢萬爵魏。卜人知之。及絳戮干戈翟和之。文侯慕義。子夏師之。惠王自矜。齊秦攻之。既疑信陵。諸侯罷之。卒亡大梁。王假廝之。嘉武佐晉文申霸道。作魏世家第十四。韓厥陰德。趙武攸興。紹絶

立廢晉人宗之昭侯顯列申子庸之疑非不信秦人
襲之嘉厥輔晉匡周天子之賦作韓世家第十五完
子避難適齊爲援陰施五世齊人歌之成子得政田
和爲侯王建動心乃遷于共嘉威宣能撥濁世而獨
宗周作田敬仲完世家第十六周室既衰諸侯恣行
仲尼悼禮廢樂崩追脩經術以達王道匡亂世反之
於正見其文辭爲天下制儀法垂六藝之統紀於後
世作孔子世家第十七桀紂失其道而湯武作周失
其道而春秋作秦失其政而陳涉發迹諸侯作難風
起雲蒸卒亡秦族天下之端自涉發難作陳涉世家
第十八成皐之臺薄氏始基詘意適代厥崇諸竇栗
姬偩貴王氏乃遂陳后太驕卒尊子夫嘉夫德若斯
作外戚世家第十九漢既譎謀禽信於陳越荊剽輕
乃封弟交爲楚王爰都彭城以彊淮泗爲漢宗藩戊

溺於邪禮復紹之嘉游輔祖作楚元王世家第二十
維祖師旅劉賈是與爲布所襲喪其荊吳營陵激呂
乃王琅邪怵午信齊往而不歸遂西入關遭立孝文
獲復王燕天下未集賈澤以族爲漢藩輔作荊燕世
家第二十一天下已平親屬既寡悼惠先壯實鎮東
土哀王擅興發怒諸呂駟鈞暴戾京師弗許厲之內
淫禍成主父嘉肥股肱作齊悼惠王世家第二十二
楚人圍我滎陽相守三年蕭何填撫山西推計踵兵
給糧食不絕使百姓愛漢不樂爲楚作蕭相國世家
第二十三與信定魏破趙拔齊遂弱楚人續何相國
不變不革黎庶攸寧嘉參不伐功矜能作曹相國世
家第二十四運籌帷幄之中制勝於無形子房計謀
其事無知名無勇功圖難於易爲大於細作留侯世
家第二十五六奇既用諸侯賓從於漢呂氏之事平

爲本謀終安宗廟定社稷作陳丞相世家第二十六諸呂爲從謀弱京師而勃反經合於權吳楚之兵亞夫駐於昌邑以戹齊趙而出委以梁作絳侯世家第二十七七國叛逆蕃屏京師唯梁爲扞偩愛矜功幾獲于禍嘉其能距吳楚作梁孝王世家第二十八五宗既王親屬洽和諸侯大小爲藩爰得其宜僭擬之事稍衰貶矣作五宗世家第二十九三子之王文辭可觀作三王世家第三十末世爭利維彼奔義讓國餓死天下稱之作伯夷列傳第一晏子儉矣夷吾則奢齊桓以霸景公以治作管晏列傳第二李耳無爲自化清淨自正韓非揣事情循埶理作老子韓非列傳第三自古王者而有司馬法穰苴能申明之作司馬穰苴列傳第四非信廉仁勇不能傳兵論劍與道同符內可以治身外可以應變君子比德焉作孫子

吳起列傳第五。維建遇讒。爰及子奢。尚既匡父。伍員
奔吳。作伍子胥列傳第六。孔氏述文。弟子興業。咸為
師傅。崇仁厲義。作仲尼弟子列傳第七。鞅去衛適秦。
能明其術。彊霸孝公。後世遵其法。作商君列傳第八。
天下患衡秦毋饜。而蘇子能存諸侯。約從以抑貪彊。
作蘇秦列傳第九。六國既從親。而張儀能明其說。復
散解諸侯。作張儀列傳第十。秦所以東攘雄諸侯。樗
里甘茂之策。作樗里甘茂列傳第十一。苞河山。圍大
梁。使諸侯斂手而事秦者。魏冄之功。作穰侯列傳第
十二。南拔鄢郢。北摧長平。遂圍邯鄲。武安為率。破荊
滅趙。王翦之計。作白起王翦列傳第十三。獵儒墨之
遺文。明禮義之統紀。絕惠王利端。列往世興衰。作孟
子荀卿列傳第十四。好客喜士。士歸于薛。為齊扞楚
魏。作孟嘗君列傳第十五。爭馮亭以權。如楚以救邯

鄲之圍使其君復稱於諸侯作平原君虞卿列傳第
十六能以富貴下貧賤賢能詘於不肖唯信陵君爲
能行之作魏公子列傳第十七以身徇君遂脫彊秦
使馳說之士南鄉走楚者黃歇之義作春申君列傳
第十八能忍詢於魏齊而信威於彊秦推賢讓位二
子有之作范睢蔡澤列傳第十九率行其謀連五國
兵爲弱燕報彊齊之讎雪其先君之恥作樂毅列傳
第二十能信意彊秦而屈體廉子用徇其君俱重於
諸侯作廉頗藺相如列傳第二十一湣王既失臨淄
而奔莒唯田單用卽墨破走騎劫遂存齊社稷作田
單列傳第二十二能設詭說解患於圍城輕爵祿樂
肆志作魯仲連鄒陽列傳第二十三作辭以諷諫連
類以爭義離騷有之作屈原賈生列傳第二十四結
子楚親使諸侯之士斐然爭入事秦作呂不韋列傳

第二十五。曹子匕首，魯獲其田，齊明其信，豫讓義不爲二心。作刺客列傳第二十六。能明其畫，因時推秦，遂得意於海內，斯爲謀首。作李斯列傳第二十七。爲秦開地益衆，北靡匈奴，據河爲塞，因山爲固，建榆中。作蒙恬列傳第二十八。塡趙塞常山以廣河內，弱楚權，明漢王之信於天下。作張耳陳餘列傳第二十九。收西河上黨之兵，從至彭城，越之侵掠梁地以苦項羽。作魏豹彭越列傳第三十。以淮南叛楚歸漢，漢用得大司馬殷，卒破子羽於垓下。作黥布列傳第三十一。楚人迫我京索，而信拔魏趙，定燕齊，使漢三分天下有其二，以滅項籍。作淮陰侯列傳第三十二。楚漢相距鞏洛，而韓信爲塡潁川，盧綰絕籍糧餉。作韓信盧綰列傳第三十三。諸侯畔項王，唯齊連子羽城陽，漢得以閒遂入彭城。作田儋列傳第三十四。攻城野

戰獲功歸報噲商有力焉非獨鞭策又與之脫難作
樊酈列傳第三十五漢既初定文理未明蒼爲主計
整齊度量序律厤作張丞相列傳第三十六結言通
使約懷諸侯諸侯咸親歸漢爲藩輔作酈生陸賈列
傳第三十七欲詳知秦楚之事維周緤常從高祖平
定諸侯作傅靳蒯成列傳第三十八徙彊族都關中
和約匈奴明朝廷禮次宗廟儀法作劉敬叔孫通列
傳第三十九能摧剛作柔卒爲列臣欒公不劫於埶
而倍死作季布欒布列傳第四十敢犯顏色以達主
義不顧其身爲國家樹長畫作袁盎朝錯列傳第四
十一守法不失大理言古賢人增主之明作張釋之
馮唐列傳第四十二敦厚慈孝訥於言敏於行務在
鞠躬君子長者作萬石張叔列傳第四十三守節切
直義足以言廉行足以厲賢任重權不可以非理撓

作田叔列傳第四十四。扁鵲言醫。爲方者宗。守數精明。後世脩序。弗能易也。而倉公可謂近之矣。作扁鵲倉公列傳第四十五。維仲之省。厥濞王吳。遭漢初定。以填撫江淮之閒。作吳王濞列傳第四十六。吳楚爲亂。宗屬唯嬰。賢而喜士。士鄉之。率師抗山東滎陽。作魏其武安列傳第四十七。智足以應近世之變。寬足用得人。作韓長孺列傳第四十八。勇於當敵。仁愛士卒。號令不煩。師徒鄉之。作李將軍列傳第四十九。自三代以來。匈奴常爲中國患害。欲知彊弱之時。設備征討。作匈奴列傳第五十。直曲塞。廣河南。破祁連。通西國。靡北胡。作衞將軍驃騎列傳第五十一。大臣宗室以侈靡相高。唯弘用節衣食爲百吏先。作平津侯列傳第五十二。漢既平中國。而佗能集楊越以保南藩。納貢職。作南越列傳第五十三。吳之叛逆。甌人斬

濞葆守封禺爲臣作東越列傳第五十四燕丹散亂
遼閒滿收其亡民厥聚海東以集真藩葆塞爲外臣
作朝鮮列傳第五十五唐蒙使略通夜郎而邛筰之
君請爲內臣受吏作西南夷列傳第五十六子虛之
事大人賦說靡麗多誇然其指風諫歸於無爲作司
馬相如列傳第五十七黥布叛逆子長國之以塡江
淮之南安剽楚庶民作淮南衡山列傳第五十八奉
法循理之吏不伐功矜能百姓無稱亦無過行作循
吏列傳第五十九正衣冠立於朝廷而羣臣莫敢言
浮說長孺矜焉好薦人稱長者壯有溉作汲鄭列傳
第六十自孔子卒京師莫崇庠序唯建元元狩之閒
文辭粲如也作儒林列傳第六十一民倍本多巧姦
軌弄法善人不能化唯一切嚴削爲能齊之作酷吏
列傳第六十二漢既通使大夏而西極遠蠻引領內

鄉欲觀中國作大宛列傳第六十三救人於戹振人不贍仁者有乎不既信不倍言義者有取焉作游俠列傳第六十四夫事人君能說主耳目和主顏色而獲親近非獨色愛能亦各有所長作佞幸列傳第六十五不流世俗不爭埶利上下無所凝滯人莫之害以道之用作滑稽列傳第六十六齊楚秦趙爲日者各有俗所用欲循觀其大旨作日者列傳第六十七三王不同龜四夷各異卜然各以決吉凶略闚其要作龜策列傳第六十八布衣匹夫之人不害於政不妨百姓取與以時而息財富智者有采焉作貨殖列傳第六十九維我漢繼五帝末流接三代統業周道廢秦撥去古文焚滅詩書故明堂石室金匱玉版圖籍散亂於是漢興蕭何次律令韓信申軍法張蒼爲章程叔孫通定禮儀則文學彬彬稍進詩書往往閒

出矣自曹參薦蓋公言黃老而賈生晁錯明申商公孫弘以儒顯百年之閒天下遺文古事靡不畢集太史公太史公仍父子相續纂其職曰於戲余維先人嘗掌斯事顯於唐虞至于周復典之故司馬氏世主天官至於余乎欽念哉欽念哉罔羅天下放失舊聞王迹所興原始察終見盛觀衰論考之行事略推三代錄秦漢上記軒轅下至于茲著十二本紀既科條之矣竝時異世年差不明作十表禮樂損益律厤改易兵權山川鬼神天人之際承敝通變作八書二十八宿環北辰三十輻共一轂運行無窮輔拂股肱之臣配焉忠信行道以奉主上作三十世家扶義俶儻不令己失時立功名於天下作七十列傳凡百三十篇五十二萬六千五百字爲太史公書序略以拾遺補藝成一家之言厥協六經異傳整齊百家雜語藏

之名山副在京師俟後世聖人君子第七十太史公曰余述歷黃帝以來至太初而訖百三十篇

書太史公自序後　方望溪

子長作封禪書著武帝愚迷而序其父之死則曰是歲天子方建漢家之封而太史公留滯周南不得與從事故發憤且卒又記其言曰今天子接千歲之統封泰山而余不得從行命也夫余少讀而疑焉及讀封禪書至羣儒不能辨明封禪事然後得其意蓋封禪用事雖希曠其禮儀不可得而詳然以是爲合不死之名致怪物接僊人蓬萊士之術則夫人而知其妄矣子長恨羣儒不能辨明爲天下笑故寓其意於自序以明其父未嘗與此而所爲發憤以死者蓋以天子建漢家之封接千歲之統乃重爲方士所愚迷恨己不得從行而辨明其事也所記羣祀惟太畤后土二祠自著其名而寓其意於篇末曰五寬舒之祠示太畤后土二祠而外皆寬舒成之而已不與其議也獨其自序曰奉使適反見父於河洛之閒則是歲封禪其父子皆未與明矣而封禪書後論則自謂從行豈所從者乃其後五年一脩之封與子長之言曰非好學深思心知其意難爲淺見寡聞者道然則讀子長之書者不求其所以云之意可乎

又書太史公自序後

史記世表曰太史公讀者謂其父也故於己所稱曰余讀以別之其他書傳篇首及中閒標以太史公曰則褚少孫之妄耳故凡篇中去此四字文正相續惟是篇先人有言與上不相承蓋案之本二篇也其前篇還之家傳也其父欲論次史記而遷爲太史令紬石室金匱之書其先世世掌天

官而遷改天厤建於明堂則傳之辭事畢矣後篇則自述作書之指也自黃帝始以上通論其大體猶詩之有大序也百三十篇各繫數言猶之有小序也本紀十二曰著者其父所科條也餘書曰作者己所論載也總之曰爲太史公書序者明是書乃其父之書而已不敢專也其本傳曰請悉論先人所次舊聞不敢闕故序書既終而特以是揭其義焉其覆出余述歷黃帝以來至太初而訖百三十篇蓋舉其凡計綴於篇終猶衛霍列傳特標左方兩大將軍及諸裨將名耳自少孫於首尾加太史公曰而中答壺遂及遭李陵之禍並增太史公三字漢書十年而遭李陵之禍遂使世表稱太史公讀者幾不辨爲何人而是篇所述辭指曖昧不可別白夫是篇遷之家傳故於其父始稱名而繼則以爵易焉乃復自稱爵以混於其父可乎此以知爲少孫所增易也古書篇帙既有僞亂學者從百世下憑臆以決之所恃者義意有可尋耳然世士溺於所傳舊矣知其解者果可以旦暮遇之邪

漢書藝文志

是篇皆劉向之文與班氏辭筆夐別

昔仲尼沒而微言絕七十子喪而大義乖故春秋分爲五詩分爲四易有數家之傳戰國從衡眞僞分爭諸子之言紛然殽亂至秦患之乃燔滅文章以愚黔首漢興改秦之敗大收篇籍廣開獻書之路迄孝武

世書缺簡脫禮壞樂崩聖上喟然而稱曰朕甚閔焉於是建藏書之策置寫書之官下及諸子傳說皆充祕府至成帝時以書頗散亡使謁者陳農求遺書於天下詔光祿大夫劉向校經傳諸子詩賦步兵校尉任宏校兵書太史令尹咸校數術侍醫李柱國校方技每一書已向輒條其篇目撮其指意錄而奏之會向卒哀帝復使向子侍中奉車都尉歆卒父業歆於是總羣書而奏其七略故有輯略有六藝略有諸子略有詩賦略有兵書略有術數略有方技略今刪其要以備篇籍

易經十二篇施孟梁丘三家　易傳周氏二篇字王孫也

服氏二篇　楊氏二篇名何字叔元菑川人　蔡公二篇衛人事周王孫

韓氏二篇名嬰　王氏二篇名同　丁氏八篇名寬字子襄梁人也

古五子十八篇自甲子至壬子說易陰陽　淮南道訓

二篇。淮南王安聘明易者九人號九師法。　古雜八十篇。雜災異三十五篇。神輸五篇。圖一。　孟氏京房十一篇。災異孟氏京房六十六篇。五鹿充宗略說三篇。京氏段嘉十二篇。　章句施孟梁丘氏各二篇。

凡易十三家二百九十四篇。

易曰宓戲氏仰觀象於天俯觀法於地觀鳥獸之文與地之宜近取諸身遠取諸物於是始作八卦以通神明之德以類萬物之情至於殷周之際紂在上位逆天暴物文王以諸侯順命而行道天人之占可得而効於是重易六爻作上下篇孔氏爲之彖象繫辭文言序卦之屬十篇故曰易道深矣人更三聖世歷三古及秦燔書而易爲筮卜之事傳者不絕漢興田何傳之訖于宣元有施孟梁丘京氏列於學官而民閒有費高二家之說劉向以中古文易經校施孟梁

㠯經或脫去無咎悔亡唯費氏經與古文同

尚書古文經四十六卷為五十七篇經二十九卷大小夏侯二家歐陽經三十二卷傳四十一篇歐陽章句三十一卷大小夏侯章句各二十九卷大小夏侯解故二十九篇歐陽說義二篇劉向五行傳記十一卷許商五行傳記一篇周書七十一篇周史記議奏四十二篇宣帝時石渠論

凡書九家四百一十二篇入劉向稽疑一篇

易曰河出圖雒出書聖人則之故書之所起遠矣至孔子篹焉上斷于堯下訖于秦凡百篇而為之序言其作意秦燔書禁學濟南伏生獨壁藏之漢興亡失求得二十九篇以教齊魯之閒訖孝宣世有歐陽大小夏侯氏立於學官古文尚書者出孔子壁中武帝末魯共王壞孔子宅欲以廣其宮而得古文尚書及

禮記、論語、孝經、凡數十篇。皆古字也。共王往入其宅。聞鼓琴瑟鐘磬之音。於是懼。乃止不壞。孔安國者。孔子後也。悉得其書。以考二十九篇。得多十六篇。安國獻之。遭巫蠱事。未列于學官。劉向以中古文、校歐陽大小夏侯三家經文。酒誥脫簡一。召誥脫簡二。率簡二十五字者。脫亦二十五字。簡二十二字者。脫亦二十二字。文字異者七百有餘。脫字數十。書者古之號令。號令於衆。其言不立具。則聽受施行者弗曉。古文讀應爾雅。故解古今語而可知也。

詩經二十八卷。魯、齊、韓三家。

魯故二十五卷。

魯說二十八卷。

齊后氏故二十卷。

齊孫氏故二十七卷。

齊后氏傳三十九卷。

齊孫氏傳二十八卷。

齊雜記十八卷。

韓故三十六卷。

韓內傳四卷。

韓外傳六卷。

韓說四十一卷。

毛詩二十九卷。

毛詩故訓傳三十卷。

凡詩六家四百一十六卷。

書曰。詩言志。哥詠言。故哀樂之心感。而哥詠之聲發。誦其言謂之詩。詠其聲謂之哥。故古有采詩之官。王者所以觀風俗。知得失。自考正也。孔子純取周詩。上采殷。下取魯。凡三百五篇。遭秦而全者。以其諷誦不獨在竹帛故也。漢興。魯申公爲詩訓故。而齊轅固。燕韓生皆爲之傳。或取春秋。采雜說。咸非其本義。與不得已。魯最爲近之。三家皆列於學官。又有毛公之學。自謂子夏所傳。而河閒獻王好之。未得立。

禮古經五十六卷。經七十篇。后氏戴氏。記百三十一篇。七十子後學者所記也。明堂陰陽三十三篇。古明堂之遺事。王史氏二十一篇。七十子後學者。曲臺后倉九篇。中庸說二篇。明堂陰陽說五篇。周官經六篇。王莽時劉歆置博士。

周官傳四篇　軍禮司馬法百五十五篇　古封禪羣祀二十二篇　封禪議對十九篇武帝時也　漢封禪羣祀三十六篇　議奏三十八篇石渠

凡禮十三家五百五十五篇入司馬法一家百五十五篇

易曰有夫婦父子君臣上下禮義有所錯而帝王質文世有損益至周曲爲之防事爲之制故曰禮經三百威儀三千及周之衰諸侯將踰法度惡其害己皆滅去其籍自孔子時而不具至秦大壞漢興魯高堂生傳士禮十七篇訖孝宣世后倉最明戴德戴聖慶普皆其弟子三家立於學官禮古經者出於魯淹中及孔氏學七十篇文相似多三十九篇及明堂陰陽王史氏記所見多天子諸侯卿大夫之制雖不能備猶瘉倉等推士禮而致於天子之說

樂記二十三篇　王禹記二十四篇　雅歌詩四篇

雅琴趙氏七篇。名定，勃海人，宣帝時丞相魏相所奏。雅琴師氏八篇。名中，東海人，傳言師曠後。雅琴龍氏九十九篇。名德，梁人。

凡樂六家百六十五篇。出淮南劉向等琴頌七篇。

易曰先王作樂崇德殷薦之上帝以享祖考故自黃帝下至三代樂各有名孔子曰安上治民莫善於禮移風易俗莫善於樂二者相與並行周衰俱壞樂尤微眇以音律爲節又爲鄭衛所亂故無遺法漢興制氏以雅樂聲律世在樂官頗能紀其鏗鏘鼓舞而不能言其義六國之君魏文侯最爲好古孝文時得其樂人竇公獻其書乃周官大宗伯之大司樂章也武帝時河閒獻王好儒與毛生等共采周官及諸子言樂事者以作樂記獻八佾之舞與制氏不相遠其內史丞王定傳之以授常山王禹禹成帝時爲謁者數言其義獻二十四卷記劉向校書得樂記二十三篇

與禹不同其道寖以益微

春秋古經十二篇經十一卷公羊穀梁二家 左氏傳三十卷左丘明魯大史 公羊傳十一卷公羊子齊人 穀梁傳十一卷穀梁子魯人 鄒氏傳十一卷 夾氏傳十一卷有錄無書

左氏微二篇 鐸氏微三篇楚太傅鐸椒也 張氏微十篇 虞氏微傳二篇趙相虞卿 公羊外傳五十篇 穀梁外傳二十篇 公羊章句三十八篇 穀梁章句三十三篇 公羊雜記八十三篇 公羊顏氏記十一篇 公羊董仲舒治獄十六篇 議奏三十九篇石渠論 國語二十一篇左丘明著 新國語五十四篇劉向分國語 世本十五篇古史官記黃帝以來訖春秋時諸侯大夫 戰國策三十三篇記春秋後 奏事二十篇秦時大臣奏事及刻石名山文也 楚漢春秋九篇陸賈所記 太史公百三十篇十篇有錄無書 馮商所續太史公七篇 太古以來年紀二篇 漢

著記百九十卷。漢大年紀五篇。

凡春秋二十三家。九百四十八篇。省太史公四篇

古之王者世有史官。君舉必書。所以慎言行。昭法式也。左史記言。右史記事。事爲春秋。言爲尚書。帝王靡不同之。周室既微。載籍殘缺。仲尼思存前聖之業。乃稱曰。夏禮吾能言之。杞不足徵也。殷禮吾能言之。宋不足徵也。文獻不足故也。足則吾能徵之矣。以魯周公之國。禮文備物。史官有法。故與左丘明觀其史記。據行事。仍人道。因興以立功。就敗以成罰。假日月以定歷數。藉朝聘以正禮樂。有所褒諱貶損。不可書見。口授弟子。弟子退而異言。丘明恐弟子各安其意。以失其真。故論本事而作傳。明夫子不以空言說經也。春秋所貶損大人。當世君臣。有威權勢力。其事實皆形於傳。是以隱其書而不宣。所以免時難也。及末世

口說流行故有公羊穀梁鄒夾之傳四家之中公羊穀梁立於學官鄒氏無師夾氏未有書

論語古二十一篇出孔子壁中兩子張 齊二十二篇多問王知道

魯二十篇傳十九篇 齊說二十九篇 魯夏侯說二十一篇 魯安昌侯說二十一篇 魯王駿說二十篇 燕傳說三卷 議奏十八篇石渠論

家語二十七卷 孔子三朝七篇 孔子徒人圖法二卷

凡論語十二家二百二十九篇

論語者孔子應答弟子時人及弟子相與言而接聞於夫子之語也當時弟子各有所記夫子既卒門人相與輯而論纂故謂之論語漢興有齊魯之說傳齊論者昌邑中尉王吉少府宋畸御史大夫貢禹尚書令五鹿充宗膠東庸生唯王陽名家傳魯論語者常

山都尉龔奮長信少府夏侯勝丞相韋賢魯扶卿前將軍蕭望之安昌侯張禹皆名家張氏最後而行於世

孝經古孔氏一篇二十二章 孝經一篇十八章江氏長孫氏后氏翼氏四家

長孫氏說二篇 江氏說一篇 翼氏說一篇

后氏說一篇 雜傳四篇 安昌侯說一篇 五

經雜議十八篇石渠論 爾雅三卷二十篇 小爾雅一篇古今字一卷 弟子職一篇 說三篇

凡孝經十一家五十九篇

孝經者孔子為曾子陳孝道也夫孝天之經地之義民之行也舉大者言故曰孝經漢興長孫氏博士江翁少府后倉諫大夫翼奉安昌侯張禹傳之各自名家經文皆同唯孔氏壁中古文為異父母生之續莫大焉故親生之膝下諸家說不安處古文字讀皆異

史籀十五篇。周宣王太史作大篆十五篇。建武時亡六篇矣。 八體六技
蒼頡一篇。上七章。秦丞相李斯作。爰歷六章。車府令趙高作。博學七章。太史令胡母敬作。
凡將一篇。司馬相如作。 急就一篇。元帝時。黃門令史游作。 元尚
一篇。成帝時。將作大匠李長作。 訓纂一篇。揚雄作。 別字十三篇。
蒼頡傳一篇。 揚雄蒼頡訓纂一篇。 杜林蒼頡
訓纂一篇。 杜林蒼頡故一篇。
凡小學十家四十五篇。入揚雄杜林二家二篇。
易曰。上古結繩以治。後世聖人易之以書契。百官以
治。萬民以察。蓋取諸夬。夬揚于王庭。言其宣揚於王
者朝廷。其用最大也。古者八歲入小學。故周官保氏
掌養國子。教之六書。謂象形、象事、象意、象聲、轉注、假
借。造字之本也。漢興。蕭何草律。亦著其法。曰太史試
學童。能諷書九千字以上。乃得爲史。又以六體試之。
課最者以爲尚書御史史書令史。吏民上書。字或不

正輒舉劾六體者古文奇字篆書隸書繆篆蟲書皆所以通知古今文字摹印章書幡信也古制書必同文不知則闕問諸故老至於衰世是非無正人用其私故孔子曰吾猶及史之闕文也今亡矣夫蓋傷其寖不正史籀篇者周時史官教學童書也與孔氏壁中古文異體蒼頡七章者秦丞相李斯所作也爰歷六章者車府令趙高所作也博學七章者太史令胡毋敬所作也文字多取史籀篇而篆體復頗異所謂秦篆者也是時始造隸書矣起於官獄多事苟趨省易施之於徒隸也漢興閭里書師合蒼頡爰歷博學三篇斷六十字以為一章凡五十五章并為蒼頡篇武帝時司馬相如作凡將篇無復字元帝時黃門令史游作急就篇成帝時將作大匠李長作元尚篇皆蒼頡中正字也凡將則頗有出矣至元始中徵天下

通小學者以百數各令記字於庭中揚雄取其有用者以作訓纂篇順續蒼頡又易蒼頡中重復之字凡八十九章臣復續揚雄作十二章按韋昭曰作十三章凡一百二章無復字六藝羣書所載略備矣蒼頡多古字俗師失其讀宣帝時徵齊人能正讀者張敞從受之傳至外孫之子杜林爲作訓故并列焉

凡六藝一百三家三千一百二十三篇入三家一百五十九篇出重十一篇六藝之文樂以和神仁之表也詩以正言義之用也禮以明體明者著見故無訓也書以廣聽知之術也春秋以斷事信之符也五者蓋五常之道相須而備而易爲之原故曰易不可見則乾坤或幾乎息矣言與天地爲終始也至於五學世有變改猶五行之更用事焉古之學者耕且養三年而通一藝存其大體玩經文而已是故用日少而畜德多三十而五

經立也後世經傳既已乖離博學者又不思多聞闕疑之義而務碎義逃難便辭巧說破壞形體說五字之文至於二三萬言後進彌以馳逐故幼童而守一藝白首而後能言安其所習毀所不見終以自蔽此學者之大患也

序六藝爲九種

晏子八篇名嬰諡平仲相齊景公孔子稱善與人交有列傳子思二十三篇名伋孔子孫爲魯繆公師曾子十八篇名參孔子弟子漆雕子十二篇孔子弟子漆雕啓後宓子十六篇名不齊字子賤孔子弟子景子三篇說宓子語似其弟子世子二十一篇名碩陳人也七十子之弟子魏文侯六篇李克七篇子夏弟子爲魏文侯相公孫尼子二十八篇七十子之弟子孟子十一篇名軻鄒人子思弟子有列傳孫卿子三十三篇名況趙人爲齊稷下祭酒有列傳芈子十八篇名嬰齊人七十子之後內業十五篇不知作書者周史六弢六

篇。惠襄之閒，或曰顯王時，或曰孔子問焉。 周政六篇。周時法度政教。 周法
九篇。法天地，立百官。 河閒周制十八篇。似河閒獻王所述也。 讕言
十一篇。不知作者，陳人君法度。 功議四篇。不知作者，論功德事。 甯越
一篇。中牟人，為周威王師。 王孫子一篇。一曰巧心。 公孫固一篇。
十八章。齊閔王失國，問之，因為陳古今成敗也。 李氏春秋二篇。 羊子
四篇。百章。故秦博士。 董子一篇。名無心，難墨子。 俟子一篇。 徐
子四十二篇。宋外黃人。 魯仲連子十四篇。有列傳。 平原
君七篇。朱建也。 虞氏春秋十五篇。虞卿也。 高祖傳十
三篇。高祖與大臣述古語及詔策也。 陸賈二十三篇。 劉敬三篇。
孝文傳十一篇。文帝所稱及詔策。 賈山八篇。 太常蓼
侯孔臧十篇。父聚，高祖時以功臣封，臧嗣爵。 賈誼五十八篇。 河
閒獻王對上下三雍宮三篇。 董仲舒百二十三篇。
兒寬九篇。 公孫弘十篇。 終軍八篇。 吾丘壽
王六篇。 虞丘說一篇。難孫卿也。 莊助四篇。 臣彭四

篇。鉤盾宂從李步昌八篇。宣帝時數言事。 儒家言十八篇。不知作者。 桓寬鹽鐵論六十篇 劉向所序六十七篇。新序說苑世說列女傳頌圖也。 揚雄所序三十八篇。太玄十九法言十三樂四。箴二。

右儒五十三家八百三十六篇。入揚雄一家三十八篇。

儒家者流蓋出於司徒之官助人君順陰陽明教化者也游文於六經之中留意於仁義之際祖述堯舜憲章文武宗師仲尼以重其言於道最為高孔子曰如有所譽其有所試唐虞之隆殷周之盛仲尼之業已試之效者也然惑者既失精微而辟者又隨時抑揚違離道本茍以譁眾取寵後進循之是以五經乖析儒學寖衰此辟儒之患

伊尹五十一篇。湯相。 太公二百三十七篇。呂望為周師尚父本有道者或有近世又以為太公術者所增加也。 謀八十一篇 言七十一篇。 兵八十五篇。 辛甲二十九篇。紂臣。七十五諫而去。周封之。
鬻子二十二篇。名熊。爲周師。自文王以下問焉。周封爲楚祖。 筦子八
十六篇。名夷吾。相齊桓公。九合諸侯。不以兵車也。有列傳。 老子鄰氏經傳
四篇。姓李。名耳。鄰氏傳其學。 老子傅氏經說三十七篇。述老子學。
老子徐氏經說六篇。字少季。臨淮人。傳老子。 劉向說老子
四篇。 文子九篇。老子弟子。與孔子竝時。而稱周平王問。似依託者也。 蜎子
十三篇。名淵。楚人。老子弟子。 關尹子九篇。名喜。爲關吏。老子過關。喜去吏而從
之。 莊子五十二篇。名周。宋人。 列子八篇。名圄寇。先莊子。莊子稱之。
老成子十八篇。 長盧子九篇。楚人。依殿本添。 王狄子
一篇。 公子牟四篇。魏之公子也。先莊子。莊子稱之。 田子二十五
篇。名駢。齊人。游稷下。號天口駢。 老萊子十六篇。楚人。與孔子同時。 黔
婁子四篇。齊隱士。守道不詘。威王下之。 宮孫子二篇。 鶡冠子
一篇。楚人。居深山。以鶡爲冠。 周訓十四篇。 黃帝四經四篇。
黃帝銘六篇。 黃帝君臣十篇。起六國時。與老子相似也。 雜

黃帝五十八篇。六國時賢者所作。　力牧二十二篇。六國時所作，託之力牧。力牧，黃帝相。　孫子十六篇。六國時。　捷子二篇。齊人，武帝時說。　曹羽二篇。楚人，武帝時，說於齊王。　郎中嬰齊十二篇。武帝時。　臣君子二篇。蜀人。　鄭長者一篇。六國時，先韓子，韓子稱之。　楚子三篇。　道家言二篇。近世，不知作者。

右道三十七家九百九十三篇。

道家者流，蓋出於史官，歷記成敗存亡禍福古今之道，然後知秉要執本，清虛以自守，卑弱以自持，此君人南面之術也。合於堯之克攘，易之嗛嗛，一謙而四益，此其所長也。及放者爲之，則欲絕去禮學，兼弃仁義，曰獨任清虛可以爲治。

宋司星子韋三篇。景公之史。　公檮生終始十四篇。傳鄒奭始終書。　公孫發二十二篇。六國時。　鄒子四十九篇。名衍，齊人，爲燕昭王師，居稷下，號談天衍。　鄒子終始五十六篇。　乘丘子五篇。六國時。

杜文公五篇。六國時。

黃帝泰素二十篇。六國時。韓諸公子所作。

南公三十一篇。六國時。

容成子十四篇。

張蒼十六篇。丞相北平侯。

鄒奭子十二篇。齊人。號曰雕龍奭。

閭丘子十三篇。名快。魏人。在南公前。

馮促十三篇。鄭人。

將鉅子五篇。六國時。先南公。南公稱之。

五曹官制五篇。漢制。似賈誼所條。

周伯十一篇。齊人。六國時。

衛侯官十二篇。近世。不知作者。

于長天下忠臣九篇。平陰人。近世。

公孫渾邪十五篇。平曲侯。

雜陰陽三十八篇。不知作者。

右陰陽二十一家三百六十九篇。

陰陽家者流。蓋出於羲和之官。敬順昊天。曆象日月星辰。敬授民時。此其所長也。及拘者為之。則牽於禁忌。泥於小數。舍人事而任鬼神。

李子三十二篇。名悝。相魏文侯。富國彊兵。

商君二十九篇。名鞅。姬姓。衛後也。相秦孝公。有列傳。

申子六篇。名不害。京人。相韓昭侯。終其身。諸侯不敢侵韓。

處子九篇。　愼子四十二篇。名到。先申韓。申韓稱之。　韓子五十五篇。名非。韓諸公子。使秦。李斯害而殺之。　游棣子一篇。　鼂錯三十一篇。　燕十事十篇。不知作者。　法家言二篇。不知作者。

右法十家二百一十七篇。

法家者流。蓋出於理官。信賞必罰。以輔禮制。易曰。先王以明罰飭法。此其所長也。及刻者爲之。則無教化。去仁愛。專任刑法。而欲以致治。至於殘害至親。傷恩薄厚。

鄧析二篇。鄭人。與子產竝時。　尹文子一篇。說齊宣王。先公孫龍。　公孫龍子十四篇。趙人。　成公生五篇。與黃公等同時。　惠子一篇。名施。與莊子竝時。　黃公四篇。名疵。爲秦博士。作歌詩。在秦時歌詩中。　毛公九篇。趙人。與公孫龍等竝游平原君趙勝家。

右名七家三十六篇。

名家者流。蓋出於禮官。古者名位不同。禮亦異數。孔

子曰。必也正名乎。名不正則言不順。言不順則事不
成。此其所長也。及謷者爲之。則苟鉤鈲析亂而已。
尹佚二篇。周臣。在成康時也。 田俅子三篇。先韓子。 我子一
篇。 隨巢子六篇。墨翟弟子。 胡非子三篇。墨翟弟子。 墨子
七十一篇。名翟。爲宋大夫。在孔子後。
右墨六家。八十六篇。
墨家者流。蓋出於清廟之守。茅屋采椽。是以貴儉。養
三老五更。是以兼愛。選士大射。是以上賢。宗祀嚴父。
是以右鬼。順四時而行。是以非命。以孝視天下。是以
上同。此其所長也。及蔽者爲之。見儉之利。因以非禮。
推兼愛之意。而不知別親疏。
蘇子三十一篇。名秦。有列傳。 張子十篇。名儀。有列傳。 龐煖
二篇。爲燕將。 闕子一篇。 國筮子十七篇。 秦零陵
令信一篇。難秦相李斯。 蒯子五篇。名通。 鄒陽七篇。 主

父偃二十八篇。徐樂一篇。莊安一篇。待詔金馬聊蒼三篇。趙人。武帝時。

右從橫十二家百七篇。

從橫家者流。蓋出於行人之官。孔子曰。誦詩三百。使於四方。不能專對。雖多亦奚以爲。又曰。使乎使乎。言其當權事制宜。受命而不受辭。此其所長也。及邪人爲之。則上詐諼而棄其信。

孔甲盤盂二十六篇。黃帝之史。或曰夏帝孔甲。似皆非。　大命三十七篇。傳言禹所作。其文似後世語。　伍子胥八篇。名員。春秋時爲吳將。忠直遇讒死。　子晚子三十五篇。齊人。好議兵。與司馬法相似。　由余三篇。戎人。秦穆公聘以爲大夫。　尉繚子二十九篇。六國時。　尸子二十篇。名佼。魯人。秦相商君師之。鞅死。佼逃入蜀。　呂氏春秋二十六篇。秦相呂不韋。輯智略士作。　淮南內二十一篇。王安。　淮南外三十三篇。　東方朔二十篇。　伯象先生一篇。　荊軻論五篇。

軻為燕刺秦王。不成而死。司馬相如等論之。吳子一篇。公孫尼一篇。

博士臣賢對一篇。漢世。難韓子商君。臣說三篇。武帝時所作賦。

解子簿書三十五篇。推雜書八十七篇。雜家言一篇。王伯。不知作者。

右雜二十家四百三篇。入兵法。

雜家者流。蓋出於議官。兼儒墨。合名法。知國體之有此。見王治之無不貫。此其所長也。及盪者為之。則漫羨而無所歸心。

神農二十篇。六國時。諸子疾時怠於農業。道耕農事。託之神農。野老十七篇。六國時。在齊楚閒。宰氏十七篇。不知何世。董安國十六篇。漢代內史。不知何帝時。尹都尉十四篇。不知何世。趙氏五篇。不知何世。氾勝之十八篇。武帝時為議郎。王氏六篇。不知何世。蔡癸一篇。宣帝時。以言便宜。至弘農太守。

右農九家百一十四篇。

農家者流蓋出於農稷之官播百穀勸耕桑以足衣食故八政一曰食二曰貨孔子曰所重民食此其所長也及鄙者爲之以爲無所事聖王欲使君臣並耕誖上下之序

伊尹說二十七篇其語淺薄似依託也 鬻子說十九篇後世所加

周考七十六篇考周事也 青史子五十七篇古史官記事也

師曠六篇見春秋其言淺薄本與此同似因託之 務成子十一篇稱堯問非古語 宋子十八篇孫卿道宋子其言黃老意 天乙三篇天乙謂湯其言非殷時皆依託也 黃帝說四十篇迂誕依託 封禪方說十八篇武帝時 待詔臣饒心術二十五篇武帝時 待詔臣安成未央術一篇 臣壽周紀七篇項國圉人宣帝時

虞初周說九百四十三篇河南人武帝時以方士侍郎號黃車使者

百家百三十九卷

右小說十五家千三百八十篇

小說家者流蓋出於稗官街談巷語道聽塗說者之所造也孔子曰雖小道必有可觀者焉致遠恐泥是以君子弗爲也然亦弗滅也閭里小知者之所及亦使綴而不忘如或一言可采此亦芻蕘狂夫之議也

凡諸子百八十九家四千三百二十四篇（出蹵鞠一家二十五篇）

諸子十家其可觀者九家而已皆起於王道既微諸侯力政時君世主好惡殊方是以九家之說蠭出並作各引一端崇其所善以此馳說取合諸侯其言雖殊辟猶水火相滅亦相生也仁之與義敬之與和相反而皆相成也易曰天下同歸而殊塗一致而百慮今異家者各推所長窮知究慮以明其指雖有蔽短合其要歸亦六經之支與流裔使其人遭明王聖主得其所折中皆股肱之材已仲尼有言禮失而求諸野方今去聖久遠道術缺廢無所更索彼九家者

不猶瘉於野乎若能脩六蓺之術而觀此九家之言舍短取長則可以通萬方之略矣

屈原賦二十五篇 楚懷王大夫有列傳 唐勒賦四篇 楚人 宋玉賦十六篇 楚人與唐勒並時在屈原後也 趙幽王賦一篇 莊夫子賦二十四篇 名忌吳人 賈誼賦七篇 枚乘賦九篇 司馬相如賦二十九篇 淮南王賦八十二篇

淮南王羣臣賦四十四篇 太常蓼侯孔臧賦二十篇 陽丘侯劉隁賦十九篇 吾丘壽王賦十五篇 蔡甲賦一篇 上所自造賦二篇 兒寬賦二篇 光祿大夫張子僑賦三篇 與王褒同時也 陽成侯劉德賦九篇 劉向賦三十三篇 王褒賦十六篇

右賦二十家三百六十一篇

陸賈賦三篇 枚皐賦百二十篇 朱建賦二篇 常侍郎莊怱奇賦十一篇 枚皐同時 嚴助賦三十五篇

朱買臣賦三篇。宗正劉辟彊賦八篇。司馬遷賦八篇。郎中臣嬰齊賦十篇。臣說賦九篇。臣吾賦十八篇。遼東太守蘇季賦一篇。蕭望之賦四篇。河內太守徐明賦三篇。字長君。東海人。元成世。歷五郡太守。有能名。給事黃門侍郎李息賦九篇。淮陽憲王賦二篇。揚雄賦十二篇。待詔馮商賦九篇。博士弟子杜參賦二篇。車郎張豐賦三篇。張子僑子。驃騎將軍朱宇賦三篇。

右賦二十一家二百七十四篇。入揚雄八篇。

孫卿賦十篇。秦時雜賦九篇。李思孝景皇帝頌十五篇。廣川惠王越賦五篇。長沙王羣臣賦三篇。魏內史賦二篇。東暆令延年賦七篇。衞士令李忠賦二篇。張偃賦二篇。賈充賦四篇。張仁賦六篇。秦充賦二篇。李步昌賦二篇。侍郎謝多賦十篇。平陽公主舍人周長孺賦二篇。雒陽錡華賦九篇。眭弘賦一篇。別栩陽賦五篇。臣昌市賦六篇。臣義賦二篇。黃門書者假史王商賦十三篇。侍中徐博賦四篇。黃門書者王廣呂嘉賦五篇。漢中都尉丞華龍賦二篇。左馮翊史路恭賦八篇。

右賦二十五家百三十六篇。

客主賦十八篇。雜行出及頌德賦二十四篇。雜四夷及兵賦二十篇。雜中賢失意賦十二篇。雜思慕悲哀死賦十六篇。雜鼓琴劍戲賦十三篇。雜山陵水泡雲氣雨旱賦十六篇。雜禽獸六畜昆蟲賦十八篇。雜器械草木賦三十三篇。文雜賦三十四篇。成相雜辭十一篇。隱書十八篇。

右雜賦十二家二百三十三篇。

高祖歌詩二篇。 泰一雜甘泉壽宮歌詩十四篇。
宗廟歌詩五篇。 漢興以來兵所誅滅歌詩十四篇。
出行巡狩及游歌詩十篇。 臨江王及愁思節士
歌詩四篇。 李夫人及幸貴人歌詩三篇。 詔賜中
山靖王子噲及孺子妾冰未央材人歌詩四篇。 吳
楚汝南歌詩十五篇。 燕代謳鴈門雲中隴西歌詩
九篇。 邯鄲河間歌詩四篇。 齊鄭歌詩四篇。 淮
南歌詩四篇。 左馮翊秦歌詩三篇。 京兆尹秦歌
詩五篇。 河東蒲反歌詩一篇。 黃門倡車忠等歌
詩十五篇。 雜各有主名歌詩十篇。 雜歌詩九篇。
雒陽歌詩四篇。 河南周歌詩七篇。 河南周歌
聲曲折七篇。 周謠歌詩七十五篇。 周謠歌詩聲
曲折七十五篇。 諸神歌詩三篇。 送迎靈頌歌詩
三篇。 周歌詩二篇。 南郡歌詩五篇。

右歌詩二十八家三百一十四篇

凡詩賦百六家千三百一十八篇入揚雄八篇傳曰不歌而誦謂之賦登高能賦可以爲大夫言感物造耑材知深美可與圖事故可以爲列大夫也古者諸侯卿大夫交接鄰國以微言相感當揖讓之時必稱詩以諭其志蓋以別賢不肖而觀盛衰焉故孔子曰不學詩無以言也春秋之後周道寖壞聘問歌詠不行於列國學詩之士逸在布衣而賢人失志之賦作矣大儒孫卿及楚臣屈原離讒憂國皆作賦以風咸有惻隱古詩之義其後宋玉唐勒漢興枚乘司馬相如下及揚子雲競爲侈麗閎衍之詞沒其風諭之義是以揚子悔之曰詩人之賦麗以則辭人之賦麗以淫如孔氏之門人用賦也則賈誼登堂相如入室矣如其不用何自孝武立樂府而采歌謠於是有代趙之謳

秦楚之風。皆感於哀樂。緣事而發。亦可以觀風俗知
薄厚云序。（依殿本增）詩賦為五種。
吳孫子兵法八十二篇。（圖九卷。）齊孫子八十九篇。（圖四
卷。）公孫鞅二十七篇。吳起四十八篇。（有列傳。）范
蠡二篇。（越王句踐臣也。）大夫種二篇。（與范蠡俱事句踐。）李子十
篇。娷一篇。兵春秋三篇。龐煖三篇。兒良一
篇。廣武君一篇。（李左車。）韓信三篇。
右兵權謀十三家二百五十九篇。（省伊尹。太公。管子。孫卿子。鶡冠子。蘇
子。蒯通。陸賈。淮南王。二百五十九種。出司馬法入禮也。）
權謀者。以正守國。以奇用兵。先計而後戰。兼形勢。包
陰陽。用技巧者也。
楚兵法七篇。（圖四卷。）蚩尤二篇。（見呂刑。）孫軫五篇。（圖三
卷。）繇敘二篇。王孫十六篇。（圖五卷。）尉繚三十一
篇。魏公子二十一篇。（圖十卷。名無忌。有列傳。）景子十三篇。

李良三篇。　丁子一篇。　項王一篇。名籍。
右兵形勢十一家。九十二篇。圖十八卷。
形勢者。靁動風舉。後發而先至。離合背鄉。變化無常。
以輕疾制敵者也。
太壹兵法一篇。　天一兵法三十五篇。　神農兵法
一篇。　黃帝十六篇。圖三卷。　封胡五篇。黃帝臣。依託也。　風
后十三篇。圖二卷。黃帝臣。依託也。　力牧十五篇。黃帝臣。依託也。　鵊
冶子一篇。圖一卷。　鬼容區三篇。圖一卷。黃帝臣。依託。　地典六
篇。　孟子一篇。　東父三十一篇。　師曠八篇。晉平公臣。
萇弘十五篇。周史。　別成子望軍氣六篇。圖三卷。　辟
兵威勝方七十篇。
右陰陽十六家。二百四十九篇。圖十卷。
陰陽者。順時而發。推刑德。隨斗擊。因五勝。假鬼神而
爲助者也。

鮑子兵法十篇。圖一卷。公勝子五篇。苗子五篇。圖一卷。逢門射法二篇。陰通成射法十一篇。李將軍射法三篇。魏氏射法六篇。彊弩將軍王圍射法五卷。望遠連弩射法具十五篇。護軍射師王賀射書五篇。蒲苴子弋法四篇。劍道三十八篇。手搏六篇。雜家兵法五十七篇。蹵鞠二十五篇。

右兵技巧十三家百九十九篇。省墨子。重。入蹵鞠也。

技巧者。習手足。便器械。積機關。以立攻守之勝者也。

凡兵書五十三家。七百九十篇。圖四十三卷。省十家二百七十一篇。重。入蹵鞠一家二十五篇。出司馬法百五十五篇入禮也。兵家者。蓋出古司馬之職。王官之武備也。洪範八政。八曰師。孔子曰。為國者足食足兵。以不教民戰。是謂棄之。明兵之重也。易曰。古者弦木為弧。剡木為矢。弧矢之利。以威天下。

其用上矣。後世燿金爲刃。割革爲甲。器械甚備。下及湯武受命。㠯師克亂而濟百姓。動之㠯仁義。行之㠯禮讓。司馬法是其遺事也。自春秋至於戰國。出奇設伏。變詐之兵並作。漢興。張良韓信序次兵法。凡百八十二家。刪取要用。定著三十五家。諸呂用事而盜取之。武帝時。軍政楊僕捃摭遺逸。紀奏兵錄。猶未能備。至于孝成。命任宏論次兵書爲四種。

泰壹雜子星二十八卷。　五殘雜變星二十一卷。

黃帝雜子氣三十三篇。　常從日月星氣二十一卷。

皇公雜子星二十二卷。　淮南雜子星十九卷。

泰壹雜子雲雨三十四卷。　國章觀霓雲雨三十四卷。　泰階六符一卷。　金度玉衡漢五星客流出入八篇。　漢五星彗客行事占驗八卷。　漢日旁氣行事占驗三卷。　漢流星行事占驗八卷。　漢日旁氣

行占驗十三卷。漢日食月暈雜變行事占驗十三
卷。海中星占驗十二卷。海中五星經雜事二十
二卷。海中五星順逆二十八卷。海中二十八宿
國分二十八卷。海中二十八宿臣分二十八卷。
海中日月彗虹雜占十八卷。圖書祕記十七篇。
右天文二十一家四百四十五卷。
天文者。序二十八宿。步五星日月。以紀吉凶之象。聖
王所以參政也。易曰。觀乎天文以察時變。然星事凶
悍。非湛密者弗能由也。夫觀景以譴形。非明王亦不
能服聽也。以不能由之臣。諫不能聽之王。此所以兩
有患也。
黃帝五家曆三十三卷。顓頊曆二十一卷。顓頊
五星曆十四卷。日月宿曆十三卷。夏殷周魯曆
十四卷。天歷大曆十八卷。漢元殷周諜曆十七

卷• 耿昌月行帛圖二百三十二卷• 耿昌月行度二卷• 傳周五星行度三十九卷• 律曆數法三卷• 自古五星宿紀三十卷• 太歲謀日晷二十九卷• 帝王諸侯世譜二十卷• 古來帝王年譜五卷• 日晷書三十四卷• 許商算術二十六卷• 杜忠算術十六卷•

右曆譜十八家六百六卷•

曆譜者•序四時之位•正分至之節•會日月五星之辰•以考寒暑殺生之實•故聖王必正曆數•以定三統服色之制•又以探知五星日月之會•凶阨之患•吉隆之喜•其術皆出焉•此聖人知命之術也•非天下之至材•其孰與焉•道之亂也•患出於小人而強欲知天道者•壞大以爲小•削遠以爲近•是以道術破碎而難知也•

泰一陰陽二十三卷• 黃帝陰陽二十五卷• 黃帝

諸子論陰陽二十五卷。　諸王子論陰陽二十五卷。
太元陰陽二十六卷。　三典陰陽談論二十七卷。
神農大幽五行二十七卷。　四時五行經二十六
卷。　猛子閭昭二十五卷。　陰陽五行時令十九卷
堪輿金匱十四卷。　務成子災異應十四卷。　十
二典災異應十二卷。　鍾律災應二十六卷。　鍾律
叢辰日苑二十三卷。　鍾律消息二十九卷。　黃鍾
七卷。　天一六卷。　泰一二十二（按二字疑衍）九卷。　刑
德七卷。　風鼓六甲二十四卷。　風后孤虛二十卷。
六合隨典二十五卷。　轉位十二神二十五卷。
羨門式法二十卷。　羨門式二十卷。　文解六甲十
八卷。　文解二十八宿二十八卷。　五音奇胲用兵
二十三卷。　五音奇胲刑德二十一卷。　五音定名
十五卷。

右五行三十一家六百五十二卷

五行者五常之形氣也書云初一曰五行次二曰羞用五事言進用五事旨順五行也貌言視聽思心失而五行之序亂五星之變作皆出於律歷之數而分爲一者也其法亦起五德終始推其極則無不至而小數家因此旨爲吉凶而行於世寖旨相亂

龜書五十二卷 夏龜二十六卷 南龜書二十八卷 巨龜三十六卷 雜龜十六卷 蓍書二十八卷 周易三十八卷 周易明堂二十六卷 周易隨曲射匿五十卷 大筮衍易二十八卷 大次雜易三十卷 鼠序卜黃二十五卷 於陵欽易吉凶二十三卷 任良易旗七十一卷 易卦八具

右蓍龜十五家四百一卷

蓍龜者聖人之所用也書曰女則有大疑謀及卜筮

易曰。定天下之吉凶。成天下之亹亹者。莫善於蓍龜。是故君子將有爲也。將有行也。問焉而以言。其受命也如嚮。無有遠近幽深。遂知來物。非天下之至精。其孰能與於此。及至衰世。解於齊戒。而婁煩卜筮。神明不應。故筮瀆不告。易以爲忌。龜厭不告。詩以爲刺。

黃帝長柳占夢十一卷。 甘德長柳占夢二十卷。

武禁相衣器十四卷。 嚏耳鳴雜占十六卷。 禎祥變怪二十一卷。 人鬼精物六畜變怪二十一卷。

變怪誥咎十三卷。 執不祥劾鬼物八卷。 請官除訞祥十九卷。 禳祀天文十八卷。 請禱致福十九卷。 請雨止雨二十六卷。 泰壹雜子候歲二十二卷。 子贛雜子候歲二十六卷。 五法積貯寶臧二十三卷。 神農教田相土耕種十四卷。 昭明子釣種生魚鱉八卷。 種樹臧果相蠶十三卷。

右雜占十八家三百一十三卷

雜占者紀百事之象候善惡之徵易曰占事知來衆占非一而夢爲大故周有其官而詩載熊羆虺蛇衆魚旐旟之夢著明大人之占以考吉凶蓋參卜筮春秋之說訞也曰人之所忌其氣炎以取之訞由人興也人失常則訞興人無釁焉訞不自作故曰德勝不祥義厭不惠桑穀共生太戊以興雊雉登鼎武丁爲宗然惑者不稽諸躬而忌訞之見是以詩刺召彼故老訊之占夢傷其舍本而憂末不能勝凶咎也

山海經十三篇　國朝七卷　宮宅地形二十卷

相人二十四卷　相寶劍刀二十卷　相六畜三十八卷

右形法六家百二十二卷

形法者大舉九州之埶以立城郭室舍形人及六畜

骨法之度數器物之形容㠯求其聲氣貴賤吉凶猶律有長短而各徵其聲非有鬼神數自然也然形與氣相首尾亦有有其形而無其氣有其氣而無其形此精微之獨異也

凡數術百九十家二千五百二十八卷數術者皆明堂羲和史卜之職也史官之廢久矣其書既不能具雖有其書而無其人易曰苟非其人道不虛行春秋時魯有梓慎鄭有裨竈晉有卜偃宋有子韋六國時楚有甘公魏有石申夫漢有唐都庶得麤觕蓋有因而成易無因而成難故因舊書以序數術爲六種

黃帝內經十八卷　外經三十九卷　扁鵲內經九卷　外經十二卷　白氏內經三十八卷　外經三十六卷　旁篇二十五卷

右醫經七家二百一十六卷

醫經者。原人血脈經絡骨髓陰陽表裏。以起百病之本。死生之分。而用度箴石湯火所施。調百藥齊和之所宜。至齊之得。猶慈石取鐵。㠯物相使。拙者失理。㠯瘉爲劇。㠯死爲生。

五藏六府痺十二病方三十卷。　五藏六府疝十六病方四十卷。　五藏六府癉十二病方四十卷。　風寒熱十六病方二十六卷。　泰始黃帝扁鵲俞拊方二十三卷。　五藏傷中十一病方三十一卷。　客疾五藏狂顛病方十七卷。　金創瘲瘛方三十卷。　婦人嬰兒方十九卷。　湯液經法三十二卷。　神農黃帝食禁七卷。

右經方十一家。二百七十四卷。

經方者。本草石之寒溫。量疾病之淺深。假藥味之滋因氣感之宜。辯五苦六辛。致水火之齊。以通閉解結。

反之於平及失其宜者以熱益熱以寒增寒精氣內傷不見於外是所獨失也故諺曰有病不治常得中醫

容成陰道二十六卷

務成子陰道三十六卷

堯舜陰道二十三卷

湯盤庚陰道二十卷

天老雜子陰道二十五卷

天一陰道二十四卷

黃帝三王養陽方二十卷

三家內房有子方十七卷

右房中八家百八十六卷

房中者性情之極至道之際是以聖王制外樂以禁內情而爲之節文傳曰先王之作樂所以節百事也樂而有節則和平壽考及迷者弗顧以生疾而隕性命

宓戲雜子道二十篇

上聖雜子道二十六卷

道要雜子十八卷

黃帝雜子步引十二卷

黃帝岐

伯按摩十卷。黃帝雜子芝菌十八卷。黃帝雜子十九家方二十一卷。泰壹雜子十五家方二十二卷。神農雜子技道二十三卷。泰壹雜子黃冶三十一卷。

右神僊十家二百五卷。

神僊者。所以保性命之眞。而游求於其外者也。聊以盪意平心。同死生之域。而無怵惕於胸中。然而或者專以爲務。則誕欺怪迂之文彌以益多。非聖王之所以教也。孔子曰。索隱行怪。後世有述焉。吾不爲之矣。

凡方技三十六家八百六十八卷。方技者。皆生生之具。王官之一守也。大古有岐伯。俞拊。中世有扁鵲。秦和。蓋論病以及國。原診以知政。漢興有倉公。今其技術晻昧。故論其書。以序方技爲四種。

大凡書六略。三十八種。五百九十六家。萬三千二百六十九卷。入三家五十篇。省兵十家。

漢書西域傳贊

贊曰。孝武之世。圖制匈奴。患其兼從西國。結黨南羌。迺表河曲。列西郡。開玉門。通西域。以斷匈奴右臂。隔絕南羌月氏。單于失援。由是遠遁。而幕南無王庭。遭值文景玄默。養民五世。天下殷富。財力有餘。士馬彊盛。故能睹犀布瑇瑁。則建珠崖七郡。感枸醬竹杖。則開牂柯越巂。聞天馬蒲陶。則通大宛安息。自是之後。明珠文甲通犀翠羽之珍。盈於後宮。蒲梢龍文魚目汗血之馬。充於黃門。鉅象師子猛犬大雀之羣。食於外囿。殊方異物。四面而至。於是廣開上林。穿昆明池。營千門萬戶之宮。立神明通天之臺。興造甲乙之帳。落以隨珠和璧。天子負黼依。襲翠被。馮玉几。而處其中。設酒池肉林。以饗四夷之客。作巴俞都盧海中碭

極漫衍魚龍角抵之戲以觀視之及賂遺贈送萬里
相奉師旅之費不可勝計至於用度不足迺榷酒酤
筦鹽鐵鑄白金造皮幣算至車船租及六畜民力屈
財用竭因之以凶年寇盜並起道路不通直指之使
始出衣繡杖斧斷斬於郡國然後勝之是以末年遂
棄輪臺之地而下哀痛之詔豈非仁聖之所悔哉且
通西域近有龍堆遠則葱嶺身熱頭痛縣度之阸淮
南杜欽揚雄之論皆以為此天地所以界別區域絕
外內也書曰西戎即序禹既就而序之非上威服致
其貢物也西域諸國各有君長兵眾分弱無所統一
雖屬匈奴不相親附匈奴能得其馬畜旃罽而不能
統率與之進退與漢隔絕道里又遠得之不為益棄
之不為損盛德在我無取於彼故自建武以來西域
思漢威德咸樂內屬唯其小邑鄯善車師界迫匈奴

尚爲所拘。而其大國莎車于闐之屬。數遣使置質于漢。願請屬都護。聖上遠覽古今。因時之宜。羈縻不絕。辭而未許。雖大禹之序西戎。周公之讓白雉。太宗之卻走馬。義兼之矣。亦何以尚茲。（繪出武帝雄才大略。文之華贍。至斯極矣。）

漢書王莽傳贊

贊曰。王莽始起外戚。折節力行。以要名譽。宗族稱孝。師友歸仁。及其居位輔政。成哀之際。勤勞國家。直道而行。動見稱述。豈所謂在家必聞。在國必聞。色取仁而行違者邪。莽既不仁而有佞邪之材。又乘四父歷世之權。遭漢中微。國統三絕。而太后壽考。爲之宗主。故得肆其姦慝。以成篡盜之禍。推是言之。亦天時。非人力之致矣。及其竊位南面。處非所據。顛覆之勢險於桀紂。而莽晏然自以黃虞復出也。迺始恣睢。奮其威詐。滔天虐民。窮凶極惡。毒流諸夏。亂延蠻貉。猶未足逞其欲焉。是以四海之內。囂然喪其樂生之心。中外憤怨。遠近俱發。城池不守。支體分裂。遂令天下城邑爲虛。丘隴發掘。害徧生民。辜及朽骨。自書傳所載亂臣賊子無道之人。考其禍敗。未有如莽之甚者也。昔秦燔詩書。以立私議。莽誦六藝。以文姦言。同歸殊塗。俱用滅亡。皆炕龍絕氣。非命之運。紫色鼃聲。餘分閏位。聖王之驅除云爾。

漢書敘傳下

固以爲唐虞三代。詩書所及。世有典籍。故雖堯舜之盛。必有典謨之篇。然後揚名於後世。冠德於百王。故曰巍巍乎其有成功。煥乎其有文章也。漢紹堯運。以建帝業。至於六世。史臣乃追述功德。私作本紀。編於百王之末。廁於秦項之列。太初以後。闕而不錄。故探篹前記。綴輯所聞。以述漢書。起元高祖。終于孝平王莽之誅十有二世二百三十年綜其行事旁貫五經上下洽通爲春秋考紀表志傳凡百篇其敘曰皇矣漢祖纂堯之緒實天生德聰明神武秦人不綱罔漏于楚爰茲發迹斷蛇奮旅神母告符朱旗迺舉粵蹈秦郊嬰來稽首革命創制三章是紀應天順民五星同晷項氏畔換黜我巴漢西土宅心戰士憤怨乘釁而運席卷三秦割據河山保此懷民股肱蕭曹社稷是經爪牙信布腹心良平龔行天罰赫赫明明述高紀第一孝惠短世高后稱制罔顧天顯呂宗㠯敗述惠紀第二高后紀第三太宗穆穆允恭玄默化民㠯躬帥下㠯德農不供貢辠不收孥宮不新館陵不崇墓我德如風民應如中國富刑清登我漢道述文紀第四孝景涖政諸侯方命克伐七國王室以定匪怠匪荒務在農桑著于甲令民用寧康述景紀第五世

宗曄曄思弘祖業疇咨熙載髦俊並作厥作伊何百蠻是攘恢我疆宇外博四荒武功既抗亦迪斯文憲章六學統壹聖真封禪郊祀登秩百神協律改正饗茲永年述武紀第六孝昭幼沖冢宰惟忠燕蓋譸張實叡實聰皐人斯得邦家和同述昭紀第七中宗明明寅用刑名時舉傅納聽斷惟精柔遠能邇燀燿威靈龍荒幕朔莫不來庭丕顯祖烈尚於有成述宣紀第八孝元翼翼高明柔克賓禮故老優繇亮直外割禁囿內損御服離宮不衞山陵不邑閹尹之呰穢我明德述元紀第九孝成煌煌臨朝有光威儀之盛如圭如璋壼闈恣趙朝政在王炎炎燎火亦允不陽述成紀第十孝哀彬彬克攬威神彫落洪支底剭鼎臣婉孌董公惟亮天功大過之困實橈實凶述哀紀第十一孝平不造新都作宰不周不伊喪我四海述平

紀第十二·漢初受命諸侯竝政·制自項氏十有八姓·
述異姓諸侯王表第一·太祖元勳啓立輔臣支庶藩
屏侯王竝尊·述諸侯王表第二·侯王之祉祚及宗子
公族蕃滋支葉碩茂·述王子侯表第三·受命之初贊
功剖符奕世弘業爵土迺昭·述高惠高后孝文功臣
侯表第四、景征吳楚武興師旅後昆承平亦有紹土·
述景武昭宣元成哀功臣侯表第五·亡德不報爰存
二代宰相外戚昭韙見戒·述外戚恩澤侯表第六·漢
迪於秦有革有因·觕舉僚職竝列其人·述百官公卿
表第七·篇章博舉·通於上下·略差名號九品之敘·述
古今人表第八·元元本本數始於一·產氣黃鍾造計
秒忽·八音七始五聲六律度量權衡歷算逌出·官失
學微·六家分乖·壹彼壹此·庶研其幾·述律歷志第一·
上天下澤·春靁奮作·先王觀象·爰制禮樂·厥後崩壞·

鄭衛荒淫風流民化湎湎紛紛略存大綱以統舊文述禮樂志第二轟電皆至天威震耀五刑之作是則是效威實輔德刑亦助教季世不詳背本爭末吳孫狙詐申商酷烈漢章九法太宗改作輕重之差世有定籍述刑法志第三厥初生民食貨惟先割制廬井定爾土田什一供貢下富上尊商以足用茂遷有無貨自龜貝至此五銖揚搉古今監世盈虛述食貨志第四昔在上聖昭事百神類帝禋宗望秩山川明德惟馨永世豐秊季末淫祀營信巫史大夫臚岱侯伯僭時放誕之徒緣閒而起瞻前顧後正其終始述郊祀志第五炫炫上天縣象著明日月周輝星辰垂精百官立法宮室混成降應王政景以燭形三季之後厥事放紛舉其占應覽故考新述天文志第六河圖命庖洛書賜禹八卦成列九疇逌敘世代寔寶光演

文武春秋之占咎徵是舉告往知來王事之表述五
行志第七坤作墜埶高下九則自昔黃唐經略萬國
變定東西疆理南北三代損益降及秦漢革剗五等
制立郡縣略表山川彰其剖判述地理志第八夏乘
四載百川是導唯河爲艱災及後代商竭周移秦決
南涯自茲距漢北亡八支文陻棗野武作瓠歌成有
平年後遂滂沱爰及溝渠利我國家述溝洫志第九
虙羲畫卦書契後作虞夏商周孔纂其業篹書刪詩
綴禮正樂彖系大易因史立法六學既登遭世罔弘
羣言紛亂諸子相騰秦人是滅漢修其缺劉向司籍
九流以別爰著目錄略序洪烈述藝文志第十上嫚
下暴惟盜是伐勝廣熛起梁籍扇烈赫赫炎炎遂焚
咸陽宰割諸夏命立侯王誅嬰放懷詐虐以亡述陳
勝項籍傳第一張陳之交斿如父子攜手遂秦拊翼

俱起•據國爭權•還爲豺虎•耳諫甘•公作漢藩輔•述張
耳陳餘傳第二•三枏之起•本根既朽•枯楊生華•曷惟
其舊•横雖雄材•伏于海隝•沐浴尸鄉•北面奉首•旅人
慕殉•義過黃鳥•述魏豹田儋韓信傳第三•信惟餓隸•
布實黥徒•越亦狗盜•芮尹江湖•雲起龍襄•化爲侯王•
割有齊楚•跨制淮梁•綰自同閈•鎮我北疆•德薄位尊•
非胙惟殃•吳克忠信•胤嗣迺長•述韓彭英盧吳傳第
四•賈廑從旅•爲鎮淮楚•澤王琅邪•權激諸呂•濞之受
吳•疆土踰矩•雖戒東南•終用齊斧•述荆燕吳傳第五•
太上四子•伯兮早夭•仲氏王代•斿宅于楚•戊實淫軼•
平陸迺紹•其在于京•奕世宗正•劬勞王室•用侯陽成•
子政博學•三代成名•述楚元王傳第六•季氏之詘•辱
身毀節•信于上將•議臣震栗•欒公哭梁•田叔殉趙•見
危授命•誼動明主•布歷燕齊•叔亦相魯•民思其政•或

金或社述季布欒布田叔傳第七高祖八子二帝六王三趙不寧淮厲自亡燕靈絕嗣齊悼特昌掩有東土自岱徂海支庶分王前後九子六國誅斃適齊亡祀城陽濟北後承我國赳赳景王匡漢社稷述高五王傳第八猗與元勳包漢舉信鎮守關中足食成軍營都立宮定制修文平陽玄默繼而弗革民用作歌化我淳德漢之宗臣是謂相國述蕭何曹參傳第九留侯襲秦作漢腹心圖折武關解阸鴻門推齊銷印毆致越信招賓四老惟寧嗣君陳公擾攘歸漢迺安斃范亡項走狄擒韓六奇既設我罔艱難安國廷爭致仕杜門絳侯矯矯誅呂尊文亞夫守節吳楚有勳述張陳王周傳第十舞陽鼓刀滕公廄騶潁陰商販曲周庸夫攀龍附鳳竝乘天衢述樊酈滕灌傅靳周傳第十一北平志古司秦柱下定漢章程律度之緒

建平質直犯上干色廣阿之廛食厥舊德故安執節責通請錯蹇蹇帝臣匪躬之故述張周趙任申屠傳第十二食其監門長揖漢王畫襲陳留進收敖倉塞隘杜津王基曰張賈作行人百越來賓從容風議博我曰文敬繇役夫遷京定都內彊關中外和匈奴叔孫奉常與時抑揚稅介免胄禮義是創或悊或謀觀國之光述酈陸朱婁叔孫傳第十三淮南僭狂二子受殃安辯而邪賜頑曰荒敢行稱亂窘世薦士述淮南衡山濟北傳第十四蒯通壹說三雄是敗覆酈驕韓田橫顛沛被之拘係迺成患害充躬罔極交亂弘大述蒯伍江息夫傳第十五萬石溫溫幼寤聖君宜爾子孫夭夭伸伸慶社于齊不言動民衞直周張淑愼其身述萬石衞直周張傳第十六孝文三王代孝二梁懷折亡嗣孝乃尊光內爲母弟外扞吳楚怙寵

矜功僭欲失所思心既霿牛旤告妖帝庸親親厥國
五分德不堪寵四支不傳述文三王傳第十七賈生
矯矯弱冠登朝遭文叡聖屢抗其疏暴秦之戒三代
是據建設藩屏已強守圉吳楚合從賴誼之慮述賈
誼傳第十八子絲慷慨激辭納說攬轡正席顯陳成
敗錯之瑣材智小謀大旤如發機先寇受害述爰盎
朝錯傳第十九釋之典刑國憲已平馮公矯魏增主
之明長孺剛直義形於色下折淮南上正元服莊之
推賢於茲為德述張馮汲鄭傳第二十榮如辱如有
機有樞自下摩上惟德之隅賴依忠正君子采諸述
賈鄒枚路傳第二十一魏其翩翩好節慕聲灌夫矜
勇武安驕盈凶德相挻旤敗用成安國壯趾王恢兵
首彼若天命此近人咎述竇田灌韓傳第二十二景
十三王承文之慶魯恭館室江都訬輕趙敬險詖中

山淫醟長沙寂寞廣川亡聲膠東不亮常山驕盈四
國絕祀河閒賢明禮樂是修爲漢宗英述景十三王
傳第二十三李廣恂恂實獲士心控弦貫石威動北
隣躬戰七十遂死于軍敢怨衞青見討去病陵不引
決忝世滅姓蘇武信節不詘王命述李廣蘇建傳第
二十四長平桓桓上將之元薄伐獫允恢我朔邊戎
車七征衝輣閑閑合圍單于北登闐顏票騎冠軍猋
勇紛紜長驅六舉電擊雷震飲馬翰海封狼居山西
規大河列郡祁連述衞青霍去病傳第二十五抑抑
仲舒再相諸侯身修國治致仕縣車下帷覃思論道
屬書讜言訪對爲世純儒述董仲舒傳第二十六文
豔用寡子虛烏有寓言淫麗託風終始多識博物有
可觀采蔚爲辭宗賦頌之首述司馬相如傳第二十
七平津斤斤晚躋金門既登爵位祿賜頤賢布衾疏

食用儉飭身卜式耕牧㠯求其志忠寤明君迺爵迺
試兒生亹亹束髮修學偕列名臣從政輔治述公孫
弘卜式兒寬傳第二十八張湯遂達用事任職媚茲
一人日旰忘食既成寵祿亦羅咎愆安世溫良塞淵
其德子孫遵業全祚保國述張湯傳第二十九杜周
治文唯上淺深用取世資幸而免身延年寬和列于
名臣欽用材謀有異厥倫述杜周傳第三十博望杖
節收功大夏貳師秉鉞身釁胡社致死爲福每生作
戹述張騫李廣利傳第三十一烏呼史遷薰胥㠯刑
幽而發憤迺思迺精錯綜羣言古今是經勤成一家
大略孔明述司馬遷傳第三十二孝武六子昭齊亡
嗣燕剌謀逆廣陵祝詛昌邑短命昏賀失據戾園不
幸宣承天序述武五子傳第三十三六世耽耽其欲
浟浟文武方作是庸四克助僵淮南數子之德不忠

其身。善謀於國。述嚴朱吾丘主父徐嚴終王賈傳第三十四。東方贍辭。詼諧倡優。譏苑扞偃。正諫舉郵。懷肉汙殿。弛張沈浮。述東方朔傳第三十五。葛繹內寵。屈氂王子。千秋時發。宜春舊仕。敞義依霍。庶幾云已。弘惟政事。萬年容己。咸睡厥誨。孰爲不子。述公孫劉田楊王蔡陳鄭傳第三十六。王孫贏葬。建迺斬將。雲廷訐禹。福逾刺鳳。是謂狂狷。敞近其衷。述楊胡朱梅云傳第三十七。博陸堂堂。受遺武皇。擁毓孝昭。末命導揚。遭家不造。立帝廢王。權定社稷。配忠阿衡。懷祿耽寵。漸化不詳。陰妻之逆。至子而亡。秺侯狄孥。虔恭忠信。奕世載德。貤于子孫。述霍光金日磾傳第三十八。兵家之策。惟在不戰。營平皤皤。立功立論。以不濟可。上諭其信。武賢父子。虎臣之俊。述趙充國辛慶忌傳第三十九。義陽樓蘭。長羅昆彌。安遠日逐。義成郅支陳湯誕節救在三悊會宗勤事疆外之桀述傅常鄭甘陳段傳第四十不疑膚敏應變當理辭霍不婚逡遁致仕疏克有終散金娛老定國之祚于其仁考廣德當宣近於知恥述雋疏于薛平彭傳第四十一四皓遯秦古之逸民不營不拔嚴平鄭真吉困于賀湼而不緇禹既黃髮㠯德來仕舍惟正身勝死善道郭欽蔣詡近遯之好述王貢兩龔鮑傳第四十二扶陽濟濟聞詩聞禮玄成退讓仍世作相漢之宗廟叔孫是謨革自孝元諸儒變度國之誕章博載其路述韋賢傳第四十三高平師師惟辟作威圖黜凶害天子是毗博陽不伐含弘光大天誘其衷慶流苗裔述魏相丙吉傳第四十四占往知來幽贊神明苟非其人道不虛行學微術昧或見仿佛疑殆匪闕違衆迕世淺爲尤悔深作敦害述眭兩夏侯京翼李傳第四

十五。廣漢尹京。克聰克明。延壽作翊。既和且平。矜能
詡上。俱陷極刑。翁歸承風。帝揚厥聲。敞亦平平。文雅
自贊。尊實赳赳。邦家之彥。章死非辠。士民所歎。述趙
尹韓張兩王傳第四十六。寬饒正色。國之司直。豐繄
好剛。輔亦慕直。皆陷狂狷。不典不式。崇執言責。隆持
官守。寶曲定陵。並有立志。述蓋諸葛劉鄭毋將孫何
傳第四十七。長倩懊懊。覯霍不舉。遇宣迺拔。傅元作
輔。不圖不慮。見蹈石許。述蕭望之傳第四十八。子明
光光。發迹西疆。列於禦侮。厥子亦良。述馮奉世傳第
四十九。宣之四子。淮陽聰敏。舅氏蘧蒢。幾陷大理。楚
孝惡疾。東平失軌。中山凶短。母歸戎里。元之二王。孫
後大宗。昭而不穆。大命更登。述宣元六王傳第五十。
樂安褏褏。古之文學。民具爾瞻。困于二司。安昌貨殖。
朱雲作娸。博山惇慎。受莽之疚。述匡張孔馬傳第五

十一・樂昌篤實・不橈不詘・遘閔既多・是用廢黜・武陽殷勤・輔導副君・既忠且謀・饗茲舊勳・高武守正・因用濟身・述王商史丹傅喜傳第五十二・高陽文法・揚鄉武略・政事之材・道德惟薄・位過厥任・鮮終其祿・博之翰音・鼓妖先作・述薛宣朱博傳第五十三・高陵修儒・任刑養威・用合時宜・器周世資・義得其勇・如虎如貔・進不跬步・宗爲鯨鯢・述翟方進傳第五十四・統微政缺・災眚屢發・永陳厥咎・戒在三七・鄴指丁傅・略窺占術・述谷永杜鄴傳第五十五・哀平之卹・丁傅莽賢・武嘉戚之・乃喪厥身・高樂廢黜・咸列貞臣・述何武王嘉師丹傳第五十六・淵哉若人・實好斯文・初擬相如・獻賦黃門・輟而覃思・草法纂玄・斟酌六經・放易象論・潛于篇籍・以章厥身・述揚雄傳第五十七・獷獷亡秦・滅我聖文・漢存其業・六學析分・是綜是理・是綱是紀・師

徒彌散著其終始述儒林傳第五十八誰毀誰譽譽
其有試泯泯羣黎化成良吏淑人君子時同功異沒
世遺愛民有餘思述循吏傳第五十九上替下陵姦
軌不勝猛政橫作刑罰用興曾是強圉掊克爲雄報
虐以威殃亦凶終述酷吏傳第六十四民食力罔有
兼業大不淫侈細不匱乏蓋均無貧遵王之法靡法
靡度民肆其詐偪上并下荒殖其貨侯服玉食敗俗
傷化述貨殖傳第六十一開國承家有法有制家不
臧甲國不專殺矧乃齊民作威作惠如台不匡禮法
是謂述游俠傳第六十二彼何人斯竊此富貴營損
高明作戒後世述佞幸傳第六十三於惟帝典戎夷
猾夏周宣攘之亦列風雅宗幽既昏淫于褒女戎敗
我驪遂亡酆鄗大漢初定匈奴強盛圍我平城寇侵
邊境至于孝武爰赫斯怒王師雷起霆擊朔野宣承

其末迺施洪德震我威靈五世來服王莽竊命是傾是覆備其變理爲世典式述匈奴傳第六十四西南外夷種別域殊南越尉佗自王番禺攸攸外寓閩越東甌爰洎朝鮮燕之外區漢興柔遠與爾剖符皆恃其岨乍臣乍驕孝武行師誅滅海隅述西南夷兩越朝鮮傳第六十五西戎卽序夏后是表周穆觀兵荒服不旅漢武勞神圖遠甚勤王師驒驒致誅大宛姼姼公主迺女烏孫使命迺通條支之瀕昭宣乘業都護是立總督城郭三十有六修奉朝貢各㠯其職述西域傳第六十六詭矣禍福刑于外戚高后首命呂宗顛覆薄姬碌魏宗文產德竇后違意考盤于代王氏仄微世武作嗣子夫既興扇而不終鉤弋憂傷孝昭㠯登上官幼尊類禡厥宗史娣王悼身遇不祥及宣饗國二族後光恭哀產元夭而不遂邛成乘序履

尊三世。飛燕之妖。禍成厥妹。丁傅僭恣。自求凶害。中山無辜。乃喪馮衞。惠張景薄。武陳宣霍。成許哀傅。平王之作。事雖歆羨。非天所度。怨咎若茲。如何不恪。述外戚傳第六十七。元后娠母。月精見表。遭成之逸。政自諸舅。陽平作威。誅加卿宰。成都煌煌。假我明光。曲陽歊歊。亦朱其堂。新都亢極。作亂呂亡。述元后傳第六十八。咨爾賊臣。篡漢滔天。行驕夏癸。虐烈商辛。僞稽黃虞。繆稱典文。衆怨神怒。惡復誅臻。百王之極。究其姦昏。述王莽傳第六十九。凡漢書。敘帝皇。列官司。建侯王。準天地。統陰陽。闡元極。步三光。分州域。物土疆。窮人理。該萬方。緯六經。綴道綱。總百氏。贊篇章。函雅故。通古今。正文字。惟學林。述敘傳第七十。

續古文辭類篹卷十五

西元二〇二二年一月一日重製一版

續古文辭類纂 冊二（清黎庶昌輯）

平裝四冊基本定價參仟元正
（郵運匯費另加）

發行人 張 敏 君

發行處 中 華 書 局

臺北市內湖區舊宗路二段一八一巷八號五樓（5FL., No. 8, Lane 181, JIOU-TZUNG Rd., Sec 2, NEI HU, TAIPEI, 11494, TAIWAN）
客服電話：886-8797-8396
公司傳真：886-8797-8909
匯款帳戶：華南商業銀行西湖分行
179100026931

印 刷：維中科技有限公司
海瑞印刷品有限公司

No. N3062-2

國家圖書館出版品預行編目(CIP)資料

續古文辭類纂/(清)黎庶昌輯. -- 重製一版. -- 臺北市 :
中華書局, 2022.01
冊 ; 公分
ISBN 978-986-5512-79-8(全套 : 平裝)

830 110021473